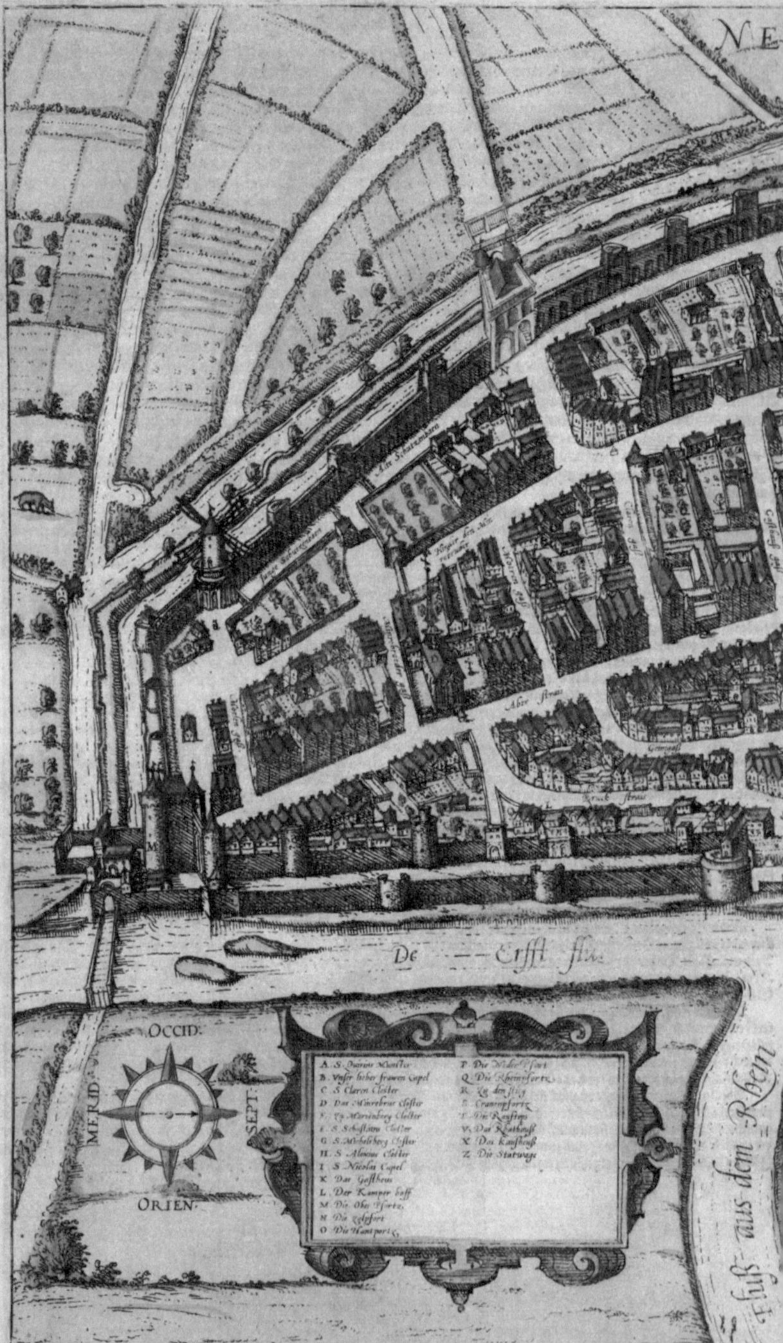
NE
OCCID.
MERID.
SEPT.
ORIEN.
De Erfft flu
A. S. Quirins Münster
B. Unser lieber frawen Capel
C. S. Claren Closter
I S Nicolas Capel
L. Der Kamper hoff
Q Die Rheinportz
V. Das Rathauß
X Das Kaufhauß
Z Die Statwage
Fluß aus dem Rhein

aus Braun u. Hogenberg um 1580

Christina Döhlings atmet seit 1966 »Nüsser« Luft (mit einigen Unterbrechungen in fremden Gefilden). Schon als Kind konnte sie ihren Schreibtrieb nicht unterdrücken. Sie nutzte alte Schulhefte, um Geschichten über Tiere und Fabelwesen zu Papier zu bringen. Inzwischen ist sie auf den Computer umgestiegen und hat das Genre gewechselt. Das vorliegende Werk ist ihr erstes Buch. Christina Döhlings arbeitet in einer psychiatrischen Einrichtung und lebt mit ihren drei Kindern in Neuss.

Dieses Buch ist ein Roman. Die Handlung ist frei erfunden, wenngleich im historischen Umfeld eingebettet. Einige Personen, Ereignisse und Orte sind historisch, einige sind es nicht.
Der Anhang enthält ein Glossar.

CHRISTINA DÖHLINGS

Hexenwahn

EIN KRIMI AUS DEM MITTELALTER

emons:

Der Stich von Braun und Hogenberg zeigt die Stadt Neuss der gotischen Zeit, kurz vor ihrer weitgehenden Zerstörung im Jahr 1586. Georg Braun (1541–1622, Verleger und Geograph) und Frans Hogenberg (1535–1590, Kupferstecher und Verleger) gaben zusammen in Köln den ersten Atlas mit Stadtansichten und Plänen des gesamten Erdkreises heraus.

FSC
Mix
Produktgruppe aus vorbildlich bewirtschafteten Wäldern und anderen kontrollierten Herkünften
www.fsc.org Zert.-Nr. GFA-COC-001223
© 1996 Forest Stewardship Council

Umschlagzeichnung: Heribert Stragholz
Druck und Bindung: CPI – Clausen & Bosse, Leck
Printed in Germany 2010
Erstausgabe 2009
ISBN 978-3-89705-703-6
Ein Krimi aus dem Mittelalter
Originalausgabe

Dieser Kriminalroman ging als Siegertitel aus dem Wettbewerb des Emons Verlags in Zusammenarbeit mit der Neuß-Grevenbroicher Zeitung hervor.

Gewidmet meinen Eltern:
Hanna Hamm,
der Mutmacherin,
und Konrad Hamm,
dem großen Geschichtenerzähler

Erster Teil

»Die Gnad Gottes sei mit uns allen, Amen.
Gestern seint alle die Scheffen hie gewesen,
haben mich den Morgen und den Nachmittag
viell seltzsame Sachen sonder Peinigen
abgefragt, die – Gott Lob – gelogen seint. (…)
Halt ahn, das wir uns moge verdedigen,
damit ich nit unschuldig umbkom.«

Auszug aus einem Brief der 1627 in Köln wegen
Hexerei hingerichteten Katharina Henot an ihren Bruder

»… sodann die Daumenschrauben
angelegt. Zugeschraubt. … sie gefragt,
ob sie dem Schulmeister Pankraz
seiner Frau Kindlein totgemacht. –
Nein, habe sie nicht. Fester geschraubt.
Seufzt. Ob sie Raupen gezeugt.
Will's nicht gewesen sein. …
Ihr die Beinschrauben angelegt.
Ruft: ›Soll ich lügen? Ich kann's nicht,
und wenn ihr mir die Beine zerquetscht!‹…
Sie auch mit schwefeligen Hölzlein gespickt. …
Nach anderen Untaten gefragt. –
Sie darauf: ›O Jesus, ich bin unschuldig!‹«

Auszug aus dem Folterprotokoll des Hexenprozesses
gegen Katharina Henot, Köln, 1627; nachempfunden
anhand der Prozessunterlagen von W. Lohmeyer

Tag eins. Sonntag

Sie war zu Unrecht hier, sie hatte nichts Böses getan.

»Bitte«, flüsterte sie, »alle Engel des Himmels, holt mich raus aus diesem Loch!«

Warum hatte man sie hierher verschleppt? Sie war doch nur im Garten gewesen!

Beim Schneiden des Liebstöckels hatte sie sich in die Hand geschnitten, es brannte immer noch. Und nicht bloß ihre Hand, ihr ganzer Körper schmerzte.

Was war geschehen? Erinnere dich, sagte sie zu sich selbst, um alles in der Welt: Erinnere dich!

Schwerfällig schwebten Bilder durch ihren Kopf: der kleine Garten ihrer Herrschaft in der Abenddämmerung, sie selbst im Kräuterbeet, links hinten an der Mauer. Sie legte gerade Liebstöckel in den Korb. Es duftete nach Kräutern und Blumen. Vorsichtig presste sie das Tuch, das sie zum Einwickeln der abgeschnittenen Stängel benutzte, auf die Schnittwunde. Die Blutung ließ rasch nach. Sie sah sich um und wunderte sich, wie stark die Bohnenranken in den letzten Tagen gewachsen waren.

Die Abendsonne versank rosenfarben hinter der Stadtmauer, auf den Dächern der Türme und Häuser spiegelte sich das Licht. Die Nacht war nicht mehr weit; Dämmerung tastete sich durch den Garten. Äste und Gräser schaukelten im leichten Wind, ihre Konturen wurden dunkler und dunkler im Zwielicht des Augustabends.

Und plötzlich standen sie da: Männer in schwarzen Kleidern. Sie wuchsen wie Schatten aus dem Boden. Ihre Stimmen klangen wie Donnergrollen, laut und hart. Sie verstand nur wenig: »Schutzherrschaft«, »angeklagt«, »Frevel«. Wieso sagten sie das? »Mit dem Teufel gebuhlt!«, rief einer, der wie ein Geistlicher aussah. Aber sie hatte doch nur den Liebstöckel geschnitten! Doch das schienen die Männer nicht zu wissen. Den größten von ihnen kannte sie, den mit den buschigen Brauen und der Kerbe im Kinn, aber an seinen Namen konnte sie sich nicht erinnern. »Kommt mit«, befahl er.

Dann fassten sie ihren Arm, sehr grob, und stießen sie durch das Gartentor. Ihr Kopf schlug gegen die Mauer. Das blutige Tuch glitt ihr aus der Hand. Sie musste daran denken, dass ein Kessel Suppe über dem Feuer hing. Ihre Herrin stand draußen vor dem Tor und sah sie an, die Augen unter den farblosen Brauen dunkel und starr.

»Die Suppe!«, wollte sie sagen. »Ihr müsst sie herunternehmen!«, doch ihr wurde schwarz vor Augen. Undeutlich erinnerte sie sich, wie die Männer sie durch die Gasse entlang der Stadtmauer schleiften. Staub stieg auf, sie musste husten. Dann verließ sie ihr Gedächtnis.

Jetzt saß sie im Kerker, in diesem kalten, unheimlichen Gefängnis. Warum?

Was sollte sie getan haben? Sie erinnerte sich nicht, ihr Kopf war schwer und gleichzeitig so leer, es gab keine Bilder mehr darin.

Ihre Stirn brannte schmerzhaft. Sie wollte danach tasten, aber ihre Hände waren an die Wand gefesselt, schweres Eisen schlug gegen ihre Gelenke.

Sie sah Gesichter, die sich umeinander drehten und in der Luft schwebten. Wie konnte das sein? Augen und Münder und tiefe Falten. Weiß und schwarz.

Ihr war kalt. Der Boden hart. Ein Rascheln in der Ecke.

Ratten – nicht näher kommen, hört ihr, nicht näher kommen!

»Hexe!« Das hatten sie gerufen.

Und über schreckliche Dinge gesprochen, die sie mit ihr machen wollten. Zangen und Nägel.

Schmerz. Ohnmacht.

***

»Vinzenz, rate mal, wer draußen steht und Einlass begehrt!«, rief Reinhard Stael, Hauptmann der Stadtwache des Neusser Südwestviertels, vom Wehrgang aus seinem jüngeren Kollegen zu, der am Tisch im Wachraum saß und an einer Hühnerkeule nagte.

»Wer denn?« Vinzenz wischte sich mit dem Handrücken das Fett vom Mund. Ein Stückchen Hühnerhaut hatte sich über seiner Oberlippe im Barthaar verfangen. »Der König von England? Der Heilige Geist? Eine willige Jungfrau?« Er lachte anzüglich.

Seit ihm Minna Kelkers die Ehe versprochen hatte – genauer gesagt: ihr schwerhöriger Vater, dem er seinen Antrag dreimal hatte unterbreiten müssen, bis der alte Knabe ihn endlich verstanden und gesagt hatte: »Ja, ja, Bürschlein, nimm sie hin und werde glücklich« –, seit diesem Zeitpunkt also dachte Vinzenz ununterbrochen an die ihm bevorstehende Hochzeitsnacht.

»Schön wär's«, lachte Stael und schaute durch die Tür des Wachraumes, »aber weit gefehlt. Es ist der Bucklige.«

»Der Bucklige?« Das Bild von Minna, das durch Vinzenz' Kopf geisterte, üppig, weich und leicht bekleidet, wurde vom Bild des Buckligen mit seinem schiefen Hals und seinem bohrenden Blick verdrängt. Welch unerfreulicher Tausch! Vinzenz spülte letzte Hühnerreste mit einem Schluck Bier hinunter. Das kleine Hautstückchen hing immer noch in seinem Bart.

»Ach, ich erinnere mich. Er hat beim Bürgermeister um Audienz gebeten. Er möchte mit den Weibern sprechen.« Er machte eine Kopfbewegung in Richtung der Falltür, die hinab in den Kerker führte.

»Richtig, das war mir entfallen«, stimmte ihm Stael zu. »Ausgerechnet jetzt, kurz vor Dienstende«, grummelte er in seinen schütteren grauen Bart. »Wo ich mich gerade auf den Heimweg machen wollte.« Vom Wehrgang aus rief er in die Gasse hinunter: »Ich bitte Euch, einen Augenblick zu warten, Herr Jordis!«

Er kehrte in den Wachraum zurück und befahl: »Los, Vinzenz, räum die Speisen fort. Er muss nicht sehen, dass wir hier getafelt haben. Man könnte es uns als Faulheit auslegen. Sein Einfluss im Stadtrat ist nicht unerheblich.« Er nahm einen achtlos über die Stuhllehne geworfenen Umhang und hängte ihn an den Haken neben der Tür.

Vinzenz räumte Geschirr, Brotreste und Hühnerknochen in eine Schüssel, die er in eine Fensternische der rundgemauerten Westwand schob. »Was ist mit dem Bier?«, fragte er, während er mit seiner großen Hand Brotkrümel vom Tisch fegte.

»Das kann stehen bleiben«, antwortete Stael, »wir wollen es nicht übertreiben für den Buckligen.« Er warf Vinzenz einen kritischen Blick zu. »Wisch dir das Hühnchen aus dem Bart!« Mit einem Finger deutete er an, wo das Hautstück hing. Vinzenz rieb ein paarmal mit dem Zeigefinger über seinen Schnurrbart.

»Ist es fort?«, fragte er.

Stael nickte und stieg die schmale steile Treppe hinunter zur Eingangstür. Dabei ächzte er leise, sein rechtes Knie machte ihm zu schaffen.

»Tretet ein, Herr Jordis«, sagte er, während er die schwere Eichenholztür öffnete.

Der Bucklige warf ihm einen unfreundlichen Blick aus kohlendunklen Augen zu und humpelte hinter ihm her die Stufen hoch. Auf Höhe des Wehrgangs bogen sie nach rechts in den Wachraum.

Vinzenz hatte sich zurück auf seine Bank fallen lassen und polierte den Griff einer Lanze.

»Seid gegrüßt, Herr Jordis«, sagte er mit gespielter Munterkeit und blickte kurz von seiner Arbeit auf. Der Griff hatte es wirklich nötig, er war klebrig und stumpf. Eifrig polierte er weiter.

»Gott zum Gruße.« Augustin Jordis wandte sich Stael zu und hielt ihm eine Pergamentrolle hin. »Seht.« Er öffnete das Pergament und ließ es einen Sekundenbruchteil später wieder zurollen.

Stael hatte nur einen kurzen Blick auf das Siegel und die Unterschrift des Ratsbürgermeisters werfen können. »Es ist recht, Herr Jordis«, seufzte er. »Wir wissen Bescheid.«

»Gut.« Jordis schob die Pergamentrolle zurück in einen ledernen Beutel, der über seiner schiefen Schulter hing. Er war fein gearbeitet und hatte goldene Stickereien entlang den Nähten. »Nun?«

»Wenn es Euer Wunsch ist.« Stael näherte sich der Falltür zum Verlies. »Aber Ihr dürft nur eine von beiden sprechen. Welche wollt Ihr?«

»Aleidis«, sagte der Bucklige, und Vinzenz wunderte sich, wie tief die Stimme des missgestalteten Kaufmannes klang. Wenn man den Buckligen ansah, erwartete man, eine viel höhere, gepresste Stimme zu hören, ähnlich dem Quaken eines Frosches. Aber dem war nicht so.

Der kleine, erlesen gekleidete Mann sah den beiden Stadtwachen fest in die Augen.

»Ich möchte mit Aleidis Wintz sprechen.«

***

»Elsbeth«, sagte eine Frauenstimme.

Wo kam sie nur her? Alles war dunkel, nur ein schmaler Streifen Licht fiel durch einen Schlitz in der Wand ihr gegenüber, aber er erreichte nicht einmal den Boden des Kerkers. Elsbeth versuchte wieder einzuschlafen, ins Reich des Vergessens zurückzukehren. Barmherziger, der Boden, auf dem sie lag, war hart und kalt. Alles tat weh. Sie fror.

»Elsbeth, wach auf!«

Die Stimme war immer noch da. Jemand umfasste vorsichtig ihren Oberkörper und richtete sie auf, bis sie mit dem Rücken an der Mauer lehnte. Sie zuckte zusammen und beugte sich ein Stück vor. Ihre Haut am Rücken war aufgerissen von Rutenhieben, der zerfetzte Stoff ihres Kleides klebte an den Wunden. Sie biss die Zähne zusammen. Kräftige Hände schoben ein Stück Tuch zwischen ihren Körper und die rohe Wand.

»Komm, trink das!«

Sie kannte diese Stimme. Langsam wurde der schwarze Vorhang vor ihrem inneren Auge beiseitegezogen, ihr Geist kehrte zurück in die Gegenwart. Sie wusste jetzt, wo sie war. Und – Gott sei Dank! – auch, wem die Stimme gehörte.

Sie war nicht mehr allein. Neben ihr saß ihre Freundin und Lehrmeisterin Aleidis Wintz.

Ein kühles Gefäß berührte ihre Lippen. Elsbeth öffnete den Mund und spürte Flüssigkeit auf ihre trockenen Lippen tropfen. Ihr Mund war wie ausgedorrt, die Zunge klebte am Gaumen. Sie hob die rechte Hand und griff nach dem Becher. Ihr Arm zitterte, und sie hatte kaum Kraft in den Fingern, doch sie umklammerte das Gefäß und trank es leer. War sie beim letzten Erwachen nicht noch mit schweren Eisenringen an die Wand gekettet gewesen?

»Ja, so ist es gut! Ich hätte dir lieber Wein gereicht als Wasser, mein armes Mädchen, aber wir müssen mit dem vorliebnehmen, was uns die Wachen überlassen.«

Aleidis' Stimme klang warm und aufmunternd. Etwas leiser fuhr sie fort: »Diese schäbigen Ausgeburten eines räudigen Frettchens!«

Aleidis streichelte behutsam ihre Wange und murmelte tröstende Worte. Elsbeth entspannte sich ein wenig. Sie stützte sich mit dem linken Arm ab, der nicht so schmerzte wie der rechte. Warum nur konnte sie das rechte Auge nicht öffnen?

»Mein Auge ...?«, sagte sie fragend und tastete nach ihrem Gesicht. Auf der Stirn klebte geronnenes Blut. Ihre Wimpern fühlten sich hart und verkrustet an.

»Warte, mein armes Mädchen, warte, ich mache das.«

Elsbeth hörte Wasser plätschern. Ein beruhigendes, sanftes Geräusch. Wahrscheinlich feuchtete Aleidis einen Lappen an, um ihr Gesicht zu reinigen.

»Erschrick nicht, es wird nass«, sagte Aleidis. Vorsichtig und geschickt wusch sie Elsbeth das Blut ab.

»Am Auge muss ich es einweichen lassen. Lehn dich an mich, ich lege dir das Tuch auf die Augen.«

Elsbeth spürte, wie Aleidis sich neben sie an die Wand setzte und mit sanften Händen ihren Oberkörper drehte, sodass sie sich leidlich bequem abstützen konnte. Im Rücken spürte sie Aleidis' weiche Brust, unter dem Hinterkopf deren runde Schulter.

»Was haben sie dir angetan, meine kleine Elsbeth«, flüsterte die Freundin. »Diese Unholde! Mögen sie auf ewig Geschwüre am Hintern haben und Warzen an den Füßen!«

Elsbeth spürte, wie das feuchte Tuch behutsam über ihre Augen gelegt wurde. Es schmerzte, aber die Kühle tat wohl.

»Diese ranzigen Fürze eines tollwütigen Eichhörnchens.« Aleidis schnaubte durch die Nase. »Sie haben den Namen Mensch nicht verdient. Es sind Würmer. Eklige Würmer, auf die ein mächtiger Ochse treten sollte!«

Elsbeth fehlte die Kraft, über die Flüche ihrer Freundin zu lachen. Ihr fehlte die Kraft für alles.

Was war nur geschehen? Bilder blitzten in ihrem Kopf auf: schwarze Gestalten hinter Johannisbeersträuchern, Knüppel und Ruten, harsche Stimmen, ein dunkler Raum ...

»Was –?«, begann sie, aber Aleidis fiel ihr ins Wort.

»Scht, schweig still, kleine Elsbeth«, sagte sie mit sanfter Stimme. »Du ruhst dich aus, ich rede. Alsdann: Stell dir vor, du sitzt mit mir am Rheinufer, die Sonne scheint, wir essen Äpfel. Schöne, saftige Äpfel. Das stellst du dir vor, und dann schläfst du. Sonst singe ich dir ein Schlaflied, und ich schwöre: Das ist kein Genuss! Ich bleibe bei dir. Später sprechen wir. Schlafe nun, Elsbeth. Alles wird gut.«

Trotz ihrer eigenen Schmerzen und Ängste dachte Aleidis hoffnungsvoll daran, dass Augustin Jordis alles daransetzen würde, sie hier herauszuholen. Vom Augenblick seiner Geburt an war er der zäheste Mensch gewesen, den sie je gekannt hatte.

Sie hatte oben an der Falltür nur ein paar Worte mit ihm wechseln können, doch seine Entschlossenheit schien Mauern und Finsternis zu durchdringen und gab ihr Hoffnung. Sie wollte nicht so enden wie die arme Frau, die vor einigen Wochen der Hexerei angeklagt und verbrannt worden war.

Was sie zu ihrer und zu Elsbeths Verteidigung tun konnte, würde sie tun. Ansonsten blieb nur zu hoffen, dass Jordis ihre Hinrichtung verhindern würde.

Ich habe ihn einst gerettet, dachte sie, und nun versucht er, mich zu retten.

***

Augustin Jordis schlug mit der Faust auf den Tisch. Seine Stimme bebte vor Wut. »Wie könnt Ihr die beiden auf solche Art gefangen halten? Es ist nichts erwiesen. Nichts!« Er knallte eine Handfläche auf die Tischplatte und wandte sich an Reinhard Stael. »Mit welchem Recht habt Ihr sie geschlagen?« Er trat noch einen Schritt näher. »Antwortet!«

»Wir haben nicht … wir …«, stammelte Vinzenz. Er wunderte sich, wie viel Wut und Kraft in diesem kleinen Mann steckten.

»Schweig«, fuhr Stael ihn an. »Herr Jordis«, sagte er, um einen ruhigen Tonfall bemüht, »wir sorgen nur für ihre Verwahrung. Der Hexenausschuss hat sie befragt.«

»Der Hexenausschuss?«, bellte Jordis. »Wie können sie es wagen? Ohne Gerichtsverfahren! Die Frauen wurden misshandelt! Habt Ihr die Verletzungen nicht gesehen?«

Vinzenz warf dem vor Wut schäumenden Kaufmann einen unsicheren Blick aus wässrig blauen Augen zu. »Aber die eine … Aleidis, die sah doch gar nicht so schlimm aus. Die letzte Hexe, die wir hier hatten …« Er brach ab, als Jordis sich vor ihm aufbaute und so laut »Haltet das Maul!« brüllte, dass Spucketropfen auf Vinzenz' Wange landeten. Er wagte nicht, sie abzuwischen. Er hatte Angst, der wütende kleine Mann würde ihn auf der Stelle mit bloßen Händen erwürgen.

»Haltet das Maul!«, wiederholte der Bucklige, diesmal leiser und mit bedrohlichem Unterton. Er schüttelte den Kopf, drehte sich mit einer ruckartigen Bewegung zum Südfenster und atmete ein paarmal tief durch. Dann wandte er sich wieder den beiden Wachen zu, die ihn gebannt beobachteten.

»Höret! Höret gut, ich wiederhole mich ungern. Solange keine wahren Beweise erbracht sind, ist es nicht erlaubt, den Frauen auch nur ein Haar zu krümmen. Zuerst muss eine Gerichtsverhandlung erfolgen. Zeugen müssen befragt werden. Nichts von alledem ist geschehen!«

»Das ist uns bekannt.« Stael trat unbehaglich von einem Fuß auf den anderen. »Aber … nun ja, die Bürgermeister und der Schultheiß sind zu geschäftlichen Verhandlungen mit dem Kurfürsten nach –«

»Das weiß ich, Ihr Tölpel!«, fiel Jordis ihm ins Wort. »Was meint Ihr, wie ich an dieses Pergament gekommen bin? Ich habe den Ratsbürgermeister vor seinem Haus abgefangen und ihm mein Anliegen unterbreitet. Wenn sie in ein paar Tagen zurück sind, werden die Frauen ordentlich vor Gericht gestellt und befragt.«

»Ja, Herr, das wissen wir.« Stael nickte. »Ein Bürgermeisterknecht war hier und hat uns Eure Besuchsabsicht mitgeteilt.«

Augustin Jordis wischte die Bemerkung mit einer Handbewegung beiseite. »Ich verlange, dass Ihr die Frauen anständig behandelt. Sollte das nicht geschehen, werde ich Maßnahmen ergreifen.«

Während Vinzenz ein wenig einfältig einwarf: »Soll das heißen, Ihr würdet uns nie wieder Wein verkaufen?«, biss Stael sich nur stumm auf die Lippen.

Dann sagte er: »Selbstverständlich, Herr Jordis. Doch wie bereits erwähnt: Der Hexenausschuss ...«

»Mich kümmern Eure Rechtfertigungen nicht, Stael. Behandelt die Frauen gut, und Ihr werdet nicht in Streit mit mir geraten. Gebt ihnen Decken, Wasser und Essen zur Genüge.«

»Wir haben ihnen heute Morgen Haferbrei gereicht, Herr, das ist ein gutes und kräftigendes Mahl«, brachte Vinzenz vor.

»Schwatzt nicht herum«, fuhr Jordis ihn an. »Hier!« Er zog eine Börse aus der Tasche und warf ein paar Münzen auf den Tisch. »Kauft davon etwas Ordentliches. Und wenn sie nach Kräutern verlangen oder Tüchern oder etwas anderem, um ihre Wunden zu versorgen, dann gebt es ihnen.«

Vinzenz schüttelte leicht den Kopf und sagte von oben herab: »Es sind doch nur Hexen. Weibsbilder, die –«

»Hütet Eure Zunge!« Augustin Jordis geriet erneut in Wut. »Aleidis hat Euch auf die Welt geholt, Vinzenz Moersch! Ohne ihre Hilfe wäret Ihr – und manch anderer – als blutiger Klumpen in ungeweihtem Dreck verscharrt worden.« Er hatte die Hände zu Fäusten geballt. »Dass sie sich der Hexerei schuldig gemacht hat, ist nicht erwiesen. In keiner Weise erwiesen. Ebenso wenig bei Elsbeth Neerings.« Er holte Luft. »Es gilt die Verhandlung abzuwarten. Bis dahin ist der Einsatz des Hexenausschusses unlauter. Eure Aufgabe ist es, für Sicherheit zu sorgen. Auch für die Sicherheit von Gefangenen!«

Vinzenz kratzte sich am Kopf. »Und wenn Arnd Ebels nun mit den Weibern zu sprechen wünscht?« Er dachte mit Unbehagen daran, dem wortgewandten und unbarmherzigen Wortführer des sogenannten Hexenausschusses mitteilen zu müssen, sein Einschreiten sei bis zur Rückkehr der Bürgermeister, die in Klagesachen letztendlich das Sagen hatten, nicht erwünscht.

Augustin Jordis warf ihm einen vernichtenden Blick zu. »Denkt an meine Worte.« Zielstrebig ging er auf die Tür zu, wobei er wie stets das linke Bein nachzog. Schon als Kind war er so seltsam gelaufen. Vinzenz erinnerte sich. Sie hatten mit Steinen nach ihm geworfen, von einem Gebüsch aus, und ihn als Missgeburt beschimpft.

Reinhard Stael begleitete ihn die Treppe hinunter zum Ausgang, öffnete die schwere Tür und ließ ihn hinaustreten in die brütende Mittagssonne.

Bevor er sich abwandte, sah Jordis dem alten Wachmann ins Gesicht und sagte: »Ihr seid kein schlechter Mensch, Stael. Lasst Euch von Gerüchten nicht einschüchtern. Glaubt, was Ihr seht, und nicht, was Ihr aus unzuverlässigen Quellen hört.«

Stael erwiderte den Blick. »Ich bin nicht sicher, was ich glauben soll. Die Wahrheit wird wohl noch ans Licht kommen, früher oder später. Gehabt Euch wohl, Herr Jordis«, sagte er.

Jordis nickte und schritt in seiner eigentümlichen Gangart über die Schützenbahn davon. Die Sonne spiegelte sich in den Verzierungen seiner Kopfbedeckung.

Stael ließ die Tür zufallen und seufzte. »Er sollte seine Zunge hüten«, sagte er, halb zu sich selbst und halb zu seinem Kollegen. »Wer sich mit Hexen verbündet, gerät schnell selbst in Verruf.«

Vinzenz nahm das Polieren seines Lanzengriffs wieder auf. »Ich verstehe ihn nicht. Es sind doch nur ... solche Frauen eben. Hexen womöglich. Sie haben sich der Verhaftung widersetzt und eins übergezogen bekommen. Hätten sie halt gleich mitkommen sollen. Wie kann er sich darüber so aufregen?«

Stael setzte sich schwerfällig auf den einzigen Stuhl im Raum, auf dem ein Kissen lag. »Du kennst doch die Geschichte«, sagte er, »du weißt, was sie für ihn getan hat.«

»Schon.« Vinzenz kratzte sich am Kopf. Sein Gesicht war immer noch gerötet vor Aufregung. Mit einer Hand wischte er zum wiederholten Mal den Speichel fort, den Jordis ihm ins Gesicht gespien hatte und der längst nicht mehr da war. »Aber wenn man bedenkt, was sie gemacht haben sollen ...« Unsicher sah er den älteren Wachmann an.

Stael nickte. »Unheilvolle Dinge. Auch ich bin froh, dass etliche Fuß unüberwindbarer Raum zwischen uns und den Weibern liegen.«

Beide starrten auf die Falltür. Vinzenz glaubte für einen winzigen Augenblick, sie würde sich bewegen.

»Ich muss die Waffen reinigen«, sagte er und riss seinen Blick los.

***

»Habt Ihr schon gehört?«, rief die Bäckerin Maria Homberg ihrer Nachbarin beim Ausschütten des Kochwassers in den Rinnstein der Niederstraße zu. »Die Elsbeth Neerings wurde als Hexe verhaftet! Gestern Abend. Sie soll dem Kaufmann Hege sein bestes Pferd verhext haben. Einfach tot umgefallen ist es. Und wisst Ihr, was man in seinem Herzen fand? Eine faustdicke Kröte und eine Handvoll Schlangen!«

»Nein!«, stieß die Nachbarin hervor und stellte ihren Eimer ab. Ihre Augen glänzten vor Neugier.

»Doch«, fuhr Maria Homberg fort. »Und dann hat sie dem Hege noch die Manneskraft geraubt, durch Hexerei. Er kann seiner Frau nun nicht mehr, Ihr wisst schon … beiwohnen.«

»Das ist ja unglaublich!« Atemlos trat die Nachbarin näher, begierig darauf, weitere schlüpfrige Einzelheiten zu erfahren.

»Und was man noch munkelt …«, Maria Homberg senkte die Stimme, »habt Ihr von dem Ungeziefer gehört, das haufenweise in Mertens' Haus gefunden wurde?«

Die Nachbarin nickte und spuckte angewidert aus.

»Das soll wohl auch die Elsbeth gewesen sein, zusammen mit der Hebamme Wintz«, fuhr die Bäckerin fort. »Und dann habe ich noch etwas gehört, etwas ganz Schauerliches, heute Morgen erst …« Sie machte eine bedeutungsvolle Pause. »Von einem Hof draußen vor der Stadt ist ein Säugling verschwunden. Einfach weg! Genau wie das Kind vom Kiver, dem Flickschuster, vor zwei Tagen. Ihr wisst ja, wie die Flickschusterin überall rumgeheult hat! Vielleicht steckt Hexenwerk dahinter!« Maria Hombergs Stimme wurde heiser vor Abscheu, als sie weitersprach. »Vielleicht wurden die Kinder dem Teufel geopfert!«

»Nein!« Ihrer Nachbarin fehlten die Worte. Sie starrte Maria mit großen Augen an. Über das Verschwinden des Flickschuster-Kindes war viel getuschelt worden in Neuss. Dass jetzt schon zwei Säuglinge verschwunden waren! Unheil und Hexenwerk, mitten unter ihnen!

»Jesus, Maria und Josef«, flüsterte sie und rückte ihre Haube zurecht.

Maria Homberg nickte ernst. »Stellt Euch nur vor!«

Ein Fuhrwerk näherte sich, auf dem Bock saß ihr Vetter Werner, der eine Fuhre Zinnwaren zum Hafen brachte. »Werner! Anhalten!« Sie trat ihm in den Weg und hob einen Arm. »Ich habe Neuigkeiten! Du kennst doch den Hege, den Sibert Hege …«

»Und? Was ist mit ihm?« Werner spuckte das Minzblatt aus, an dem er gelutscht hatte. »Hoo!«, zügelte er sein Pferdegespann und brachte den Wagen zum Stehen.

Während Maria ihm die schaurigen Neuigkeiten verkündete, wandte sich ihre Nachbarin einem jungen Mann zu, der aus dem Haus gegenüber trat. Er arbeitete als Sackträger im Kaufhaus. Mit seiner Mutter schwatzte sie oft am Brunnen. Gewiss würde diese sich sehr für das Unheil interessieren, das in Neuss vor sich ging!

So verbreiteten sich die Neuigkeiten in ganz Neuss, sie flossen von einem Ohr ins andere wie schmutziges Abwasser. Durch zahllose Kanäle strömten sie, änderten bisweilen ihre Richtung und ihre Beschaffenheit. Zusätzliche Hinweise wurden aufgenommen und mitgeschwemmt, bis ein dickes, braunes Brackwasser aus Gerüchten entstanden war, das jegliche Zweifel einfach mitriss.

In der Gasse der Leineweber erzählte man sich, dass auch die Hebamme Aleidis Wintz verhaftet und der Hexerei angeklagt worden sei. Weil sie ein Kind mit zwei Köpfen zur Welt geholt und mehrere Menschen verflucht habe. Von denen einige ja auch gestorben seien, ganz elendig verreckt! So wie der Junge vom Löwenwirt, der Blut gehustet hatte, und zuletzt die Witwe Quentin, die Schwester von Ludwig Mertens, dem Tuchhändler. Deren Mann im Frühjahr erst beim Reiten verunglückt war. Milch war ihr aus Mund und Nase geflossen, wie man hörte. Entsetzlich. Und im Sterben noch hatte sie das Wort »Hexen« geflüstert, sagte die Nachbarin. Ja, und dann ihr armes Neugeborenes … schrecklich. Doch damit nicht genug: Würmer und Raupen hatten sie ihm auch noch ins Haus gehext, dem Mertens! Als hätte er nicht schon genug zu ertragen.

Darum hatte man sie beide eingesperrt, die Wintz und ihre Gehilfin Elsbeth Neerings, die als Magd bei Mertens aushalf und auch anderswo. Es konnte nicht mit rechten Dingen zugehen, dass dem Hause Mertens in kurzer Zeit so viel Unheil widerfuhr und beide Frauen dort ein und aus gingen. Nicht umsonst hatte die Witwe Quentin sie der Hexerei bezichtigt. Sie mussten ihre Hand im Spiel gehabt haben! Sie – oder der Teufel persönlich. Mit dem sie ja wohl Umgang hatten, in jeder erdenklichen Form. Der Leibhaftige höchstselbst war durch den Ort gefahren! Bei diesem Gedanken bekreuzigten sich die Leineweber. Dann fuhren sie fort, Vermutung an Vermutung zu reihen.

Warum verschwanden Kinder aus der Gegend, was war mit ihnen geschehen? Waren sie dem Teufel geopfert worden?

Eine erneute Bekreuzigung war angezeigt.

An den Gerüchten musste etwas Wahres sein! Zu oft sah man sie zusammen, die beiden Verdächtigen. Warum hatte Elsbeth die Hebamme zu so vielen Geburten begleitet? Was sammelten sie da draußen vor den Toren der Stadt an Wurzeln und Hexenkräutern?

Unheil, Unheil!

Ähnlich redete man abends im Alten Bären. Die Schänke war deutlich voller als sonst, nicht alle hatten einen Sitzplatz gefunden.

Manch ein Zecher glaubte sich zu erinnern, dass ihm Elsbeth Neerings – wohlgestaltet war sie ja, das musste man ihr lassen – unzüchtige Blicke zugeworfen hatte. »Wer so guckt, der treibt es auch mit dem Teufel!« An einem Tisch links von der Tür war man sich einig, dass beide Hexen zu Recht im Kerker saßen. Schließlich hatten sie unbescholtenen Bürgern erheblichen Schaden zugefügt. »Sünde und Blut«, murmelte ein zahnloser alter Mann immer wieder, »Sünde und Blut.«

An einem anderen Tisch saßen besonnenere Männer. Einer von ihnen war der Schustermeister Rutger Jansen. »Ich mag das alles nicht glauben«, sagte er und runzelte die dichten Brauen. »Die Aleidis … Ich habe sie stets als herzensgute Frau erlebt. Sie hat tage- und nächtelang am Bett meiner Frau gewacht, und ohne sie hätte unser Jakob das Licht der Welt nicht erblickt. Ich kann mir das nicht vorstellen.« Er schüttelte den Kopf.

Ein großer, schwergewichtiger Mann zu seiner Linken nickte bedächtig. Hennes Kreitfisch, Barbier und Inhaber von Kreitfischs Badestube, hatte die mächtigen Hände um seinen Trinkbecher gelegt und zog die Nase hoch. »Mir geht es ähnlich, auch ich vermag das nicht zu glauben. Aleidis' Bruder war ein guter Freund von mir. Bis er im letzten Winter ... eine traurige Geschichte.« Er war im Rhein ertrunken, der Bruder, an einem eisigen Dezembertag, kurz vor Weihnachten. »Womöglich wird das seiner Schwester auch noch angelastet.«

Ein vierschrötiger Mann, der mit einigen Krügen Bier an ihrem Tisch vorbeikam, stieß im Gedränge an die Tischkante und verschüttete einen Schwall Bier über Rutger Jansen. »He da, Trottel, pass doch auf!«, rief dieser und strich sich die Tropfen von der Schulter. Doch der andere war schon in der Menge verschwunden. Schwüle Wärme drang durch die offenen Fenster. Die Luft war drückend, das Stimmengewirr laut.

»Aber habt Ihr auch gehört, dass sich Augustin Jordis für die beiden einsetzt? Er soll im Kerker gewesen sein.« Rutger Jansen fuhr sich durch sein strähniges graues Haar und sprach weiter, bevor die anderen fragen konnten: »Meine Tochter hat es mir erzählt. Sie war auf dem Weg zu den Gärten an der Zollpforte, da hat sie ihn gesehen. Er kam wütend aus dem Blutturm. Sehr wütend und sehr entschlossen, sagte sie.«

»Das ist gut.« Hennes Kreitfisch nickte zustimmend. »Man mag von ihm sagen, was man will, aber er hat seine Menschlichkeit nie verloren – im Gegensatz zu so manch anderem Kaufmann.«

»Ja, und ihn verbindet eine lange Freundschaft mit Aleidis Wintz«, ergänzte Knut, der Größte in der Runde, dessen Nachnamen niemand kannte. Er war einfach Knut. Der aus dem Norden. Ein kräftiger Knecht, groß wie ein Leuchtturm, mit hellen Augen und gutmütigem Gesicht.

»Ich weiß nicht, ob Euch die Geschichte bekannt ist. Ich wohnte damals neben Jordis. Auf jeden Fall ...«, er nahm einen Schluck Bier und wischte sich den Schaum vom Mund, »hat auch schon mal besser geschmeckt. Auf jeden Fall: Aleidis Wintz war dabei, als Augustin Jordis geboren wurde. Vor …«, er kniff kurz die Augen zusammen und schürzte die Lippen, während er rechnete, »gut fünfundzwanzig Jahren. Er lag wohl falsch herum, ich kenne mich da nicht aus. Auf jeden Fall: Sie hat ihn rausgeholt. Seine Mutter ist wohl gleich in Ohnmacht gefallen, als sie ihn sah. Ich meine: Kein Wunder, schief gewachsen, wie er ist. Muss entsetzlich ausgesehen haben. Furchtbarer Schreck für die Mutter.«

Knut hatte sich in Fahrt geredet und trank einen weiteren Schluck Bier, bevor er weitersprach.

»Der Vater war auf Reisen. Geschäftlich. Und dann, als er wiederkam, ich meine: Ihr kennt den alten Jordis! Der hatte sich aller Wahrscheinlichkeit nach einen ansehnlicheren Sohn gewünscht. Die erste Zeit hat er ihn kaum beachtet. Erst später, als er merkte, was für ein schlauer kleiner Bursche da um ihn herum hinkte, hat er ihn auch schätzen gelernt. Aber was ich sagen wollte: die Mutter. Also: die Mutter!«

Es war wieder Zeit für ein paar Schlucke Bier. Knut legte eine bedeutungsvolle Pause ein.

»Sie wollte ihn umbringen!«, rief er dann aus. »Stellt Euch das vor: Die Mutter wollte ihren eigenen Sohn umbringen! Man möge ihr zugute halten, dass der Schreck über seine Missgestaltung ihre Sinne verwirrte. Aber dennoch, er war immerhin ihr Sohn. ›Tötet ihn!‹, hat sie gerufen. ›Tötet das Balg!‹« Knut nickte zufrieden. »Das weiß ich von einer Magd, mit der ich mal …« Er räusperte sich. »Auf jeden Fall: die dabei war. Sie hat das heiße Wasser gebracht.«

Knut griff nach seinem Bierkrug und starrte eine Weile auf die Luftblasen in der dunklen Flüssigkeit. Möglicherweise dachte er an die Magd und deren Qualitäten, die über die perfekte Zubereitung von heißem Wasser hinausgegangen sein mochten. Er holte tief Luft und fuhr fort: »Und dann hat Aleidis Wintz gesagt: ›Nichts da. Lasst die Finger von dem Jungen. Er ist gesund und stark, und es gibt keinen Grund, ihm sein kleines Leben zu nehmen. Dass er ein bisschen krumm ist – was macht das schon?‹ Ihr wisst, wie sie reden kann, die Wintz. Da wagt man nicht so leicht zu widersprechen. Vor allem, da sie auch …«, er deutete mit den

Händen einen voluminösen Körper und kräftige Muskeln an, »Ihr wisst schon, ordentlich zupacken kann! Auf jeden Fall: Mutter Jordis hat getobt wie eine Irre und wollte dem Kind schon selbst an den Kragen. Da hat sie den Säugling genommen, die Aleidis, hat ihn in Tücher gewickelt und ist einfach nach Hause gegangen. Sie hatte ja zu der Zeit selbst schon einen Sohn und konnte beide ernähren. Als der alte Jordis von seiner Reise zurückkam, hat sie ihm den Jungen in den Arm gedrückt und gesagt: ›Bitte sehr; ich kann ihn gern stillen und wickeln, doch er ist Euer Sohn.‹ Später kam sie, um dem Jungen Geschichten zu erzählen, ich sah sie manchmal zusammen im Hof sitzen. Sie hat den kleinen Augustin sehr ins Herz geschlossen. Und er sie. Die Mutter hat sich übrigens gleich nach der Geburt davongemacht, mit einem Krämer, sagt man.«

»Ein Wunder, dass Augustin Jordis so wohlgeraten ist, trotz allem«, sagte Hennes Kreitfisch.

»Na ja, er kann auch ganz schön …« Knut suchte nach dem richtigen Wort. »Er kann ein harter Knochen sein. Aber er hat viel Gutes von seinem Vater mitbekommen. Der alte Jordis tat nur nach außen hin so hart. Und dann war da natürlich Aleidis Wintz.«

»Ja, Aleidis Wintz«, wiederholte Rutger Jansen. Er dachte daran, dass die Hebamme und ihre Freundin und Gehilfin nun im Kerker saßen. Wegen Verbrechen, derer sie sich in seinen Augen kaum schuldig gemacht haben konnten. »Ich glaube es nicht«, sagte er abermals, trank seinen Krug aus und suchte in den Taschen nach Geld. »Ich gehe nach Hause, meine Frau wird sich schon fragen, wo um alles in der Welt ich so lange bleibe.«

Tag zwei. Montag

»Es hat sich etwas Neues ergeben, Herr«, sagte Theil Kop, als er an diesem Vormittag die Geschäftsstube seines Herrn betrat und die Mütze vom Kopf nahm. Theil hatte schon dem alten Jordis als Fuhrknecht und Hausdiener treue Dienste geleistet; nun stand er dessen Sohn Augustin, dem Buckligen, mit offenen Augen und wachem Geist zur Seite. Seines Wissens nahm in ganz Neuss kein Knecht, kein Diener, kein Berater eine solch vertrauliche Stellung ein wie er. Ohne natürlich die Achtung zu verlieren, das verstand sich von selbst! Herrschaft war Herrschaft, er selbst war ein Knecht und würde immer ein Knecht bleiben.

»Etwas Neues in Sachen Aleidis Wintz, Herr«, fügte er hinzu. Auf den Gedanken, sich auf einen der kostbaren Stühle im Raum zu setzen, kam er gar nicht erst.

Augustin Jordis sah von den Papieren auf, die er gerade studierte. »Erzähl«, sagte er knapp.

Theil räusperte sich. »Ich war gestern Abend im Alten Bären, dort wurde allerhand geredet. Über die Verhaftung von Aleidis und Elsbeth und über die Untaten, die man ihnen zur Last legt. Wenn Ihr mich fragt, Herr: zum Großteil nichts als Lügen und Schauergeschichten. Von einem Kind war die Rede, das mit zwei Köpfen geboren wurde, später waren es vier und am Ende gar zwölf! Aber der Kerl, der von den zwölf Köpfen sprach, hat wohl selbst schon überall zwölf Köpfe gesehen, er hatte nämlich so viel getrunken, dass es ihm zu den Ohren hinauslief.«

Jordis verzog sein Gesicht zu einem müden Lächeln. Lustig war die ganze Sache indes nicht. »Fahr fort«, bat er.

»Nun«, Theil befeuchtete seine Lippen, »was mich bedenklich stimmte und was ich aus zahlreichen Mündern vernahm, nicht nur aus einem, ist dies …«

»Ja?«, fragte Jordis ungeduldig.

»Die Sache mit den verschwundenen Kindern … Ihr wisst, dass seit drei Tagen das Neugeborene vom Flickschuster Kiver nicht mehr aufzufinden ist. Nun ja, man munkelt von einem Missgeschick und dass sie es vielleicht nicht sagen wollen, doch nichts Genaues weiß man nicht! Und jetzt redet man plötzlich von Zauberei. Es ist nämlich gestern noch ein Kind verschwunden. Von einem Hof im Burgbann, manche sagen, vom Fetschereihof. Vorgestern, wieder ein Säugling! Ein Zwillingskind. Die Mutter hatte die Kleinen wohl unter einen Baum zum Schlafen gelegt, während sie auf dem Feld arbeitete. Als sie lautes Weinen hörte, lief sie hinüber – und eines der Kinder war fort.«

»Eine seltsame und bedauernswerte Geschichte«, sagte Jordis. »Aber es mag sein, dass das Kind wieder auftaucht, wir wollen es hoffen.«

Er stand auf und stellte sich ans Fenster. Die Brückstraße war voller Leben, gerade fuhr ein großer Karren mit prall gefüllten Säcken vorbei.

»Es kommt manchem überaus gelegen, jedes in letzter Zeit geschehene Unglück den angeblichen Hexen zur Last legen zu können! Demnächst wird man sie noch zur Verantwortung ziehen, wenn der König von Spanien einen Furz fahren lässt!«

Theils gutmütiges Gesicht nahm zuerst einen amüsierten, dann einen nachdenklichen Ausdruck an. »Da habt Ihr Recht, Herr«, pflichtete er Jordis bei. »Man sollte allerdings bedenken, dass sich in den letzten Wochen doch viel Unerklärliches und Böses ereignet hat, hier in unserer Stadt. Mehr als sonst, möchte ich meinen. Es ist erschreckend, wenn solche Dinge in der Nachbarschaft geschehen, man ist nah dran, es könnte einen selber treffen. Die Menschen haben Angst. Sie fürchten, dass noch mehr Unheil geschieht. Dass auch ihre Kinder sterben oder verschwinden. Oder dass sie plötzlich das ganze Haus voller Würmer und Raupen haben wie Ludwig Mertens, meine Nichte hat es selbst gesehen!«

Jordis hatte die Arme auf den Rücken gelegt. Zum Verschränken der Hände reichte es nicht ganz, dafür war sein Oberkörper zu stark gewölbt und zu schief.

»Das ist wahr«, nickte er. »Auch mich beunruhigen die Ereignisse. Dennoch versuche ich, bei klarem Verstand zu bleiben. Manch einer ergötzt sich am Leid anderer und versteigt sich in absonderliche Ideen, in welchen die Abgründe seiner eigenen

Seele zum Vorschein kommen. Das ist gefährlich.« Er kehrte zurück zum Tisch und stützte sich auf die schwere Kirschholzplatte. Vor seinem inneren Auge sah er die fünf Mitglieder des Schöffenkollegs vor sich, die sich innerhalb kürzester Zeit zu einem Untersuchungsausschuss zusammengefunden hatten, um über das Hexenwerk Auskünfte einzuholen.

»Ich kenne die Mitglieder des Hexenausschusses, und ich sage dir, Theil: Deren Seelen sind schwarz. Ich traue Arnd Ebels nicht über den Weg. Ebenso wenig seinen Kumpanen. Aleidis Wintz kenne ich seit meiner Geburt, wie du weißt, und sie würde niemals, ich wiederhole: niemals, die Dinge tun, derer man sie bezichtigt. Das fühle ich – hier.« Er legte eine Hand auf sein kostbares ziegelrotes Gewand, an die Stelle, unter der sein Herz lag.

Theil wunderte sich wieder einmal, wie sein Herr imstande war, unsichtbare Dinge wie Gefühle und Gedanken in Worte zu kleiden. Dies war sehr ungewöhnlich für einen Mann. Es entsprach eher einer Frau. Manch einer würde es befremdlich finden. Aber nicht er, Theil Kop. Er war froh, dass sein Herr so geradlinig und aufrecht war, jawohl, aufrecht! Trotz seines krummen Wuchses. Innerlich war er so geradlinig wie ein Schiffsmast.

»Ich muss mehr über die Vorkommnisse wissen«, fuhr Augustin Jordis fort. »Ich möchte mit denen sprechen, die etwas gesehen haben. Wie ist es mit deiner Nichte, die bei Mertens arbeitet? Kannst du sie hierherkommen lassen, so bald wie möglich?«

»Natürlich, Herr«, antwortete Theil, »aber ich bitte Euch: Seid vorsichtig. Manche Ohren in dieser Stadt sind auf der Suche nach übler Nachrede. Es wäre gefährlich, wenn man Euch als Hexenfreund betrachten würde.«

»Aleidis Wintz ist keine Hexe. Und auch nicht Elsbeth Neerings. Keine von beiden hat etwas Unrechtes getan. Die Unglücksfälle müssen eine andere Ursache haben.«

»Ich bitte Euch trotzdem, vorsichtig zu sein, Herr.« Theil schob seine Kappe zurück auf sein dichtes graues Haar und ruckelte sie hin und her, bis sie saß.

Nachdem Theil Kop den Raum verlassen hatte, ging Augustin Jordis um seinen Schreibtisch herum und öffnete einen flachen

Holzkasten. Darin lag eine breite, in weiches Leder eingeschlagene Kladde, die er unlängst bei einem Besuch in Uerdingen erworben hatte, um darin seine Gedanken zu notieren. Oder Lieder, die ihm gefielen. Schon als kleiner Junge kannte er ganze Litaneien auswendig, und er liebte den Gesang. Das hatte sich bis zum heutigen Tag nicht geändert. Gern saß er abends an seinem Tisch, hörte die Feder über das grobe Papier kratzen und sang leise die Worte mit, die er niederschrieb. Doch Überlegungen dieser Art waren im Augenblick unwichtig! Der Kladde würde nun eine andere Bestimmung zuteil werden.

Jordis nahm sie aus dem Kasten und setzte sich damit an den Schreibtisch. Er schob die Frachtpapiere beiseite, die er studiert hatte, bevor sein Knecht hereingekommen war, und stellte sein Schreibgestell vor sich auf die Tischplatte. Johann Virlingbrodt hatte es aus einer dünnen Platte mit höhenverstellbaren Streben eigens für ihn angefertigt. Es erleichterte ihm das Schreiben und sorgte durch seine Neigung dafür, dass die Tinte nicht allzu schnell aus der Feder floss. Auf diese Weise musste er den Schreibvorgang nicht so oft unterbrechen, als wenn er auf einer flachen Unterlage geschrieben hätte. Die gesamte Tischplatte in Schräglage anbringen zu lassen hätte ihm nicht gefallen. Er mochte flache, gerade Tische, auf denen er Schriften stapeln und Dinge sortieren konnte. Auch Blumen hatte er gern um sich, bunte Blüten regten ihn bei der Arbeit an. Und wie, bitte schön, sollte ein mit Wasser gefülltes Gefäß auf einer schrägen Tischplatte Halt finden?

Jordis betrachtete die weißen, roten und gelben Stockrosen und Löwenmäulchen, die in einer kostbaren venezianischen Glasvase vor ihm standen. Seine Magd hatte ihm die Blumen gestern aus dem Garten mitgebracht. Auf der Spitze eines zitronengelben Löwenmäulchens krabbelte ein kleiner Käfer. Jordis sah zu, wie er in der Tiefe des Blütenkelches verschwand.

Dann legte er die Kladde auf das Schreibgestell, strich über den glänzend dunkelbraunen Rand und schlug sie auf. Er wählte aus seiner Sammlung von Schreibfedern einen langen Gänsekiel mit frisch geschärfter Spitze, schraubte das Tintenfass auf und tunkte den Kiel in die dunkle Flüssigkeit.

Einen Augenblick überlegte er, dann schrieb er »Anschuldigungen gegen Aleidis« oben auf die erste Seite. Die zweite betitelte er mit »Anschuldigungen gegen Elsbeth« und die dritte mit »Anschuldigungen gegen beide«. Anschließend begann er aufzuschreiben, was ihm an Vorwürfen den Frauen gegenüber bekannt war. Die offensichtlich unsinnigen brachte er ebenfalls zu Papier, allerdings notierte er sie auf einem anderen Blatt, weil ihm eine Überprüfung von vornherein unnötig erschien.

Die Liste dieser unsinnigen Verleumdungen war kurz:

I. Kind mit zwölf Köpfen (Ursache für das Gerücht war ein neugeborenes Zwillingspärchen, beide Kinder mit ungewöhnlich großem Kopf, aber jedes mit eigenem Körper, der Rest wurde hinzugedichtet unter dem Einfluss von Branntwein.)

II. Teufelsähnliche Gestalt, in der Luft schwebend, vor dem Haus von Aleidis Wintz (Theil hat mit der alten Frau gesprochen, die den Spuk beobachtet hat. Sie ist fast blind und einsam und will von sich reden machen. Vermutlich ist nur ein Hornvieh an ihrem Haus vorbeigelaufen.)

Länger, viel länger, war die Liste der Anklagepunkte, für die es zuverlässige Zeugen oder Beweise zu geben schien. Bei denen es um »Schadenzauber« an Menschen und Tieren ging, um tatsächliche Schädigungen, Todesfälle und unerklärliche Tragödien. In einigen Fällen schien die Natur ihre Hand im Spiel gehabt zu haben. Die angeblichen Schlangen im Herzen von Heges totem Pferd mochten beispielsweise Verwachsungen oder große Maden gewesen sein, und die »herbeigehexte« Kröte konnte auch rein zufällig im Stall gesessen haben.

In anderen Fällen mussten böswillige Menschen dahinterstecken. Irgendjemand hatte die beiden Kinder geraubt; Jordis hoffte von Herzen, dass sie noch lebten. Aber wer hatte das getan? Und warum?

Einige Verleumdungen waren aus Angst geboren, andere eher aus Bosheit. Auch er fürchtete das Unerklärliche. Niemand wollte in Machenschaften des Leibhaftigen verwickelt werden. Doch dass Aleidis und Elsbeth zu Werkzeugen des Teufels geworden waren, konnte er nicht glauben. Er würde sich alle Mühe geben müssen, um ihre Unschuld zu beweisen.

Jeden Punkt versah Jordis mit einer Ziffer und notierte sich dahinter die Quelle der Information und die Namen der Personen, die etwas zu der Tat sagen konnten, soweit sie ihm bekannt waren. Viele Anhaltspunkte hatte er nicht.

Als er fertig war, war es bereits Nachmittag. Er hatte seine Schreibarbeit nur zweimal unterbrochen, um den Abtritt aufzusuchen und eine Stärkung zu sich zu nehmen, die ihm seine Magd aufs Zimmer gebracht hatte. Er hatte nicht alles verzehren können, ein Rest Hering mit Roten Rüben lag noch auf dem Teller. Klara meinte es immer zu gut mit ihm, vielleicht hoffte sie, ihn durch reichhaltige Kost noch ein wenig wachsen zu lassen.

Er stand auf und ging im Zimmer umher, um seine verspannten Muskeln zu lockern. Zweimal kehrte er zurück an den Schreibtisch, um einen Gedanken zu notieren, der ihm nachträglich eingefallen war.

Er hatte acht Seiten gefüllt. Zum Großteil mit Lügen, dessen war er sicher.

Als würde er ihm recht geben wollen, erschien der kleine Käfer, den Jordis heute Vormittag bei seinem Spaziergang durch die Blumen beobachtet hatte, auf der Tischplatte und kletterte auf die Kladde zu.

Ich bin wie du, dachte Jordis, ein kleiner Käfer im Weltgeschehen. Ein kleines, manchen Menschen äußerst lästiges Insekt, das im Begriff ist, den Berg der Gerechtigkeit zu erklimmen. Bedenket, ihr Zweifler: Auch kleine Wesen können machtvoll sein und Gutes bewirken – solange sie den richtigen Weg gehen. Auf geht's!, ermunterte er sich selbst. Es gilt, die Wahrheit herauszufinden!

Jordis schlug den Weg nach Norden in Richtung Rheintor ein. Obwohl es ein schöner Tag war und die milde Sommerluft zum Spaziergang einlud, traf er nur wenige Menschen. Ein verkniffen dreinblickender älterer Herr, der ihm entfernt bekannt vorkam, schüttelte missbilligend den Kopf, als er ihn sah, und eilte den

Markt hinauf. Jordis ließ sich nicht beirren – er war argwöhnische Blicke von klein auf gewohnt – und setzte seinen Weg fort. Über die im Schatten des Münsters liegende Straße Auf dem Ufer erreichte er das Kloster Marienberg, dessen helles Glockengeläut gerade zur Vesper rief. Hinter den Mauern flog ein Schwarm Möwen auf und flatterte kreischend über den Fluss, irgendwo musste eine Ladung Fische angekommen sein. Am Rheintor nickte er dem Wächter freundlich zu, der mit einer knappen Kopfbewegung zurückgrüßte, vielleicht hatte er aber auch nur eine Fliege verscheucht.

Jordis beschloss, am Rheinufer eine Rast einzulegen. Er hatte zwar Ausdauer, aber längeres Gehen ermüdete ihn, der hinkende Gang kostete Kraft. Auf ungleich langen Beinen kam man nicht gut voran. Was würde er dafür geben, einmal richtig rennen zu können!

Ihm fiel ein Trupp Tagelöhner ins Auge, der schon seit Februar mit Bauarbeiten an der Uferbefestigung beschäftigt war. Viele waren ihm unbekannt, man hatte einige Männer aus den umliegenden Orten für diese Beschäftigung anwerben müssen.

Jordis ließ seinen Blick über das dunkle, glänzende Wasser des Stroms gleiten. Er dachte an Arnd Ebels, den Vorsitzenden des Hexenausschusses.

Ebels entstammte einem wohlhabenden Neusser Haus, das es im Fisch- und Salzhandel einst zu Ansehen und Reichtum gebracht hatte. Auch als Eigner von Grund und Boden war es bedeutungsvoll, zumindest in einer Zeit, die schon länger zurücklag. Ebels' Vater hatte den Besitz heruntergewirtschaftet, durch leichtsinnige Geschäfte, wie man hörte, und weite Reisen. Dem jungen Arnd und seinem Bruder gelang es, den gänzlichen Zerfall des Vermögens zu verhindern. Nachdem der Bruder gestorben war, hatte Arnd das Geschäft allein weitergeführt und war Mitglied des Schöffengerichtes geworden. Jordis mochte ihn nicht. Arnd Ebels hatte ein gewandtes, selbstsicheres Auftreten und konnte zu Menschen, die ihm genehm waren, äußerst zuvorkommend sein. War ihm jemand jedoch nicht genehm, aus welchen Gründen auch immer, kamen ganz andere Züge zum Vorschein. Jordis hatte ihn einige Male bei Sitzungen des Stadtrates erlebt, zu denen er selbst als Ratsherr und Ebels als Schöffe geladen war. Ebels zeigte sich in Verhandlungen scharfsinnig, aber auch unnachgiebig, und mit einem Wortwitz, der bisweilen ins Spöttische abglitt. Jordis hielt ihn für machthungrig und betrachtete seine Stellung als Vorsitzender des Hexenausschusses mit großen Bedenken. Ebels besaß die Fähigkeit, die unheimlichen Vorkommnisse der jüngsten Zeit zum Nachteil von Aleidis und Elsbeth auszulegen, das stand fest. In Schuldzuweisungen war er beeindruckend.

Jordis holte tief Luft. Er musste feststellen, was sich hinter all diesen Geschichten verbarg! Ob jemand sein eigenes frevlerisches Handeln als das Werk von Hexen ausgeben wollte beziehungsweise sich im allgemeinen Aufruhr hinter dieser Lüge zu verstecken suchte. Kurz: Er wollte wissen, wer *tatsächlich* schuldig war.

Zunächst würde er das Verschwinden der Kinder untersuchen. Sie waren wohl kaum weggehext worden. Zwischendurch könnte er mit dem Mädchen sprechen, das bei Mertens arbeitete und die ominöse Flut von Raupen und Würmern beobachtet hatte, der Nichte von Theil Kop.

Bedauerlich, dass er sich allein um all das kümmern musste. Die Hilfe seines Knechtes konnte er nur bedingt in Anspruch nehmen; Theil war ein alter Mann, zudem ging es seiner Frau gesundheitlich schlecht.

Vielleicht würde er sich bald nach Helfern umsehen müssen. Aber wer würde schon bereit sein, sich für zwei angebliche Hexen einzusetzen und sich damit in Gefahr zu begeben?

***

Arnd Ebels schenkte sich Wein aus einem der Krüge ein, die vor ihm auf dem Tisch des Wachraumes standen, und nahm einen tiefen Schluck. Er war gespannt, was es an Einzelheiten über die teuflischen Machenschaften der Hexenweiber zu erfahren gab. Obgleich sie versuchten, ihre Bosheit und Sittenlosigkeit hinter einer Maske der Ehrbarkeit zu verbergen, konnte er in sie hineinsehen. Schlangenähnlich winden würden sie sich, wenn er seine Fragen stellte. Denn Schlangen waren sie, tief in ihrem Inneren.

Er rückte den hohen Kragen seiner schwarzen Jacke zurecht und gab seinen Helfern ein Zeichen, die Falltür zu öffnen.

Da eine amtliche Verhandlung erst nach Rückkehr der Bürgermeister erfolgen konnte, hatte Ebels dem diensthabenden Wachmann gesagt, bei ihrem heutigen Vorhaben handele es sich um kein Verhör, sondern um eine unverfängliche Befragung. Der junge Wachmann, ein tumber Bursche namens Moersch, war daraufhin losgezogen, sich im Alten Sternen einen Krug Wein geben zu lassen, als Lohn für seinen Einsatz zum Wohle der Stadt. Der Trottel war immer noch unterwegs.

Sich zum gütlichen Verhör hinab in das schmutzige Gefängnis zu begeben wäre den Mitgliedern des Hexenausschusses nicht standesgemäß erschienen, schließlich war dies ein Ort für frevelhafte Kreaturen, Ketzer und Abschaum – nicht für achtbare Bürger wie sie.

Außerdem wollte man nur ein paar Fragen stellen, deren Antworten bereits feststanden, das konnte auch oben im Wachraum geschehen. Den Kerker würde man erst brauchen, wenn die Weiber sich weigern sollten, ihr Hexenwerk zu gestehen. Dann würde man sie foltern müssen – jedoch nicht nur mit ein paar harmlosen Ruten wie bisher. Jammerschade um die schöne glatte Haut der jungen Elsbeth.

Wenn sie vernünftig waren, würden sie noch heute ein Geständnis ablegen. Danach kämen sie bis zur offiziellen Verurteilung wieder in den Kerker. Um wenig später ein letztes Mal ans Tageslicht zu treten, auf dem Weg zu ihrer gerechten Strafe: dem Scheiterhaufen.

Arnd Ebels warf einen wohlwollenden Blick auf seine Getreuen. Diese Männer waren aus dem rechten Holz geschnitzt. Sie ließen sich von sittenlosen Frauenzimmern nichts vormachen.

Weiber, die sich seltsam verhielten, Weiber, die Tod und Unglück brachten, waren mit dem Leibhaftigen im Bunde und hatten den Tod verdient! Hexerei galt als ein Verbrechen von außergewöhnlicher Schwere, es bedeutete die Abwendung von Gott und die Hinwendung zum Teufel.

Ungehorsame, aufmüpfige Weibsbilder konnte Ebels auch persönlich nicht ausstehen. Erst recht nicht solche, die es lieber mit dem Teufel trieben als mit redlichen Männern wie ihm. Elsbeth war ein solches Weib, das wusste er, schließlich hatte er seine Erfahrungen mit ihr. Sie hatte ihr Schicksal selbst verschuldet. Und Aleidis Wintz … Ebels mochte sich nicht eingestehen, dass ihre Stärke ihn beunruhigte. Die Kenntnisse der Heilkunst, die sie zu besitzen schien, waren ihm nicht geheuer. Wer wusste, was sie mit Kräutern und Wurzeln alles anstellen konnte. Solange sie im Kerker angekettet war, konnte sie nichts ausrichten. Und auch hier oben nicht, wie wollte sich eine Frau gegen fünf bewaffnete Männer wehren? Dennoch sagte ihm sein Gefühl, dass es klug war, sich zu beeilen. Je eher die beiden auf dem Scheiterhaufen brannten, desto besser.

Und was sollte schon misslingen? Die Beweise sprachen gegen sie. Ihr teuflisches Treiben hatte sich auf vielerlei Arten gezeigt. Es gab Beobachtungen, Tatsachen und Zeugen; dem Hexenausschuss lag eine lange Liste vor. Und die Befragung der Zeugen ging weiter, das Netz zog sich immer enger zusammen. Die beiden würden nicht davonkommen.

Dass er ein Amulett aus Wachs unter dem Hemd trug, in welches das »Agnus Dei« eingeritzt war, musste niemand wissen. Es konnte nicht schaden, sich gegen teuflische Einflüsse zur Wehr zu setzen. Das Böse musste überwunden werden, und er würde siegreich sein. Gott und das Gesetz waren auf seiner Seite.

Arnd Ebels verzog den Mund zu einem zuversichtlichen Lächeln, verschränkte die Finger und ließ die Knöchel knacken.

Er war bereit.

***

Man hatte Aleidis aus dem Kerker holen lassen und sie angewiesen, sich auf einen kleinen, morschen Schemel zu setzen. Neben ihr stand ein Knecht, dessen Gesicht ebenso reglos war wie sein Körper. Er stand da wie ein Fels, ganz und gar aus Stein. Was seine Aufgaben sein mochten, wollte Aleidis sich lieber nicht vorstellen.

Ihr gegenüber nahmen die Herren Schöffen Platz, vier an der Zahl, rund um einen Tisch, auf dem eine nicht unbeträchtliche

Menge Wein stand. Durch die tief in die Mauer eingelassenen kleinen Fenster des Halbrundturmes fiel klares, kühles Tageslicht. Nach der Dunkelheit des Verlieses mussten sich ihre Augen erst an die Helligkeit gewöhnen.

Einer der Schöffen, ein Mann mit langem Gesicht und schmalen weißen Händen, war offenbar zum Protokollanten erklärt worden, er saß vor einem Bogen Papier und öffnete gerade ein Tintenfass.

»Nun«, sagte Arnd Ebels, der den Vorsitz führte, »so wollen wir das Verhör beginnen. Habt Ihr den Namen und so weiter?«, fragte er den Schreiber. Dieser nickte und sagte: »Nur das Alter fehlt noch.«

»Euer Alter!«, bellte Ebels.

Aleidis musterte ihn: sein markantes Gesicht mit den dichten Brauen, den tief liegenden Augen und den vollen Lippen, die weich hätten wirken können, wäre da nicht dieser brutale Zug gewesen; die charakteristische Kerbe, die in das Kinn hineingeschnitten zu sein schien; den Schatten dunkler Bartstoppeln auf den Wangen. Er war beileibe kein hässlicher Mann, aber er strahlte eine frösteln machende Kälte aus.

Wie er da saß! Der überhebliche Ausdruck, die herrschaftliche Körperhaltung. Du bist dir deiner Sache so sicher, dachte Aleidis.

Sie sah ihn direkt an. Die Augen niederschlagen würde sie nicht. Es wäre ihr lieber, die Unholde ihr gegenüber niederzuschlagen, einen nach dem anderen.

»Neunundvierzig«, sagte sie.

»Jahre?«, fragte Ebels und warf seinen Mitstreitern einen belustigten Blick zu.

»Eier«, antwortete Aleidis.

Ebels schoss einen giftigen Blick auf sie ab. »Bewahrt Achtung vor dem Gericht«, warnte er, »sonst wird Euch unser Arnold hier arges Ungemach bereiten.« Er nickte dem Schergen zu, der neben ihr stand. Arnold erwachte aus seiner Starre und schlug sie heftig ins Gesicht. Sie zuckte zurück, richtete sich jedoch gleich wieder auf.

Im Leben nicht, dachte Aleidis, denn ihr habt keine Achtung verdient, sondern dass man euch in den Hut scheißt. Sie wusste aber, dass es klüger war, diese Ansicht nicht zu äußern.

»Bevor wir näher auf Eure Schandtaten eingehen, möchten wir sichergehen, dass Eure Lebensverhältnisse im Protokoll korrekt vermerkt sind.«

Er ließ sich vom Schreiber die Papiere reichen und schaute hinein.

»Ihr seid also Aleidis Wintz, geborene Halffmans, neunundvierzig Jahre alt, wohnhaft zu Neuss am Rhein, Hinter den Minderbrüdern, in einem Haus, welches Ihr von Euren Eltern geerbt habt und in dem Ihr der anderen Angeklagten, Elsbeth Neerings, Unterkunft gewährt?«

Aleidis senkte leicht den Kopf.

»Soll das ein Nicken sein?«, blaffte Ebels. »Nickt gefälligst vernünftig! Ich fahre fort: Eure Eltern sind bereits vor Jahren verstorben. Euer Vater war Barbier, gebürtig in Düsseldorf, Eure Mutter Hebamme wie Ihr. Euer Bruder, ebenfalls Barbier, lebte in Düsseldorf und ertrank vor drei Jahren aus nicht geklärter Ursache im Rhein. Auf ebenso seltsame Weise verstarb Euer Mann, Anton Wintz, Zimmermann und Hufschmied, vor fünf Jahren. Angeblich am Milzbrand. Erstaunlich, dass Ihr davon verschont bliebt!«

Er sah sie durchdringend an.

Aleidis hielt den Kopf gesenkt und sprach ein stilles Gebet im Gedenken an ihre Angehörigen, die sie so früh verloren hatte.

»Ihr habt einen Sohn namens Johannes, der vor zwei Jahren aus Neuss fortging. Er konnte wohl nicht weit genug von Euch wegkommen!« Ebels lachte. »Darf man erfahren, warum?«

Aleidis hob den Kopf und sagte, um einen nüchternen Tonfall bemüht: »Er ist Zimmermann. Als Geselle ging er auf Wanderschaft und lernte seine Frau kennen. Nun lebt er auf dem Hof ihrer Eltern in der Eifel.«

»Ein wahres Mannsbild also«, spottete Ebels, »ordnet sich dem Willen eines Weibes unter.« Er schnalzte abfällig mit der Zunge. »Eure anderen Kinder sind früh verstorben. Verdächtig viele Tote in Eurem Umfeld, Witwe Wintz! Nun gut. Ich möchte noch zwei Ergänzungen vornehmen.«

Ebels gab dem Schreiber die Unterlagen zurück. »Dass Ihr Hebamme seid, ist bekannt. Geht Ihr noch einer anderen Beschäftigung nach?«

»In jungen Jahren half ich in Düsseldorf in einem Wirtshaus aus. Nachdem meine Mutter starb, war ich nur noch als Hebamme tätig.«

»Wann kamt Ihr von Düsseldorf nach Neuss?«

»Kurz nach dem Tod meiner Mutter.«

»*Wann* habe ich gefragt! Der Tod Eurer Mutter schert mich nicht!«

Aleidis schluckte ihre Wut hinunter und antwortete: »Vor etwa dreißig Jahren.«

»Nun gut. Eine letzte Frage noch: Bliebt Ihr allein, nachdem Euer Mann verstarb, oder hattet Ihr Liebschaften? Gab es Männer, mit denen Ihr Euch fleischlich vereinigt habt?«

»Wüsste nicht, was Euch das anginge«, entfuhr es Aleidis, was zur Folge hatte, dass Arnolds Faust sie gezielt von oben auf den Kopf traf.

»Diese Frage ist durchaus von Belang, da sie Auskunft darüber gibt, inwiefern Ihr Annäherungen des Teufels gegenüber empfänglich seid. Ich würde sagen: sehr empfänglich! Lieber den Teufel im Bett als gar keinen, ist es nicht so?«

Ebels lachte scharf und verschränkte die Hände vor sich auf dem Tisch. »Nun, Aleidis Wintz«, fuhr er fort, »Ihr steht unter dem Verdacht der Hexerei und seid verschiedener Verbrechen angeklagt. Je eher Ihr Euch schuldig bekennt, desto besser. Je länger Ihr Euch widersetzt, desto schmerzlicher und schrecklicher werden Eure Qualen sein.«

Aleidis sagte nichts, sondern sah stur geradeaus.

»Eure Einsicht vorausgesetzt, gelangen wir heute zu einer gütlichen Einigung und können Euch die Folterqualen ersparen. Voraussetzung ist, dass Ihr Eure Verbrechen bekennt und ein freiwilliges Geständnis ablegt. Kommen wir nun zu …«

Aleidis hob eine Hand. Die Kette an ihrem Handgelenk klirrte.

»Wartet«, bat sie. »Wenn ich ein Geständnis ablegen *würde* – obwohl ich unschuldig bin, wohlgemerkt –, wäre das mein sicheres Todesurteil. Ihr würdet mich auf den Scheiterhaufen bringen, ist es nicht so?«

Ebels nickte bedächtig und sagte in einem Ton, als würde er zu einem kleinen Kind sprechen: »Ja, durchaus möglich, das könnte geschehen.«

Das könnte geschehen, hörte Aleidis; in seinen Augen las sie jedoch etwas anderes: *das würde geschehen.*

Arnd Ebels erwiderte ihren Blick und senkte die Stimme zu einem eindringlichen Flüstern: »Ein Geständnis würde Euch vor entsetzlichem Leid bewahren. Wäre Euch ein rascher Tod nicht lieber, als Eure Hände und Beine zerquetscht zu sehen? Oder jämmerlich auf dem Nagelstuhl zu enden?«

Aleidis drehte ihren Kopf abweisend zur Seite. Arnold packte ihn und drückte ihn mit Gewalt zurück.

»Wenden wir uns nun Euren Missetaten zu«, sagte Ebels, während er sich Wein nachgoss. »Wir hatten bereits ein Gespräch darüber begonnen, Ihr erinnert Euch?«

»Verzeiht«, warf der Schreiber ein, »kommen wir nun zu den Anschuldigungen?«

»Ja«, antwortete Ebels ungeduldig, »Vernehmung der Angeklagten zu den Anschuldigungen. Unterbrecht mich nicht immer! Wo waren wir stehen geblieben?«, fragte er, in seinen unverfänglichen Plauderton zurückfallend. »Bei der Gefangennahme, als wir uns die Ehre gaben, Euch abzuholen?«

Ehre und abholen? Aleidis schnaubte. Aus dem Haus gezerrt hatten sie sie, die Dreckskerle. Mit einem Knüppel ins Kreuz geschlagen, als sie nicht mitkommen wollte. Angedroht, ihr die Finger abzuschneiden, als sie sich am Türsturz festhielt. Die klaffende Wunde am Zeigefinger und Prellungen am ganzen Körper zeugten von ihrem kaum ehrenhaft zu nennenden Vorgehen.

»Wir hatten, glaube ich, kurz darüber gesprochen, dass Ihr es mit dem Teufel getrieben habt. Ihr wolltet uns aber keine Einzelheiten Eurer Liebschaft verraten. Schade.« Er lachte und sah die Männer neben sich an, die beifällig nickten und breit grinsten. »Mich hätte die Größe und Beschaffenheit seines Gemächtes sehr interessiert.« Wieder lachten sie.

Besonders widerwärtig grunzte der Dicke neben Ebels, fand Aleidis, er hatte schon äußerlich viel von einem Schwein.

»Aber es geht nicht nur um Unzucht mit dem Leibhaftigen«, stellte Ebels fest. »Hier steht noch einiges mehr. Wollen wir mal sehen …« Er studierte das oberste einer Reihe von Papieren, auf denen die angeblichen Hexentaten verzeichnet waren.

»Folgendes wird Euch zur Last gelegt: Erstens: Pakt mit dem Teufel, besiegelt durch Unzucht mit selbigem. Zweitens: Anwendung von Zauberei mit Todesfolge in mindestens drei Fällen; Opfer sind bisher die Witwe Quentin und ihr Neugeborenes sowie das Kind vom Löwenwirt.«

»Wovon redet Ihr? Ich weiß nichts von irgendwelcher Zauberei!«, warf Aleidis ein. »Der Tod der Witwe Quentin war ein Unglücksfall, sie litt an –«

Bevor sie zu medizinischen Erklärungen ansetzen konnte, wurde sie vom Wortführer des Hexenausschusses unterbrochen.

»Langweilt uns nicht mit Eurem Weiberkram. Die Hintergründe Eurer Übeltaten können, wenn nötig, später besprochen werden. Falls wir heute nicht zu einer gütlichen Einigung gelangen sollten.« Er sah sie scharf an. »Ich werde nun fortfahren, die Liste der Anschuldigungen zu verlesen. Ihr redet nur, wenn Ihr gefragt werdet! – Drittens: Entführung mehrerer Kinder zu teuflischen Zwecken.«

»Was?«, rief Aleidis entsetzt. »Wie könnte ich?«

Arnold brachte sie durch einen heftigen Stoß mit dem Ellbogen zum Schweigen.

»Ihr werdet uns schon noch sagen, wo Ihr sie versteckt habt!«, sagte Ebels bedrohlich leise. Dann fuhr er ungerührt fort: »Viertens: Schadenzauber im Hause Ludwig Mertens' unter Verwendung von …«, er hielt kurz inne und sah sie an, als sei mit dem nächsten Wort sie persönlich gemeint, »… Ungeziefer. – Fünftens: Anhexung von Manneskschwäche bei drei unbescholtenen Bürgern. *Und*, als hätte es noch nicht gereicht, sechstens: Beihilfe bei der Geburt eines Teufelsbalges mit mehreren Köpfen!«

Er schlug mit einer Hand auf das oberste Blatt und ließ die Papiere sinken. Nach einer Kunstpause hob er fragend die Augenbrauen. »Möchtet Ihr Euch zu diesen Vorwürfen äußern?«

Aleidis erwiderte seinen Blick mit einem entschlossenen Ausdruck auf ihrem runden Gesicht.

»Ich möchte dazu sagen, dass das alles nicht wahr ist. Ich habe den Menschen nach bestem Gewissen mit den mir zur Verfügung stehenden Mitteln geholfen. Und zwar im Vertrauen auf Gott, nicht auf ... den anderen.«

Arnd Ebels wippte ungeduldig mit dem Fuß. Aleidis ließ sich nicht beirren und fuhr fort: »Über die verschwundenen Kinder weiß ich nichts, aber ich bedauere ihr Schicksal. Mit den angeblichen Schadenzaubern habe ich nichts zu tun.« Sie schloss die Augen und sammelte sich. »Das ist doch alles ...!« Sie suchte nach einem passenden Wort, beherrschte sich aber und schloss mit den Worten: »Mehr gibt es nicht zu sagen.«

Arnd Ebels legte den Kopf zurück, seine Augen wurden schmal. »Ihr wollt also behaupten, dass Ihr völlig unschuldig seid an den genannten Vorgängen und somit keine Hexe?«

»Genau das will ich behaupten«, antwortete Aleidis.

»... und dass die unbescholtenen Bürger, mit denen wir sprachen, infame Lügner sind?«

»Es sieht ganz so aus.« Verlogene Frettchen, dachte sie. Was sie schon nicht sagen durfte, wollte sie wenigstens denken.

Die fünf Männer ihr gegenüber sahen sie missbilligend an. Einer von ihnen wirkte etwas weicher als die anderen. Er hatte ein blasses, jugendliches Gesicht und war recht klein und zierlich. Sie kannte ihn nur vom Sehen, seinen Namen wusste sie nicht.

»Vergreift Euch nicht im Ton!«, herrschte Ebels sie an. Aleidis spürte, wie Arnold neben ihr seinen Kopf bewegte, um sie anzusehen, sich aber ansonsten nicht rührte.

»Ihr weigert Euch also, ein Geständnis abzulegen?«, stellte Arnd Ebels fest.

»Es gibt nichts zu gestehen«, erwiderte Aleidis.

Der Wortführer nickte seinem Schergen zu. Wieder schlug der Knecht Aleidis fest mit der Handkante ins Gesicht.

»Schade, Ihr hättet es einfacher haben können«, sagte Ebels mit geheuchelter Anteilnahme. »Nun müsst Ihr wieder hinunter in Euer Rattenloch. Wir werden Euch morgen erneut gütlich befragen. Solltet Ihr abermals ein Geständnis verweigern, werden wir Euren Körper nach Teufelsmalen absuchen müssen.«

Aleidis erstarrte. Was sollte das bedeuten?

»Oft finden sich diese Male an Stellen, die Ihr lieber bedeckt haltet. Und die Suche nach ihnen kann sehr schmerzhaft sein ...

Ihr solltet Euch überlegen, ob ein Geständnis nicht doch sinnvoll wäre. Ihr habt eine Nacht Zeit, um darüber nachzudenken.«

Er erhob sich. »Bringt die Hexe wieder hinunter.«

Aleidis wurde an ihren Fesseln vom Stuhl gerissen und zur Kerkertür geschoben.

»Wir wissen, dass Ihr einige der Schandtaten gemeinsam mit Elsbeth Neerings verübt habt!«, rief Ebels ihr nach.

»Holt die andere herauf«, befahl er.

Tag drei. Dienstag

Augustin Jordis stand vor seinem Nussbaumschrank, den Schreinermeister Johann Virlingbrodt für ihn angefertigt hatte, und suchte nach einem Gewand, das er bei seinem heutigen Vorhaben tragen konnte. Es sollte nicht zu kostbar erscheinen, nicht zu auffällig sein, schließlich ging es aufs Land, zu einfachen Leuten. Er durfte nicht mit einer Betonung des Standesunterschiedes eine Mauer zwischen sich und dem Bauernvolk errichten. Die Magd namens Johanna Kloeren, deren Kind auf so unerklärliche Weise verschwunden war, sollte ihm vertrauen.

Viele seiner Kleider hatte er aus seiner Lehrzeit in Venedig mitgebracht, sie waren ihm von geschickten italienischen Nadelkünstlern förmlich auf den Leib geschneidert worden. In prächtigen Farben hingen sie vor ihm, versehen mit herrlichen Stickereien und schöpferischen Details, denen es gelingen konnte – wenigstens ansatzweise – über seine Missgestaltung hinwegzutäuschen. Oder zumindest das Auge des Betrachters davon abzulenken. Besonders mochte er den grünen Überwurf mit dem goldenen Muster, dessen Ärmel im oberen Teil so geschickt geschnitten und mit Stoffpartien verstärkt waren, dass sie optisch für einen Ausgleich sorgten: Seine linke Schulter, die sehr nah am Kopf saß und an deren Rückseite sich der Buckel befand, fiel in diesem Gewand nicht so stark ins Auge, durch die Aufpolsterung der rechten Schulter und die bunten Biesen und kleinen Bommeln an den Ärmeln wirkte die Körperform ausgeglichener, als sie in Wirklichkeit war.

Manche mochten ihn für einen Gecken halten in diesen farbenfrohen Kleidern, doch das scherte Jordis nicht. Er hatte sich ein gutes und angenehmes Leben aufgebaut. Das väterliche Haus an der Brückstraße war ihm ein behagliches Heim geworden. Mit erlesener Einrichtung aus deutschen Gefilden und fernen Landen hatte er es anheimelnd und nach seinem Geschmack gestaltet. Es fehlte ihm nur eine Frau, mit der er sein Leben teilen konnte. Mit der er abends in den prächtigen Antwerpener Sesseln sitzen und

Wein trinken konnte. Und reden. Und manches mehr, was Eheleute so taten.

Jordis verdrängte den Gedanken, entschied sich für ein graues Gewand, das schlicht und zweckmäßig gehalten war, und schloss den Schrank.

Er trat vor den Spiegel und musterte sein hageres Gesicht: dunkle Augen unter geraden, üppigen Brauen, ein ausgeprägter und etwas schiefer Mund, eine große Nase, ein kräftiges Kinn …

»Seid gegrüßt, Hexenfreund!«, sagte er zu sich selbst.

Er mochte es nicht, wenn anderen Menschen Unrecht geschah. Kam es daher, dass man ihm selbst als Kind so viel Leid zugefügt hatte? Womöglich. Er hatte früh gelernt, sich zu verteidigen und seine Stärken zu zeigen. Dies tat er auch gern für andere. Falls sie es verdienten. Meist war es so, dass diejenigen, die es nicht verdienten, auch diejenigen waren, die für Unrecht sorgten. Zu helfen galt es den Schwachen, den Wortkargen, den Armen. Frauen, die unschuldig im Kerker saßen …

Wie konnte es geschehen, dass einer herzensguten Frau wie Aleidis Wintz derartige Untaten unterstellt wurden? Zeit seines Lebens war sie wie eine Mutter zu ihm gewesen. Er würde sie von allen Beschuldigungen reinwaschen; er wusste, dass sie so unschuldig war wie ein junges Lamm. Bilder eines Lammes an der Schlachtbank drängten sich ihm auf, doch er schüttelte sie ab.

Jordis schloss sein Gewand und rief nach seinem Untergebenen. »Theil, wo steckst du?« Er fuhr sich mit seinem französischen Kamm durch das üppige braune Haar, das dringend wieder gestutzt werden musste. Dann steckte er Schreibzeug und das in Leder gebundene Buch mit seinen Vermerken in einen Beutel, den er sich über die rechte Schulter hängte. Die Schatulle für die Schreibutensilien hatte ihm sein Vater geschenkt, vor fünf Jahren, kurz bevor er starb. Sie war aus dunklem Ebenholz gefertigt und hatte hell eingelegte Intarsien. Als er um den Tisch herumging, fiel ihm wieder einmal auf, wie laut eines der Dielenbretter knarrte, wenn man darauftrat. Er musste Johann Virlingbrodt bei Gelegenheit fragen, ob man das nicht ändern konnte. Das Knarren war kein Ohrenschmaus.

Im Treppenhaus erklangen Schritte. Es klopfte an der Tür.

»Ich bin es, Herr«, rief Theil, der für seine ansehnliche Größe und sein fortgeschrittenes Alter eine recht hohe Stimme hatte, was Jordis bisweilen immer noch mit leichter Verwunderung erfüllte. Meistens aber hörte er darüber hinweg. Eine freundliche Stimme, die man von Kindesbeinen an kennt, umgibt einen eher mit Geborgenheit als mit Erstaunen.

»Die Pferde sind angespannt!«, verkündete Theil, der vor der Zimmertür stehen blieb. »Wir können aufbrechen.«

Mit diesen Worten stieg er die steile Treppe wieder hinunter. Gestern Abend hatte er Jordis noch berichten können, dass einige »Hexenjäger« durch den Ort liefen und Zeugen zu den Vorkommnissen befragten, die zur Festsetzung von Elsbeth und Aleidis geführt hatten.

Jordis nahm seinen Filzumhang vom Haken – der Himmel sah ihm sehr nach Gewitter aus – und folgte seinem Diener zügig. Einen Umweg über die Küche ließ er sich allerdings nicht nehmen. Schon als Kind hatte er es sich zur Gewohnheit gemacht, den Pferden vor jeder längeren Ausfahrt eine Mohrrübe zu verabreichen. Er öffnete die Tür zur Speisekammer. Seine Magd Klara war zurzeit nicht im Haus, sie bestellte den Gemüsegarten außerhalb der Stadtmauer, gleich hinter der Zollpforte. In einer Nische an der rechten Wand, im Schatten dicker Mauern, ruhten Möhren, Rote Rüben, Mangold, Radieschen und anderes frisch geerntetes Gemüse, das Klara fein säuberlich mit einem Leinentuch abgedeckt hatte. Zum Schutz gegen Fliegen und anderes Ungeziefer, dachte Jordis. Nicht aber zum Schutz gegen den Hausherrn. Er nahm sich eine Möhre und biss hinein. Sie schmeckte kräftig und süß. Kauend verließ er das Haus, zwei Mohrrüben für die Pferde in der Tasche, und sperrte sorgfältig die Tür ab. Auf der Straße wartete bereits der Zweispänner.

Theil nickte ihm kurz zu. Auch er kaute. Allerdings keine Möhren, sondern etwas, das in ein Tuch eingeschlagen neben ihm auf dem Kutschbock lag. Theils Frau Anna versorgte ihn vor jeder Ausfahrt stets mit frisch gebackenem Brot, kleinen Honigkuchen, einem großen Stück Speck oder gedörrtem Obst. Ein Wunder, dass der alte Knabe immer noch so dünn war.

Jordis fütterte die Pferde, zuerst das kleine weiße, dann das dicke braune, und nahm hinten in dem offenen Fuhrwerk Platz.

Der Morgen war frisch und sonnig, wenn sich auch weit im Westen der Himmel drohend dunkel zu färben begann.

Theil schnalzte mit der Zunge und ließ die Pferde antraben.

Sie fuhren über den Markt in Richtung Büchel. Am Kaufhaus an der Ostseite des Platzes war trotz der frühen Stunde schon recht viel Volk unterwegs. Jordis dachte nicht zum ersten Mal, dass das Gebäude für die ihm zugedachten Zwecke viel zu klein war. Hier sollten Tücher vermessen und zugeschnitten werden, die dreißig Ellen lang sein konnten; gleichzeitig diente es dem Lagern, Ausstellen und Feilbieten größerer Warenbestände – wie sollte das angehen in einem so schmalen Haus? Ich muss die Angelegenheit bald in den Stadtrat bringen, beschloss er.

Vor der Stadtwaage stand Philipp Blankart, Sohn eines alteingesessenen Patrizierhauses, und unterhielt sich mit einem Tuchhändler, dessen Namen Jordis immer vergaß. Er begann mit N. Oder mit T?

Blankart war so etwas wie ein Freund für ihn. Oder vielleicht eher ein Bekannter. Augustin Jordis ließ nur wenige Menschen nah an sich heran, sowohl in körperlicher Hinsicht als auch im Hinblick auf sein Innerstes. Er machte vieles mit sich selbst aus und verabscheute aufdringliches Verhalten, darum war er oft allein. Und das gern.

Jordis winkte den beiden zu, aber sie sahen ihn nicht; zu sehr waren sie ins Gespräch vertieft.

Er schluckte die letzten Bissen seiner Möhre hinunter, während das Gespann um die Biegung an der Liebfrauenkirche mit ihrem schmalen, spitzen Turm fuhr und eine Horde Kinder umrundete, die ihnen lachend und schreiend entgegenrannte. Im Hintergrund strahlte majestätisch das Quirinusmünster in der Morgensonne.

»Augen auf, Bürschchen!«, rief Theil den Kindern zu. »Fast hätte ich euch erwischt!«

Der Knecht schreckte zusammen, als er nach rechts in die nächste Gasse abbiegen wollte und ihnen ein Ochsenfuhrwerk entgegenkam. »Brrr!«, rief er und brachte die Pferde mit einem energischen Ruck zum Stehen. Gerade rechtzeitig, um den Ochsenkarren vorbeizulassen, der von einem vierschrötigen Knecht ohne erkennbaren Hals gelenkt wurde, welcher sie im Vorbeifahren finster musterte.

»Wo habt Ihr Eure Augen?«, knurrte der Halslose. »Am Hintern?« Laut lachend über diesen in seinen Augen offenbar maßlos geistreichen Scherz zuckelte er dicht an ihnen vorbei. So dicht, dass Jordis die Bartstoppeln in seinem fleischigen Gesicht zählen konnte.

»Euch auch einen schönen Tag, mein Freund«, sagte er freundlich, während Theil kopfschüttelnd murmelte: »Wozu sollen Augen am Hintern gut sein?«

Er wandte sich zu Jordis um und machte ein zerknirschtes Gesicht.

»Verzeiht den unsanften Halt, Herr«, bat er, als er die Pferde wieder antraben ließ. »Ich habe nicht daran gedacht, dass man in dieser Straße nur in eine Richtung fahren sollte.«

Die nächste, breitere Gasse konnten sie durchfahren, ohne andere Fuhrwerke zu behindern oder sich die Scherze unflätiger Knechte anhören zu müssen.

An der Kreuzung, die die Neusser »Schärpe Eck« nannten, herrschte reger Betrieb. Die Kutscher mussten ihre Fuhrwerke in der scharfen Kurve deutlich drosseln, was häufig zu Verzögerungen führte. Einige Frauen steckten die Köpfe zusammen und tuschelten, als Jordis an ihnen vorbeifuhr.

Kein Wunder, dachte er, ich biete wohl derzeit Anlass zu allerlei Spekulationen.

Sie verließen Neuss durch die Zollpforte und fuhren ein Stück nordwärts. In den Gärten vor der Stadt herrschte reger Betrieb. An einer Böschung standen drei kleine Jungen und pinkelten gemeinsam in ein Gefäß, das zu diesem Zweck vermutlich nicht gedacht war, da neben ihm ein hagerer Mann lag und schlief. Er hatte sich zum Schutz gegen die Sonne einen Hut über das Gesicht gezogen. Im Weiterfahren hörte Jordis eine Frauenstimme aufschreien und sah eine kräftige Weibsperson mit wehendem Kittel über ein Rübenfeld stürmen. Mochte sie die Mutter eines der drei

Buben sein oder die Ehefrau des Schlafenden – sie würde die kleinen Übeltäter nicht erwischen. Diese waren längst hinter der rettenden Stadtmauer verschwunden.

***

Johanna hatte in dieser Nacht kaum geschlafen. Immer wieder war sie aufgewacht und hatte geweint. Ihre Brüste schmerzten. Viel zu viel Milch hatte sich in ihnen angesammelt. Schließlich war sie es gewohnt, zwei Kinder zu stillen und nicht nur eines. Woher sollte ihr Körper wissen, dass nicht mehr so viel Milch erforderlich war? Ihr Nachtkittel hatte vorn zwei feuchte, runde Flecken, und auch das Laken war nass.

Johanna tastete nach ihrer linken Brust, die besonders wehtat. Die Haut war glühend heiß, das sonst so weiche Gewebe hart und geschwollen. Nachts hatte sie ihrem Sohn zweimal die rechte Brust gegeben. Vor lauter Müdigkeit war sie nicht auf die Idee gekommen, ihn auch links saugen zu lassen. Links hatte ja auch immer das Mädchen getrunken. Wieder kamen ihr die Tränen.

Ihre Mutter stand neben ihr und strich ihr mit rauen Händen über den Kopf.

»Meine arme Johanna«, sagte sie. »Ich muss raus, die Hühner füttern, es wird schon hell. Ich hab dir ein frisches Gewand hingelegt. Wenn du dich gewaschen hast, wird Hubertine dich zum Frühstück holen.«

Sie gab ihr einen Kuss auf die Stirn und verschwand durch die schmale Tür der Gesindekammer in den Flur. Johanna hörte, wie ihre Schritte sich die Treppe hinunter entfernten. Schwerfällig richtete sie sich auf. Ihren Sohn hatte sie neben sich in die Strohkissen gebettet. Im schwachen Licht des frühen Morgens, das durch die kleinen Fenster fiel, konnte sie nur den Umriss seines runden Köpfchens erkennen. Weinend beugte sie sich über ihn und küsste seine weiche Wange. Sie blieb noch eine Weile liegen. Ihr Körper war so schwach. Schließlich strich sie sich mit beiden Händen die Tränen aus den Augenwinkeln und schwang die Beine aus dem Bett. Der Dielenboden war kühl. Johanna nahm ihre langen braunen Haare zurück und schlang sie zu einem Knoten.

Benommen ging sie hinüber an den Waschtisch. Sie streifte ihr feuchtes Nachtgewand ab. Dann goss sie Wasser aus dem Krug in die Schüssel, nahm das Tuch, das über dem Rand der Schale hing, und wusch sich Gesicht und Oberkörper. Aus der linken, schmerzenden Brust tropfte immer wieder Milch. Nach dem Abtrocknen schlüpfte Johanna in ein Unterkleid und legte weiche, saugstarke Stofflappen zwischen Brust und Kleid. Als sie den Kittel überzog, den ihre Mutter ihr auf den Waschtisch gelegt hatte, hörte sie, wie sich leichte, flinke Schritte näherten.

Ihre Schwester Hubertine legte ihr von hinten die Arme um die Schultern und drückte sie liebevoll.

»Du musst etwas essen«, sagte sie.

»Ich kann nicht«, antwortete Johanna.

»Nur ein wenig«, ermunterte Hubertine sie. »Du brauchst Kraft für ihn.« Sie nickte hinüber zum Bett, wo der kleine Karl lag und schlief. Johanna atmete bedrückt aus.

»Und vielleicht kommt Margarete ja wieder«, tröstete Hubertine, »vielleicht …«

Johanna hob abwehrend die Hand. Sie wollte den Namen ihres Töchterchens nicht hören. Es war zu schmerzhaft.

»Komm, wir gehen hinunter.« Hubertine fasste sie sanft an der Schulter.

»Warte!« Johanna machte sich frei. »Ich lasse ihn nicht hier.« Sie schluchzte auf und nahm den stramm in Leintücher eingewickelten kleinen Karl mitsamt seinem Kissen aus dem Bett. Er gab ein helles, seufzendes Geräusch von sich und schlief weiter.

Die beiden Schwestern stiegen die Treppe hinunter und betraten die Küche, in der die Hausmägde, Knechte und Erntehelfer des Fetschereihofes ihre Mahlzeiten einnahmen.

Der Tisch war reich gedeckt. Um diese Jahreszeit brauchten alle auf dem Pachthof morgens eine kräftige Grundlage. Zwei Knechte saßen an einer Längsseite des großen Tisches und kauten schweigend. Einer von ihnen nickte ihnen teilnahmsvoll zu, der andere beachtete sie nicht. Johanna fühlte sich unwohl. Viele Menschen glaubten, dass Zwillinge nicht denselben Vater haben konnten, dass die Mutter demnach mit zwei Männern verkehrt haben musste. Aber sie wusste es besser.

Hubertine führte sie zu einem Schemel und half ihr, sich hinzusetzen.

Johanna hielt Karl fest an sich gepresst und sah zu, wie ihre Schwester Beerenmost aus einer Kanne in zwei Becher aus Steinzeug goss und dicke Brotscheiben mit Butter und Apfelmus bestrich.

»Auch etwas Brei?«, fragte sie. Mitten auf dem Tisch stand eine große Grape mit dampfendem Getreidebrei. Vermutlich hatte ihre Mutter ihn zubereitet, bevor sie die Tiere versorgen ging. Johanna schüttelte den Kopf.

Hubertine drückte ihr einen Becher Saft in die Hand. »Trink.«

Johanna hob das Gefäß an die Lippen und nahm einen Schluck.

»Und etwas Brot«, forderte ihre Schwester sie auf. Sie hielt eine üppig bestrichene Schnitte in Augenhöhe und lächelte.

Johanna biss ihr und Karl zuliebe hinein, aber sie schmeckte nichts, ihr Hals war wie ausgetrocknet, sie würgte den Happen nur hinunter.

Kalt war es. Ihre Füße fühlten sich eisig an, sie hatte vergessen, ihre Holzklumpen anzuziehen.

Die beiden Knechte hatten ihre Mahlzeit beendet, nickten ihnen noch einmal zu und gingen schweren Schrittes nach draußen, wo ein langer Arbeitstag auf sie wartete.

Karl begann sich zu regen. Er presste kehlige Laute hervor und bewegte suchend den Kopf von einer Seite zur andern. Johanna öffnete ihren Kittel, bettete Karl in ihren linken Arm und half ihm, die Brustwarze zu finden. Gierig schnappend saugte er sich daran fest.

Hubertine lachte. »Der weiß, was er will«, sagte sie und stand auf, um das benutzte Geschirr abzuräumen. Als sie am Fenster vorbeikam, fiel goldenes Morgenlicht auf ihren langen blonden Zopf, der sauber geflochten auf ihrem Rücken lag. Wenn sie älter wurde, würde sie ihn aufstecken und unter einer Stoffhaube verbergen müssen, dachte Johanna. Aber Hubertine war ja erst zwölf Jahre alt, neun Jahre jünger als sie selbst.

Johanna beobachtete ihren Sohn, der mit offenen Augen zufrieden nuckelte, und strich ihm sanft über den Haarflaum. Dich habe ich wenigstens noch, dachte sie.

Dreimal biss sie in ihr Brot, mehr schaffte sie nicht.

Draußen auf dem Hof wurde es laut, Geschäftigkeit verbreitete sich.

Als Karl kurz von ihrer Brust abließ, weil er aufstoßen musste, stand Johanna auf, um zurück in ihre Kammer zu gehen. In der Tür begegnete sie dem Schäfer, der erst vor Kurzem seinen Dienst auf dem Hof angetreten hatte, ein großer, schweigsamer Mann mit dichtem grauem Bart und lockigem Haar. Wortlos streifte er ihre Schulter. Johanna hielt den Kopf gesenkt und stieg die Treppe empor. In ihrer Kammer legte sie Karl aufs Bett, setzte sich auf die Bettkante und atmete tief durch.

Der Druck in ihrer linken Brust hatte nachgelassen, aber weh tat es immer noch. Auch ihr Unterleib schmerzte wieder; die schwere Geburt hatte ihre Spuren hinterlassen. Johanna legte sich zu ihrem Sohn auf das schmale Bett und ließ ihn erst rechts ein wenig trinken, dann links. Seine Nuckelbewegungen wurden mit der Zeit langsamer, und schließlich schliefen beide ein.

Johanna erwachte, als ihre Schwester in die Kammer kam und ihr die Hand auf die Hüfte legte.

»Der feine Herr ist da«, sagte Hubertine.

Johanna kehrte langsam aus ihrem Dämmerzustand zurück.

Der feine Herr? Ach, daran hatte sie gar nicht mehr gedacht. Ein Herr aus der Stadt – Schöffe? Kaufmann? Sie wusste es nicht mehr – wollte mit ihr über Margarete sprechen. Er hatte gestern durch seinen Diener um Erlaubnis bitten lassen.

Der Pächter des Hofes, ein strenger, aber großmütiger Mann, hatte geantwortet, sie könne mit allen sprechen, die imstande seien, ihr zu helfen, die Arbeit sei für sie augenblicklich nicht das Wichtigste. Nur wie wollte der Fremde ihr helfen? Was konnte er schon tun?

Seufzend löste sie Karl von ihrer Brust und stand leise auf. Sie glättete ihr Haar, band ihr Leinenkopftuch um und bat ihre Schwester, bei dem Kleinen zu bleiben, bis sie zurück war – und ihn auf keinen Fall aus den Augen zu lassen! Sie trug Hubertine noch auf, Karl zu säubern und zu wickeln und auch die Wolle nicht zu vergessen. Dann stieg sie die Treppe hinunter und trat hinaus in den Hof.

Mitten auf dem Platz stand ein elegant gekleideter kleiner Mann. Sie hatte ihn schon einmal gesehen, erinnerte sich aber nicht, wo.

Seine Körperhaltung wirkte unnatürlich, beim Näherkommen sah Johanna, dass er nicht gerade gewachsen war. Sein Oberkörper war verunstaltet, und sein Kopf saß irgendwie an der falschen Stelle auf dem Hals. Sein gepflegter Zweispänner, der unweit der Stallungen im Schatten stand, unterschied sich schon auf den ersten Blick von den bäuerlichen Fahrzeugen und Gerätschaften ringsherum. Ein großer, hagerer Mann, vermutlich der Kutscher, unterhielt sich mit Jakob, dem Pferdeknecht. Dabei klopfte er einem stämmigen kleinen Schimmel, der Wasser aus einem Eimer schlürfte, ruhig die Flanke.

Der verwachsene kleine Mann trat auf Johanna zu, als sie sich näherte.

»Bist du die Magd Johanna? Johanna Kloeren?«, fragte er mit einer unerwartet warmen und tiefen Stimme. Seine Augen unter den dunklen Brauen blickten sie offen an. Johanna glaubte, ihn schon einmal auf dem Wochenmarkt in Neuss gesehen zu haben.

Sie knickste und senkte den Kopf. »Ja«, sagte sie und fügte hinzu: »Herr.«

»Nenn mich Jordis, schlicht Jordis. Mein voller Name ist Augustin Leopold Wilhelm Jordis, und ich danke dir sehr, dass du dir die Zeit nimmst, mich zu empfangen.« Er neigte mit einem Lächeln den Kopf. Johanna nickte wortlos. Hoffentlich kann ich ihm folgen, dachte sie, hoffentlich verstehe ich, was er sagt, er redet so anders.

»Ich bin Kaufmann in Neuss«, erklärte der Fremde ihr, »und habe einige Fragen an dich. Wollen wir ein Stück gehen? Hier auf dem Hof zu stehen ist doch recht unbehaglich und auch recht laut.«

Als hätte er nur auf das Stichwort gewartet, lenkte ein kräftiger Knecht klappernd ein großes Fuhrwerk an ihnen vorbei, begleitet von einigen jungen Erntehelfern mit Forken über der Schulter, die ihre lebhaften Gespräche unterbrachen, als sie an dem Fremden und der jungen Magd vorbeikamen und sie halb neugierig, halb betreten musterten.

»Es tut mir sehr leid, was geschehen ist, Johanna, und ich möchte dir nach besten Kräften helfen. Eine mir bekannte Frau wird bezichtigt, etwas damit zu tun zu haben. Vielleicht kennst du sie, es ist die Hebamme Aleidis Wintz. Sie würde nie einem Kind etwas zuleide tun. Vielleicht gelingt es mir, gelingt es uns, herauszufinden, was tatsächlich vorgefallen ist. Es gibt immer noch Hoffnung, dein Kind wiederzufinden. Siehst du dich in der Lage, zu sprechen? Ich meine, sollte es dir nicht gut gehen …«

»Es geht schon«, sagte Johanna und drängte ihre Tränen zurück. Sie konnte es sich nicht erklären, aber sie hatte Vertrauen zu diesem seltsamen kleinen Mann gefasst. Aufgrund seines Aussehens hätte er ihr eigentlich unheimlich sein müssen, doch er hatte etwas so Freundliches an sich, das sie seine Missbildung und sogar den Standesunterschied beinahe vergessen ließ. Und was hatte sie schon zu verlieren?

»Lasst uns dort hinübergehen, Herr.«

»Jordis«, sagte er.

»Herr Jordis«, verbesserte sie sich und wies auf die Ausfahrt des Hofes.

Sie verließen den Innenhof und gingen ein Stück nach rechts den Stoffelsweg hinunter in Richtung Hellenbroicherhof, weil dort auf den Feldern zurzeit weniger Betrieb herrschte; das weite Land links von ihnen wimmelte dagegen von Karren, Feldarbeitern und Getreidegarben. Bis Lanzerath sah man überall zwischen dem Gelb des Korns dunkle Flecken: Menschen, die emsig wie Ameisen ihrer Arbeit nachgingen.

»Möchtest du dich setzen?«, fragte Augustin Jordis sanft.

»Nein, Herr.« Johanna schüttelte den Kopf.

»Jordis«, warf er ein.

»Herr Jordis«, sagte Johanna und brachte ein Lächeln zustande.

»Nun, ich will dich nicht lange aufhalten«, sagte Augustin Jordis. »Du musst sicher bald zurück zu deinem … ist es ein Knabe oder ein Mädchen?«

»Ein Knabe«, antwortete Johanna und schluchzte auf.

»Hier, bitte.« Jordis reichte ihr ein feines, blütenweißes Taschentuch.

»Das kann ich nicht annehmen«, begann Johanna, aber er unterbrach sie mit den Worten: »Unsinn, nimm es!«, und drückte ihr das Tuch einfach in die Hand.

»Wie heißt er denn, dein Sohn?«, fragte er.

»Karl.«

Als sie an Karl dachte, der nun keine Schwester mehr hatte, konnte Johanna ihre Tränen nicht länger zurückhalten.

Jordis sah die junge Frau vor sich mitleidig an. Ihr Schicksal rührte ihn. Er selbst hatte keine Kinder, doch er wusste, dass der Verlust eines Kindes etwas unvorstellbar Schreckliches sein musste.

»Und dein anderes Kind? Ist es auch ein Knabe?«, fuhr er behutsam fort. Er gebrauchte bewusst das Wort »ist« und nicht »war«, weil er der jungen Mutter keinesfalls die Hoffnung nehmen wollte, ihr Kind lebend wiederzusehen.

»Nein, es ist ein Mädchen«, sie schluchzte wieder, »Margarete.«

»Gut. Margarete, denken wir an Margarete. Erinnere dich bitte an den Morgen, als es geschah. Du warst bei der Feldarbeit, wenn ich nicht irre. Wo genau?«

Johanna machte eine halbe Drehung und zeigte auf ein abgeerntetes Feld nahe am Gehöft, zur Stadt hin gelegen.

»Lass uns dort hingehen«, bat Jordis. »Schaffst du das?«

Johanna nickte. Sie stiegen über stoppelige Reihen gekappter Ähren hinweg und kamen an ein Wäldchen, das den Fetschereihof nach Nordwesten hin begrenzte.

»Hier war es«, sagte sie leise und zeigte auf eine alte Eiche, zu deren Füßen ein Teppich aus Gras, Moos und Wiesenblumen wuchs. »Ich habe die Kinder hier ins Gras gelegt und war selbst ungefähr dort.« Sie beschrieb mit einer kreisenden Bewegung der Hand, auf welchem Feldabschnitt sie sich bewegt hatte. »Ich habe mich immer wieder umgesehen, aber sie schliefen.«

Tränen traten ihr in die Augen, aber sie sprach weiter: »Ich habe mich mit dem Rücken zur Sonne gedreht, sie blendete so. Da habe ich wohl nicht gesehen, dass …«

»Schon gut. Weißt du, wie spät es war? Hörtest du eine Glocke schlagen oder hast du einen anderen Anhaltspunkt?«

Johanna nickte. »Es war Mittagszeit, ich hörte die Holzheimer

Glocken läuten. Hubertine, also meine Schwester, hatte gerade das Essen aufs Feld gebracht, das macht sie oft. Ich hatte es noch nicht angerührt.«

»Entschuldige mich, ich möchte das kurz festhalten.« Jordis zog seine Schreibkladde aus der Tasche, hantierte etwas umständlich mit Tintenfass und Feder und vermerkte unter dem Punkt »Verschwundenes Kind« Einzelheiten seiner Befragung: Namen, Orte und den Zeitpunkt des Verschwindens: zur Mittagszeit.

»Wann hast du die Kinder zuletzt beide gesehen?«

Johanna wischte sich mit dem Taschentuch über die Augen. »Kurz zuvor, also kurz bevor Hubertine das Essen brachte. Ich band gerade eine Garbe und konnte mich längere Zeit nicht umdrehen, aber als ich es tat, stand das Essen unter dem Baum dort und beide Kinder schliefen.«

Jordis machte sich Notizen und fragte: »Und du hast niemanden sonst gesehen, der sich dir oder den Kindern näherte?«

»Nein. Auf dem Weg kommt immer wieder jemand vorbei, aber auf dem Feld waren nur vier von uns. Zwei dort hinten, die nichts gesehen haben«, sie zeigte nach Norden, wo ein anderer Hof hinter hohen Bäumen lag, »und Sophie und ich hier, aber Sophie musste schon lange vor dem Mittagsläuten in die Küche.«

Jordis sah sich um. Der Fetschereihof war von hier aus nicht zu sehen, das dichte Wäldchen verdeckte die Sicht. Zahlreiche Hecken trennten den gekrümmten Weg vom Feld. Es war fraglich, ob Vorbeigehende überhaupt etwas gesehen haben konnten.

»Gab es … irgendwelche Spuren?« Das Wort Blut erwähnte er vorsorglich nicht.

Die Magd dachte nach. »Nein, da war nichts. Karl lag ganz friedlich da, es schien keine gewaltsame …« Sie stockte.

»Was geschah dann?«, fragte Jordis.

Johanna holte tief Luft. »Ich schrie und rannte hinüber und sah mich um und suchte. Dann nahm ich Karl und lief zurück zum Hof. In der Einfahrt kam mir schon Jakob entgegen, dann Sophie … und meine Mutter … alle halfen, Margarete zu suchen. Aber sie war …«, sie weinte, »einfach verschwunden!«

Jordis nickte mitfühlend. »Hat jemand das Wäldchen abgesucht? Und die Wege?«

»Ja«, sagte Johanna, »alle auf dem Hof waren unterwegs. Aber keiner … fand etwas.«

»Sieht man oft Fremde hier?«, fragte Jordis.

»Zu dieser Zeit schon. Es kommen Erntehelfer von außerhalb, auf allen Höfen wird gearbeitet.«

Jordis nickte bedächtig. Das hatte er sich gedacht. Ein Fremder oder eine Fremde mit einem Bündel im Arm würde zur Erntezeit weniger auffallen als im Winter, wenn deutlich weniger Menschen unterwegs waren und man die meisten Gesichter kannte. Man musste natürlich auch die Möglichkeit in Betracht ziehen, dass jemand vom Hof das Mädchen entführt hatte und kein Fremder. Bloß warum?

Er müsste mit viel mehr Leuten sprechen! Aber ihm lief die Zeit davon. Und wer wusste, ob alle so mitteilsam waren wie Johanna. Bei der Einfahrt in den Hof hatte ihn so manches Gesicht argwöhnisch beäugt.

Er schaute noch einmal auf das kleine Waldstück. Die alten Bäume. Das dichte Unterholz.

»Wer hat denn das Wäldchen durchsucht?«, fragte er.

Johanna überlegte. »Ich bin nicht sicher. Zuerst Jakob oder Heinrich oder auch beide. Aber sie haben nichts gefunden.«

»Gut.« Jordis machte noch einen Vermerk in seine Kladde. »Ich werde es mir näher ansehen, wenn du wieder im Haus bist. Jetzt hätte ich noch eine Frage, die zu stellen mir sehr unangenehm ist.« Er räusperte sich. »Es geht um den Vater der Kinder … Ich hörte, du bist unverheiratet.«

Johanna errötete. »Ich … kann Euch den Vater nicht nennen«, brachte sie hervor.

»Ich möchte dich auch nicht bedrängen«, beschwichtigte sie Jordis. »Es ist nur so: Er könnte sich das Kind geholt haben und …«

Johanna schüttelte heftig den Kopf und sagte rasch: »Das kann ich mir nicht vorstellen!«

Aha, dachte Jordis, entweder kümmerten den Mann die Kinder nicht oder er wusste gar nichts von ihnen. Wobei man ihn trotzdem noch nicht aus den Überlegungen ausschließen sollte – sofern sich überhaupt sagen ließe, wer er war.

»Es ist schon schlimm genug, dass …« Johanna blickte zu Boden. »Manche glauben, ich hätte Margarete verschwinden lassen, weil es mir zu viel wurde mit zweien und ohne Mann …« Sie brach erneut in Tränen aus. »Das ist doch aberwitzig!«

Jordis entschied, dass er die junge Magd lange genug beansprucht hatte.

»Lass dir nichts einreden. Ich werde alles in meiner Macht Stehende tun, um bei der Aufklärung dieses Verbrechens zu helfen«, versprach er. »Vorerst wünsche ich dir viel Kraft. Und viel Freude an deinem kleinen Karl.« Er lächelte sie an. »Du kannst nun gerne wieder zu ihm zurückkehren. Ich möchte mir noch das Waldstück ansehen.«

»Danke, Herr … Jordis«, sagte Johanna und deutete einen Knicks an.

Sie ist vor Kummer ganz schwach auf den Beinen, dachte Jordis, das arme Mädchen. Er lächelte aufmunternd. »Scheue dich nicht, dich an mich zu wenden, wenn du Fragen hast oder Hilfe brauchst. Ich werde meinen getreuen Theil in den nächsten Tagen vorbeischicken und bitten, sich nach deinem Wohlbefinden zu erkundigen.« Er neigte seinen Kopf als Zeichen des Dankes und der Verabschiedung.

Johanna wandte sich zum Gehen. »Mir ist noch nie ein feiner Herr begegnet, der so war wie Ihr«, sagte sie zum Schluss. »Die meisten sind so … ach, ich weiß nicht. Lebt wohl.«

»Leb wohl. Gott sei mit dir!«, rief Jordis ihr nach und betrat das Wäldchen.

Er untersuchte den Boden und das Strauchwerk um die Eiche herum. Nichts. Er hatte auf einen Hinweis gehofft: ein Fetzchen Stoff, ein verlorenes Schmuckstück, ein vergessenes Taschentuch vielleicht. Am besten noch mit Initialen, tadelte er sich selbst. Augustin, sei kein Träumer.

Jordis durchwanderte das kleine Waldstück von West nach Ost. Warmer Sommerwind ließ die Blätter der Bäume rascheln und wehte würzigen Duft von den Feldern herüber. Auf dem Boden wuchsen, wo die Sonne einen Weg durch das Geäst fand, Ruprechtskraut und Taubnesseln. Wurmfarn wucherte kniehoch. Er stieg mit seinen kurzen Beinen darüber hinweg.

An einigen Stellen waren kleinere Äste in Schulterhöhe abgebrochen und dürres Gras am Boden niedergetreten. Wahrscheinlich, als die Knechte durch das Gestrüpp gerannt waren, um das Kind zu suchen. Jordis ging viermal in Ost-West-Richtung hin und her. Dann durchstreifte er das Gelände von Süd nach Nord auf dieselbe Weise.

Nicht weit von sich entfernt hörte er auf einmal einen gequält klingenden Laut und fuhr zusammen. Da. Wieder. Es klang wie ein Schrei. Seine Augen durchsuchten das sonnengesprenkelte Dickicht.

Als er die Ursache des Geräusches entdeckte, entspannte er sich. Ein kleines Schaf stapfte durch das Unterholz, anscheinend war es entfleucht und vermisste seine Herde. Sei kein Angsthase, Augustin, sagte er zu sich selbst. Er beschloss, schnell noch das letzte Stück Wald zu erforschen, bevor er dem Schäfchen zu Hilfe kam. Vor ihm wucherte ein Brombeerdickicht. Es schien kein Durchkommen zu geben. Er nahm einen abgestorbenen Ast zu Hilfe und drückte die Dornenranken damit an einer etwas flacher bewachsenen Stelle nieder. Nachdem er zwei, drei Schritte getan hatte, sah er rechts vor sich frisch abgeknickte Blätter, die an ihren dünnen Stängeln kraftlos nach unten hingen. Es war also jemand vor ihm hier gewesen. Vorsichtig arbeitete er sich noch ein Stück weiter. Hinter einer besonders üppig verwucherten Stelle lichteten sich die Dornen etwas. Erde und trockenes Gras waren auf dem Boden sichtbar, dürre, hohle Stängel von Röhrengewächsen, weiches Moos.

Er hielt inne und ging in die Hocke. Gräser und Stängel waren niedergedrückt, gebrochen und hatten eine rundliche Form angenommen. Die Erde sah platt gepresst und glatt aus, nicht locker und krümelig, wie sie hätte sein sollen. Hatte dort jemand gesessen oder gelegen? Oder etwas abgelegt?

Ganz in seiner Nähe hörte er wieder das Schäfchen blöken. Aus der Ferne erklang Donner. Jordis sah hinauf in den Himmel. Er hatte sich bewölkt, schwere graue Wolken schoben sich von Westen nach Osten. Ein paar hartnäckige Sonnenstrahlen fanden trotzdem noch ihren Weg durch die Wolkendecke und ließen die Kronen der Bäume gelbgrün aufleuchten. Der Wind frischte auf, im Blattwerk um ihn herum erhob sich ein kräftiges Rascheln und Wispern. Das Gewitter würde nicht mehr lange auf sich warten lassen.

Er war hier an der nördlichsten Stelle des Wäldchens, dahinter lagen die freien Felder. Der Weg dorthin war von hohen Brombeerranken und dichtem Gebüsch versperrt. Wer sich hier versteckt hatte, musste, um auf die Felder und von dort aus zu einem der Wege zu gelangen, erst ein Stück zurück durch das Wäldchen gehen.

Er erhob sich und bahnte sich mit seinem Ast den Weg frei, den er gekommen war. Als er aus dem Brombeerdickicht trat, erschrak er. Direkt vor ihm stand ein großer, kräftiger Mann im Gewand des Schäfers. Graue Augen fixierten ihn scharf.

Jordis erwiderte den Blick und sagte: »Seid gegrüßt.« Mehr nicht. Er musste diesem Schäfer nicht erklären, was er hier tat. Sollte dieser ruhig denken, er habe nach einem Ort gesucht, an dem er in Ruhe seine Blase entleeren konnte.

Im Weggehen fügte er hinzu: »Falls Ihr Euer Schaf sucht: Das ist …« Er sah sich um. Der Kopf des Schäfchens tauchte direkt hinter ihm über einem Farnbüschel auf. »… dort!«

Mit diesen Worten verließ er hoch erhobenen Hauptes – soweit ihm das möglich war – das Wäldchen. Der Himmel hatte inzwischen eine dunkelgraue Färbung angenommen.

Auf dem Hof traf er Theil, der in ein Gespräch mit einem mittelgroßen blonden Knecht vertieft war, ansonsten war der Innenhof wie ausgestorben. Um die Dunggrube herum flatterten Hühner.

Als sie wenig später aus dem Hof hinausfuhren, sah er im dämmrigen Licht hinter einer offenen Stalltür ein Mädchen stehen, etwa vierzehn Jahre alt, mit verschränkten Händen und reglosem Gesicht. Eine Magd mittleren Alters mit ausladender Brust und kräftigen Armen trat hinter sie und befahl »Komm, Sophie!«, dann waren beide außer Sichtweite, und das Fuhrwerk rollte den holprigen Feldweg entlang und erreichte Neuss in dem Augenblick, als die ersten Regentropfen auf die Pflastersteine prasselten.

Bei dem Versuch, seinen Schutzumhang aus dem Beutel zu ziehen, fiel seine Schreibfeder zu Boden. Jordis bückte sich, um sie aufzuheben, dabei stießen seine Finger an etwas Weiches. Stirnrunzelnd hob er ein kleines Büschel Wolle auf. Es war weiß, sauber und flauschig. So sah Wolle aus, die gereinigt und bearbeitet worden war. Wozu war sie gedacht, und wie kam sie in seinen Wagen? Er betrachtete das längliche, flach gedrückte Wollstück, runzelte nachdenklich die Brauen und steckte es in seinen Beutel. Er würde später darüber nachdenken.

»Fahr mich bitte zum Blutturm, Theil!«, rief Jordis auf Höhe der Zollpforte, während er sich seinen Filzumhang umlegte. »Setz mich dort ab, ich werde zu Fuß nach Hause gehen.«

Theil nickte. Er zog die Schultern hoch, damit die Regentropfen nicht seinen Nacken trafen, wahrscheinlich dachte er dabei an sein warmes Bett oder an ein heimelig knisterndes Feuer.

Als der Zweispänner vor dem Blutturm anhielt, zuckten im Westen Blitze über den Himmel, wenig später folgte der Donner, tief rumpelnd wie Kanonengrollen.

»Passt auf Euch auf, Herr«, rief Theil und brachte sich vor den drohenden Wassermassen in Sicherheit.

Jordis klopfte an die wuchtige Tür. Mehrere Male. Er trat zurück und sah zu den Fenstern empor. Wo blieb die Wache? Ein Regentropfen traf sein rechtes Auge. Er kniff es schmerzhaft zusammen und pochte abermals an die Tür. Nichts geschah. Er rief zu den Fenstern hinauf. Regen prasselte auf ihn herab. Endlich öffnete sich die schwere Pforte. Das müde Gesicht von Reinhard Stael erschien im Dämmerlicht des Türbogens.

Bevor Jordis etwas sagen konnte, vermeldete der Hauptmann: »Es ist jetzt ungünstig, Herr Jordis. Die Frauen werden gerade befragt.«

»Befragt? Was soll das heißen?« Jordis fühlte, wie Wut in ihm aufstieg. »Werden sie gefoltert? Sagt die Wahrheit!«

Stael schüttelte erschöpft den grauhaarigen Kopf. »Sie stellen Aleidis Wintz gerade Fragen über …«

Hinter ihm tauchte die dunkel gekleidete Gestalt von Arnd Ebels auf. Sein großer Mund verzog sich zu einem breiten Lächeln.

»Da scheint sich jemand nach dem Wohl der Angeklagten erkundigen zu wollen!«, stellte er fest. »Ich kann Euch versichern, dass wir sie gerecht behandeln!«

Jordis kniff die Lippen zusammen. Gerechtigkeit konnte man auf vielerlei Arten auslegen.

»Euer Wort in Gottes Ohr«, sagte er in scharfem Ton. »Mit einem offiziellen Prozess müsst Ihr warten, bis die Bürgermeister von ihrer Reise zurück sind!«

»Aber das weiß ich doch!«, erwiderte Ebels leichthin. »Es gibt keinen Prozess. Wir hören uns nur um. Stellen ein paar Fragen …«

Aus dem Inneren des Turmes erklang ein Schrei. Er wurde durch Mauern und Türen gedämpft, aber Jordis glaubte ein wütendes »Nein!« zu vernehmen.

»Was macht Ihr mit ihnen?«, fragte er aufgebracht. »Lasst mich hinein, ich möchte sie sehen!«

»Wir stellen *Fragen*, das sagte ich bereits«, erwiderte Ebels. »Euer bürgermeisterliches Pergament berechtigt Euch nicht zum jederzeitigen Besuch der Gefangenen. Ihr habt sie bereits gesprochen, gebt Euch damit zufrieden. Als ältester Schöffe habe *ich* zurzeit das Sagen. Besuche sind höchstens einmal in der Woche gestattet und auch nur, wenn unser Ausschuss es für sinnvoll befindet. Kommt ein andermal wieder.« Er warf Stael einen Blick zu und schickte sich an, die Tür zu schließen.

Jordis stieg eine Stufe höher auf der Vortreppe und stemmte sich gegen das Holz.

»Wartet! Ihr dürft sie nicht foltern, nur wenn ihre Schuld zweifelsfrei bewiesen ist! Aber sie sind unschuldig!«

Ebels schob sich in den offenen Türspalt und sah Jordis von oben herab an. »Hört auf, mich zu belehren, Buckliger. Wir foltern sie noch nicht, sondern möchten zu einer gütlichen Einigung gelangen. Guten Tag!«

Nach einem letzten eisigen Blick knallte er die schwere Tür zu und ließ Augustin Jordis im wahrsten Sinne des Wortes im Regen stehen.

Wir foltern sie noch nicht. Das klang beunruhigend. Jordis befürchtete das Schlimmste.

Grübelnd hastete er nach Hause. Als Klara die Tür ins Schloss fallen hörte, eilte sie herbei, um ihm den feuchten Umhang abzunehmen.

»Es war jemand für Euch hier, Herr«, sagte sie. »Schustermeister Jansen. Er lässt ausrichten, er würde Euch gern bei Euren Nachforschungen helfen. Wenn Ihr mit ihm sprechen wollt, sollt Ihr heute Nachmittag in Kreitfischs Badestube kommen. Dort findet eine Feier statt. Er sagt, ein unverfänglicher Ort sei ratsam für ein Gespräch. Gute Güte, Euer Haar ist ganz nass! Wartet, ich hole ein trockenes Tuch!«

Jordis blieb in der Diele stehen und rieb seine klammen Hände, während seine Magd den Deckel der Wäschetruhe im Nebenraum öffnete.

Das Badehaus ein unverfänglicher Ort? Ihm kamen Zweifel. Er hatte noch nie eine Badestube von innen gesehen, er konnte es sich leisten, in seinem eigenen Haus ausgiebig zu baden, aber er stellte sich diese Häuser in gewisser Weise als … lasterhaft vor; ihm kamen unziemlich gekleidete Frauen und eine von schweren Dämpfen durchfeuchtete Luft in den Sinn. Wenn dieser Meister Jansen erwartete, dass er sich in einen Zuber mit brackigem Wasser setzte, in dem schon zwanzig andere herumdümpelten – dann wäre das Anfang und Ende ihrer Zusammenarbeit zugleich. Aber ansehen musste er sich diesen Mann. Und hören, was er zu sagen hatte.

Das fragliche Haus lag in der Mitte der Stubengasse. Es hatte eine hohe Giebelfront und war recht breit; aus den Fenstern drangen Gelächter, Stimmengewirr und Spielmannsmusik. Die Tür schien nur angelehnt.

Jordis versicherte sich durch einen kurzen Rundumblick, dass gerade niemand in Sichtweite war, der ihn beim Betreten des Badehauses sehen konnte. Er machte sich Mut mit dem Gedanken, dass Frauen und Männer zumindest getrennt in die Bottiche stiegen.

Rasch öffnete er die Tür und betrat eine geräumige Stube, die einen großen Teil des Erdgeschosses einzunehmen schien. Etliche Menschen drängten sich in dem durch Stützbalken und Bänke unterteilten Raum, führten Gespräche in kleinen Gruppen, lachten, tranken und bewegten sich zu der fröhlichen Musik, die ein Trommler und zwei Pfeifer spielten. Männer und Frauen waren gleichermaßen stark vertreten. Jordis sah auch eine Handvoll Kinder und ein paar weißhaarige Mütterchen und Väterchen, die schon hochbetagt waren, aber nicht minder fidel mitfeierten.

Seine größte Sorge stellte sich als unbegründet heraus: Alle waren bekleidet, *richtig* bekleidet, nicht nur in Tücher gehüllt, und Zuber oder Wasserdämpfe konnte er auch nicht entdecken. Wobei: Am Ende des Raumes waberte über der Tür zum hinteren Bereich etwas Weißwolkiges in der Luft, wahrscheinlich ging es dort zur Badestube. Durch eine Seitentür konnte Jordis ein Herdfeuer flackern sehen, über dem ein großer Kupferkessel hing. Neben der Küche führte eine Treppe in den oberen Stock, wo vermutlich die Schlafräume der Badestubenbesitzer lagen.

Bisher schien niemand sein Eintreten bemerkt zu haben – war er wirklich *so* klein? –, nur eine rundliche Frau mit rotwangigem Gesicht streifte ihn kurz mit einem halbherzigen Blick.

Die Tür hinter ihm öffnete sich, und eine Gruppe Männer drängte sich an ihm vorbei, zwei von ihnen waren schwarz vor Ruß. Ihrem Atem nach zu urteilen, hatten sie schon etliche Bierkrüge in ihre Kehlen entleert. Sie blieben nicht stehen, sondern bahnten sich einen Weg durch die Menge, vermutlich wollten sie das nächste Bier in einem der Badebottiche zu sich nehmen.

Durch ihr Erscheinen wurde ein großer, schwerer Mann im hinteren Teil des Raumes auf den Türbereich aufmerksam, entdeckte Jordis, lächelte und kam zielstrebig auf ihn zu.

»Augustin Jordis!«, grüßte er munter.

Ah, du kennst mich, dachte Jordis, aber ich kenne dich nicht.

»Hennes Kreitfisch«, stellte sich der Hüne vor, »Barbier und Betreiber dieses schmucken Hauses!«

Jordis nickte und rang sich ein Lächeln ab. Der riesige Kerl wirkte undurchsichtig auf ihn; seine Erscheinung konnte man entweder als gutmütig oder als grobschlächtig bezeichnen. Er war sich noch nicht sicher, wofür er sich entscheiden sollte. Die lockigen Haare, die Knollennase und die wachen braunen Augen sprachen für »gutmütig«, der enorme Oberkörper und die mächtigen Arme und Hände jedoch eher für »grobschlächtig«. Der Barbier war niemand, dem man im Dunkeln begegnen wollte, nachdem man eine andere Meinung geäußert hatte als er.

»Rutger bat mich, auf Euer Eintreten zu achten und Euch zu ihm zu führen«, erklärte Kreitfisch nun.

Wieso das denn?, fragte sich Jordis im Stillen. Wieso hält er hier Hof und begrüßt mich nicht selbst?

Nachdem er Hennes Kreitfisch, der im Weg Stehende einfach zur Seite schob, zu einem Tisch in der rechten Ecke des Raumes gefolgt war, wusste er, warum Rutger Jansen, Schustermeister und möglicher Mithelfer, ihn nicht selbst empfangen konnte: Er war mindestens sechzig Jahre alt und hatte nur noch ein Bein. Er sah aus wie ein Opfer der Belagerung durch die Burgunder vor fünfunddreißig Jahren, ein Kriegsveteran.

Hervorragend, dachte Jordis: ein Buckliger, ein Dickwanst und ein Einbeiniger, was für ein vortreffliches Gespann!

»Setzt Euch, setzt Euch«, forderte Jansen ihn munter auf, stemmte sich mit den Händen am Tisch hoch und rückte ein Stück zur Seite, damit sein Gast auf der Bank neben ihm Platz nehmen konnte.

Jordis nickte dem alten Schuster zum Zeichen des Dankes zu und ließ sich vorsichtig auf der äußersten Ecke der Holzbank nieder. Seine Hände legte er in den Schoß, da der Tisch voller Bierlachen und Krümel war und er die Ärmel seines Gewandes nicht beschmutzen wollte. Mit Bedacht hielt er ausreichend Abstand zu Jansens Beinstumpf, der oberhalb des Knies in einen dunkelgrünen Beinling eingeschnürt war.

»Nun«, begann er, »ich danke Euch für Euer Angebot der Mithilfe in dieser ... Sache.«

»Nichts lieber als das«, antwortete der Einbeinige. Bevor er weitersprach, machte er eine Kopfbewegung in Richtung des Barbiers, der immer noch neben dem Tisch stand. »Bring uns doch noch eine Runde, Kreitfisch!«, bat er.

Der Hüne wischte sich mit einer Hand den Schweiß von der Oberlippe. »Bier?«, fragte er. Der Schuster nickte. Jordis, der sich nicht angesprochen fühlte, da er es gewohnt war, Fragen in ganzen Sätzen gestellt zu bekommen, sagte nichts. Erst als Kreitfisch ihn mit belustigtem Unterton fragte, ob es ihm genehm sei, möglicherweise ein winziges Schlückchen Bier aus der Kühle des Kellers zur Erfrischung von Körper und Geist zu sich zu nehmen, brachte er ein »Ja, bitte, wenn es recht ist« hervor.

Rutger Jansen kam ohne weitere Einleitung zur Sache. »Ich habe mich kundig gemacht, Herr Jordis. Schlimme Dinge sind im Gange, und ich bin überzeugt, dass Arnd Ebels, der miese Deckskerl, dies für seine Zwecke nutzt. Er ist machthungrig und habgierig und würde seine eigene Mutter an den Galgen bringen, wenn er Nutzen davon hätte. Ebels ist ein Lump! Er hat sich an meine Tochter rangemacht, als sie Schuhe in sein Haus brachte, ist noch nicht lange her. Das Mädchen ist vierzehn! Und er … wie alt? Fünfzig? Ich könnte ihm den Hals umdrehen.«

Er hob seinen Bierkrug und setzte ihn fast senkrecht an die Lippen, um den letzten Rest Flüssigkeit in seine Kehle rinnen zu lassen.

Jordis beobachtete ihn unauffällig von der Seite. Der Schuster hatte ein scharf geschnittenes Gesicht mit tiefen Furchen um die Nase. Sein steingraues Haar lichtete sich über der Stirn und kringelte sich im Nacken, die Augenbrauen waren auffallend buschig, die Hände, die den Bierkrug hielten, kräftig und sehnig. Jordis brach seine Musterung ab, als Jansen den Krug abstellte und ihn mit wachsamen grauen Augen ansah. »Dass die beiden im Kerker unschuldig sind, ist so klar wie Quellwasser«, fuhr er fort.

»Dieser Ansicht bin auch ich«, pflichtete Jordis ihm bei. »Ich glaube, dass es hier mehrere Schuldige gibt. Zum einen die, die anklagen und verleumden. Dazu gehört der Hexenausschuss ebenso wie all diejenigen, die Beschuldigungen aussprechen, ohne Beweise zu haben. Zum anderen, und da wird es wohl schwieriger, gibt es jemanden, der tatsächlich diese Verbrechen begangen hat. Die vermeintlichen Hexereien, die Entführungen …«

Der Einbeinige sah ihn aufmerksam an, während er sprach, und nickte zustimmend. Anschließend saßen sie einen Augenblick schweigend da.

Hennes Kreitfisch kehrte in ihre Ecke zurück und wuchtete drei große Humpen Bier auf den Tisch, wobei erstaunlich wenig überschwappte.

»Wohlsein!«, donnerte er und setzte sich zu ihnen. »Wer verdorrt, kann nicht denken.« Deutlich hörbar schlürfte er den dünnen Schaum von seinem Bier. Jordis nickte verzagt.

Rutger Jansen strich sich das Haar nach hinten und griff nach seinem Krug. »Kreitfisch weiß Bescheid«, erläuterte er. »Er sieht die Sache genau wie ich und möchte bei der Aufklärung der Übeltaten helfen. Wir wollen nicht, dass in unserer Stadt Unrecht geschieht. Ungerechtigkeit ist uns zuwider, ist es nicht so, Kreitfisch?«

Der Hüne beugte sich ein Stück vor, wobei ihm braunes Brusthaar durch die Schnürung seines Hemdes quoll. »So ist es«, bestätigte er. »Wenn Ihr jemanden braucht, um etwas zu suchen, Leute zu befragen oder auch«, er lachte, »unerklärliche Knochenbrüche bei Mitgliedern des Hexenausschusses herbeizuführen ... Wenn Ihr so jemanden braucht, bin ich gerne an Eurer Seite, Herr Jordis.«

Jansen stieß ein weibisch hohes Kichern aus, das nicht zu ihm passte, aber eindeutig aus seinem Mund kam. »Nein, im Ernst«, fuhr er mit seiner gewohnten Stimme fort, »ich vermute, dass wir Euch ein wenig befremdlich erscheinen, Jordis, aber ich versichere Euch, wir sind verschwiegen, besonnen und verlässlich; auch wenn wir zunächst einen anderen Eindruck vermitteln. Vor allem der da!«, setzte er mit einem Kopfnicken in Kreitfischs Richtung hinzu.

Dieser lachte. »Besonnen, ja!«, bestätigte er. »Ich nehme niemanden unters Messer, wenn ich Branntwein getrunken habe.«

Das ist ja überaus beruhigend!, dachte Jordis. Gebe Gott, dass er selbst nie in die Lage geraten möge, dies erproben zu müssen.

Er brauchte nun doch einen Schluck Bier. Für Gerstensaft schmeckte das Gebräu gar nicht übel. Nicht so edel und vollmundig wie sein Wein natürlich, aber durchaus annehmbar und erfrischend. Jordis setzte den Krug an und trank ihn zur Hälfte leer.

Sie sprachen eine Weile über das, was ihnen zu Ohren gekommen war und was es bedeuten mochte. Das Verschwinden der Kinder beunruhigte sie am meisten; hier galt es, mit den Nachforschungen anzusetzen.

Jordis lehnte sich einen Moment zurück und nippte an seinem

Bier. Verstohlen musterte er die beiden Männer. Sollte er ihre Hilfe in Anspruch nehmen? Ihr Benehmen entsprach zwar nicht unbedingt seinen Ansprüchen, aber sein Verstand sagte ihm, dass sie helle Köpfe waren, mit einer raschen Auffassungsgabe und vernünftigen Ansichten. Außerdem konnten sie erstaunlich gut mit Worten umgehen.

Und sein Gefühl ... was sagte ihm sein Gefühl?

Jahre der Ablehnung und Verbitterung hatten ihn gelehrt, auf die feinen Untertöne zu achten, die Menschen im Umgang mit ihm anschlugen. Manche flöteten liebenswürdige Worte, machten aber ein überhebliches Gesicht, als wollten sie aller Welt zeigen, wie gut sie mit einem armen Krüppel umgehen konnten. Andere klopften ihm auf die Schulter und taten väterlich, hinter seinem Rücken aber zogen sie über ihn her. Oft wusste er nicht, ob die Leute ihn an- oder auslachten. In seiner Kindheit hatte er einen Schutz um sich herum gebaut, an dem die meisten Schmähungen abprallten. Dahinter jedoch schlug ein Herz, das sehr empfänglich war für Schwingungen und ihm bisher meist zuverlässig mitgeteilt hatte, welche Gesinnung man ihm gegenüber hegte. Nur sehr selten im Laufe seines Lebens hatte ihn dieses Gefühl getrogen.

Hennes Kreitfisch sah ihn erwartungsvoll an und rülpste laut. Er hatte einen kleinen Mund und ein eindrucksvolles Doppelkinn. Noch einmal rülpste er.

Sei's drum!, dachte Jordis. Ihr Auftreten mochte Anlass zur Sorge bieten – jetzt kratzte sich dieser Barbier auch noch am Hintern! –, aber er spürte, dass er den beiden vertrauen konnte. Nichts an ihnen wirkte unaufrichtig. Sie sagten, was sie dachten, und was sie dachten, war gut, da es im Großen und Ganzen das war, was auch er dachte. Meine Güte, was ihm für seltsame Sätze in den Sinn kamen, er hätte das Bier nicht so schnell trinken dürfen.

Rutger Jansens Menschenkenntnis schien nicht die schlechteste zu sein, denn er merkte ihm seine Bedenken offenbar an.

»Ihr müsst Euch nicht sofort entscheiden, Herr Jordis. Ob Ihr unsere Mithilfe wünscht oder nicht, bleibt Euch überlassen. Ihr könnt gern erst noch darüber nachdenken, wenn Ihr mögt.«

Wie um ihn von seiner Ehrbarkeit zu überzeugen, legte Kreitfisch seine gefalteten Hände auf den Tisch und nickte brav. Jordis sah hinab auf die kräftigen Finger, die wie Würste nebeneinanderlagen. Dann blickte er hinüber zu Jansen, dessen Gesicht ernst wirkte, gleichzeitig aber einen heiteren Ausdruck hatte, da seine Augen und sein Mund Anzeichen eines Schmunzelns zeigten. Überhaupt schien sein linker Mundwinkel immer etwas höher zu sitzen als der rechte, so als würde ihn das Leben ständig zum Lächeln verleiten, als würde in einer Ecke seines Herzens immer die Sonne scheinen. Vielleicht wurde man so, wenn man dem Tod von der Schippe gesprungen war und aufgehört hatte, sich zu fürchten.

»Nein, das ist nicht nötig«, sagte Jordis. »Ich habe mich bereits entschieden.«

Kreitfisch hob sein Kinn an, schürzte die Unterlippe und kniff die Augen leicht zusammen. Auf Jordis wirkte er jedoch nicht länger bedrohlich, sondern eher erwartungsvoll.

»Ich hätte Euch gern dabei«, sagte er und streckte die rechte Hand aus, »wenn Ihr mir helfen wollt, die Wahrheit herauszufinden, schlagt ein.«

»So sei es«, erwiderte Jansen und reichte ihm die Hand.

Um den Pakt endgültig zu besiegeln, umfasste Kreitfisch mit einer Pranke die Hände der anderen und drückte sie kurz. »Hier sitzen wir nun«, sagte er und sah die beiden ihm gegenüber an. »Hexenfreunde!«

Sie verließen Kreitfischs Badestube, als die Sonne bereits tief im Westen stand. Türme und Zinnen der Stadtmauer waren in ein mildes gelbes Licht getaucht.

Der Barbier begleitete »seinen lieben Einbeinigen und seinen neuen kleinen Freund«, wie er Jansen und Jordis schulterklopfend nannte, bis zur Ecke der Branntgasse, dann verabschiedete er sich und gab mit breitem Lächeln bekannt, er müsse nun noch die letzten Gäste aus dem Hause fegen.

Jordis, der unsicher war, ob der alte Schuster sein Heim unbeschadet erreichen würde, bog vorsichtshalber mit ihm zusammen in die schmale Straße ein. Nach etlichen Krügen Bier – Jordis hatte nach dem vierten aufgehört zu zählen – war Jansen vielleicht nicht mehr so sicher auf den Beinen – genauer, auf dem Bein. Es war wohl besser, wenn er ihn noch bis zur Haustür begleitete.

Jansen schien das zu begrüßen, er erzählte munter von seiner Gesellenzeit bei einem Onkel in Köln. Dennoch achtete er auf seine Umgebung. Über eine dicke Katze, die faul auf einem sonnenwarmen Stein lag, setzte er mit einem sonderbaren Hüpfer hinweg. Es war kein sehr hoher oder beeindruckender Sprung, aber es war ein Sprung. Wie viele springende Einbeinige mochte es im Erzstift Köln geben? Währenddessen redete er ungerührt weiter, und auch die Katze schien sich nicht an ihm zu stören.

»Manchmal geht es besser, manchmal schlechter«, erklärte Jansen, als habe er gespürt, dass Jordis über seine Beweglichkeit nachdachte. »Es gibt Tage, da kann ich mich kaum rühren. So, da wären wir!«

Vor einem schmalen, langen Haus, auf dessen vorspringendem Giebel letzte Sonnenstrahlen schimmerten, blieben sie stehen.

»Wollt Ihr noch auf einen Trunk mit hineinkommen?«, fragte Jansen.

»Ich danke Euch für die Einladung«, erwiderte Jordis, »aber meine Magd wartet mit dem Abendessen auf mich. Wir sind ja für morgen verabredet, dann besprechen wir alles Weitere.« Ein Schluck mehr, und jemand müsste mich nach Hause tragen, dachte er bei sich. Ihm war das Bier zu Kopf gestiegen.

»Gut«, nickte Jansen, »so gehabt Euch wohl!« Er klopfte mit seinem Stock an die Tür und gähnte.

Eine müde aussehende Frau öffnete und sah die beiden Männer ruhig an. Ihre Augen waren auffallend groß und sehr dunkel. Auch das Haar, das unter der Haube hervorlugte, war dunkel, fast schwarz, von wenigen grauen Strähnen durchzogen. Ihr Gesicht war schmal, um Nase und Mund zogen sich tiefe Falten, und doch schien sie etliche Jahre jünger zu sein als ihr Mann.

»Das ist mein Weib, Lises«, verkündete Jansen mit einem Nicken in Richtung seiner Frau. »Lises, du wirst Herrn Jordis kennen.«

Die Frau nickte. Sie grüßte und trat zurück, damit ihr Mann an ihr vorbei in den Flur humpeln konnte. Aus dem Inneren des

Hauses drangen Kinderstimmen. Ein kleiner Junge mit strubbeligem Haar drückte sich an die Seite seiner Mutter und sah Jordis aus schwarzen Augen neugierig an. Drei weitere Kinder folgten, eines kleiner als das andere. Sie erschienen aus der Dämmerung der Diele und suchten Schutz in den Rockfalten ihrer Mutter, während sie den Fremden vor der Tür aufmerksam musterten. Jordis bemerkte, dass Lises Jansens Bauch sich unter dem dunkelbraunen Gewand deutlich wölbte. Bald würde sich noch ein Kind mehr um sie drängen.

»Er kommt nicht herein, Lises«, sagte Rutger Jansen und strich kurz über die Köpfe der Kinder, »er ist auf dem Heimweg.«

»So ist es«, bestätigte Jordis, hob seine Mütze zum Gruß und wünschte noch einen schönen Abend.

Über ihnen wurde klappernd ein Fenster geöffnet. Der hochrote Kopf eines jungen Mädchens erschien, sein langer, geflochtener Zopf baumelte über das Fenstersims. »Mutter, Ursula hat mir mein Kleid weggenommen, ich wollte morgen …«

»Scht!«, unterbrach Lises Jansen ihre Tochter, trat mit den Kindern im Schlepptau an Jordis vorbei in die Gasse und hob energisch ihre gebräunten, sehnigen Hände. »Grete!«, mahnte sie. »Geh zurück ins Zimmer, wir reden gleich.«

Das Mädchen schien noch etwas sagen zu wollen, sah dann aber am Gesichtsausdruck seiner Mutter, dass es wohl besser den Mund hielt, und schloss das Fenster mit leisem Maulen. Im Hintergrund rief eine andere Mädchenstimme »Du Ziege!«, dann wurde es wieder still.

Lises Jansen ging zurück ins Haus. Das kleinste an ihrem Rock hängende Kind stolperte fast über die Eingangsstufe. »Entschuldigt«, sagte sie höflich zu Jordis. Sie wirkte ernst und abgekämpft, aber ein belustigter Zug spielte um ihren Mund, sie schien die Streitigkeiten ihrer Töchter mit Gelassenheit zu ertragen.

Eines der dunkelhaarigen kleinen Kinder – die in Jordis' Augen alle gleich aussahen, nur eben verschieden groß – schob sich ein Stück Rock in den Mund und nuckelte daran. Seine Mutter nahm ihm den Zipfel schweigend ab und strich den Stoff wieder glatt. Sie legte eine Hand auf ihren Bauch und schloss mit einem letzten Blick auf Jordis die Tür.

Er konnte hören, wie sie drinnen leise mit ihren Kindern sprach.

Als er zurück zur Niederstraße ging, lag die Katze immer noch auf ihrem Stein. Er unterdrückte den Drang, über sie hinwegzuspringen, und wünschte ihr lediglich eine Gute Nacht, voller Schatten und Mäuse. Aus den Schatten heraus konnte man seine Opfer gut beobachten. Bevor man hervorschoss und zuschlug.

Leider galt das nicht nur für Katzen. Auch Gegner versteckten sich gern in den Schatten.

***

Elsbeth lehnte sich an die kalten Basaltsteine der Kerkermauer und sah hinüber zu Aleidis. Stael, der ältere Wachmann, hatte ihnen ein Talglicht hingestellt, damit sie sehen konnten, was sie zu Abend aßen. Ein Klecks Erbseneintopf aus Holzschüsseln, die muffig rochen. Dazu für jede ein trockenes Stück Brot und lauwarmes Bier aus einem abgestoßenen Tonkrug. Es war nicht schmackhaft, aber da man ihnen seit dem frühen Morgen kein Essen mehr gereicht hatte, schlangen sie alles restlos hinunter. Damit sie den Eintopf löffeln und anschließend in den Eimer in der Ecke ihre Notdurft verrichten konnten, hatte Stael sie vorübergehend losgekettet. Nach dem misslungenen »gütlichen Verhör« gestern hatte Ebels angeordnet, sie nur in Ausnahmefällen von den schweren, in die Wand eingelassenen Eisenringen zu befreien. Letzte Nacht hatten sie sich nicht einmal richtig hinlegen können.

Neben ihr an der rundgemauerten Wand saß Aleidis, mit nach hinten gelegtem Kopf und geschlossenen Augen, die kräftigen Arme ineinander verschränkt. Gestern hatte sie noch schönes langes Haar gehabt, das ihr in silbernen Strähnen über die Schultern fiel. Jetzt waren ihre Haare auf der linken Seite angesengt, die verschmorten Strähnen bildeten eigenartige Kringel. Hinter der rechten Schläfe hatten die Hexenjäger das Haar mit einem scharfen Messer großflächig abgeschabt, an Aleidis' Ohr klebte geronnenes Blut.

Elsbeth war ebenfalls nicht verschont worden. Nachdem sie

sich auch beim zweiten Verhör geweigert hatte, die ihr vorgeworfenen Taten zu gestehen, hatte Arnold ihr langes Haar um seine Hand gewickelt, ihren Kopf grob nach hinten gerissen und den Schopf mit wenigen Schnitten eine Handbreit über der Kopfhaut abgeschnitten. Ob mit einem Messer oder einer Schere, wusste sie nicht. Es hatte wehgetan.

Elsbeth schloss die Augen. Sie dachte an die vielen Strähnen, die sie auf dem Boden des Wachraumes hatte liegen sehen, und daran, dass von ihrem einst üppigen Haar nur noch wirre Stoppeln übrig waren. Tränen sammelten sich hinter ihren Lidern und sickerten durch die Wimpern.

»Sie wachsen wieder«, sagte Aleidis. Elsbeth blinzelte. Ihre Freundin saß immer noch mit geschlossenen Augen da. »Es sind nur Haare, wir dürfen uns von diesen Hundsgeburten nicht unterkriegen lassen! Sie sind im Unrecht, nicht wir, vergiss das nicht.«

»Ja«, flüsterte Elsbeth.

»Wir werden stark bleiben und freikommen, und im Winter sitzt du wieder da und kämmst dein Haar.«

Elsbeth beneidete ihre Freundin um deren Zuversicht. Sie selbst hatte Angst. Die Männer des Ausschusses schienen so überzeugt von ihrer Schuld. Hatten sie mit steinernen Gesichtern angesehen. Hatten gefragt, wie sie die Schlangen in Heges Pferd gehext habe. Und wie es angehen konnte, dass aus Mund und Nase der toten Witwe Quentin Milch geflossen sei, so wie eine Nachbarin es bezeugt habe. Was für schreckliche, unglaubliche Vorwürfe. Natürlich hatte sie alles geleugnet. Bei Gott, sie wusste doch von nichts!

Geschlagen worden war sie, mitten ins Gesicht, und Arnold hatte gefragt, ob sie wieder die Rute zu spüren bekommen wolle wie am Tag ihrer Verhaftung, als sie nicht hinuntersteigen wollte in den Kerker.

Nein, das wolle sie nicht.

»Dann sprecht«, hatte Arnd Ebels gesagt, »sprecht und gesteht.«

Was sollte sie denn gestehen? Elsbeth schluchzte auf.

Aleidis regte sich. Sie stützte sich mühsam auf und rückte zu ihr herüber. Das Talglicht flackerte, als sei es kurz vor dem Verlöschen. Bald würde das flüssige Rinderfett, das den Docht nährte, verbrannt sein, und die Dunkelheit käme zurück.

»Elsbeth«, sagte Aleidis und legte ihr eine Hand auf die angezogenen Knie. »Es ist schlimm, was geschieht, aber wir geben nicht auf.«

»Mir macht Angst, was sie sagen«, erwiderte Elsbeth und schluckte, »diese Dinge über den Teufel und was sie mit uns machen werden.«

»Mir auch, Kleine«, gestand Aleidis und strich ihr über den Arm. »Mir doch auch. Aber ich denke«, sie hustete und legte sich eine Hand auf die Brust, »dass wir eine Aussicht haben, hier herauszukommen. Es gibt da draußen jemanden, der sich für uns einsetzt, weil er an unsere Unschuld glaubt.«

***

Nach dem Essen saßen Hubertine und Johanna nebeneinander auf der Truhe in ihrer Schlafkammer und hörten den Vögeln zu, die in den Bäumen draußen ihr Abendlied sangen. Die Luft war nach dem Gewitter frisch und sauber, der Himmel strahlend klar. Hubertine malte mit einem Finger die Schattenspuren nach, die das schwindende Licht auf ihr Kleid warf.

»Was hat der bucklige Mann dich denn gefragt?«, erkundigte sie sich. Sie hatte den ganzen Tag schon neugierig auf ein Gespräch mit ihrer Schwester gewartet, aber vor lauter Arbeit keine Gelegenheit dazu gefunden.

Johanna erzählte es ihr.

»Also war er freundlich«, stellte ihre Schwester fest. »Hätte man nicht gemeint, so wie er aussieht.«

»Ja, freundlich war er«, bestätigte Johanna. »Er wollte wissen, was an dem Nachmittag geschehen ist. Hat sich alles aufgeschrieben. Du stehst jetzt auch in seinem Buch.«

Hubertine kicherte. »Warum denn ich?« Stolz darauf, in den Aufzeichnungen eines reichen Neussers erwähnt zu werden, malte sie weiter Muster auf ihr Kleid. Über ihrem Knie wuchs gerade eine Blume.

»Na, weil ich ihm gesagt hab, dass du mir das Essen aufs Feld gebracht hast, kurz bevor …«

Hubertines Hand erstarrte in der Bewegung. Verwundert sah sie ihre Schwester an. Ihre hellen Brauen unter dem flachsblonden Haar zogen sich zusammen.

»Aber ich habe dir gar nicht das Essen gebracht.«

Tag vier. Mittwoch

Der Himmel zog sich zu, als Jordis sich auf den Weg zum Haus des Flickschusters Kiver machte. Tiefgraue Wolken türmten sich über der Stadt und schienen reglos in der Luft zu hängen, die plötzliche Windstille erstaunte ihn. Dämmerung lag über dem Glockhammer, als er um die Biegung an der kleinen Backsteinkirche des Klosters Marienberg ging. Man hätte meinen können, es sei bereits Abend, dabei war gerade erst Zeit für das Mittagsmahl. Sein Magen knurrte. Die Gerstengrütze, von der er morgens zwei Schalen voll gegessen hatte, war längst verdaut.

In der Neuen Gasse zeigte ihm ein kleiner Junge, der ein plumpes Holzpferd in der Hand hielt, Kivers Haus. Auf Jordis' Klopfen hin öffnete ein schmalschultriger Mann mit hoher Stirn.

»Was kann ich für Euch tun?«, fragte er knapp.

Jordis erläuterte ihm sein Anliegen und wurde wortlos in eine kleine Werkstatt rechts neben der Eingangstür geführt. Kiver verschwand im hinteren Teil des Hauses und kehrte mit einer zierlichen Frau zurück, die den Blick zu Boden gerichtet hielt und nicht von seiner Seite wich.

Der Flickschuster lehnte sich an einen Tisch, auf dem Lederflicken und Riemen in buntem Durcheinander verstreut lagen, und sah Jordis aus schwerlidrigen dunklen Augen an.

»Ihr wollt etwas über das Verschwinden unseres Sohnes wissen, also fragt.«

Jordis hörte die Frau aufschluchzen und warf ihr einen mitleidigen Blick zu. Sie hatte ein herzförmiges Gesicht mit großen Augen und sanft geschwungenen Lippen; ohne die Maske des Kummers wäre sie sehr hübsch gewesen.

»Was geschehen ist, tut mir leid«, erklärte er. »Doch solange Euer Kind nicht … Ihr wisst schon, leblos gefunden wird, solange ist noch nichts vergeblich. Vielleicht … könnt Ihr mir etwas über den Tag erzählen, an dem es verschwand?«

Kiver sah seine Frau an. Diese hielt den Blick gesenkt, mit der rechten Hand knetete sie die Finger der linken. Jordis stellte fest, dass ihre Hände gerötet waren. Die Adern auf den Handrücken traten deutlich hervor, und die Handgelenke, die aus den verschlissenen Ärmeln ihres Gewandes ragten, wirkten schmal und zerbrechlich.

»Mein Weib war bei ihrer Tante am Viehmarkt, um eine Decke zu leihen«, erklärte Kiver, »Gerhard hatte die halbe Nacht gehustet. Ein schwächliches Kind.« Er warf seiner Frau einen Blick zu, die stumm vor sich hin starrte.

»Zu welcher Tageszeit war das?«, fragte Jordis.

»Früh am Tag«, antwortete Kiver. »Odilie ist gleich nach dem Frühstück los. Sie trug Gerhard in einem Umhängetuch.«

»Ihr seid Odilie?«, wandte sich Jordis an die Frau, die immer noch ihre Finger knetete.

Ohne aufzublicken, nickte sie.

Jordis wollte gerade seine nächste Frage stellen, als sie unvermutet zu sprechen begann.

»Gerhard schlief gerade. Im Haus meiner Tante ist es laut. Die Schmiedewerkstatt. Neben dem Haus ist eine Mauer, es war … Sonne. Die Vögel sangen, da …« Sie stockte. »Da habe ich ihn kurz hingelegt.« Ihre Stimme brach. Sie legte eine Hand auf den Mund und zog die Nase hoch. In ihren hellen Augen standen Tränen.

Ihr Mann schaute sie ernst an, seine Kiefermuskeln bewegten sich. Als sie nicht antwortete, sprach er weiter.

»Sie war nur kurz im Haus, und als sie wieder herauskam, war er fort. Es war kein Markttag. Kaum Leute da. Keiner hat etwas gesehen.«

Er schüttelte den Kopf. Die Muskeln an seinen Unterarmen spannten sich, als er sagte: »Hätte sie ihn doch mit hineingenommen. Hätte sie doch nur …«

Jordis hob beschwichtigend eine Hand, als er sah, dass sich Odilies Gesicht vor Schmerz verzog. »Niemand konnte das ahnen. Wenn Ihr an den Augenblick zurückdenkt, an dem Ihr aus dem Haus kamt«, wandte er sich an Odilie, »an was entsinnt Ihr Euch? Habt Ihr jemanden gesehen?«

Odilie hob den Kopf. Es schien ihr gutzutun, dass Jordis sie nicht beschuldigte, unverantwortlich gehandelt zu haben, als sie ihren Sohn an der sonnigen Mauer ablegte.

»Da war ein Pilger, er trug diesen Hut und einen Stab. Er sprach mit einem Bettler, der am Viehstand saß. Er kam zu mir, als ich schrie, aber er verstand mich nicht, er sprach eine andere Sprache.« Odilies Augen blickten abwesend, während sie sich erinnerte. »Trotzdem versuchte er, mich zu beruhigen, und blieb bei mir, bis meine Tante kam.« Sie runzelte angestrengt die Brauen. »Sonst waren da nur ein paar Frauen. Kannte ich nicht. Blieben stehen und gafften und gingen dann weiter. Ach, und ein Fuhrwerk, ja. Es fuhr vorbei, als ich aus dem Haus kam, und klapperte laut. Ich hatte Angst, dass es Gerhard aufschreckt, und dann sah ich hin, und er war nicht mehr da.« Sie legte beide Hände auf die Wangen und verstummte.

Jordis nickte. »Könntet Ihr mir den Pilger und den Bettler näher beschreiben?«

Odilie holte tief Luft und strich sich über die Stirn. »Der Pilger war groß, blond, dünn, hatte einen Bart. Er war verletzt, er zog ein Bein nach. Und er trug so eine … Kürbisflasche am Gürtel und eine Muschel am Hut.«

Ein Jakobspilger, dachte Jordis.

»Der Bettler …«, fuhr Odilie Kiver fort. »Ich weiß nicht … Er war älter, zottelig … er saß einfach da. Ich habe ihn mir nicht angeguckt.«

»Habt Ihr die Sprache erkannt, die der Pilger sprach?«

Sie schüttelte den Kopf.

»Wisst Ihr, wohin er gegangen ist?«

»Ich glaube, in die Stadt. Ich … weiß es nicht.« Sie wirkte erschöpft.

»Gut, ich danke Euch so weit«, sagte Jordis. »Nur eine Frage noch: Hat Euer Sohn ein besonderes Merkmal?«

Odilie bewegte ihre Schultern. Unsicher sah sie ihren Mann von der Seite an. Sie strich sich mehrmals über den Oberarm.

»Nein, er ist nur … ein schwächliches Kind. Klein, blass, hat wenig Haare. Ich hatte ihn in ein weißes Tuch gewickelt an dem Tag, blau bestickt.«

»Habt Dank«, sagte Jordis und wandte sich zum Gehen. »Ich hoffe, dass Euer Sohn bald zu Euch zurückkehren wird. Lebt wohl.«

Er nickte ihnen zu und trat aus dem Dämmerlicht des Hauses zurück in den hellen Sommertag. Aus den Augenwinkeln sah er, wie Odilie ihr Gesicht an der Schulter ihres Mannes barg und dieser geistesabwesend einen Arm um sie legte, während er Jordis mit ernstem Blick und immer noch mahlenden Kiefern nachsah.

***

So etwas nannte man ein wahrhaft sinnvolles Werkzeug!

Arnd Ebels drehte das kleine Instrument mit dem hölzernen Griff und dem glänzenden dünnen Eisenstift in den Händen. Nadelspitz sah es aus, scharf und kalt. Ein Hexenstecher. Von einem verschlagenen Werkzeugmacher aus Köln, hatte ihn ein Vermögen gekostet.

Ebels lächelte. Es würde ihm eine Freude sein, dieses hübsche Gerät heute Abend zum Einsatz zu bringen. Es galt den Pakt zwischen den Weibern im Kerker und dem Leibhaftigen zu beweisen! Die Blutprobe war ein bewährtes Mittel. Man stach mit einer Nadel in die Haut der Verdächtigen und stellte fest, ob Blut floss. Bei einer Hexe würde der Teufel dafür sorgen, dass die Einstichstelle nicht blutete. Damit wäre der Beweis des teuflischen Bundes erbracht.

Vorsichtig legte er eine Fingerkuppe auf das nadelspitze Ende des Hexenstechers. Zufrieden sah er zu, wie sich die große Nadel in den Griff zurückzog. Der leiseste Druck genügte. Dieser Hexenstecher war von besonderer Art. Es gab auch andere, mit unbeweglichen Spitzen. Er besaß beides.

Ebels war von der Schuld der beiden Frauen überzeugt. Dennoch konnte es nicht schaden, vorbeugende Maßnahmen zu treffen.

Diesmal würde er auch geistlichen Beistand mitnehmen. Im Angesicht eines Gesandten Gottes sollte es den Hexenweibern schwerfallen, anderen Menschen Schaden zuzufügen. Der Dominikaner, den er um Unterstützung gebeten hatte, war nicht von hier, er stammte aus den Bergen südwestlich des Rheins. Ein schweigsamer, ernsthafter Mann. Bald schon würde er weiterreisen.

Ebels hegte keinen Zweifel daran, dass die Dinge bis dahin ihren Lauf genommen haben würden und der Rauch des Scheiterhaufens schon längst verflogen war.

***

Nach dem Besuch bei Kivers machte sich Jordis auf den Weg nach Hause, wohin er Theils Nichte, eine Magd namens Nesa, zu einer Befragung bestellt hatte. Er hielt die Sache mit den Raupen und Würmern zwar für nebensächlich, doch man konnte nie wissen, welche Zusammenhänge zwischen den Ereignissen bestehen mochten. Dass die im Hause Mertens verstorbene Witwe Quentin Aleidis und Elsbeth der Hexerei beschuldigt hatte, machte die Vorfälle zusätzlich beachtenswert.

Nesa wartete bereits in seiner Geschäftsstube und strich mit den Daumen ruhelos über die Falten ihres Gewandes.

»Bitte, setz dich«, sagte er und wies auf einen Stuhl.

Das Mädchen ging mit hölzernen Bewegungen darauf zu und ließ sich langsam, fast andächtig, auf das samtige Polster sinken. Sie mochte etwa siebzehn Jahre alt sein und war groß und kräftig. Ihr Kopf wirkte im Vergleich zum Körper klein und zierlich. Besonders fielen ihm ihre winzigen, zarten Ohren auf. Das Haar unter der Haube war dunkelbraun, ebenso die dichten Augenbrauen über runden, unschuldig blauen Augen. Ihr Mund stand leicht offen, was ihr einen etwas einfältigen Ausdruck verlieh, aber er wollte kein Urteil fällen, bevor er nicht mit ihr gesprochen hatte.

»Nun, Nesa, ich danke dir für dein Kommen«, begann er, nachdem er sich ihr gegenüber auf seinen Lieblingsstuhl mit der Kölner Intarsienarbeit gesetzt hatte. »Ich möchte mit dir sprechen, um etwas Licht in diese unselige Angelegenheit zu bringen. Hast du im Haus deines Dienstherrn nur mit Wäsche und Küchenarbeit zu tun oder kümmerst du dich auch um die Versorgung der Hausbewohner und ihrer Gäste?« Jordis lächelte sie aufmunternd an. Er vermutete, dass derjenige, der für das Auftreten der Raupen und Würmer in Ludwig Mertens' Haus verantwortlich war – womöglich sogar für den Tod von dessen Schwester –, aus dem Bekanntenkreis der Familie stammte. Vielleicht gab es eine alte Rechnung zu begleichen. Vielleicht bestanden Feindschaften, von denen Außenstehende nichts wussten.

Nesa zog die Nase hoch, holte Luft durch den Mund und nestelte an ihrem Kleid. »Nun ja, sicher, Herr«, sagte sie. »Oft kommen Geschäftsleute. Ich bringe ihnen Wein und manchmal auch etwas zu essen. Es sind meist Kaufleute, Tuchhändler wie mein Herr. Er empfängt sie in seinem Geschäftsraum. Ich rolle Stoffballen aus, fertige Schnittmuster an ... solche Dinge. Wenn die Gäste von weit her kommen, was nicht selten ist, dann werden sie zum Essen geladen. Dabei helfe ich. Und sonst, im Haus ... da kümmere ich mich um die Kinder, um die Söhne meiner Herrschaft, die sind noch recht klein. Und auch um die Herrin kümmere ich mich. Es geht ihr nicht gut, sie ist krank, von Schwermut geplagt.«

Jordis nickte. »Verstehe. Seit wann leidet sie daran?«

»An der Schwermut?« Nesa musste nicht lange nachdenken. »Seit einigen Wochen, seit ihre Schwägerin im Kindbett starb. Die Witwe Quentin, die bei uns lebte. Sie brachte ein totes Kind zur Welt ...« Sie bekreuzigte sich. »Und dann starb sie selbst. Ich war nicht da, als es geschah, war im Garten.« Nesas Augen glänzten, als sie abermals ein Kreuzzeichen machte. Eine Weile schwieg sie und starrte mit offenem Mund auf einen Punkt an der Wand.

Jordis beschloss, auf ein weniger gemütvolles Thema umzuschwenken, doch Nesa schien stärkere Nerven zu haben, als er dachte. Sie sprach von selbst weiter. Ihr Blick war immer noch ins Leere gerichtet.

»Es schien, als ... als habe sie Angst. Meine Herrin war nach der Geburt ihres zweiten Sohnes mehrmals in anderen Umständen, aber sie hat alle Kinder verloren. Das letzte erst im Frühling. Als ihre Schwägerin starb, dachte sie wohl, das könnte auch ihr geschehen. Sie sagte, das Haus sei verflucht! Jetzt verlässt sie ihr Zimmer kaum noch.«

Nesa wischte sich mit dem Handrücken die Nase. »Meist liegt sie im Bett. Und wenn sie auf ist, dann ist sie ungeduldig und schlecht gelaunt. Und hat einen seltsamen Blick, so starr.«

»Das ist bedauerlich«, sagte Jordis und meinte es ernst. Welch schwierige Lage für alle Beteiligten. »Hoffentlich bessert sich ihr Zustand bald.«

Nesa zuckte mutlos die Schultern. Ihr kleines Gesicht wirkte müde. Noch einmal nieste sie. Sie ist erkältet, dachte Jordis. Darum steht ihr Mund auf, sie kann nicht durch die Nase atmen.

»Ich möchte dich nicht unnötig lange aufhalten, Nesa«, sagte er. »Darum komme ich jetzt zu meiner letzten Frage. Wie war das mit den Raupen und Würmern?«

Nesa hob angewidert die Schultern und verzog das Gesicht. »Das war scheußlich, Herr. Ich kam aus dem Garten vor der Stadt und wollte das Abendessen richten. Ich ging barfuß in die Küche, und da spürte ich unter den Füßen ...« Sie schüttelte sich. »Es war eklig, ich kann es nicht beschreiben. Raupen und Würmer, auch ein paar Käfer, auf dem Boden, auf dem Tisch, einige krochen bereits die Wand hoch. Später fand ich welche in den Krügen und in der Kammer, ich musste einen Teil der Vorräte wegwerfen.«

»War das Ungeziefer nur in der Küche?«

Nesa hustete, bevor sie weitersprach. Dann schüttelte sie den Kopf.

»Nein. Ich ging durchs Haus, um nach dem Rechten zu sehen, und da fand ich noch einige in der Wiege, hinten in der Stube. Sie krochen gerade heraus. Es war so abscheulich!«

Wieder verzog sie den Mund. Leiser fügte sie hinzu: »In der Wiege sollte das Kind schlafen. Keiner wagt, sie wegzustellen.«

Jordis nickte nachdenklich. »Im Flur waren demnach keine ... Und die Haustür war unverschlossen, während du im Garten warst?«

»Ja, Herr«, pflichtete Nesa ihm bei und zog erneut die Nase hoch, »wir verriegeln nur nachts oder wenn alle aus dem Haus sind. Aber an diesem Nachmittag war ja die Herrin da und auch der Herr. Er saß in der Geschäftsstube.«

»Sonst wohnt, von dir abgesehen, niemand mehr im Haus?«, fragte Jordis.

Nesa schüttelte den Kopf.

»Kein Knecht oder ein sonstiger Verwandter?«

»Nein, Herr. Der Knecht von Herrn Mertens' Bruder hilft uns

aus, aber er wohnt beim Bruder. Wenn viel zu tun ist, vor Markttagen oder Geschäftstreffen, kommt Elsbeth Neerings und hilft. Aber die wohnt ja auch woanders.«

»Nesa, ich will offen zu dir sein. Ich glaube nicht, dass das Gewürm Hexenwerk war. Ich glaube, jemand hat sich ins Haus geschlichen und in der Küche und in der Stube dieses Ungeziefer hinterlassen. Die Frage ist: Wer möchte der Familie schaden? Oder dir?«

Nesa sah ihn entsetzt an. »Mir, Herr?«

»Es muss nicht sein, bitte ängstige dich nicht.« Jordis hob beruhigend die Hände. »Wir müssen aber alle Möglichkeiten in Betracht ziehen. Fällt dir jemand ein?«

Das Mädchen rieb sich die Wange und dachte nach.

»Der Herr hatte Ärger mit einem Weber. Luch oder Lach hieß er, glaube ich, der ungefärbten und ungeschorenen Loden lieferte, obwohl er zugerichtetes Tuch versprochen hatte. Ich konnte hören, wie er den Herrn anschrie und ihm drohte. Die gerechte Strafe käme noch, schrie er. Es ging wohl um eine größere Summe. Aber sonst … Es gehen so viele Leute ein und aus … Ich kenne nicht alle.«

Jordis erhob sich. »Nun, das soll reichen. Ich danke dir für deine Auskünfte, Nesa.«

Sie nickte langsam, sah ihn kurz an und schaute gleich wieder weg. Unbeholfen erhob sie sich und strich ihr Gewand glatt.

Jordis begleitete das Mädchen zur Tür, setzte sich wieder in seinen Sessel und dachte nach.

Was ihn am meisten beschäftigte, war die Frage, warum das Ungeziefer nicht einfach im Flur hinter der Eingangstür abgesetzt worden war. Jemand hatte das Haus betreten und gewagt, sich erwischen zu lassen. Dieser Jemand war gezielt in die Küche und in die Wohnstube gegangen. Warum diese Räume? Warum die leere Wiege? Es musste etwas bedeuten.

Es gab viele Möglichkeiten. Und es stand fest, dass derjenige, der das Gewürm ausgesetzt hatte, sich im Haus auskannte. Das Vorgehen wirkte geplant, nicht wie ein grober Spaß.

Jordis strich sich über eine Augenbraue und erhob sich, um seine Gedanken aufzuschreiben. Er hätte es an nichts Bestimmtem festmachen können, doch er war sich sicher, dass Nesa etwas verschwieg.

Als er noch damit beschäftigt war, Nesas Aussagen einzutragen, klopfte Klara an die Zimmertür und teilte ihm mit, ein Knecht des Fetschereihofes habe soeben darum gebeten, Herrn Jordis auszurichten, Johanna Kloeren habe wichtige Neuigkeiten für ihn.

***

Abends versammelten sie sich im Haus des Schusters: Jordis, Kreitfisch und Jansen. Die Hexenfreunde.

»Ich begrüße Euch in meinem Heim!« Rutger Jansen hieß Jordis mit ausgebreiteten Armen willkommen. Sein Lächeln legte sein ganzes Gesicht in Falten. Von seinen Zähnen war nur die obere Reihe zu sehen, und diese schien für sein Alter noch erstaunlich gut erhalten. Jordis bemerkte nur eine Lücke und einige verfärbte Stellen, ansonsten wirkte Jansens Gebiss gesund. Wie sein ganzer Körper, abgesehen natürlich vom fehlenden Unterschenkel. Der alte Schuster strahlte eine unglaubliche Lebendigkeit aus.

»Tretet ein, tretet ein«, bat er und hüpfte ein Stück zur Seite, damit Jordis an ihm vorbei ins Haus gehen konnte. Wie erwartet, lugten ein paar dunkelhaarige Kinder aus der Tür des nächsten Zimmers, um zu sehen, wer da ins Haus kam. Ihre kleinen Köpfe reihten sich in einer Reihe von oben nach unten neben dem Türrahmen auf. Das Kleinste musterte seine bloßen Füße, deren winzige Zehen es emsig aus- und einrollte. Die anderen sahen Jordis reglos an. Im Inneren des Hauses weinte ein Säugling.

»Kreitfisch ist schon da«, erklärte Jansen, während er die Tür schloss. »Folgt mir.«

Er führte Jordis durch den hohen Flur an einer Werkstatt vorbei, in der zwei junge Männer mit Schusterarbeiten beschäftigt waren. »Meine Söhne«, sagte er. Die Jungen nickten Jordis kurz zu.

Den Kindern an der Tür bedeutete Jansen mit einem Kopfnicken, zurück ins Zimmer zu gehen. Sie folgten seiner Anweisung zwar, aber in einer so schneckenhaften Geschwindigkeit, dass sie noch genau sehen konnten, wohin ihr Vater den Gast führte. Jordis hörte ihr helles Kichern. Jansen drehte sich ruckartig um und schickte einen grellen Pfeiflaut durch die Lippen. Wie ein Blitz verschwanden die Kinder im Zimmer.

Jordis folgte dem Schuster in einen hellen Raum, in dessen Mitte ein großer Tisch stand, der an einer Schmalseite, an der sonst wohl zwei oder drei Personen sitzen konnten, mit Hennes Kreitfisch besetzt war.

»Wohlsein!«, grüßte der Barbier, hob seinen Bierkrug und nahm einige glucksende Schlücke.

»Wohlsein«, erwiderte Jordis und stellte die Weinamphore auf den Tisch, die er mitgebracht hatte, um ihre Gedankengänge anzuregen. Daneben legte er die in Leder gebundene Kladde mit seinen Aufzeichnungen.

»Nehmt Platz«, bat Jansen und winkte einem jungen Mädchen, das im hinteren Teil des Raumes an einer Anrichte beschäftigt war. Ein zweites Mädchen mit langen schwarzen Zöpfen kam gerade durch eine Seitentür herein und lächelte schüchtern. »Meine Töchter«, erklärte Jansen. »Meine Frau hat mit dem Säugling zu tun, aber die Mädchen werden uns auftischen. Grete! Ursula!« Er klatschte in die Hände, woraufhin die Mädchen eilfertig ein Brett mit Getreidefladen, Käse und Speck auf den Tisch stellten, daneben eine tönerne Schüssel mit gesalzenem Hering und einen großen Krug Bier nebst Trinkbechern. Jansen trug ihnen auf, frischen Apfelmost aus dem Keller zu holen und sich um die jüngeren Geschwister zu kümmern.

Jordis rechnete nach: zwei Mädchen hier, zwei Jungen in der Werkstatt, etliche Kinder im Zimmer an der Eingangstür, ein Säugling bei der Mutter … Wie viele Kinder *hatte* dieser Mann?

Als hätte er seine Gedanken gelesen, betrat ein etwa zehnjähriger Junge den Raum, dem Jordis bisher noch nicht begegnet war. Erstaunlicherweise war er nicht dunkelhaarig wie die anderen, sondern blond. Vielleicht war er nur zu Besuch hier.

»Vater?«, wandte der Junge sich an Jansen. Demnach kein Besuch, dachte Jordis.

»Heinrich?«, antwortete Jansen mit einem Augenzwinkern.

Der blonde Junge grinste. »Peter bat mich, dich zu holen. Sie kommen mit der Außensohle nicht zurecht.«

»Ich komme«, erwiderte Jansen. Zu den Mädchen sagte er im Hinausgehen: »Gebt den Gästen etwas zu trinken und dann tut, was ich euch gesagt habe.«

»Ja, Vater«, sagte die Ältere.

Nachdem die Mädchen ihnen eingeschenkt hatten, verließen sie schweigend den Raum, begannen aber schon im Flur zu streiten und zankten sich den ganzen Weg die Kellertreppe hinab.

Kreitfisch sah Jordis schmunzelnd an. »Elf«, sagte er.

»Wie meint Ihr?«, fragte Jordis verwirrt.

»Er hat elf Kinder«, erklärte der Barbier. »Wenn man zum ersten Mal hier ist, beginnt man unweigerlich, sie zu zählen.«

Jordis räusperte sich. »Ja«, gestand er und lachte verlegen. »Ich wundere mich nur, dass er ... trotz seiner Verletzung ...«

»Es ist ein *Bein*, was ihm fehlt«, meinte Kreitfisch trocken, »nicht das, was zwischen den Beinen hängt. Das konnten die Burgunder ihm nicht abhacken.« Er prostete Jordis zu und nahm einen nicht enden wollenden Schluck Bier. »Aaah«, stieß er danach genießerisch aus und rülpste kräftig, »das tut gut!«

Jordis war froh, dass er etwas zu tun hatte, und sei es nur, seinen Becher an die Lippen zu heben. »Habt Ihr Kinder?«, lenkte er ab. »Wenn mir die Frage gestattet ist.«

Kreitfisch nickte. »Ja. Vier Söhne. Einer lebt in Neuss, die anderen überall. Will sagen: in der Umgebung. Sie sind erwachsen und haben selbst schon Kinder. Ich bin Großvater, ist das zu glauben? Ein junger, stolzer Recke wie ich!« Sein Lachen klang, als würde eine große Fuhre schwerer Steine einen Hang hinuntergeschüttet. »Allerdings«, fügte er hinzu, »sind die Jungen von meiner ersten Frau, meiner lieben Maria, Gott hab sie selig.« Er bekreuzigte sich und fuhr fort: »Mit Kathrine, meinem zweiten Eheweib, habe ich eine Tochter. Sie ist fünfzehn und dient als Magd bei meiner Schwester in Kaarst. Dort will sie das Schneiderhandwerk erlernen. Ich schneide Haare, sie Stoff, der Apfel fällt nicht weit vom Stamm.« Wieder lachte er. »Und Ihr? Ihr seid unverheiratet, nicht wahr? Wenn mir die Frage gestattet ist!«

Jordis verzog den Mund zu einem schwachen Lächeln. Er

sprach nicht gern über sich, aber er konnte Kreitfisch schlecht Fragen stellen, ohne selbst Antworten zu geben.

»Ja, und kinderlos. Es ist mir bisher noch nicht gelungen ...« Er stockte.

»Ein Weib für Euch zu entflammen?«, lachte Kreitfisch und hob die Augenbrauen. »Jetzt kommt mir nicht mit Eurem Buckel, der Euch das Leben schwer macht und dergleichen. Ihr seid trotz allem ein schmucker Kerl und weiß Gott nicht auf den Kopf gefallen! Ihr solltet Euer Licht nicht unter den Scheffel stellen! Und zum Heiraten und Kinderkriegen habt Ihr noch alle Zeit der Welt mit Euren paar Lebensjährchen!«

Jordis war unangenehm berührt von der Offenheit des Barbiers, freute sich aber gleichzeitig über den Zuspruch. Ein Funke Wahrheit steckte mit Sicherheit darin. Er ging wirklich sehr streng mit sich um. Verlegen griff er nach seinem Becher.

Zum Glück kehrte in diesem Augenblick Jansen zurück. Kopfschüttelnd ließ er sich auf die Sitzbank fallen und griff nach seinem Bier.

»Da zeigt man ihnen etwas hundertmal, und trotzdem vergessen sie es. Eine Außensohle! Nun ja.« Er setzte sich aufrecht hin und sah sie an. »Wenden wir uns unserer Sache zu!«

Jordis öffnete seine Schreibkladde und berichtete von seinen Besuchen bei den Eltern der vermissten Kinder und seinem Gespräch mit der Magd Nesa. Er schloss mit der Bemerkung, dass ihm am frühen Abend ein Knecht habe mitteilen lassen, es gäbe wichtige Neuigkeiten vom Fetschereihof.

Als er fertig war, saßen sie eine Weile still da und hingen ihren Gedanken nach.

Jordis fand, es spreche für die beiden anderen, dass sie nicht sofort losredeten, sondern sich erst einmal Zeit nahmen, das Gehörte zu überdenken.

Jansen war der Erste, der das Wort ergriff. »Da habt Ihr schon eine Menge in Erfahrung gebracht«, sagte er und kratzte sich an der Stirn.

Jordis schwieg. Er stützte die Ellbogen auf den Tisch und legte die Hände aneinander.

»Man hört so manches über Hexenprozesse in letzter Zeit, aus

Köln, aus Bergheim ...«, sagte er dann. »Bei unerklärlichen Geschehnissen kann man dieser Tage schnell ins Gerede geraten. Wenn wir aber Hexerei ausschließen, und das tun wir, was ist dann tatsächlich mit den Kindern geschehen?«

»Hm.« Jansen klopfte langsam mit einem Daumen auf den Tisch. »Ihr sagtet, das Kiver-Kind sei schwächelnd. Womöglich haben die Eltern es selbst verschwinden lassen ...«

»Oder es war ein Unfall«, schaltete sich Kreitfisch ein. »Und um unangenehme Fragen zu vermeiden, haben die Eltern eine Entführung nur vorgetäuscht.« Er sah die anderen fragend an.

»In beiden Fällen? Aber gut, das wären Möglichkeiten, wenn wir von den Eltern als Täter ausgehen«, stimmte Augustin Jordis zu, »wobei wir den Vater von Johanna Kloerens Kindern nicht kennen. Was aber, wenn es Fremde waren?«

»Gelegenheitsdiebe«, warf Jansen ein. »Menschenhändler, was weiß ich.«

Kreitfisch verzog angewidert das Gesicht. »Furchtbar«, murmelte er und schüttelte den Kopf.

»Es wäre auch denkbar, dass jemand gezielt *diese* Kinder ausgewählt hat. Um sich an den Familien zu rächen.« Jordis drehte seinen Becher in den Händen. »Oder um die Spuren von Unzucht zu beseitigen. Ich denke da an Ehebruch oder Notzucht.«

»Bei Johanna Kloeren könnte das der Fall sein«, stimmte Jansen zu. »Den Vater der Kinder hält sie geheim, aber es muss ja einen geben! Der Mistkerl könnte fürchten, dass man Ansprüche an ihn stellt.«

»Ja, aber warum nimmt er dann nur *ein* Kind mit und lässt den Zwillingsbruder da?«, fragte Kreitfisch. »Und was ist mit dem Kiver-Kind? Denkt Ihr, seine Mutter verschweigt etwas?« Er schnaubte ratlos durch die Nase.

»Wir müssen mehr über die Zusammenhänge erfahren«, stellte Jordis fest.

Hennes Kreitfisch lehnte sich zurück. »Wie sollen wir weiter vorgehen?«, wandte er sich an Jordis.

Dieser griff nach der Amphore mit Rotwein, um den wachsdurchtränkten Stoffpfropfen, mit dem sie verschlossen war, zu entfernen. Dann blätterte er in seinem Buch und las vor:

»Erster Fall: das Kind des Flickschusters, Gerhard Kiver. Am Ort des Verschwindens wurden beobachtet: unbekannte ältere Frauen, unbekanntes Fuhrwerk, älterer Bettler, Jakobspilger aus einem unbekannten Land: groß, dünn, blond, bärtig, zieht ein Bein nach.«

»Ein bisschen viel ›unbekannt‹, meint Ihr nicht?«, scherzte Kreitfisch.

»Halt die Klappe, Kreitfisch, lass ihn weiterreden«, befahl Jansen.

Der Barbier verzog die Lippen zu einem knappen Grinsen und kratzte sich am Hintern.

Jordis ließ sich nicht beirren. »Unsere Aufgabe bestünde in diesem Fall im Aufspüren des Pilgers und des Bettlers, die sich mit etwas Glück noch im Heilig-Geist-Gasthaus oder im Neuen Gasthaus aufhalten. Kreitfisch, wie wäre es, wenn Ihr uns etwas Wein einschenken würdet?«

Während Hennes Kreitfisch den kirschroten Wein in die Becher rinnen ließ, blickte Jordis erneut in sein Buch.

»Ansonsten sollten wir uns morgen auf dem Fetschereihof nach den Neuigkeiten erkundigen und außerdem alles sammeln, was wir über die Familien der vermissten Kinder erfahren können. Vielleicht ist uns bisher etwas entgangen. Das Haus Mertens sollten wir ebenfalls im Auge behalten, wegen der Todesfälle und des Ungeziefers.«

Jordis nahm einen Schluck von dem Pinot Liébault, den er sich von einem Zisterzienserkloster aus Burgund liefern ließ und zusammen mit seinem Rheinwein bis nach Flandern und Schweden verschiffte. Eine edle, aber empfindliche Rebsorte mit vollmundigem Geschmack. Er ließ das dezente Aroma von Pflaumen und Beeren kurz auf sich wirken, bevor er seine Mitstreiter erneut ansprach:

»Da ich Johanna Kloeren bereits kenne, würde ich vorschlagen, dass ich selbst zum Fetschereihof fahre. Möchte mich jemand von Euch begleiten?«

Kreitfisch hustete mit Tränen in den Augen, wahrscheinlich hatte er den Gehalt des Weines unterschätzt und ihn wie Bier hinuntergeschüttet.

»Ich komme mit«, sagte Rutger Jansen. »Wir können mein Fuhrwerk nehmen. Erlesener Trank übrigens!« Er hob seinen Weinbecher und prostete ihnen zu.

»Ist nichts für mich«, bekundete Kreitfisch, immer noch hustend, »ich bleibe bei meinem Bier. Trotzdem: Wohlsein!«

»Gut«, sagte Jordis zu Jansen. »Orte, an denen es viel zu beobachten gibt, sollte man ruhig zu zweit aufsuchen.«

»Ich könnte mich nach dem Pilger und dem Bettler erkundigen. Ich kenne den Gasthausmeister vom Neuen Gasthaus«, schlug Kreitfisch vor.

Jordis nickte. »Das ist gut. Es wird Zeit, dass wir weiterkommen! Ich traue dem Hexenausschuss nicht über den Weg. Hoffentlich kommen die Bürgermeister und der Schultheiß bald zurück, wir brauchen eine rechtmäßige Verhandlung. Und wir brauchen Beweise für die Unschuld von Aleidis und Elsbeth!«

Er dachte an seine mütterliche Freundin, an ihr lautes, herzliches Lachen und ihre raue, warmherzige Art. Er musste sie einfach retten.

Er musste.

***

Die Suche nach den Teufelsmalen fand in der Abenddämmerung statt. Nachdem die »gütlichen Verhöre« oben im Turm nicht das gewünschte Ergebnis erbracht hatten, kamen ihre Peiniger diesmal hinunter ins Verlies.

Aleidis erwachte aus einem unruhigen Schlaf, als sie die Falltür knarren und Stimmen murmeln hörte. Sie öffnete die Augen und sah Fackelschein über die steinernen Wände huschen. Zwischen den Lichtflecken bewegten sich Schatten.

»Steht auf!«, befahl eine grobe Stimme.

Jemand trat sie in die Seite.

Elsbeth!, dachte Aleidis. Ich muss nach Elsbeth sehen. Sie streckte ihre rechte Hand aus und tastete nach ihrer Freundin, doch sie griff ins Leere.

»Was habt Ihr mit ihr gemacht?«, fragte sie mit trockenem Mund.

»Das lasst mal unsere Sorge sein!«, wies die Stimme von Arnd Ebels sie zurecht.

Wieder wurde sie in die Seite getreten. »Los, hoch!«

Aleidis kam schwerfällig auf die Knie. Sie erinnerte sich an das Verhör vom gestrigen Tag und spürte kalte Wut in sich aufsteigen. Unwillkürlich griff sie sich an die rechte Schläfe und tastete nach den Haaren, die nicht mehr da waren. Sie fühlte nur Stoppeln und kurze, ungleichmäßige Strähnen. Ein handtellergroßes Stück Haar war ihr mit einem Messer einfach weggeschabt worden. Ein Vorgeschmack auf das, was noch kommen würde, hatte man ihr gesagt. Der Teufel verstecke sich gern in den Haaren, hatte man ihr gesagt. Und deshalb müssten sie alle ab, hatte man ihr gesagt, *alle*.

Aleidis stellte sich so aufrecht hin, wie es ihr mit angeketteten Händen möglich war, und sah ihren Peinigern ins Gesicht. Fünf waren es. Vier kannte sie schon: den hinterhältigen Ebels, den Schweinekopf, den Kindlichen und Arnold, den Mann aus Stein.

Diesmal hatten sie auch noch einen Geistlichen dabei. Er trug die weiße Kutte und den schwarzen Kapuzenmantel der Dominikaner. Sein Gesicht wirkte im Licht der Fackeln hart und streng, die scharfen Schatten ließen es aussehen wie einen Holzschnitt.

Der Mönch trat mit erhobener Hand auf sie zu. *»In nomine Patris et Filii et Spiritus Sancti«*, murmelte er und schlug mit Zeige- und Mittelfinger ein Kreuz in die Luft. Anschließend wandte er sich nach links.

Aleidis sah, dass Elsbeth einige Schritte von ihr entfernt auf dem Boden kniete und soeben an den Armen gepackt und aufgerichtet wurde.

»Elsbeth!«, rief sie.

Die junge Frau verrenkte den Kopf, um Aleidis anzusehen, wurde aber von den Männern gezwungen, sich dem Geistlichen zuzuwenden.

Nach einem erneuten Kreuzzeichen kniete der Dominikaner zwischen den beiden Frauen nieder, neigte den Kopf und betete:

»In nomine Jesu Christi Dei et Domini nostri, intercedente immaculata Vergine Dei Genetrice Maria, beato Michaele Archangelo, beatis Apostolis Petro et Paulo et omnibus Sanctis et sacra ministerii

nostri auctoritate confisi, ad infestationes diabolicae fraudis repellendas securi aggredimur.«

Aleidis verstand nicht jedes Wort, hörte aber heraus, dass hier Heilige um die Abwehr teuflischer Mächte angefleht wurden. Sie straffte die Schultern. Die Männer mochten persönliche Gründe für ihr Vorgehen haben, überlegte sie. So wie Arnd Ebels, dessen Ehe seit Jahren unfruchtbar war. Die einzige Schwangerschaft seit der Vermählung schlug fehl, Ebels Frau verlor das Kind in der Mitte der Zeit. Aleidis hatte damals nur die Mutter retten können, nicht aber das Kind. Ebels machte sie für den Tod seines Nachkommen verantwortlich. Und er hasste sie für ihre Dreistigkeit. Als seine Frau ermattet im Bett gelegen und er ihre »Unfähigkeit« und ihren »vertrockneten Leib« beklagt hatte, war Aleidis einfach auf ihn zugegangen und hatte ihm die Tür vor der Nase zugeschlagen. Das konnte er nicht dulden. Man hatte ihn mit Achtung zu behandeln. Was er wünschte, sollte geschehen. Er wollte in Glanz und Gloria dastehen, vor sich und aller Welt, und kein Makel durfte seine Herrlichkeit beflecken. Vielleicht fand er es sogar gerecht, dass auch andere Menschen ihre Kinder verloren.

Was ihn sonst noch antrieb, sie hier festzuhalten und zu peinigen, ihn und die anderen, darüber konnte sie jetzt nicht nachdenken. Sie war sich jedoch sicher, dass auch noch etwas anderes dunkel und drohend im Hintergrund stand: die Angst vor dem Teufel. Die Männer schienen tatsächlich zu glauben, dass etwas Satanisches in Elsbeth und ihr steckte, das es zu vernichten galt. Dieser Gedanke machte ihr Angst.

Aleidis war sich sicher, dass es Dinge zwischen Himmel und Erde gab, die sich nicht erklären ließen, weil menschliche Kräfte zu schwach und zu klein dafür waren. Vor diesen Dingen fürchteten sich die Menschen. Auch sie fürchtete sich. Es mochte einen Teufel geben. Aber sie wusste so sicher, wie die Nacht dem Tag folgte, dass er ihr persönlich noch nie erschienen war. Nie, niemals, hatte sie mit dem Leibhaftigen etwas zu tun gehabt, und darum würde sie auch nicht das gestehen, was die Sauhunde von ihr hören wollten, da konnten sie noch zehnmal ihren Arnold auf sie ansetzen und ihr zehnmal die Haare abschneiden.

Sie würde sich nicht vor Gott versündigen, nur weil der Hexenausschuss es wünschte.

»Um Euer Gedächtnis aufzufrischen«, begann Arnd Ebels in seinem heuchlerischen Plauderton. »Nachdem Ihr gestern auch die zweite Gelegenheit ausgeschlagen habt, Eure Sünden zu bekennen, werden wir heute nach weiteren Beweisen des Teufelspaktes suchen.«

Er begann, in der Mitte des halbrunden Kerkergewölbes auf und ab zu gehen. »Zum einen gibt es da die Teufelsmale, zum anderen die Blutprobe. Wie Ihr als Anhängerinnen des Leibhaftigen wisst, handelt es sich bei Teufelsmalen um Besonderheiten der Haut. Male, Warzen, Narben und dergleichen. Um sie zu finden, werden wir Euch die Haare entfernen, und zwar überall dort, wo wir welche finden. Was meint Ihr, Arnold? Abschneiden oder absengen?«

Aleidis hörte, wie Elsbeth entsetzt aufschrie.

Arnold lachte heiser. »Ich bin für beides gerüstet«, gab er bekannt.

»Gut so, gut«, erwiderte der Vorsitzende des Hexenausschusses. Er blieb kurz stehen, sah Aleidis an und deutete auf die Stelle, die gestern bereits geschoren worden war. »Dann werdet Ihr auch wieder vernünftig aussehen. So halb gestutzt könnt Ihr doch nicht herumlaufen, wie sieht denn das aus!«

Der Schweinekopf lachte schrill. Aleidis sah starr auf die Wand ihr gegenüber. Ebels wandte den Blick von ihr ab und setzte seine Wanderung durch den Kerker fort.

»Alsdann werden wir die Male – so wir welche finden – näher untersuchen. Man muss hineinstechen, um zu sehen, ob sie satanischen Ursprungs sind. Wenn kein Blut fließt und kein Schmerz spürbar ist – nun, dann ist der Teufelspakt eindeutig bewiesen!«

Er sah sie an, als habe er über das Wetter gesprochen, und fügte hinzu: »Wir wollen nun Arnold bitten, Euch zu entkleiden und zu scheren, damit uns kein Fleckchen Eurer lieblichen Haut entgeht. Dann wollen wir uns gemeinsam auf die Suche machen …«

Arnd Ebels zog demonstrativ einen Gegenstand aus der Tasche, der aussah wie ein kleines Messer mit nadelähnlicher Spitze, und reichte ihn an den Schweinekopf weiter.

Aleidis stellte angewidert fest, dass sich unter dessen engen Beinkleidern deutlich eine Wölbung abzeichnete. Der Gedanke, Frauen entblößen und erniedrigen zu dürfen, schien ihn zu erregen, den abscheulichen, ekelhaften Sack Dreck.

Das anzügliche Grinsen der Schöffen löste ein Gefühl der Übelkeit in ihr aus. Nicht einmal der blasse Kindliche schien das Vorhaben befremdlich zu finden. Etwas abseits stand der Dominikaner und ließ unter leisem Gemurmel einen Rosenkranz durch die Finger gleiten.

Elsbeth begann leise zu weinen, und Aleidis fühlte, wie erneut Wut in ihr aufstieg, große, reine Wut. Sie hätte nur allzu gern um sich geschlagen. Aber sie wusste, dass Wehren zwecklos war, zu groß war die Übermacht. Jede Gegenwehr würde mit brutalen Schlägen bestraft. Und das durfte nicht geschehen. Sie brauchte ihre Kräfte für das weitere Verfahren. Und für Elsbeth. Sie fühlte, wie ihr die Augen verbunden wurden, und spannte ihren Körper an.

Während sich grobe Hände an ihrem Kittel und ihrem Haar zu schaffen machten, dachte sie daran, wie sie sich an diesen Unmenschen rächen würde. Und wie sie aus dem Gefängnisturm herausspazierte, einfach hinausging in die helle Sonne. Ob Augustin Jordis schon etwas erreicht hatte, um ihre Unschuld zu beweisen? Der Gedanke flößte ihr neuen Mut ein.

»Halte durch, Elsbeth!«, rief sie. Dafür handelte sie sich gern einen Schlag mit der Rute ein. »Du bist unschuldig und wirst freikommen, halte durch!«

Tag fünf. Donnerstag

Nesa lag in ihrem Bett und starrte an die Decke. Die Holzbalken bildeten Muster aus Kreisen und Linien. Nebel drang aus den Ritzen, alles wirkte verschwommen. Sie wurde verhext. Herr im Himmel, sie wurde verhext! Ihr war schlecht. Sie holte tief Luft und drehte sich auf den Rücken. Die strohgefüllten Säcke, auf denen sie lag, raschelten.

Woher kam diese Übelkeit? Nesa legte eine Hand auf den Bauch. Von nebenan erklangen helle Stimmen. Die Kinder waren aufgewacht und sprangen aus dem Bett, Dielenbretter knarrten.

Nesa drehte den Kopf, um aus dem einzigen Fenster ihrer Kammer zu sehen. Es war eher ein Schlitz als ein Fenster, nicht mehr als eine kleine Öffnung inmitten der Balken. Sie musste aufstehen und sich an die Arbeit machen. Doch ihr war übel und schwindelig, sie konnte sich nicht rühren.

Ein großer dunkler Vogel landete vor dem Fenster, Nesa sah sein Gefieder blauschwarz in der Morgensonne glänzen und hörte seine Krallen über das Holz scharren.

Vogel, Vogel, Todesvogel. Sie dachte an ein Lied, das ihre Großmutter oft gesungen hatte. Besonders in den Wochen vor ihrem Tod hatte sie es gesungen, mit brüchiger Stimme, die Augen auf etwas gerichtet, das nur sie sehen konnte, und Nesa hatte neben ihr gesessen und sich gefürchtet.

Sie hatte Angst. Alles drehte sich, sie musste die Augen schließen. Vom Fenster her erklang ein Rascheln, als der schwarze Vogel die Flügel spreizte und davonflog.

Pater noster, qui es in caelis, sanctificetur nomen tuum.

Nesa betete stumm. Sie wollte ihre Seele schützen, damit der Vogel sie nicht mit an den dunklen Ort nahm, zu dem er flog.

Panem nostrum, unser Brot. Wenn sie an Brot dachte, wurde ihr noch übler.

Als sie am Ende des Gebetes angelangt war, wagte sie es, die Augen wieder zu öffnen.

… et potestas et gloria in saecula. Amen.

Der Nebel unter der Decke hatte sich gelichtet. Der schwarze Vogel war fort. Langsam richtete sie sich auf und schob die Beine über die Bettkante. Ihrem Bauch tat die Bewegung nicht gut, sie verspürte Druck im Magen und ein bitteres Gefühl auf der Zunge.

Sie wartete ein paar Atemzüge lang und stand dann auf, um ihr schlichtes Leinenkleid vom Haken zu nehmen und mit zittrigen Händen überzustreifen.

Erleichtert stellte sie fest, dass die Übelkeit nachließ. Sie öffnete ihre Kleidertruhe, um einen Umhang hineinzulegen, den sie gestern achtlos auf den Boden geworfen hatte. Obenauf lag ihr schönstes Gewand, ein besticktes Kleid aus rotbraunem Tuch. Es gab sicher nur wenige Mägde, die ein solches Kleid hatten. Allerdings fehlte es ihr an Gelegenheiten, es zu tragen. Nesa wollte nicht auffallen und sich dem Gerede der Leute aussetzen.

Der feine Herr hatte ihr das Kleid geschenkt, der feine Herr mit der schnellen Stimme. Er redete wie ein Wasserfall. Man wusste manchmal nicht, wo der eine Satz aufhörte und der andere anfing, so schnell reihte er seine Worte aneinander.

Sie fand schrecklich, was er getan hatte, aber deswegen wollte sie das Kleid nicht weggeben. Die Farbe passe vortrefflich zu ihrem schwarzen Haar, hatte er gesagt. Und sie habe es verdient, sie sei so fleißig und entgegenkommend, hatte er gesagt. Und verschwiegen sei sie, das dürfe man nicht vergessen. Den meisten Frauen mangele es an Verschwiegenheit. Sie plapperten in einem fort, das sei sehr anstrengend für einen Mann. Ganz gleich ob Ehemann oder Bruder, Herr oder Knecht, plappernde Frauen seien eine Strafe, kein Mann würde sein Leben mit ihnen teilen wollen, hatte er gesagt.

Sie hatte ihn schon länger nicht mehr gesehen.

Nesa öffnete die knarrende Kammertür und stieg schwerfällig die Leiter hinunter. Als sie die Küche betrat, wurde ihr erneut schlecht, und sie setzte sich schnell auf die Bank neben der Tür.

In der Morgendämmerung schien alles den gleichen Farbton zu haben. Krüge, Körbe, Schalen, Becher, alles sah grau aus, graublau. Die Pfannen, die neben der rauchgeschwärzten Herdstelle von der Decke hingen, wirkten sogar schwarz. Ebenso die getrockneten Kräuter, die bündelweise neben dem Fenster baumelten und im Luftzug leicht hin und her schwangen.

Im Raum über ihr tapsten Kinderfüße. Die Jungen hatten wohl ihre Eltern geweckt und waren auf dem Weg nach unten.

Sie zwang sich, aufzustehen und zur Feuerstelle zu gehen. Es war Zeit, den Morgenbrei zuzubereiten. Nesa nahm das Tuch von dem schweren Topf, in dem sie gestern Abend Haferkörner in Wasser eingeweicht hatte. Auf dem Sims neben ihr lagerten Gewürze in irdenen Gefäßen. Es roch kräftig nach Kümmel und Dill.

Ein Würgen überkam sie. Sie stieß die Hintertür auf und lief über das morgenfeuchte Gras zum Abtritt im Garten. Sie schaffte es gerade noch.

***

Hennes Kreitfisch hatte beschlossen, sich schon früh aus den Federn zu schwingen, um den fremdländischen Pilger zu erwischen, bevor er weiterziehen würde. Falls er sich überhaupt noch in der Stadt befand.

Er begnügte sich mit einem schnellen und spärlichen Frühstück, das aus einem traurigen Kanten Brot, einem zähen Stück Speck und einem großen Becher Bier bestand. Ein Vorrat an Flüssigkeit konnte nicht schaden, denn der Tag würde heiß werden.

Kreitfisch betrachtete den blau glühenden Morgenhimmel und trat hinaus in die kühle Gasse. Die Luft roch frisch. Der übliche Dunst von fauligem, schmutzigem Wasser hatte sich um diese Tageszeit noch nicht ausgebreitet. Erst wenn die Mittagssonne die Gossen briet, würde es unangenehm werden.

Kreitfisch ging leise pfeifend die Oberstraße hinunter. Er war guter Dinge. Trotz aller Widrigkeiten glaubte er, dass sie die Rätsel lösen und die »Hexen« aus dem Kerker holen konnten.

Es gab Tage, an denen er morgens seine Bettdecke zurückschlug und dachte: Hennes, die Welt liegt dir zu Füßen! Und es gab Tage, an denen er sich fühlte wie ein schwerer Stein im Flussbett, leblos und matt, Tage, an denen er keine Lust verspürte, der Welt da draußen ins Angesicht zu sehen. Steine bevorzugten es seit Erschaffung der Erde, still dazuliegen. So auch er, an diesen müden, trüben Tagen. Leider war ihm die ersehnte Ruhe nur selten vergönnt, da schon vor dem ersten Hahnenschrei Neusser Bürger bei ihm anzuklopfen pflegten, um sich Zähne ziehen und Furunkel öffnen zu lassen. Glücklicherweise waren seine steinernen Tage selten. Und heute war er so weit davon entfernt wie der Rhein von der Niers aus Sicht einer uralten Schnecke.

Er würde sich diesen Pilger schnappen und nützliche Hinweise aus ihm herausschütteln. Nicht im wörtlichen Sinne natürlich. Nein, er würde brav und umgänglich bleiben, sein argloses Gesicht aufsetzen und kluge Fragen stellen.

Aus einem der Häuser gegenüber drang der köstliche Geruch von frisch gebackenem Brot. Kreitfisch blieb kurz stehen und sog den warmen, süßen Duft ein. Bis zur Gasthausgasse folgte ihm der Wohlgeruch. Dann versiegte er und wurde abgelöst vom bitteren Hauch des Leidens, den Kreitfischs feine Nase wahrzunehmen glaubte, obwohl die Mauern dick und die Kranken nicht sichtbar waren.

Aber sie waren da, auf ihren Lagern, hinter den Wänden, und dort litten sie und verströmten ein Gefühl von Elend, das Kreitfisch förmlich spüren konnte. Für einige von ihnen war diese Gasse die letzte Rast auf dem Weg in die Herrlichkeit des Herrn. Aber so war das Leben. Es floss dahin wie Wasser im Rhein, und für manche war der Weg von der Quelle bis zur Mündung kürzer als für andere. Er hoffte, seiner würde noch lang sein, sehr lang.

Am Ende der Gasse sah er zwei Brüder des Alexianerordens, die eine Bahre zwischen sich trugen, über die ein großes Tuch gebreitet war. Langsam bogen ihre dunklen Kutten um die Ecke. Da hatte es wohl wieder jemanden dahingerafft, dachte Kreitfisch; möge er in Frieden ruhen.

Vor ihm lag das Neue Gasthaus, das armen Schluckern und Pilgern Herberge und Verpflegung bot und Kranke den mildtätigen Händen der Alexianer überließ. Er klopfte an die Tür und erläuterte dem vierschrötigen Gasthausmeister – dem er letztes Jahr durch das Abnehmen eines Fingers das Leben gerettet hatte – kurz und knapp sein Anliegen.

Der Mann war griesgrämig, aber er stellte keine unnötigen Fragen. »Der ist da«, brummte er. »Hat das Bein verletzt. Er spricht nicht viel, ist 'n Däne oder Schwede. Hier entlang!«

Er führte ihn in die Stube, in der vier Männer über ihre Schalen gebeugt saßen und Hafersuppe schlürften. Zwei von ihnen saßen einander gegenüber. Sie blickten kurz auf, als er eintrat, und setzten ihre Unterhaltung dann fort.

Von den anderen beiden war einer fast kahl, der andere hatte helles Haar, das ihm in langen Strähnen ins Gesicht und in den Nacken fiel. Auf ihn steuerte Kreitfisch zu.

»Tag!«, sagte er munter und ließ sich dem Fremden gegenüber auf die Sitzbank fallen. Wachsame blaue Augen richteten sich auf ihn. Sie gaben dem schmalen, bärtigen Gesicht des Pilgers einen Ausdruck von Tiefe. Dies mochte das Blau der Meere und Seen seiner Heimat sein, dachte Kreitfisch.

»Dag«, antwortete der Mann. Kreitfisch schätzte ihn auf dreißig Jahre. Seine Haut war an Stirn und Nase rot und blasig. Der Pilgerhut schien ihn nur notdürftig gegen die Sonne zu schützen. Er ließ seinen Löffel sinken und sah Kreitfisch abwartend an.

»Ich heiße Hennes Kreitfisch«, begann der Barbier. »Kann ich Euch ein paar Fragen stellen? Sprecht Ihr Deutsch?«

»Bissken«, erwiderte der andere. »Bissken Deutz. Ik bin Dänisch.« Er deutete ein entschuldigendes Lächeln an.

»Seid Ihr auf dem Weg nach Santiago de Compostela?«, fragte Kreitfisch, der selbstverständlich davon ausging, dass ein Jakobspilger auf dem Weg zur heiligsten aller Jakobsstätten in Spanien war. Oder auf dem Rückweg von dort.

Der Pilger nickte. »Erst ...«, er ahmte mit Zeige- und Mittelfinger Gehbewegungen auf dem Tisch nach, »Aken.«

»Aachen meint Ihr? Ihr geht als Nächstes nach Aachen?«, fragte Kreitfisch.

Wieder nickte der Däne. Dann klopfte er auf sein rechtes Bein und verzog das Gesicht. »Habe verletzt«, sagte er. »Mein Bein.«

»Wie ist das passiert?«, fragte Kreitfisch.

»Hund!« Der Bärtige knurrte und schnappte mit den Zähnen. Beim Lachen zeigte er eine Reihe ebenmäßiger weißer Zähne. Vielleicht war er doch noch keine dreißig.

Kreitfisch nickte und lächelte. Er musste allmählich zum Kern der Sache kommen.

»Letzte Woche«, begann er. »Am Viehmarkt …« Er malte einen eckigen Platz auf den Tisch. »Da war eine Frau.« Mit den Händen deutete er weibliche Formen an.

Der Däne lachte. »Frau!«, rief er. »Ja, ik versteh.«

»Die hatte ihr Kind verloren. Es war verschwunden.« Kreitfisch wiegte ein unsichtbares Kind in den Armen und ahmte Säuglingsgeschrei nach. Obwohl er versucht hatte, leise zu sein, sahen die Männer an den anderen Tischen misstrauisch zu ihnen herüber.

Kreitfisch machte eine beschwichtigende Handbewegung mit dem Arm und rief ihnen zu: »Schon gut! Alles in Ordnung. Ich versuche nur, Dänisch zu sprechen!« Einer der Männer lachte, und alle wandten sich wieder ihrem Essen zu.

Der Gesichtsausdruck des Pilgers verdunkelte sich. Er nickte ernst. »Früh. *Formiddag*«, sagte er. »Frau …«, er murmelte vor sich hin und suchte nach den richtigen Worten, »weinen!« Er bewegte seine schlanken, braun gebrannten Hände und redete weiter in seinem gebrochenen Deutsch. Kreitfisch glaubte eine Abwandlung des Wortes »verschwinden« herauszuhören. Der Pilger deutete auf seine Augen, schüttelte den Kopf und wiederholte: »Nitz sehen.«

Kreitfisch nickte. Der Mann wusste von dem Verschwinden des Kindes, aber er hatte es nicht beobachtet.

»Da war ein Bettler«, sagte Kreitfisch. Er ließ seine Schultern nach vorn sacken und versuchte auszusehen wie ein armer Vagabund, was ihm wahrscheinlich nur unzureichend gelang. »Alter Mann. Ihr spracht mit ihm.« Er klappte eine Hand neben seinem Mund auf und zu.

Der Däne runzelte die Brauen. Dann verstand er.

»Ja. Altes Mann. Ik fragen … Weg … Herberge.« Er fuhr mit dem Zeigefinger über den Tisch, zog Linien, setzte Kreuze. Vermutlich hatte der Bettler ihm den Weg zur Gasthausgasse in den staubigen Boden gemalt.

»Dieser alte Mann …«, versuchte Kreitfisch es weiter, »hatte der etwas bei sich? Ein Bündel?« Er zog seinen Umhang aus, rollte ihn zusammen und hielt ihn dem Pilger hin. »Hatte er so etwas dabei?«

Der Däne kniff die Augen zusammen und dachte nach. Er sagte etwas auf Dänisch, das Kreitfisch nicht verstand, nickte und wies auf die Bank neben sich.

»Neben ihm lag ein Bündel?«, fragte Kreitfisch.

»Ja«, bestätigte der Pilger. »So.« Er deutete mit den Händen die Größe des Bündels an.

Kreitfisch nickte. »Aha.« Er senkte die Stimme. »Denkt Ihr, dass er darin das Kind versteckt haben könnte?« Er wiederholte die Säuglingsschaukelbewegung von vorhin und zeigte auf das Bündel, das er aus seinem Umhang gebildet hatte.

Der Däne rieb sich mit einer Hand die Wange, dann zuckte er mit den Schultern und drehte eine Hand abschätzend hin und her.

»Es könnte also sein«, murmelte Kreitfisch und nickte langsam. »Ist der alte Mann hier?« Er machte eine umfassende Armbewegung und deutete nach oben, wo die Schlaf- und Krankenzimmer lagen.

»Nein«, stellte der Däne fest. Er griff nach einem angeschlagenen Becher, in dem sich wohl das übliche Bier befand, das den Pilgern, Kranken und Armen im Gasthaus gereicht wurde.

»Möttes du?«, fragte er und hielt Kreitfisch das Gefäß hin.

»Nein«, lehnte der ab. »Nein danke, nett von Euch.«

»Skål!«, sagte der Däne und trank einen Schluck. Ein Wölkchen Schaum blieb in seinem Bart hängen. Wer weiß, wie lange er schon unterwegs war. Von Dänemark nach Spanien war es ein weiter Weg.

In den Räumen über ihnen erklangen Schritte. Eine untersetzte Magd kam mit einer Schale und einem Becher aus der Küche und stellte beides an einen freien Platz. Wenig später führte ein weißhaariger Mönch in der schwarzen Tracht der Alexianer einen gebeugten alten Mann herein, der sehr wacklig auf den Beinen war. Der Mönch setzte sich neben den Alten und half ihm beim Essen. Lautes Schlürfen hallte durch den kargen Raum.

Der Däne hatte seine Mahlzeit beendet, wischte sich mit dem Handrücken über den Bart und sah Kreitfisch mit seinen meerblauen Augen an.

»Wie geht ... Frau?«, wollte er wissen.

»Wie es der Frau geht? Der Mutter?«, fragte Kreitfisch. »Nicht gut«, sagte er. »Sie ist traurig.«

»Ja.« Der Pilger sah ihn ernst an und nickte. Seine Lippen murmelten ein paar stumme Worte, dann bekreuzigte er sich.

Kreitfisch erhob sich. »Ich will nicht länger stören«, erklärte er. »Ich danke Euch sehr für Eure Auskünfte. Gute Besserung für Euer Bein. Und ... gute Reise!«

Der Däne lächelte sein stilles Lächeln, bei dem sich die hellen Augen zu Schlitzen zusammenzogen und seinem hageren Gesicht die Schwermut nahmen, und richtete sich auf. Er war fast ebenso groß wie Kreitfisch, jedoch nur halb so breit. Seine Schultern waren kräftig, stellte Kreitfisch fest, die Arme lang, aber es mangelte ihm eindeutig an Bauch.

»Dank«, sagte der Bärtige. *»Det har været deijligt, at møde dig.«*

»Ja. Danke«, meinte Kreitfisch, der kein Wort verstanden hatte, aber vermutete, dass es sich um etwas Höfliches handeln musste.

»Wat heißt du? Hennes?«, fragte der Blonde.

»Ja, ich heiße Hennes«, bestätigte der Barbier und dachte: Gutes Gedächtnis, der Nordmann.

»Ik bin Torge«, teilte ihm der Däne mit und deutete mit dem Daumen auf sich.

»Dank Euch, Torge, auf Wiedersehen. Gott sei mit Euch!« Er nickte dem Pilger noch einmal zu und wandte sich zum Gehen.

Kreitfisch begab sich noch in das zweite große Gasthaus der Stadt, das Spital Zum Heiligen Geist, das an der Ecke zur Oberstraße lag. In dem lang gestreckten, hohen Bau kamen Arme, Kranke und Gebrechliche unter, manche für kurze Zeit, andere solange sie lebten.

Die Magd, mit der er sprach, konnte ihm nur wenig weiterhelfen.

Ja, es habe einen älteren fremden Bettler gegeben, einen grauhaarigen Zausel, teilte sie ihm mit. Zurzeit seien nicht viele Fremde hier im Gasthaus, die paar unbekannten Gesichter könne sie sich gut merken. Aber der Zauselige sei schon vor ein paar Tagen weitergezogen. Wohin? Das habe er nicht gesagt. Nein, es sei nichts Auffälliges an ihm gewesen, er habe zerlumpt und verhärmt ausgesehen wie alle Bettler. Ein Bündel trug er bei sich, ja, irgendwelche alten Kleider und Habseligkeiten. Und nun müsse der Herr Barbier sie entschuldigen, sie habe in der Küche zu tun.

Ach, da sei doch noch etwas, verkündete sie, schon halb im Gehen: Der Alte nannte sich Tilman. Und als sie ihm einen Becher Bier hinstellen wollte, habe er Milch verlangt. Bier vertrüge er nicht, habe man so etwas schon einmal gehört?

Milch?, dachte Kreitfisch. Wer würde Milch trinken, wenn er Bier haben konnte?

Die Gespräche mit den Gästen im Speiseraum des Gasthauses verliefen ähnlich dürftig. Ein blinder alter Kerl machte dauernd Scherze darüber, dass er nichts gesehen haben *konnte*. Die Witwe eines Fleischhauers, die Kreitfisch flüchtig kannte, vermeldete, dieser Tilman sei ihr nicht geheuer gewesen, »ein Strolch und Beutelschneider«, wie sie vermutete. Er habe geschnarcht wie ein Streitross, verkündete ein dürrer Greis mit schiefem Gesicht. Das Schnarchen sei des Nachts durch die Mauern seiner Taubheit gedrungen, und deswegen habe er – hier, bitte! – nun diese schrecklichen Augenringe!

Ein einziger Gast schien tatsächlich mit Tilman gesprochen zu haben. Er saß abseits und war wohl selbst ein Fremder. Seine dunklen Augen standen nah beisammen, und seine Hände hielt er im Schoß verkrampft. Tilman habe jemanden besuchen wollen, in Holzheim, sagte er. Um dann weiterzuziehen nach Grevenbroich.

Grevenbroich!, dachte Kreitfisch. Ob er dort hinwollte, um den Herrschaftsbereich zu wechseln? Einer Strafe zu entgehen?

Da nicht mehr aus den Bewohnern des Gasthauses Zum Heiligen Geist herauszuholen war, bedankte sich Kreitfisch und kehrte der Gasthausgasse den Rücken. Manch trübes und manch scharfes Auge verfolgte, wie er hinaustrat aus dem Heim der Siechen und Bedürftigen, hinaus in den hellen Tag.

***

Während Kreitfisch zurück nach Hause ging und darüber nachdachte, wie er seinen leeren Magen am erfreulichsten füllen könnte, verließ Augustin Jordis an der Seite von Rutger Jansen auf einem klappernden Fuhrwerk die Stadt.

Sie erreichten die Ländereien des Fetschereihofes zügig; Jansens Brauner war beinahe so schnell wie Jordis' Doppelgespann.

Bäume und Hecken rauschten und raschelten im Wind. Der Himmel über den weiten Feldern färbte sich regengrau. Lange Reihen von Getreidegarben leuchteten golden im Licht einzelner Sonnenstrahlen, die sich durch die Wolken stahlen.

Vor dem Hof trafen sie auf Johannas jüngere Schwester, die eine trächtige Kuh vor sich hertrieb.

Sie erkannte Augustin Jordis sofort, nannte eifrig ihren Namen und lief ins Haus, um Johanna zu holen. Die Kuh ließ sie einfach in der Einfahrt stehen. Das schwere Tier beugte den Kopf, um ein Büschel Gras vom Wegrand zu rupfen, und sah die beiden fremden Männer auf dem Fuhrwerk träge kauend an.

Eine kräftige Magd kam mit einem Korb unter dem Arm aus einem Nebengebäude, sah die Kuh und eilte mit wehender Schürze auf sie zu.

»Was steht die Kuh hier herum? Wollt Ihr sie kaufen?«, fragte die Magd in misstrauischem Ton. Sie hatte ein hübsches Gesicht mit runden Wangen und schönen grauen Augen, aber der mürrische Zug um den Mund machte einiges von ihrer Wirkung zunichte.

»Nein, gute Frau«, lachte Rutger Jansen. »Wir bewachen sie nur.«

Die Magd starrte sie verständnislos an. Jordis erinnerte sich, sie schon bei seinem ersten Besuch auf dem Hof gesehen zu haben. Wo, wusste er nicht mehr genau.

»Ein Mädchen hat sie hier abgestellt«, erklärte er, »um jemanden zu holen, mit dem wir sprechen möchten.«

»Hubertine! Die hat den Kopf voll Stroh.« Die Magd schnaubte verächtlich. »Ist es Johanna? Wollt Ihr mit der Johanna sprechen?«

»So ist es«, bestätigte Jordis. »Wie kommst du darauf?«

»Das ist nicht schwer! Ihr Kind ist verschwunden. Das macht

sie so … reizvoll.« Sie lachte auf. »Natürlich wollen alle mit ihr reden. Sie ist ja auch bedauernswert, die Arme.«

Was die Magd sagte, war nicht weiter bedenklich, doch wie sie es sagte, zeugte von unterschwelliger Gereiztheit.

Jordis wollte etwas erwidern, aber Jansen kam ihm zuvor: »Magst du Johanna nicht?«

»Was heißt schon ›mögen‹?« Die Magd verzog das Gesicht. »Mich stört das Getue, das man um sie macht. Die Art, wie sie Hof hält und sich bedienen lässt. Nun ja, aber das ist nicht meine Sache!« Sie wandte sich zum Gehen.

»Warte!«, rief Jansen. »Du scheinst gut Bescheid zu wissen über die Bewohner dieses Hofes.«

Die Magd drehte sich um und neigte ihren Kopf. »Nicht über alle. Aber man kriegt so einiges mit.« Ihre grauen Augen blitzten.

Auf der anderen Seite des Hofes traten zwei Knechte mit Forken über der Schulter aus der Scheune und gingen auf den Stall zu.

»Gertrud!«, rief einer und winkte. »Wir brauchen dich!«

»Ich komme gleich!«, antwortete die Magd mit wenig Begeisterung in der Stimme und winkte mit einem kräftigen Arm zurück. Ihr Ärmel fiel bis zur Schulter hinab und entblößte weiche, weiße Haut; Hände und Unterarme dagegen waren braun gebrannt von vielen Sonnentagen auf baumlosen Feldern.

Jordis scheuchte unbeholfen die Kuh beiseite, die mit ihrem samtigen Maul neugierig seine Schuhe beschnüffelte.

Gertrud verpasste ihr kurzerhand einen strammen Schlag aufs Hinterteil, sodass sie davontrottete, um drei Schritte weiter das Gras zu kosten.

»Als wir das letzte Mal hier waren«, begann Jordis, »hat mein Knecht da auch mit dir gesprochen?«

»Hat er«, nickte die Magd. »Aber ich hatte nichts zu sagen. Hab nichts von einer Entführung mitbekommen.«

»Aber du kennst Johanna gut«, schaltete sich Jansen ein. »Kannst du dir vorstellen, wer einen Nutzen davon haben könnte, ihr zu schaden?«

»Oder für wen ihre Kinder von Belang wären?«, fügte Jordis hinzu.

»Ich weiß nicht«, antwortete Gertrud ausweichend.

Jansen kniff die Augen zusammen und blickte hinüber zum Haus. Von Hubertine oder Johanna war noch nichts zu sehen.

»Gertrud«, sagte er und beugte sich vertraulich vor, »hast du eine Ahnung, wer der Vater von Johannas Kindern sein könnte?«

Jordis war froh, dass er selbst diese Frage nicht stellen musste. Es wäre ihm wie ein Verrat an Johanna erschienen. Gleichzeitig wusste er, dass jeder Hinweis wichtig sein konnte.

Gertrud verlagerte den Korb, den sie trug, von einem Arm auf den anderen. Ein Lächeln huschte über ihr Gesicht. »Ahnungen kann man viele haben bei der. Sagte ich ja schon: Sie hält gern Hof. Nichts ist ihr lieber, als wenn Männer ihr schöntun.«

Jordis meinte einen deutlichen Hauch von Neid in ihrer Stimme hören zu können.

»Denkst du da an jemand Bestimmten?«, fragte Jansen.

Wieder verzog die Magd ihr Gesicht, so als hätte er einen guten Scherz gemacht. »Johann, hier vom Hof. Jakob, auch hier vom Hof. Der neue Schäfer … es sind so einige.«

»Sind dir auch Verehrer bekannt, die nicht auf diesem Hof leben?«, fragte Jordis.

»Verehrer ist das falsche Wort«, wandte sie ein. »Es ist nicht so, dass alle vor ihr auf die Knie fallen. Das hätte sie gern, aber … es ist eher ihr Verhalten. Sie ist so neckisch, wenn ansehnliche Männer in der Nähe sind.«

»Verstehe«, sagte Jordis, was mehr oder weniger gelogen war. »Und wie sieht es aus mit Männern von außerhalb?«, kam er auf seine eigentliche Frage zurück.

»Von außerhalb …«, wiederholte Gertrud und dachte nach. »Auf dem Wochenmarkt hat sie einige Male mit einem Schustergesellen geturtelt.«

»Weißt du seinen Namen?«, erkundigte sich Jansen.

»Nein. So ein junger Kerl, sehr groß, dünn, dunkle Haare. Nicht mein Geschmack, viel zu mager. Und ob er als Vater ihrer Kinder taugt …?« Sie lachte zweideutig.

»Gibt es sonst noch jemanden?«, hakte Jordis nach.

Gertrud schürzte die Lippen. Mit einer Hand schlug sie nach der Kuh, die an ihrer Schürze knabberte. »Ach, auch die feinen

Herrschaften sind geneigt. Da ist einer, der kommt oft an den Stand. Und sie lässt sich von ihm umschmeicheln, gewiss. Fragt mich nicht nach seinem Namen. Den weiß ich nicht. Kann sein, dass er gar nicht aus Neuss stammt, ich seh ihn sonst nie.«

»Wie sieht er denn aus, dieser feine Herr?«, wollte Rutger Jansen wissen.

»Nicht übel«, antwortete Gertrud, und in ihrer Stimme schwang Anerkennung mit. »Er ist hochgewachsen, schlank, hat dunkles Haar und ein edles Gesicht. Ist nicht jung, ist nicht alt ... Aber so genau habe ich ihn mir auch nicht angeguckt!«, wiegelte sie ab.

Jordis ahnte, dass das nicht stimmte, aber er wollte sie nicht weiter drängen, zu deutlich war die Eifersucht spürbar. Johanna mit ihrer zierlichen Gestalt und ihrem sanften Wesen gefiel vielen Männern vermutlich besser als die eher grobknochige und etwas unwirsche Gertrud. Dieser edel aussehende Dunkelhaarige schien es ihr angetan zu haben, sicher wäre sie selbst gern mit Aufmerksamkeit von ihm bedacht worden.

»Wo steht euer Marktstand?«, wollte er wissen.

»Meistens an der Liebfrauenkirche, da, wo der Turm ist«, antwortete Gertrud abwesend. Sie schien lieber über Männer zu sprechen. »Ansonsten ...«, überlegte sie weiter, »da sind noch zwei, drei andere, die sie gern beschwatzen, wenn sie am Marktstand steht. Nichtssagende Kerle, wenn Ihr mich fragt. Ach ja, und ein Händler war mal hier, der sie nicht aus den Augen ließ, ein Töpfer. Aber das ist länger her. Und ich kriege auch nicht alles mit, wisst Ihr, ich bin nur zur Aushilfe hier. Eigentlich lebe ich in Kaarst. In einem Kaufmannshaus. Mein Herr ist im Sommer auf Reisen, dann komme ich hierher. Der Pächter ist mein Vetter.« Sie wies mit dem Kopf in Richtung Hof.

In diesem Moment kamen Hubertine und Johanna aus dem Wohnhaus. Die Zöpfe des kleineren Mädchens leuchteten hell wie Flachs in der Sonne. Johanna hielt ihren in weiße Tücher gewickelten Sohn eng an sich gepresst.

Gertrud unterbrach sich in ihrem Redeschwall, als sie bemerkte, dass ihre Zuhörer die Aufmerksamkeit von ihr abwandten.

»Kaum kommt sie, schon bin ich Luft«, sagte sie mürrisch.

»Nein, das siehst du falsch«, wandte Jordis ein. »Wir danken dir vielmals für deine Auskünfte, Gertrud. Es war sehr freundlich von dir, mit uns zu sprechen.«

Jansen neben ihm nickte. »Sollten wir wieder einmal eine Frage haben …«, begann er, aber Gertrud winkte ab.

»Ja, ja«, sagte sie schmollend und ging davon. Als sie an Johanna und ihrer Schwester vorbeikam, zischte sie ihnen etwas zu und wandte sich in Richtung Stall.

Jordis sah Jansen an. Dieser sagte nichts, sondern hob nur eine Augenbraue.

Jordis wollte nicht noch länger die Hofeinfahrt versperren. Sie überlegten, wo sie sich am besten in Ruhe unterhalten könnten. Da Johanna ein geliehenes Spinnrad bei einem Hof in der Nähe zurückgeben musste, beschlossen sie, gemeinsam dorthin zu fahren. Hubertine, erfreut darüber, an der Ausfahrt teilnehmen zu dürfen, scheuchte die immer noch kauende Kuh zurück in den Stall und lief ins Haus, um das Spinnrad zu holen.

»Nun, wo deine kleine Schwester nicht dabei ist …«, begann Jordis. »Eine Magd namens Gertrud hat uns erzählt, dass sich, wie soll ich sagen, verschiedene Männer um deine Gunst bemüht haben in letzter Zeit. Es wäre zu überlegen, ob einer von ihnen etwas mit Margaretes Verschwinden zu tun haben könnte.«

Johanna zog die Brauen zusammen. Ihr Gesicht nahm einen düsteren Ausdruck an, als sie antwortete. »Gertrud! Immer hackt sie auf mir herum. Von wegen ›verschiedene Männer‹! Die ist nur verstockt, weil sie selbst keinen hat!«

»Sie sprach von einigen Knechten hier auf dem Hof –«, warf Jordis ein.

»Ach was!«, unterbrach ihn Johanna. »Da ist nichts. Die sind nur nett zu mir. Wegen … Ihr wisst schon. Nein, da ist nichts. Von Jakob weiß ich, dass er in ein Mädchen aus der Stadt verliebt ist.«

»Sie erwähnte auch noch einen Schustergesellen«, stellte Jansen fest. »Und einige feine Herren, die du auf dem Markt trafst, einen großen Dunkelhaarigen vor allem.«

Johanna errötete. Sie antwortete mit einer Gegenfrage: »Wieso wollt Ihr das alles wissen?« Sie klang gereizt.

»Es könnte wichtig sein«, beschwichtigte Jordis.

»Mit Jan, also dem Schuster, habe ich mich … unterhalten. Aber er hat nichts mit Margaretes Verschwinden zu tun. Er ist … sowieso weggezogen. Und sonst …« Johanna strich sich eine Strähne hinters Ohr. »Ich weiß nicht, wen Ihr meint. Bei uns kaufen nicht nur Frauen ein, sondern auch Männer, und manche haben eben dunkle Haare!« Sie wirkte missmutig. Ihre Wangen waren immer noch rot.

Ob wirklich so oft Männer an ihrem Stand einkauften? Jordis konnte es sich kaum vorstellen. Falls es doch so war, wurden sicher die wenigsten von Wolle, Eiern und Gemüse angezogen, sondern eher von etwas anderem.

»Kannst du uns einen Namen nennen?«, fragte Jansen.

»Nein«, entgegnete Johanna abweisend. »Ich wollte eigentlich über etwas ganz anderes mit Euch reden!« Sie verlagerte das Kind auf ihrem Arm. Vorn an den Wickelbändern hatte der Kleine etwas Dunkles, vielleicht einen Schmutzfleck.

Hubertine kam aus dem Haus gelaufen, in den Armen ein Spinnrad aus dunklem Holz.

Rutger half den Mädchen auf die Ladefläche, und sie rollten rumpelnd den Feldweg entlang nach Norden. Hecken, Büsche und Felder glitten vorbei, leuchtend grün und gelb vor dem schiefergrauen Himmel. Lerchen sangen. Die Luft war schwer von sonnenwarmem Gras und frisch gemähtem Korn.

Johanna und Hubertine erzählten von den Erkenntnissen des vorgestrigen Abends. Von dem Essen, das Hubertine nicht gebracht hatte und das trotzdem da stand, als Margarete verschwand …

Jordis fragte, wie die Essensverteilung zur Mittagszeit vonstattenging. Das sei einfach, erklärte Johanna: Die älteren Frauen bereiteten die Speisen vor und stellten sie auf Holzbrettern an die Tür, die jüngeren brachten sie hinaus aufs Feld. Meistens war Hubertine die Essensbotin ihrer Schwester. An jenem Tag aber hatte sie mit den jungen Kätzchen im Stall gespielt und war zu spät zur Küche gekommen, Johannas Essen hatte dort schon nicht mehr gestanden.

Jemand anders hatte es mitgenommen. Leider gab es keine Zeugen dafür.

Hätte ein Fremder mit einem Speisenbrett in der Hand nicht auffallen müssen? Es war naheliegender, dass jemand vom Hof es genommen hatte. Als sie vor dem Kanonichenhof hielten, einem großen Gehöft, das links des Weges hinter hohen Bäumen in der Gewittersonne lag, äußerte Jordis Jansen gegenüber seine Bedenken. Er sah den Mädchen nach, die ins Haus liefen, um das Spinnrad zurückzugeben.

»Das gefällt mir nicht«, sagte er. »Jemand vom Hof muss in die Sache verstrickt sein. Oder zumindest etwas gesehen haben, das er nicht sagen will.«

Jansen nickte. Er schützte sein zerfurchtes Gesicht mit einer Hand gegen die Sonne. »Das denke ich auch«, bestätigte er. »Es muss da jemanden geben, der mehr weiß, als er sagt.«

***

Am frühen Nachmittag versammelten sie sich bei einem kühlen Bier und einem kräftigen Eintopf in Kreitfischs Badestube. Während sie die Neuigkeiten des Tages austauschten, hackte der Barbier getrocknete Kräuter klein und füllte sie in verschiedene Gefäße. In einem Raum über ihnen sang seine Frau mit schöner, klarer Stimme ein trauriges Lied über eine Linde auf der Heide, unter der ein Liebespaar sich nicht mehr treffen konnte, weil … Unvermittelt ging Kathrines Gesang in melodiöses Summen über. So erfuhren sie leider nicht, wie die Geschichte weiterging.

»Sie vergisst manchmal die Verse«, erklärte Kreitfisch.

»Schade«, schmunzelte Rutger Jansen. Er sah Jordis an, der sich inzwischen umgezogen hatte und ein Gewand in der Farbe des Sommerhimmels trug.

Kreitfisch hielt sich ein Bund Lorbeer unter die Nase und schnupperte daran; später, hatte er gesagt, würde er ihn zur Herstellung des anregenden Kampfers benutzen, den er einsetzte, um Atemnot und Verdauungsbeschwerden zu behandeln.

»Möchte noch jemand riechen?« Er hielt ihnen den Lorbeer hin und hob in der ihm eigenen Weise die Augenbrauen. Die beiden anderen schüttelten den Kopf.

»Was machen wir nun mit Tilman, dem Bettler?«, fragte der Barbier und fuhr fort, Kräuter zu zerkleinern.

»Wir sollten ihn so schnell wie möglich aufspüren«, erwiderte Jordis. Seine dunklen Augen strahlten Tatkraft und Beharrlichkeit aus. »Macht Ihr das unter Euch aus, ich kümmere mich um die Verehrer von Johanna. Es muss sich doch herausfinden lassen, wer die Männer sind, mit denen sie an den Markttagen gesprochen hat. Vielleicht ist einer von ihnen der Vater ihrer Kinder oder hat andere Gründe, ihr schaden zu wollen. Vor allem dieser reiche dunkelhaarige Herr könnte nützlich sein.«

Jansen nickte. »Es war ja auch von einem Schustergesellen die Rede. Überlasst den mir. Ich wüsste, wen ich fragen könnte ...«

»Und wer übernimmt den Bettler?«, wollte Kreitfisch wissen.

Der Schuster antwortete nicht, weil er damit beschäftigt war, eine verirrte Biene aus seinem Bier zu fischen. »He, such dir einen anderen Ort für dein Besäufnis! Raus mit dir, du Mistvieh!«

»Rutger?«, fragte Kreitfisch noch einmal.

»Raus mit dir, du Mistvieh!«, wiederholte Jansen.

Kreitfisch sah ihn von oben herab an, bevor er sich Augustin Jordis zuwandte. »In Anbetracht seines begrenzten Wortschatzes«, Seitenblick auf den Einbeinigen, »schlage ich vor, dass *ich* das übernehme.«

»Das könnte dir so passen!« Mit einem kräftigen Schlenker seiner linken Hand schleuderte Rutger Jansen die bierfeuchte Biene von sich weg. »Ich komme natürlich mit! Wir können meinen Braunen nehmen. Der Kerl wollte jemanden in Holzheim besuchen, vielleicht erwischen wir ihn dort noch.«

»Gut. Wenn du fertig bist mit deinem Bienenspiel, können wir von mir aus los.«

»Halt die Klappe, Kreitfisch«, knurrte Jansen und grinste.

Kreitfisch gab ihm eine freundschaftliche Kopfnuss und reichte ihm seine Krücke.

Wenig später war Jordis in den sonnenglühenden Straßen der Stadt verschwunden, und seine Mitstreiter rollten durch die Zollpforte in Richtung Westen.

***

Wir haben Glück, dachte Augustin Jordis. Mittwoch und Donnerstag sind Markttage – und heute ist Donnerstag. Ich habe noch bis Sonnenuntergang Zeit, mich auf dem Markt umzuhören und herauszufinden, wer dieser feine Herr sein könnte, der hübsche Bauernmägde umschmeichelt und vielleicht noch mehr.

Er bahnte sich einen Weg durch das Gedränge vor dem Turm der Liebfrauenkirche. Menschen lachten, schimpften, feilschten, Hühner gackerten, Geldbeutel klimperten. Heute war niemand vom Fetschereihof da, doch mit etwas Glück hatte an den umstehenden Marktbuden jemand etwas Wissenswertes beobachtet.

Jordis beschloss, sich die natürliche Neugier von Weibspersonen zunutze zu machen – nicht nur von Weibspersonen, wie er sich eingestehen musste –, und sah sich nach Marktfrauen in seiner Nähe um.

Bei der dritten hatte er Glück. Die erste war mürrisch und abweisend, die zweite stellte zu viele Gegenfragen. Aber die dritte war genau richtig: eine ältere Magd mit grauen, in der Mitte gescheitelten Haaren, eine, die freundlich war und nicht von übermäßiger Klatschsucht getrieben. Sie trug ein einfaches braunes Kleid mit Schürze und hatte grüne Flecken auf der Haube, vermutlich von dem Gemüse, das sie verkaufte.

»Ja«, sagte sie, »da stehen öfters Männer. Manche kaufen was, manche reden auch nur, mit der … wie heißt sie? Johanna. Oder reden erst und kaufen *dann*. 'ne ganze Menge Männer stehen da. Groß und dunkelhaarig, sagt Ihr?« Sie fuhr sich mit der Zunge über die trockenen Lippen. Im Unterkiefer hatte sie kaum noch Zähne.

»'n edles Gesicht und gut angezogen? Lasst mich überlegen. Der Hege«, sie nickte, »der Hege war öfters hier. Und dann noch ein, zwei andere. Weiß die Namen jetzt nicht.« Sie wischte sich die Hände an der schmutzigen Schürze ab. Ihre Hüften waren doppelt so breit wie ihre Schultern.

»Einer davon muss Tuchhändler sein, der hat schon mal so Stoffe dabei, die er ausbreitet und zeigt. Der war recht häufig hier, aber Neusser ist er, glaub ich, nicht. Hm. Früher hat sie auch viel mit 'nem Jungen zusammengestanden, 'nem Schuster, glaub ich, der war auch dunkel. Aber der muss wohl weggezogen sein, hab ihn seit hundert Jahren nicht mehr gesehen. Ich erinnere mich an den, weil der 'n Stück jünger war als die anderen Kerle. Ja, das isses, mehr kann ich Euch nicht sagen, mehr Dunkelhaarige fallen mir nicht ein, die öfters hier sind und gut angezogen. Aber ich weiß auch nicht alles, Herr, legt mich nicht drauf fest! Kommen ja viele vorbei, wie Ihr seht. Der da hat dunkle Haare«, sagte sie und zeigte auf einen Käufer am Nebenstand. »Und der da auch!« Sie folgte einem Mann in der Menge mit Blicken. Als er sich zu ihnen umdrehte, lenkte sie ein: »Aber der hat nu wirklich kein edles Gesicht, der sieht eher zum Fürchten aus! Da springen einem glatt die Raupen aus 'm Salat!«

Jordis lachte. »Sollte dir noch etwas einfallen: Meinen Namen weißt du, ich wohne auf der Brückstraße, vom Markt kommend drittes Haus links hinter der langen Mauer.«

Die Marktfrau nickte und sah ihn aus blaugrauen Augen aufmerksam an. »Seid Ihr nicht der, der sich für Aleidis Wintz einsetzt?«, fragte sie mit veränderter Stimme. Ihre Forschheit war verschwunden, stattdessen legte sich ein ängstlicher Ausdruck über ihr Gesicht.

»Ja«, bestätigte Jordis. »Ich glaube an ihre Unschuld. Wie denkst du darüber?«

»Will nichts sagen dazu«, wich die Frau aus. »Ist mir nicht geheuer, das Ganze. Ist mir nicht geheuer.« Sie senkte den Blick und bekreuzigte sich.

Augustin Jordis wollte sie als mögliche Zeugin nicht in schlechter Stimmung zurücklassen und kam auf etwas anderes zu sprechen. »Wie gesagt, wenn dir noch etwas einfällt, lass es mich wissen. Und nun hätte ich gerne etwas von diesem Mangold hier, der sieht köstlich aus. Meine Magd wird ihn heute Abend für mich zubereiten!«

Während die Marktfrau einige der krausen grünen Mangoldblätter zusammenlegte, nahm Jordis in Gedanken bereits seine Kladde zur Hand und trug ein: »Kaufmann Hege, ein dunkelhaariger Tuchhändler und ein Schusterjunge?« Das war zwar keine handfeste Spur, aber es war ein Anfang. Bemerkenswert, dass Hege dabei war. Angeblich hatten die vermeintlichen Hexen sein bestes Pferd totgehext und ihn der Manneskraft beraubt. Zufall oder nicht?

Er beschloss, Sibert Hege aufzusuchen und ihn unverfänglich über seine Marktbesuche zu befragen.

Das Haus des Kaufmanns auf der Oberstraße machte mit seinen beschnitzten Balken und farbigen Fensterläden einen prächtigen Eindruck, der Lederhandel schien Hege zu beträchtlichem Reichtum verholfen zu haben.

Jordis wurde von einer kleinen Dienstmagd mit roten Wangen in eine geräumige Geschäftsstube geführt und betrachtete die wertvolle Einrichtung ringsum, während die Magd ihren Herrn über sein Erscheinen unterrichtete.

Der Teppich, auf dem er stand, war dick und weich und hatte herrliche Farben. Er hörte schnelle, feste Schritte im Flur. Die Tür wurde aufgerissen, und Sibert Hege hastete herein, nickte ihm kurz zu und ließ sich auf den Stuhl hinter seinem Schreibtisch fallen. Er trug einen Oberrock mit glockenförmigen Ärmeln in einem satten Krapprot, Ärmel und Halsausschnitt waren mit goldglänzendem Garn bestickt.

Jordis ertappte sich bei dem Gedanken, dass er den Kaufmann gern nach dessen Schneider gefragt hätte, aber als ihm bewusst wurde, mit welchen Unsinnigkeiten er sich hier befasste, wurde er auch schon von Heges Stimme zurück in die Wirklichkeit geholt.

»Sagt an, was Ihr zu sagen habt, Jordis. Meine Zeit ist knapp!« Hege sprach in kühlem, geschäftsmäßigem Ton, ein Wort folgte schnell und gezielt auf das andere.

»Zunächst danke ich Euch, dass Ihr mich empfangt«, erwiderte Jordis. Da ihm kein Platz angeboten wurde, blieb er stehen, wo er war. »Ich bin hier, um Euch um Mithilfe zu bitten bei der Aufklärung einer Angelegenheit, die, wie ich glaube, kein Hexenwerk –«

»Ach, ewig dasselbe Geschwätz«, fuhr Hege dazwischen. »Schöffen und Wichtigtuer gehen hier ein und aus und stellen Fragen über mein totes Pferd und meinen Gesundheitszustand, jetzt seid Ihr hier, und morgen kommt womöglich noch der Herzog von Was-weiß-ich-wo und stellt dieselben Fragen! Ich habe gesagt, was ich zu sagen hatte! Mein Pferd lag tot im Stall, völlig unerklärlicherweise, und so wahr mir Gott helfe: Es hatte Schlangen im Herzen! Meine Frau hat sogar eine Kröte davonspringen sehen! Wie erklärt Ihr Euch das, hm? Seltsam, dass Elsbeth Neerings an diesem Tag bei uns Dienst hatte, oder? Sie bringt dem Tier Mohrrüben, und plötzlich ist es tot. Was sagt Ihr dazu? Und die andere Sache … Wen, bitte, geht meine Manneskraft etwas an? Doch wohl nur mich und mein Weib! Dummes Geschwätz!«

Heges Gesicht hatte sich verdüstert. Seine hellen Augen schienen sich unter die Brauenbögen zurückgezogen zu haben, und seine herben Züge wirkten grimmig und verhärtet. Beim Sprechen schossen die Worte wie Pfeile aus seinem Mund.

»Gewiss, gewiss«, lenkte Jordis ein und hob beschwichtigend die Hände. »Darum geht es mir auch gar nicht. Ich kümmere mich um das Verschwinden zweier Säuglinge hier aus der Gegend. Ich habe gehört, dass Ihr … Kennt Ihr eine Magd namens Johanna Kloeren? Sie verkauft an einem Marktstand an der Liebfrauenkirche. Wir suchen nach jemandem, der mit ihr –«

Hege fiel ihm ins Wort, indem er die Fäuste auf den Tisch schlug und aufstand. »Gleich vergesse ich mich!«, polterte er. »Der mit ihr *was*? Das Lager geteilt hat? Im Gebüsch war? Um zu sehen, ob doch noch Saft im Knüppel ist? Ich kenne keine Bauernweiber, geschweige denn, dass … Was bildet Ihr Euch ein, Ihr lächerlicher Zwerg? Ihr wisst doch nicht einmal, wie eine Frau ohne Kleider aussieht!«

Das Gespräch nahm einen äußerst ungünstigen Verlauf, dachte Jordis. Er hätte sich seine Fragen vorher besser überlegen sollen. Aber dass der Kaufmann gleich hochgehen würde wie kochende Milch, konnte auch niemand ahnen.

Sibert Hege hatte sich dicht vor ihm aufgebaut. »Verlasst mein Haus!«, brüllte er, Speicheltropfen flogen aus seinem Mund. »Ich habe genug von Euren unverschämten Fragen! Das alles geht Euch nicht das Geringste an, Buckliger!«

Jordis hielt dem Blick Heges stand und sagte ruhig: »Ich wollte Euch nicht erzürnen. Es gibt keinen Grund, sich derart aufzuregen.«

Damit wandte er sich ab und ging gemessenen Schrittes zur Tür.

»Was?«, brüllte Hege. »Keinen *Grund*? Ich habe ja wohl allen Grund, mich aufzuregen! Gnome kommen hier reinmarschiert und fragen mich aus! Steckt Eure große Nase hinein, wo Ihr wollt, aber nicht in meine Angelegenheiten! Raus jetzt! Was für ein Wicht Ihr seid! Seht Euch doch nur an! Was wollt *Ihr* schon herausfinden?«

Jordis schluckte eine Erwiderung hinunter und hob sein Barett zum Abschiedsgruß. »Das lasst nur meine Sorge sein. Euch einen recht schönen Tag!« Ohne sich noch einmal umzudrehen, verließ er die Stube, während Hege hinter ihm herschimpfte. Jordis fragte sich, wie jemand, der so aufbrausend war, ein erfolgreicher Geschäftsmann sein konnte. Aber wer wusste, welche Sorgen den zornigen Kaufmann quälten.

Bevor er zurück nach Hause ging, wollte Jordis sich im Blutturm nach dem Befinden der beiden Frauen erkundigen. Es war ihm gleichgültig, was Ebels über die Besuchshäufigkeit gesagt hatte, er würde hier auftauchen, sooft er wollte. Auf sein Klopfen hin wurde diesmal zügig geöffnet.

Reinhard Stael schien unsicher, wie er sich verhalten sollte, ließ ihn jedoch eintreten und gestattete ihm, kurz mit den Gefangenen zu sprechen.

»Nicht lange, Herr Jordis«, verkündete er beim Öffnen der Falltür. »Ruft ihnen einen Gruß zu und dann geht. Ihr seid nicht befugt, Euch hier aufzuhalten.« Er räusperte sich und räumte ein Mühlespiel beiseite, dessen Steine auf dem Tisch verstreut lagen.

Jordis ging in die Hocke, stützte sich mit den Händen am Rahmen der Falltür ab und fragte in die Dunkelheit hinein, wie es den Frauen ging.

Zuerst kam keine Antwort, dann rief Aleidis: »Nicht gut, Augustin, aber wir leben noch.«

Elsbeth hörte er nur aufschluchzen. Das Leid der Frauen rührte ihn. Einer plötzlichen Eingebung folgend löste er das kleine Messer vom Gürtel, das er stets bei sich trug, warf einen raschen Blick über die Schulter und ließ es in seiner Lederscheide wortlos in die Tiefe fallen. Womöglich könnte es ihnen von Nutzen sein.

Er wollte den Frauen noch zurufen, dass alles gut würde, dass er dabei sei, ihre Unschuld zu beweisen, aber er hatte den Satz kaum begonnen, da schlug Stael die Klappe zu.

»Ihr müsst nun gehen«, sagte er streng.

Jordis schluckte eine wütende Erwiderung herunter. Er durfte den Wachmann nicht ungnädig stimmen. Eindringlich bat er ihn, den Frauen ausreichend Essen zu geben und ein Licht, damit sie ihre Gefangenschaft nicht in Finsternis verbringen mussten.

Stael murmelte etwas Ausweichendes, drängte ihn förmlich zum Ausgang und schloss nachdrücklich die Tür hinter ihm. Jordis fühlte sich zornig und hilflos. Doch es gab etwas, das er tun konnte: die Wahrheit herausfinden.

Nachdenklich ging er zurück nach Hause. Mittlerweile war es später Nachmittag, und sein Magen knurrte. Außerdem schmerzte sein Kopf. Er war froh, die belebte Oberstraße verlassen und in die ruhigere Brückstraße abbiegen zu können. Mit einem Mal hörte er hinter sich rasche Schritte, und noch bevor er sich umdrehen konnte, brachte ihn ein kräftiger Stoß in den Rücken zum Straucheln.

Er fiel vornüber und schürfte sich beim Aufprall die Hände auf. Als er sich umwandte, sah er nur noch den flatternden Stoff eines dunklen Umhangs, der schleunig um die Häuserecke verschwand.

»Was sollte das denn?«, murmelte er entrüstet, rieb sich den Dreck von den Händen und überprüfte seine Beinkleider. Zum Glück war der Stoff unversehrt. Hatte ihm jemand einen Schrecken einjagen wollen? Oder war es nur ein Dummejungenstreich gewesen?

Jordis beschloss, den Vorfall nicht überzubewerten. Es hatte immer schon Leute gegeben, die ihn nicht mochten. Und dass er sich jetzt für zwei angebliche Hexen einsetzte, würde erst recht nicht jedem zupasskommen. Aber mit einem Schubs in den Rücken konnte man Augustin Jordis nicht einschüchtern! Er schnaubte und ging so aufrecht wie möglich auf sein Haus zu. Die Giebel der Häuser zu seiner Linken warfen lange Schatten auf das Pflaster. Bis zur Dämmerung blieb ihm noch Zeit, er würde in sein Lager gehen und die neue Lieferung aus Boppard in Augenschein nehmen.

***

Gegen Mittag hatte es einige Male gedonnert, aber die regenschweren Wolken waren verschwunden, der Himmel lag weiß-blau und ruhig über dem flachen Land.

Jansens Fuhrwerk klapperte zügig über den Feldweg. Die dichte Hecke und den niedrigen Wall, die den Burgbann und damit das Neusser Stadtgebiet begrenzten, hatten sie bereits hinter sich gelassen.

»Jemanden in Holzheim besuchen wollte er«, sagte Hennes Kreitfisch. »Fraglich, ob wir diesen Jemand aufstöbern werden.«

»Sei nicht so schwarzseherisch, Kreitfisch!«, wies Jansen ihn zurecht, während er seinem Pferd die Zügel gab. »Das Dörfchen hat nur eine Handvoll Häuser. Wenn wir an jedes anklopfen, sind wir trotzdem noch vor dem Abendessen zu Hause!«

Diese Aussicht schien den Barbier zu beruhigen. Er setzte sich auf dem Kutschbock zurecht und faltete die Hände vor seinem beeindruckenden Bauch.

Rutger Jansen stellte erfreut fest, dass er recht behalten sollte. Er war gern im Recht, vor allem seinem alten Freund Kreitfisch gegenüber. Dies war keine sehr lobenswerte Eigenschaft, das wusste er, aber so war er eben. An einem kleinen Gehöft am Ortsrand erfuhren sie, dass ein älterer, ärmlich gekleideter Mann einige Nächte auf dem Nachbarhof verbracht hatte und heute Mittag weitergezogen war.

»Ich hab ihn da lang schleichen sehen«, verkündete der rothaarige Knecht. Sein kräftiger, von der Sonne geröteter und dicht mit blonden Haaren bewachsener Arm wies in Richtung Westen. »Er ist die Landstraße nach Kapellen runter, kann noch nicht weit sein.« Er zog die Nase hoch und spuckte aus. »War ja nicht viel schneller als unser Hofhund. Und der hat nur drei Beine. So. Muss zurück an die Arbeit.«

»Warte noch«, bat Rutger Jansen den Rothaarigen. »Weißt du, wie der Mann hieß?«

»Nä. Da müsst Ihr drüben fragen.« Der Knecht nickte in Richtung des Nachbarhofes und ging mit schweren Schritten davon.

Hennes stieg vom Kutschbock und ging träge zu dem großen, halb hinter Linden verborgenen Hof hinüber. Wenig später kam er eiligen Schrittes zurück.

»Ist richtig«, gab er atemlos bekannt, während er wieder aufstieg. »Tilman war hier. Gib dem Pferd die Zügel!«

Das ließ Jansen sich nicht zweimal sagen. Er mochte Holzheim nicht. Von hier aus waren die Burgunder gekommen, denen er den Verlust seines Unterschenkels verdankte. Von hier aus war die Warnglocke geläutet worden, die den Neusser Turmwächter seinerseits zum Setzen des Warnzeichens veranlasst hatte. Es war in seinen Augen ein verhängnisvoller Ort.

Während sie die in der Hitze flirrende Landstraße entlangfuhren, berichtete Kreitfisch, Tilman sei ein Vagabund, der ein-, zweimal im Jahr die Höfe der Umgebung abklapperte und um Almosen bat. Die Bäuerin habe ihm erzählt, er würde im Stroh schlafen und ein wenig auf dem Hof aushelfen. Sie traute ihm nicht über den Weg und vermutete, er würde stehlen. Noch vermisste sie nichts, aber sie ginge gleich nachsehen. Als guter Christenmensch sei man jedoch verpflichtet, den Armen zu helfen, hatte sie mit tiefer Frömmigkeit in der Stimme gesagt. Und nein, was Tilman dabeigehabt hatte, wusste sie nicht.

Jansens brauner Wallach trabte schnaubend die staubige Straße entlang. Rechts erstreckten sich weite, hügelige Felder, links lag hinter einem Einzelgehöft ein dichter tiefgrüner Wald. Gern wären sie in den Schatten der Bäume gerollt, um zu verschnaufen. Stattdessen jagten sie in brütender Hitze einem Bettler mit einem verdächtigen Bündel nach. Man konnte sich wirklich Schöneres vorstellen, aber …

Mit einem straffen Zug und einem scharfen »Hoo!« brachte Jansen sein Pferd ruckartig zum Stehen.

Kreitfisch, den es fast vom Sitz geschleudert hätte, rief wütend: »Was machst du, du Grobling? Willst du mich …?«

Jansen rammte ihm den Ellbogen in die Seite und deutete auf eine einzelne Eiche, die abseits des Weges in einem goldgelben Feld stand. Im Schatten des Baumes saß jemand. Er wurde teilweise von Kornähren und Gräsern verdeckt, aber man sah deutlich seinen Kopf und seine Schultern.

Die beiden Männer auf dem Kutschbock kniffen die Augen zusammen.

»Das könnte er sein!«, sagte Kreitfisch. »Lass uns rübergehen!«

Jansen nahm seine Krücke von der Ladefläche, band das Pferd an einem Baum fest und folgte seinem Freund in das riesige Kornfeld, das im vorderen Teil bereits abgeerntet und vom Wind zerzaust war. Trockene Ähren knisterten und raschelten um ihre Beine, als sie sich der Gestalt unter dem Baum näherten.

»Scheint zu schlafen«, flüsterte Kreitfisch.

Sie hatten die Eiche erreicht. Zu ihren Füßen ruhte ein magerer Mann in einem groben, lumpigen Kittel. Er hatte sich an den Baumstamm gelehnt und schnarchte leise. Ein schmutziger Hut war über sein Gesicht gezogen, strähniges graues Haar lugte darunter hervor. Neben dem Bettler lag ein Bündel im Gras.

Jansen und Kreitfisch sahen sich stirnrunzelnd an. Das Bündel war mit rotbraunem Stoff umwickelt. Sie mussten schlucken. Es hatte eindeutig die Form und Größe eines kleinen Kindes.

»Mach auf«, sagte Jansen leise.

»Sollen wir ihn nicht wecken?«, flüsterte Kreitfisch zurück.

»Wozu? Erst mal gucken, was drin ist!«, zischte Jansen.

Kreitfisch beugte ein Knie und nestelte an dem Stoffballen herum. Jansen konnte nicht genau erkennen, was er da tat.

Ein fadenscheiniges Tuch wurde zurückgeschlagen, das ausgefranste Ende baumelte über das Knie des Barbiers.

Jansen beobachtete mit Entsetzen, wie Kreitfischs Schultern zu zucken begannen. Schnell trat er ein Stück vor.

Den Inhalt des Bündels konnte er noch nicht sehen. Aber er sah das Gesicht seines Freundes. Sein verzerrtes, zu Boden gewandtes Gesicht.

Jansen zwinkerte und sah genauer hin.

Was *machte* die alte Knollennase da? Nicht zu fassen: Kreitfisch lachte!

Stumm und nach Luft japsend kicherte er in sich hinein.

Zu seinen Füßen, sorgsam eingebettet in abgewetzte Lumpen,

lag ein großer, saftiger Schinken. Ein Schinken von herrlicher roter Färbung und beachtlichen Ausmaßen.

Jansen grinste breit. Er hätte niemals zugegeben, wie erleichtert er war. Schrecklich, wenn sie hier tatsächlich ein totes Kind gefunden hätten! Nun würden sie allerdings an anderer Stelle weitersuchen müssen.

Kreitfisch drehte sich zu ihm um. »Ist bestimmt gestohlen!«, flüsterte er.

»Macht doch nichts«, gab Jansen zurück. »Pack ihn wieder ein, wir gehen.«

Kreitfisch nickte. Diesem armen alten Bettler wollten sie seinen Schinken von Herzen gönnen. Er schlug den geräucherten Fleischbrocken wieder in das zerschlissene Tuch ein und erhob sich.

»Mach's gut, Tilman«, sagte er mit einem Blick auf den mageren alten Mann, der ungeachtet ihrer Einmischung in sein Leben friedlich weiterschlief.

Leise gingen sie durch das raschelnde Korn davon. Die Sonne verschwand hinter einem Wolkenband. Nicht mehr lange, und sie würde untergehen, die Schatten wurden bereits länger.

Beide wussten, dass der dunkle Teil des Weges noch vor ihnen lag.

Zweiter Teil

»Ich habe gesehen,
welcher massen sie den festen Leib
des Menschen zertrümmern,
(...) die Füsse von den Schinbeinen reissen,
die Gelencke aus den
Spannadern bewegen (...).
Ich habe gesehen, wie der Hencker
mit Peitzschen geschlagen,
mit Ruthen gestrichen,
mit Schrauben gequetschet,
mit Gewichten beschweret,
mit Nägeln gestochen,
mit Stricken umbzogen,
mit Schwefel gebrennet,
mit Öl begossen,
mit Fackeln gesenget!«

Auszug aus den Schriften des Foltergegners
Johann Matthäus Meyfarth, Erfurt 1635

Donnerstag

»Heute bin ich hier, um Euch etwas zu zeigen«, sagte Arnd Ebels, als er an diesem Abend in Begleitung dreier Gehilfen in den Kerker hinabkam. Einen davon, einen großen Hellblonden, glaubte Elsbeth zuvor erst ein Mal gesehen zu haben, bei dem Verhör, das sie einen Großteil ihrer Haare gekostet hatte.

Ebels wühlte umständlich in seiner Ledertasche und zog ein eisernes Instrument hervor, das aussah wie ein kleiner Schraubstock.

»Wenn Ihr so gütig wäret, es uns zu vorzuführen, Dulken.« Er reichte dem dicklichen Mann mit dem roten Gesicht das Werkzeug sowie einen kleinen Holzstock.

Elsbeth sah entsetzt zu, wie Dulken den Stock zwischen die beiden Platten des Schraubstockes legte und sie mit Hilfe einer Kurbel so nah zueinanderbrachte, dass das Holz mit einem splitternden Geräusch zerbrach. Sie spürte, wie sich die Haare an ihren Armen vor Schreck aufrichteten.

»Dasselbe wird mit Euren Fingern geschehen, wenn Ihr Euch weiterhin weigert, Eure Verbrechen zu gestehen«, verkündete Ebels in seinem gewohnt beiläufigen Tonfall. »Man nennt es Daumenschraube. Für die härteren Verweigerungsfälle hätten wir noch die Beinschraube, das Aufziehen und den Nagelstuhl. Ich will Euch kurz erläutern, worum es dabei geht, Ihr sollt aus freiem Herzen entscheiden dürfen.«

Elsbeth sah erschrocken, wie Aleidis wütend ausspuckte, dem Anführer des Hexenausschusses direkt vor die Füße.

Der grobschlächtige Scherge namens Arnold trat vor und schlug der Hebamme mit einer Hand ins Gesicht. Mit der anderen brachte er seine Fackel so nah an ihren Kopf, dass sich ein schwefeliger Geruch nach versengtem Haar im Kerker ausbreitete. Aleidis zuckte zurück und hob eine Hand an die verbrannte Schläfe. Sie sog scharf Luft durch die Zähne, gab aber ansonsten keinen Laut von sich.

»Ihr wollt doch Euer Haar nicht noch weiter zerstören?«, tadelte Ebels. Dann begann er, im Raum hin- und herzugehen, und setzte seine Erklärungen fort: »Die Beinschraube ist ähnlich gestaltet wie die Daumenschraube. Nur wird sie an die Unterschenkel angelegt. Sie lässt sich so fest zusammenschrauben, dass die Knochen brechen.«

Elsbeth fühlte, wie ihr schwindelig wurde. Sie wollte das alles nicht hören.

»Beim Aufziehen werden die zu Befragenden rückwärts an den Armen in die Luft gezogen. Und hängen gelassen. Eine Stunde. Oder auch zwei. Je nach Belieben. Der Nagelstuhl ist der Höhepunkt jeder Folter. Man sitzt dabei, unbekleidet versteht sich, auf einem Stuhl mit spitzen Holznägeln. Nun!« Arnd Ebels blieb in der Mitte des Verlieses stehen. »Ihr habt gehört, was Euch widerfahren wird, wenn Ihr Eure Verstocktheit beibehaltet. Ihr zwingt uns dazu, dabei könntet Ihr es einfacher haben.«

»Reicht es Euch nicht, uns mit Ruten zu schlagen, zu stechen und mit Feuer zu versengen?«, fragte Aleidis zornig.

»Aleidis!«, rief Elsbeth. »Sei doch still!«

Arnold stieß Aleidis mit beiden Armen gegen die Wand, wobei seine Fackel wieder gefährlich nahe an ihr Gesicht kam.

»Nein, das reicht uns nicht«, antwortete Ebels. »Ihr habt Euch versündigt und müsst dafür büßen. Seid froh, dass uns Euer Seelenheil so kümmert! Andere Hexen sitzen wochenlang im Kerker, bevor man überhaupt mit ihnen spricht. – Ihr habt nun Zeit, über unseren Vorschlag nachzudenken. Gesteht den Teufelsbund in all seinen Einzelheiten, und die Folter wird Euch erspart bleiben.«

Elsbeth sah, dass Aleidis den Mund öffnete.

»Aleidis!«, warnte sie. Ihr war schlecht vor Angst.

»Herr Ebels?«, rief Stael von oben durch die Luke.

»Wir sind hier unten!«, antwortete Dulken überflüssigerweise.

»Wir kommen jetzt hinauf, Stael!«, teilte Ebels dem Wachmann mit. »Wir sind hier für heute fertig!«

Tag sechs. Freitag

»Komm her, Weib!«, rief Hennes Kreitfisch seiner Frau zu. »Ich will dich hegen und pflegen!«

Kathrine lachte. Ihre Stimme klang heiser und tief, fast wie die eines Mannes. Dass sie keiner war, konnte man schon an ihrer Rückansicht erkennen, und zwar an ihrem hübschen fülligen Hintern. Kreitfisch beobachtete, wie sie sich am Waschtisch mit einem kühlen Tuch erfrischte, und hoffte, sie würde sich beeilen, weil seinem Empfinden nach die Entfernung zwischen ihm und ihrem Hintern deutlich zu groß war.

»Du bist lieblicher als der Mond«, schwärmte er, während er unverwandt ihre hellhäutige Kehrseite betrachtete. Wieder lachte sie herzlich. Ihr Lachen kam tief aus dem Bauch heraus und zwang ihn, mitzulachen. Allerdings nur bedingt, denn gleichzeitig musste er gähnen.

»Schlafen solltest du«, schalt sie ihn. »Morgen ist ein langer Tag, und du hast mir zugesagt …«

»Ja, ja, ist gut, Weib«, unterbrach er sie. Zum Henker mit den Brettern, die er zusägen sollte! Oder hatte sie den Bottich gemeint, der noch auszubessern war? Die fehlenden Wandhaken? Das stumpfe Schermesser? Ganz gleich, welche Arbeit morgen auf ihn wartete – jetzt war es ihm gleichgültig, sie sollte endlich ins Bett kommen.

Er fuhr fort, ihre Lieblichkeit und Körperfülle zu preisen, aber sie schien ihm nicht richtig zuzuhören. Kathrine hatte den Kopf zur Seite gewandt und lauschte. Ihr helles Haar und ihre fein geschwungenen Augenbrauen hatten im Licht der Kerzen einen goldenen Schimmer.

»Es hat geklopft«, sagte sie.

»Ach, um die Zeit! Jetzt lass das Waschen sein und komm!«

»Nein, Hennes, ich sage dir, es hat geklopft!« Sie zog ihr Gewand über und lief aus dem Schlafraum die Treppe hinunter.

Kreitfisch seufzte und ließ sich schwer in die Kissen fallen. Das Bett knarrte, das verflixte, wahrscheinlich das Nächste, was er richten durfte! Da lag er nun, einsam und verschmäht, und sein Weib, sein herziges Vollmöndchen, unterhielt sich unten an der Tür mit irgendeinem Störenfried. Er hörte gedämpfte Stimmen, die von Kathrine und zwei Männerstimmen. Wer konnte das sein? Zu nachtschlafender Zeit!

Kreitfisch begann zu befürchten, es könne sich um eine ernsthafte Angelegenheit handeln. Wieder seufzte er und stand auf, um zur Tür zu gehen und ins Treppenhaus hinunterzulauschen.

Kaum hatte er sich aus dem Bett gewuchtet, erschien seine Frau im Türrahmen. »Es sind Hermann vom Wachdienst und einer aus dem Rat. Ich kenne seinen Namen nicht, es ist dieser Dünne«, verkündete sie.

Das war ganz seine Kathrine, dachte Kreitfisch. Alle, die weniger üppig waren als sie selbst – und das mochten neun von zehn Stadtbewohnern sein –, bezeichnete sie als »die Dünnen«. Wenn er die städtischen Amtsleute in Gedanken durchging, konnte es sich bei dieser Beschreibung nur um Jan Spickernagel handeln.

Er schaute von oben auf seine Frau herab und forderte sie mit hochgezogenen Brauen auf, weiterzusprechen.

»Hermann hat hinter der Stadtmauer eine Leiche gefunden«, erklärte Kathrine, »eine Hure, sagt er, die erstochen wurde. Er hat ganz blutige Hände.« Ihre Stimme zitterte vor Aufregung. »Du sollst mitkommen und es dir ansehen.«

Kreitfisch schob die Unterlippe hoch und presste die Lippen zusammen, wie er es oft tat, wenn er erstaunt war. Sein Kinn wirkte dadurch noch gewaltiger, aber es war eine Angewohnheit, die er nicht lassen konnte. Er ging hinüber zum Kleiderhaken und zog seine Sachen an.

»Wer kann es sein?«, überlegte Kathrine. »Und warum wurde sie getötet?« Sie stand in all ihrer weichen Üppigkeit vor ihm, die Augen groß und glänzend in dem geröteten Gesicht.

Das Leben hielt unschöne Überraschungen bereit, dachte Kreitfisch, während er zum Abschied wehmütig über ihre Rundungen strich. Da freust du dich auf dein prächtiges Weib, und plötzlich musst du in die Nacht hinaus und Leichen untersuchen! Aber er war Barbier, und es zählte zu seinen Aufgaben, sich mit Toten zu befassen. Die studierten Ärzte nannten seinesgleichen

»Steinschneider«, »Feldscherer«, »Maularzt« oder sonst wie, aber insgeheim mochten sie dankbar sein, dass ihnen das Versorgen von Furunkeln und Verbrennungen, das Abnehmen von Körperteilen, das Zähneziehen, die Einläufe, der Aderlass und all die anderen unfeinen Aufgaben von tatkräftigen Händen abgenommen wurden.

Während er die Treppe hinabstieg und sich den Gürtel zurechtzurrte, fragte er sich, ob wohl noch jemand gerufen worden war, um sich die Leiche anzusehen. Bei einem Unfall nach einem Trinkgelage im letzten Jahr – ein Mann war beim Herunterstürzen einer Treppe tödlich verunglückt, ein anderer schwer verletzt worden – hatte er gemeinsam mit zwei anderen »Feldscherern« den Toten untersucht und den Verwundeten versorgt. Leider war dieser wenig später seinen Kopfverletzungen erlegen.

Er trat hinaus in die Gasse zu den beiden wartenden Männern, die er um Haupteslänge überragte. Die Nacht war dunkel, nur die mitgebrachten Laternen verströmten ein schwaches goldgelbes Licht.

»Kreitfisch!«, grüßte ihn der Wachmann Hermann, mit dem er um zwei oder drei Ecken verwandt war. »Wir stören nur ungern, aber es gibt Arbeit.«

Er hielt seine Laterne etwas höher, damit er Kreitfisch in die Augen sehen konnte. Mit gesenkter Stimme fuhr er fort: »Draußen vor dem Hamtor liegt eine Hübschlerin.« Er verzog das Gesicht. »Aber nicht hübsch zugerichtet, das kann ich dir sagen, mach dich auf was gefasst!« Er wirkte nervös und schien das mit vorgetäuschter Munterkeit überspielen zu wollen.

Spickernagel neben ihm räusperte sich. Er war wirklich sehr dünn, musste Kreitfisch seiner Frau beipflichten. »Wir sollten gehen«, sagte der Amtmann.

Er nickte mit dem Kopf in Richtung Hinterhoven, und sie gingen los. Am Nebenhaus klapperte ein Laden, sicher wollte die gute Frau Lepp wissen, wer sich da draußen bei Nacht ein Stelldichein gab. Im Vorbeigehen nickte er ihr zu. Er konnte sie zwar nicht sehen, vermutete aber, dass sie hinter einem der Fenster lauerte und nun vielleicht zurückschreckte, weil sie sich ertappt fühlte.

Sie gingen schweigend durch die stillen Straßen, nur in einem Haus sahen sie noch Licht hinter einem Fenster.

Am Hamtor wartete der Wächter vor dem Eingang. Er schien sich nicht wohlzufühlen in seiner Haut und trat stumm beiseite, um sie vorbeizulassen. Schweigend hob er eine Holztrage von einem Haken an der Wand.

Draußen vor der Pforte standen zwei Nachtwächter mit Fackeln in der Hand, die sich der Gruppe anschlossen, als Hermann ihnen voran über die Brücke schritt und nach rechts abbog. Die Spitzen ihrer Lanzen glänzten fahl im Licht der Laternen.

»Es war so«, begann Hermann, während sie den Wassergraben entlanggingen, »ich drehte meine Runden, als ich einen Schrei hörte. Von draußen, hinter der Mauer. Ich war an der Ecke zur Branntgasse und lief zum Hamtor. Ich hörte wieder Schreie, dann war es still. Als wir draußen ankamen, der Beeck und ich, mussten wir erst einmal suchen. Und dann ...« Er wies ein Stück voraus.

Links des dunklen Weges sah Kreitfisch etwas Helles zu Füßen eines Busches liegen. Beim Näherkommen erkannte er Kleidungsstücke in den Schandfarben Gelb und Grün, die zu den Erkennungszeichen der Huren zählten.

Der dünne Amtmann neben ihm zuckte zusammen, als ein Teichhuhn schnatternd aus dem Schilf aufflog und ins Wasser glitt. Die hohen Gräser raschelten im Wind, und auch in den Bäumen am Wegrand wisperte es. Ein ängstlicher Mensch mochte sich flüsternde Stimmen einbilden, die aus dem Blattwerk zu ihm sprachen. Auch die schrundigen Rinden der Kopfweiden hatten bei diesem Licht etwas Eigentümliches. In manchen von ihnen konnte man Gesichter erkennen, wenn man wollte. Ihre abstehenden Zweige wiegten sich vor dem Nachthimmel hin und her wie borstige Haare aus Holz oder geisterhaft dünne Finger.

»Hier ist sie«, stellte Hermann überflüssigerweise fest. »Ich sah sie und dachte, ihr sei vielleicht schlecht, also hab ich sie angefasst und gerüttelt. Und dann umgedreht. Dabei sind meine Hände ...« Zur Untermalung seiner Worte hielt er eine blutverschmierte Hand in den Lichtkreis der Laterne.

»Euer Kollege Straeten kommt noch«, sagte Spickernagel zu

Kreitfisch, »wir haben einen Boten nach ihm geschickt. Aber Ihr könnt schon mit der Untersuchung beginnen.«

Natürlich tue ich das, du Gerippe, dachte Kreitfisch, als ob ich jetzt drei Stunden hier stehen und warten würde, bis der tölpelhafte Bote Straetens Haus gefunden hat!

Immerhin war es Straeten, nach dem geschickt worden war, und nicht Ruscher. Drieß Ruscher war ein Mensch, den er auf den Tod nicht ausstehen konnte. Er hätte über die arme Frau hier erst einmal gelacht und festgestellt, dass sie es nicht besser verdient hätte, schließlich würde sie Geld dafür bekommen, dass man sie stach, wenn auch nicht mit Messern. Kreitfisch konnte den knochigen Ruscher mit seiner quäkenden Stimme förmlich vor sich sehen und hören.

Er schüttelte den Gedanken ab und kniete neben der toten Frau nieder. Hermann trat zu ihm und leuchtete mit seiner Laterne. Die beiden Wachmänner taten es ihm mit ihren Pechfackeln gleich.

Kreitfisch nahm Hermann die Laterne aus der Hand und hielt sie näher an das Gesicht der Toten. Ein junges Gesicht, vielleicht zwanzig, dunkel, mit breiten Wangenknochen und großen braunen Augen, die ihn leer anstarrten. Etwas an dem Gesicht kam ihm bekannt vor, doch er konnte nicht sagen, was es war. Die Haut des Mädchens war unrein und fleckig, die schwarzen Haare lockig und verfilzt. Unter einer Schulter lag ein Tuch, das sich womöglich beim Kampf von der Kleidung gelöst hatte.

Bevor Kreitfisch den Körper untersuchte, besah er sich die Kleidung der jungen Frau. Der Ausschnitt des Obergewandes war eingerissen, ein Ärmel bis über die Hand nach unten gezogen. Vermutlich hatte sie sich gewehrt, als ihr Gewalt angetan wurde. Kreitfisch beleuchtete den Oberkörper der Toten. Vom Hals bis zur Hüfte war der ehemals gelbe Stoff von Blut durchtränkt, ebenso am unteren Teil eines Ärmels. Unter dem Körper des Mädchens hatte sich eine dunkle Lache gebildet.

Er hörte Schritte hinter sich, wandte sich aber nicht um, sondern schob vorsichtig den zerfetzten Stoff auseinander.

»Armes Ding«, sagte der knorrige alte Straeten, während er sich neben ihm niederließ. Er war schon Barbier gewesen, als Kreitfisch sich noch in die Windeln geschissen hatte.

Gemeinsam nahmen sie die Verletzungen am Oberkörper der

Frau in Augenschein. Insgesamt waren es zwei Schnitt- und fünf Stichwunden, die meisten im Brust- und eine im Bauchbereich.

Straeten wies auf zwei kreuzförmige Wunden unter der linken Brust. Kreitfisch nickte. Sie wussten beide, was das bedeutete: Das Messer war beim Herausziehen gedreht worden.

Die Bauchwunde erschien besonders tief. Straeten beugte sich vor, um die tieferen Gewebeschichten um den Einstich zu untersuchen, was in dem schwachen Licht so gut wie unmöglich war. Sie würden in dieser Nacht nur die groben Anzeichen des Verbrechens deuten können.

»Das Messer wurde von unten geführt«, erklärte Straeten den Herren hinter ihm.

»Ja und?«, fragte Spickernagel.

»Das bedeutet, dass die Spitze des Messers beim Zustechen nach oben zeigte. Das ist weitaus gefährlicher, als wenn sie nach unten weist.«

»Die Schnittwunden sind nur oberflächlich«, ergänzte Kreitfisch und wies auf die länglichen Schnitte, die für einen Großteil des Blutes verantwortlich waren. »Aber durch die tiefen Stiche wird sie innere Verletzungen haben.«

Er befreite die rechte Hand des Mädchens vom blutdurchtränkten Stoff des Ärmels.

Aber es war gar keine Hand mehr da.

Der Arm endete oberhalb des Handknöchels in einem Klumpen aus blutigen Fetzen und Fasern. Das geronnene Blut glänzte dunkel im Licht der Fackeln.

Kreitfisch hörte, wie sich hinter ihm jemand erbrach.

Straeten stöhnte auf. »Du meine Güte«, flüsterte er entsetzt.

Die übrigen Männer ließen Laute des Erschreckens hören.

Kreitfischs Augen suchten die nähere Umgebung ab, aber er konnte nirgendwo größere Blutflecken oder eine abgehackte Hand entdecken. Man würde bei Tageslicht noch einmal danach suchen müssen.

»Gehackt oder geschnitten?«, fragte er Straeten leise.

Der alte Barbier neben ihm runzelte die dichten weißen Brauen. »Beides, glaube ich. Da hat jemand blindwütig versucht, sie abzutrennen.«

»Es ist die rechte Hand. Die Schwurhand«, bemerkte Kreitfisch. »Meinst du, das bedeutet etwas?«

»Ich weiß es nicht. Vielleicht. Mag aber sein, dass sie damit auch nur ihren Geldbeutel umklammert hat.« Er hob die linke Hand der Toten und untersuchte die Handfläche. »Auch hier sind Schnitte, sie hat das Messer abzuwehren versucht.«

Die Männer hinter ihnen hatten sich etwas erholt und beugten sich vor, um die weitere Untersuchung zu verfolgen.

Straeten hob den Rock der Toten an und besah sich Beine und Unterleib. Das zerfurchte Gesicht des alten Barbiers wirkte müde, aber konzentriert.

»Hier sind keine Verletzungen. Ein Bluterguss am Oberschenkel, doch der ist schon älter ...« Er beugte sich vor und schnupperte. »Es scheint, als habe ihr niemand beigewohnt, genauer kann man das aber erst sagen, wenn wir sie uns bei Licht ansehen.« Er betastete die Haut des Opfers und beugte ihr rechtes Knie. »Der Leib ist bereits kalt, aber die Glieder sind noch beweglich. Daher würde ich sagen, der Tod trat erst vor Kurzem ein.«

Kreitfisch nickte zur Bestätigung und tastete das Kleid über dem mageren Körper der Toten nach Taschen oder Beuteln ab, in denen sie womöglich Geld aufbewahrt hatte, aber er fand nur ein kleines Ledersäckchen, in dem ein Stoffband steckte.

»Ob sie beraubt wurde, lässt sich nicht sagen, Geld trägt sie keines bei sich.«

»Selbst wenn sie beraubt wurde«, wandte Straeten ein, »warum sollte jemand sie so zurichten? Da hätten doch ein, zwei Stiche gereicht.«

»Ich frage mich«, überlegte Spickernagel, »ob die Meuchelei hier geschah oder ob die Frau noch bis hierher gelaufen ist.«

»Mit diesen Verletzungen?«, gab Straeten zu bedenken. »Unwahrscheinlich. Aber man sollte morgen früh nachsehen, ob sich Blutflecken in der Umgebung finden. Schon allein wegen ... der Hand.«

»Die Schreie kamen jedenfalls aus dieser Richtung, da bin ich sicher«, warf Hermann ein und sah sich in der Runde um. »Kennt denn jemand von Euch die Frau?«

Die Männer verneinten oder schüttelten den Kopf.

»Ich weiß nicht«, sagte Kreitfisch. »Mir ist, als hätte ich sie schon einmal gesehen. Aber ... ich weiß nicht, wo. Ich werde darüber nachdenken.« Er stützte eine Hand auf den Boden und richtete sich auf.

»Gut. Ihr hattet angeraten, sie bei Tageslicht zu untersuchen, Straeten«, sagte der Dünne. »Also würde ich vorschlagen, wir schaffen sie hier fort, Ihr nehmt eine genauere Untersuchung vor, und morgen verfasse ich einen Bericht. Lasst uns aufbrechen, die Nacht ist schon weit fortgeschritten.«

Wahrscheinlich wartete eine treusorgende Ehefrau auf ihn, dachte Kreitfisch, oder eine eifersüchtige. Die meinige wird vielleicht auch noch wach sein, um zu erfahren, was sich Schauerliches in der Stadt ereignet hat. Es schläft sich schlecht, wenn ein Mörder frei herumläuft.

Er sah zu, wie die Wachleute die mitgebrachte Trage auf den Boden legten und die junge Frau darauf betteten. Ihre bloßen Füße schaukelten beim Anheben, so als sei sie noch nicht ganz tot. Was sie jedoch eindeutig war.

Kreitfisch wusste, dass zwischen Leben und Sterben oft mehrere Stufen lagen. Er hatte Menschen gesehen, die mehr tot als lebendig waren, in denen jedoch immer noch ein Funke Leben glomm. Dieses Mädchen hier gehörte ganz sicher nicht dazu. Nach einem kurzen und schmerzhaften Kampf hatte der Tod sie unwiederbringlich in sein Reich geholt.

In dieser Nacht schlief Kreitfisch schlecht. Trotz des warmen, weichen Körpers seiner Frau, die sich eng an ihn geschmiegt hatte. Enger als sonst sogar. Selbst eine unerschrockene Frau wie Kathrine blieb von den Ereignissen der letzten Tage nicht unberührt. Sie hatten sich noch eine Weile unterhalten, dann war Kathrine eingeschlafen. Er hörte sie leise schnarchen.

Kreitfisch lag da, mit unter dem Kopf verschränkten Armen, und starrte in die Finsternis. Woher glaubte er, die tote Hübschlerin zu kennen? Als er seine Erfahrungen mit ihresgleichen gesammelt hatte, war sie noch gar nicht geboren gewesen.

Gesichter tauchten in seinem Kopf auf und verschwanden wieder. Neue Gesichter kamen hinzu, manche lachten ihn aus. Immer wieder sah er die dunklen Augen der Toten vor sich, ihre hohen Wangenknochen, ihr wirres schwarzes Haar. Woher kannte er dieses Gesicht?

Als der Morgen graute, fiel er in einen unruhigen Schlaf, ohne dass ihm eine Antwort auf seine Fragen eingefallen wäre.

Er spürte, wie Kathrine sich neben ihm reckte und herzhaft gähnte. Sie beugte sich über ihn, strich ihm über die Schulter und stand auf. Er hörte die Bodendielen knarren, als sie aus der Kammer ging, dann schlief er wieder ein.

Er erwachte erneut, als Kathrine ihn sanft rüttelte.

»Hennes! Du musst aufstehen, Väterchen Saessen ist da. Du weißt schon, sein Fuß! Komm, Hennes, er wartet.«

Langsam dämmerte Kreitfisch, wer er war und wo er war. Und was der alte Saessen von ihm wollte: Eiter aus dem Fuß lassen. Eine Tätigkeit, der sich Hennes Kreitfisch nicht gern schon vor dem Frühstück hingab.

»Ja«, murrte er, »ich komme. Gib ihm Bier, dann ist er ruhig.« Sein Magen knurrte. Es war dringend erforderlich, dass er vor der Behandlung eine kleine Mahlzeit zu sich nahm. Oder auch eine größere kleine Mahlzeit.

Während er sich anzog, erinnerte er sich an die Bilder der letzten Nacht. Sie zogen an ihm vorüber wie Gemälde, die in einem dunklen Raum an der Wand hingen. Finstere Bilder mit grellen roten und gelben Farbklecksen, das Blut, das Tuch, das Kleid …

Woher kannte er bloß dieses Mädchen?

Kreitfisch kratzte sich den Nacken und stieg die steile Treppe hinunter. In der Badestube im hinteren Teil des Hauses hörte er Kathrine mit dem alten Saessen sprechen. Der Greis lachte wie eine Ziege. Schlagartig brach das Lachen ab, wahrscheinlich schlürfte er jetzt sein Bier.

Kreitfisch trat in die Küche und nahm die Schale Brei vom Tisch, die Kathrine ihm hingestellt hatte. Köstlich, sie hatte frische Äpfel darunter gerieben.

Er setzte sich auf die äußere Kante der Sitzbank und streckte die Beine aus.

Warum stellten Töpfer diese lächerlich kleinen Schalen überhaupt erst her? Da passte doch nichts hinein! Ein Zweijähriger mochte von diesem Klecks satt werden, nicht aber er. Sein winziges Schälchen war jedenfalls leer. Er stand auf, um sich Nachschlag zu holen. Als er vor dem Kochtopf stand, lauschte er in den Nebenraum. Kathrine scherzte mit dem alten Saessen. Zu ihrer Betrübnis besaß sie nicht die Fähigkeit, durch Wände sehen zu können. Also konnte er auch gleich aus dem großen Topf essen. Er löffelte im Stehen und schaute abwesend aus dem Fenster. Die Nachbarin hängte im Innenhof Wäsche zum Trocknen über eine Stange. War sie schon wieder schwanger? Ihr Leib wirkte so aufgequollen.

Seiner auch, wenn er noch weiter aß. Der Topf war fast leer. Ein klitzekleines Löffelchen noch! Kreitfisch trank einen Schluck Milch, entleerte seine Blase auf dem Abtritt im hinteren Teil des Hauses und widmete sich der Behandlung des eitrigen Fußes von Väterchen Saessen.

Der Alte hatte sich schon einiges an Bier einverleibt und schwatzte fröhlich vor sich hin, ohne sich um die Heilmethoden des Barbiers zu scheren. Er zuckte nicht einmal mit der Wimper, als die Eiterblase aufgestochen und gereinigt wurde.

»Und wisst Ihr«, endete er, als Kreitfisch die Wunde mit einem Leinenstreifen umwickelte, »Ihr seid der Beste auf diesem Gebiet. Da können sich Eure Kollegen alle eine Scheibe abschneiden! Vor allem dieser ... wie heißt er noch? Der da hinten wohnt, ein paar Häuser weiter, und immer so blass ist wie ein Leintuch. Rutzer? Heißt er nicht Rutzer?«

»Den Ruscher meint Ihr?«, fragte Kreitfisch.

»Sag ich doch, Rutzer«, entgegnete der alte Saessen, »der bleiche Rutzer! Also, wenn Ihr mich fragt ...«, er beugte sich vor und senkte seine krächzende Stimme, »der Rutzer befasst sich in seiner Stube zwar auch mit Körperpflege, aber nicht mit *dieser*.« Er deutete mit seiner mageren Hand auf die Scheren, Kämme, Zangen, Tiegel und anderen Gerätschaften ringsum. »Beim Rutzer kann man Körper für die *Fleischeslust* kaufen! Frauenkörper, immer wieder neue. Hübschlerinnen gehen dort ein und aus und feiern sittenlose Feste! Obwohl es untersagt ist! Und der Rutzer streicht ihre Verdienste ein. Wisst Ihr davon?« Mit empört funkelnden Augen lehnte der Alte sich zurück.

»Ja«, antwortete Kreitfisch gedankenversunken. Die Worte des alten Mannes hatten an eine vergessene Erinnerung gerührt. Welche war es nur?

»Dass Huren dort ihre Dienste anbieten, ist kein Geheimnis. So, fertig! Ihr könnt aufstehen.«

Der Alte schien nicht erfreut, das Haus des Barbiers verlassen zu müssen, gerade jetzt, wo das Gespräch unterhaltsam wurde. Widerwillig rappelte er sich auf.

Kathrine erschien von nebenan und wischte sich die Hände an ihrer Schürze ab. »Ich bringe Euch hinaus, Väterchen Saessen«, sagte sie und hakte den alten Mann unter. Während sie ihn zur Tür führte, summte sie vor sich hin.

Kreitfisch richtete sich auf und streckte seine Glieder. Er hatte die ganze Zeit im Knien gearbeitet. Bedächtig wischte er sich die Finger an der Schürze ab.

Und plötzlich wusste er es.

***

Es klopfte, als Arnd Ebels beim Frühstück saß. Ärgerlich ließ er das Stück Brot sinken, in das er gerade hineinbeißen wollte. »Mach auf«, sagte er zu der Dienstmagd, die mit einem Krug in der Hand neben dem Tisch stand. Er sah ihr nach, als sie zur Haustür ging. Sie wurde langsam fett. Seine Frau ihm gegenüber griff wortlos nach einem Honigkuchen. Es knackte, als sie in das dünne harte Gebäck biss. Greve wurde ins Zimmer geführt.

»Neuigkeiten, Herr Ebels, es gibt Neuigkeiten«, verkündete der schmächtige junge Mann.

»Setzt Euch«, forderte Ebels ihn auf.

Seine Frau erhob sich. »Ich lasse euch allein«, sagte sie, noch bevor er sie darum bitten musste, und verließ den Raum.

Jorgen Greve ließ sich auf einem der vier Eichenstühle nieder; die ihm angebotenen Speisen lehnte er ab.

»Letzte Nacht hat man eine tote Hure vor dem Hamtor gefunden«, begann er. »Ich weiß es von Spickernagel, der neben mir wohnt. Erstochen wurde sie, auf grausame Art und Weise. Eine Hand hat man ihr abgehackt.«

Ebels kniff die Augen zusammen. »Wer ist die Frau?«

»Das weiß man nicht«, antwortete Greve. »Sie ist nicht von hier. Kreitfisch hat gesagt, sie käme ihm bekannt vor, ansonsten wusste niemand etwas.«

»Der dicke Knochenflicker war dabei? Das ist einer von Jordis' Leuten, wenn ich nicht irre. Gibt es Hinweise auf den Täter? Oder den Grund der Tat?«

»Soweit mir bekannt ist, nicht.«

»Sehr besorgniserregend.« Ebels klopfte langsam mit einem Bronzelöffel auf die Tischkante. Eine Weile sagten beide nichts. Nur das Schlagen des Löffels war zu hören.

»Was könnte denn …«, begann Greve, aber Ebels unterbrach ihn, indem er die Hand mit dem Löffel geräuschvoll auf den Tisch fallen ließ.

»Das war Hexerei«, folgerte er. »Es ist mit Hilfe des Teufels geschehen. Übeltaten können auch aus der Ferne vollbracht werden, das wurde andernorts bereits bewiesen. Die Hexen setzen ihre Übeltaten vom Kerker aus fort! Sie sind die Werkzeuge des Teufels, seine Dienerinnen, er verleiht ihnen diabolische Kräfte und befähigt sie zu unvorstellbaren Dingen. Sie haben die Hure auf dem Gewissen! Womöglich lesen sie verlorene Seelen auf, um den Leibhaftigen milde zu stimmen.«

Ebels sah Greve an, der seine Handflächen rasch aneinanderrieb, so als sei ihm kalt. »Dies ist ein neuer Anklagepunkt, Greve! Bis zum Scheiterhaufen ist es nicht mehr weit.«

Der magere junge Mann nickte, wirkte aber gleichzeitig beunruhigt. »Wenn sie auf diese Art zaubern können …«, sagte er, »Ich meine, wenn sie uns nun –«

»Greve!«, fiel Ebels ihm ins Wort. »Ihr seid kein von Gott abgefallenes Hurenmädchen, sondern ein redlicher Christenmensch. Gegen Euch kann das Böse nichts ausrichten. Betet für Euer Seelenheil, und es wird Euch kein Unheil geschehen. Der Teufel ist nur für die eine Gefahr, die gottlos und sündhaft ihr Dasein fristen. Zänkische Weiber sind es, die er sich zu Gespielinnen macht. Nicht redliche Männer wie Ihr.« Sein Schutzamulett erwähnte er nicht. Auch nicht die Tatsache, dass er den Frauen im Kerker wenn möglich nicht in die Augen sah.

»Danke, dass Ihr mir diese Nachricht überbracht habt«, setzte er hinzu. »Es wird unserer Sache dienlich sein. Wir sollten nun die anderen Mitglieder des Ausschusses über unsere Fortschritte in Kenntnis setzen. Wir müssen den Hexen das Handwerk legen, auf dass sie nicht noch mehr Schaden über Neuss bringen.«

***

Kreitfisch rieb sich die Stirn. Das Gesicht des fremden Mädchens fügte sich in ein schemenhaftes Bild, das rasch klarer wurde.

Kathrine trat in den Raum und sah ihn an. »Was ist los?«, fragte sie.

Er lehnte sich an einen schmalen Tisch, auf dem verschiedene Instrumente lagen.

»Erinnerst du dich an die Feier bei Ruscher, zu der ich gerufen wurde, weil ein paar Kerle sich geprügelt hatten? Die angebliche Hochzeit? Lauter Huren liefen herum, völlig betrunken, und es kam zu Schlägereien und Schlimmerem.«

Kathrine dachte nach und nickte. »Ja. Das ist eine Weile her. Einige kamen wegen Sittenverstoßes an den Kax und wurden dann der Stadt verwiesen.«

»Richtig. Ich habe die ganze Zeit darüber nachgedacht, warum mir das Gesicht der toten Hure letzte Nacht bekannt vorkam. Jetzt weiß ich es.«

»Ja?« Kathrine sah ihm gespannt ins Gesicht.

»Es war damals ein Mädchen dabei, das ihr sehr ähnlich sah. Sie hatte hellere Haare, ansonsten aber die gleichen Gesichtszüge. Vermutlich sind es Schwestern. Ich erinnere mich so gut, weil sich fünf Kerle gleichzeitig über sie hermachten und sehr grob wurden.« Bei der Erinnerung daran schüttelte Kreitfisch angewidert den Kopf. »Ich musste ihnen eins überbraten, damit sie aufhörten mit der Schweinerei. Ich hab einen Tisch auf sie draufgehauen.«

»Ich erinnere mich«, sagte Kathrine, »davon hast du erzählt. Gut, dass du dabei warst!«

»Das Mädchen war völlig aufgelöst, zitterte und heulte, Schmerzen hatte es auch.«

Kathrine sog Luft durch die Zähne, während ihr Mann fortfuhr: »Ich hab sie getröstet und ihre Wunden versorgt. Sie hat die ganze Zeit geredet und geweint. Ruscher, der Mistkerl, hat sich kein bisschen darum geschert. Wie hieß sie bloß noch? Sie kam, glaube ich, aus Köln.« Er hielt inne. Beide dachten nach.

»Ich glaube, sie hieß wie meine Schwester!«, entsann sich Kathrine.

»Anna?«

»Nein, die andere! Meine kleine Schwester!«

»Sibylla?«

»Genau! Sibylla hieß sie! Ich bin ganz sicher!«

»Gut«, nickte Kreitfisch. »Frau, du hast ein erstaunliches Gedächtnis!«

***

Augustin Jordis hatte den Vormittag in seiner Geschäftsstube zugebracht, ohne auf die Zeit zu achten. Ein Ziehen im Magen machte ihn darauf aufmerksam, dass es Zeit für das Mittagsmahl war. Klara hatte ihm einen Vorratstopf mit eingelegtem Hering und ein Brett mit Brot und Butter auf den Küchentisch gestellt, bevor sie in den Gemüsegarten am Zolltor gegangen war.

Er wollte sich gerade auf der Wandbank niederlassen, als die Haustür knarrte und das Scharren von Füßen im Flur zu vernehmen war. Unmittelbar darauf steckte Theil Kop seinen grauen Schopf zur Tür herein. Er berichtete, dass sich letzte Nacht vor den Toren der Stadt ein Hurenmord ereignet hatte, den der Hexenausschuss den Frauen im Blutturm als »Hexerei aus der Ferne« zur Last legte.

»Wie man hört, wird gar nicht erst nach anderen Verdächtigen gesucht«, schloss Theil.

Hexerei aus der Ferne! Jordis legte das Messer beiseite, mit dem er sich gerade Butter aufs Brot hatte streichen wollen. Ihm war die Lust darauf gründlich vergangen.

Sie mussten ihre Ermittlungen verstärken, Arnd Ebels hatte hiermit einen neuen, gewichtigen Anklagepunkt. Er bedankte sich bei Theil und schickte ihn hinaus, um in Ruhe nachdenken zu können. Es war ungünstig, dass ausgerechnet heute ein wichtiges Geschäft abzuwickeln war. Ein Edelmann aus Roermond würde ihn persönlich aufsuchen, er beabsichtigte, größere Mengen seines Weins aus der Rheinpfalz zu erwerben. Umso erleichterter war er, als wenig später Hennes Kreitfisch an die Tür klopfte, um von seiner Mitwirkung bei der Untersuchung des toten Freudenmädchens zu berichten – und von seinen verschwommenen Erinnerungen an dessen Schwester.

»Versucht, dieses Mädchen zu finden«, forderte Jordis ihn auf. »Alles, was wir über die Tote in Erfahrung bringen, kann von Bedeutung sein. »Wir müssen beweisen, dass es keine Hexerei war.«

***

Kreitfisch hätte lieber mit einem Schwein getanzt oder drei Quart Essig getrunken, als mit Drieß Ruscher zu sprechen, aber es blieb ihm nichts anderes übrig, wenn sie den Mord an der Hure aufklären wollten. Seit dem Gespräch mit Jordis war ihm bewusst, wie wichtig das für die beiden Frauen im Kerker war.

Also machte er sich auf, seinen ungeliebten Kollegen zu befragen. Den »bleichen Rutzer«, wie der alte Saessen ihn genannt hatte. Der Name gefiel Kreitfisch gut. Er passte vortrefflich!

Bevor er losging, trank er einen großen Krug Bier leer und schrubbte kräftig einen Bottich sauber, um die Kraft seiner Arme zu schwächen, damit sie Ruscher nicht wie von selbst seine hässlichen Ohren flach klopften oder ihn in anderer Form züchtigten. Obwohl der Mistkäfer es in jedem Fall verdient hätte!

Kreitfisch verließ sein Haus und wandte sich nach Westen. Die Pflastersteine der Stubengasse dampften in der Mittagshitze. Er machte einen Bogen um eine Abwasserpfütze und wich einer Schar Hühner aus, die sich um Essensreste im Rinnstein zankte. Nach wenigen Schritten hatte er sein Ziel erreicht. Er klopfte an die Tür von Ruschers Haus, in dem sich eine Mischung aus Badestube, Bierausschank und Handelskontor verbarg. Was hier alles gehandelt wurde, wollte er gar nicht wissen.

Während er wartete, musterte er die Tür. Im unteren Teil war das Holz gesplittert, als hätte jemand eine Axt hineingeschlagen. Ruschers Freunde schienen ihre Besuche auf seltsame Art kundzutun. Als ein mageres Mädchen mit starkem Hautausschlag öffnete, hob er den Kopf.

»Ruscher«, knurrte er. »Ist er da?«

Das dunkelhaarige Mädchen sah ihn einfältig an. Ihr Haar unter der Haube klebte fettig an der Stirn.

»Ob Ruscher da ist?«, wiederholte Kreitfisch.

»Er hat keine Zeit«, antwortete die Magd.

»Für mich schon«, sagte Kreitfisch und trat einfach an ihr vorbei in die Diele. Da er ungefähr das Dreifache ihres Gewichtes aufbrachte, musste er Gegenwehr nicht fürchten.

»Ihr könnt doch nicht …«, empörte sich das Mädchen.

»Doch«, antwortete er schlicht. »Kann ich! Sag Ruscher, dass Hennes Kreitfisch ihn zu sprechen wünscht.«

Das Mädchen schnaubte und verschwand wütend im hinteren Teil des Hauses, aus dem Stimmen und Gelächter drangen.

Wenig später erschien Drieß Ruscher. Sein farbloses Gesicht wirkte grimmig und abweisend.

Hatte er jemals anders ausgesehen?, fragte sich Kreitfisch. Breitbeinig stand er da, die Daumen in den Gürtel gehakt, und beobachtete, wie Ruscher auf ihn zukam.

»Was willst du?«, bellte der blasse Mann.

»Das muss nicht jeder hören«, erwiderte Kreitfisch. »Vielleicht hast du einen Nebenraum, in dem wir …«

Ruscher sah ihn böse an, während zwei Knechte an ihnen vorbeigingen und aus dem Haus traten, dann führte er ihn wortlos in einen kleinen Raum, in dem Schemel, Tische, Gefäße, Kerzenleuchter und andere Dinge gelagert wurden.

»Also?«, blaffte Ruscher, an eine aufgebockte Sitzbank gelehnt.

»Es geht um eine …«, Kreitfisch hielt kurz inne, um das folgende Wort in seiner Unglaubwürdigkeit zu betonen, »… *Hochzeitsfeier*, die letzten Winter bei dir abgehalten wurde. Du weißt schon, zu der einer deiner Knechte mich geholt hat, weil sich deine Gäste gegenseitig die Hände abhackten.« Er hob eine Hand und bewegte mit der anderen den herunterhängenden Daumen hin und her. »Leider waren einige Finger nicht mehr zu retten.«

»Kommt vor«, stieß Ruscher zwischen den Zähnen hervor. »Und?«

»Es waren auch ein paar Huren dabei. Ziemlich viele, um genau zu sein.«

Ruscher lachte schroff. »Freundinnen meiner Tochter«, widersprach er.

»Ach?«, fragte Kreitfisch spöttisch. »Du hast eine *Tochter*?« Er senkte die Stimme um eine Oktave. »Hören wir doch auf mit dem Gesülze! Du weißt genauso gut wie ich, dass es Huren waren, die du wer weiß wo aufgetrieben hast, damit sie deine Gäste bei Laune halten! Und du weißt auch, was mit Leuten geschieht, die öffentlich Unzucht betreiben.«

In diesem Augenblick wurde die Tür geöffnet, und die ausschlaggeplagte Magd schaute herein. Sie trug einen Holzeimer unter dem Arm. »Oh!«, rief sie aus. »Ich wollte nur …«

»Hau ab!«, herrschte Ruscher das Mädchen an. »Du kannst hier jetzt nicht rein! Aber es wird nicht mehr lange dauern«, fügte er mit einem boshaften Blick auf Kreitfisch hinzu.

Das Mädchen sah verwirrt von einem zum anderen, nickte hastig und schloss die Tür von außen.

»Die Luft wird mir hier zu schlecht«, nahm Kreitfisch das Gespräch wieder auf, »ich werde mich kurz fassen. Warum ich das hier wissen will, spielt keine Rolle. Es hat nichts mit dir zu tun. Es geht um ein Verbrechen. Gib mir die Auskünfte, die ich haben will, und ich lasse dich in Ruhe. Nun, bei dieser Feier, von der ich sprach, war ein Mädchen dabei, dem übel mitgespielt wurde. Lange hellbraune Haare, breites Gesicht, große dunkle Augen. Sibylla heißt sie, und sie stammt nicht aus Neuss. Ich muss wissen, wo ich sie finden kann.«

Ruscher sah verwirrt aus. Er schien Kreitfischs Worte erst in Zusammenhang bringen zu müssen. Was mit einem versoffenen Hirn wie dem seinigen sicher nicht einfach war. Kreitfisch klopfte sich mit den Fingern auf die Oberschenkel.

»Nun?«, fragte er.

Ruscher sagte nichts, sondern starrte verkniffen vor sich hin.

»Ich weiß nicht, wen du meinst«, stieß er schließlich hervor.

Kreitfisch seufzte. »Du musst die Mädchen doch irgendwo aufgetrieben haben. Woher kamen sie? Gibt es einen Mittler?«

Ruscher blickte zu Boden. »Dazu, ähm, kann ich nichts sagen. Ich weiß nicht, wen du meinst.«

Kreitfisch musterte sein Gegenüber eingehend. Ruscher sah plötzlich nicht mehr so lebendig und angriffslustig aus wie zuvor, sein Blick wirkte leer, sein Gesichtsausdruck stumpf.

»Halb Neuss weiß, dass bei dir regelmäßig gekuppelt wird. Und es muss Mittler geben. Du solltest noch einmal darüber nachdenken. Leben sind bedroht, auch deines womöglich.«

Zumindest durch mich, wenn du weiter so verstockt bist, fügte er in Gedanken hinzu. »Sollte ich nichts von dir hören, werde ich mich genötigt sehen, wiederzukommen. Sollte ich dann immer noch nichts von dir hören, werde ich dafür sorgen, dass dein Haus unter Beobachtung gestellt wird.«

Er ließ diese Drohung im Raum stehen, ging zur Tür und verließ das Haus. Er achtete darauf, die Tür möglichst laut zu schließen.

Auf der Straße stank es. Jemand hatte vor Kurzem Abfälle und Exkremente in die Gosse geschüttet. Seine geschulte Nase roch menschlichen Kot. Dünnschiss, um genau zu sein. Das passte zum Besitzer des Hauses. Wenn Ruscher den Mund aufmachte, kam auch nur Dünnschiss heraus.

Hennes Kreitfisch stapfte wütend die Straße entlang in Richtung seines Hauses.

Als er rasche Schritte hinter sich hörte, wandte er sich um, die Muskeln angespannt in der Erwartung, dass »der bleiche Rutzer« ihn im nächsten Augenblick anspringen würde.

Vor ihm stand die dunkelhaarige Magd mit dem verunstalteten Gesicht.

»Wartet, Herr!«, bat sie atemlos und sah sich um. »Er darf uns nicht sehen. Ich habe gelauscht, an der Tür. Was ich Euch sage, dürft Ihr nicht weitersagen, versprecht es!«

»Ich verspreche es«, sagte Kreitfisch. »Worum geht es?«

»Ich kann … Man darf uns nicht zusammen sehen!« Ängstlich blickte sie erneut über die Schulter. Von Hinterhoven kamen zwei Männer auf sie zu, die Lasten über der Schulter trugen.

»Zeig mir deinen Arm«, forderte Kreitfisch das Mädchen auf. »Tu so, als würdest du mit mir über eine Verletzung sprechen.«

Die Magd nickte. Mit fahrigen Bewegungen schob sie ihren rechten Ärmel hoch.

»Nun sprich«, bat Kreitfisch, während er ihren Ellbogen nahm und fachmännisch betastete.

»Ihr sucht eine Hübschlerin?«, fragte die junge Frau leise.

»Ja«, erwiderte Kreitfisch. »Weil sie womöglich in Gefahr ist und ich ihr helfen möchte. Wo hat Ruscher seine Mädchen her?« Er umfasste ihr Handgelenk und bewegte den Unterarm einige Male auf und ab, während die beiden Männer mit Säcken über der Schulter an ihnen vorbeigingen.

»Kreitfisch!«, grüßte einer.

Hennes Kreitfisch lächelte ihn an. »Armes Mädchen«, sagte er, in Richtung der Magd nickend, »ist vom Dachboden gefallen.«

»Eieiei«, erwiderte der Mann im Davongehen.

»Ihr dürft mich nicht verraten«, flehte das Mädchen. »Er würde mich umbringen.«

»Ich halte mein Versprechen«, erwiderte Kreitfisch.

Das Mädchen fuhr sich mit der Zunge über die Lippen. »Nun, viele sind Vagantinnen ohne festen Wohnsitz. Sie ziehen umher und schauen, was sich so bietet. Es gibt eine Schänke nördlich der Stadt, gleich an der Handelsstraße. Sie heißt Zum Schwarzen Wolf. Ihr solltet mit der Wirtin dort sprechen, Beel. Sie vermietet Kammern und vermittelt Mädchen an Leute wie Ruscher.«

Erschrocken fuhr sie herum, als hinter ihnen eine Tür knarrte. Eine alte Frau mit einem Krug in der Hand humpelte aus dem Haus nebenan und goss eine trübe Flüssigkeit in den Rinnstein.

Kreitfisch nickte bedächtig. »Gut.« Er ließ den Arm der Magd sinken. »Das kann hilfreich sein. Ich danke dir. Geh nun. Und pass auf dich auf.«

***

Kathrine wirkte an diesem Abend nicht so fröhlich wie üblich, stellte Kreitfisch fest. Sein sonst so munteres Weib hatte Schatten unter den Augen und redete nicht viel. Und was noch schlimmer war: Sie sang auch nicht. Dies konnte man als sicheres Zeichen dafür werten, dass es ihr schlecht ging, da sie für gewöhnlich vom ersten Hahnenschrei an bis zum Sonnenuntergang ein Lied auf den Lippen hatte.

»Es ist wegen des Mordes«, teilte sie ihm beim abendlichen Mahl mit, als er sie fragte, was sie bedrückte. »Weil man nicht weiß, wer's war und was er noch anrichten mag. Und … wegen der Frauen. Greitgen von gegenüber sagt, sie habe aus dem Blutturm Schreie gehört. Ob man die beiden foltert?«

»Ebels, dem Dreckskerl, ist alles zuzutrauen«, antwortete Kreitfisch. »Die nötigen Schuldbeweise wird er sich aus den Fingern saugen.«

Kathrine erwiderte nichts und erhob sich. Sie hatte versprochen, ihrer Schwester Anna, die sich beim Apfelpflücken die Hand gebrochen hatte, im Haushalt zu helfen.

»Ich mache mich auf den Weg«, sagte sie. »Du musst leider allein weiteressen.«

»Das ist nicht so schlimm«, entgegnete Kreitfisch und nahm sich das letzte Hühnerbein aus der Schüssel. Er lachte, biss hinein und beobachtete, wie sie ihren Umhang vom Haken nahm und zur Tür ging.

»Grüß schön!«, rief er ihr nach. Sie winkte und verschwand.

Kreitfisch knabberte an der knusprigen Hühnerhaut und kaute genüsslich. Später am Abend würden sie sich bei Jordis treffen, um die Neuigkeiten zu besprechen.

Er griff nach dem tönernen Handwaschgefäß, das in der Mitte des Tisches stand, und zog es an einem der beiden Griffe zu sich herüber. Noch immer kauend tunkte er seine fettigen Hände hinein. Kathrine hatte das Wasser vor dem Essen erwärmt, inzwischen war es jedoch erkaltet. Kreitfisch rieb das restliche Fett an seinem Kittel ab und trug das Geschirr in den Hof. Aus dem Regenfass an der Mauer schöpfte er Wasser und spülte es ab. Der Himmel verlor an Licht, es wurde nun jeden Tag merklich früher dunkel.

Zurück im Haus schloss Kreitfisch ein offenes Fenster im oberen Stock, deckte einen Rest Eintopf mit einem Tuch ab und säuberte einige der Instrumente, die er heute benutzt hatte, mit klarem Wasser. Als er gerade zwei Schröpfgläser zum Abtropfen auf den Tisch stellte, klopfte es an der Haustür. Kreitfisch schüttelte im Gehen seine nassen Hände und öffnete die Tür.

Davor stand, in einen zerschlissenen Umhang gehüllt, sein Kollege Straeten. In der Hand hielt er ein leuchtend rotes Tuch.

»Kann ich kurz reinkommen?«, fragte er mit einem müden Ausdruck auf seinem zerknitterten Gesicht.

»Ja. Ich habe zwar nicht viel Zeit, aber gewiss, komm herein.« Kreitfisch ließ die Tür los und ging voran in die Küche.

»Ich habe sie untersucht«, begann Straeten ohne Umschweife und ließ sich auf einen Schemel fallen. »Sie erwartete ein Kind.«

Kreitfisch stöhnte auf. Er ließ die Schultern sacken und schüttelte den Kopf.

»Die Schwangerschaft war noch nicht weit fortgeschritten. Dennoch. Schlimme Sache.« Straeten spielte mit dem Tuch in seiner Hand, knüllte es zusammen, dehnte es, strich mit den Daumen darüber und knüllte es wieder zusammen.

»Dieses Tuch hatte sie bei sich«, erklärte er und reichte Kreitfisch das weiche rote Stoffstück. »Ich kenn mich nicht aus, aber ich würde mal sagen, das ist teurer Stoff. Fühl nur. Ich schätze, den hat die Kleine irgendwo gestohlen.«

Kreitfisch strich über das Tuch, das eine viereckige Form hatte und leicht war wie eine Feder. Er erinnerte sich, letzte Nacht ein rotes Stoffstück unter der Schulter der toten Hübschlerin gesehen zu haben. »Ich frage Kathrine danach«, sagte er und steckte das Tuch in seine ausgebeulte Kitteltasche, »sie kennt sich mit Stoffen besser aus.«

»Ansonsten«, Straeten fuhr die unebene Tischkante mit dem Daumen nach. »Die schräg geführten Stiche haben sie getötet. An mehreren Stellen wurde das Messer gedreht, wir haben es hier mit einem äußerst grausamen Täter zu tun. Hinweise auf einen Beischlaf kurz vor dem Tod konnte ich nicht finden. Da waren nur … ältere Spuren. Nun, und die Hand … Nichts zu finden von der Hand. Keine Blutspuren im Umkreis. Sie muss da getötet worden sein, wo wir sie gefunden haben.« Er erhob sich und strich eine Strähne seines weißen Haares aus der Stirn. »Du hast zu tun, ich gehe wieder. Ich wollte dir nur Bescheid geben. Bei Spickernagel war ich schon, er schreibt jetzt seinen Bericht.«

Sie traten gemeinsam aus der Tür.

»Ich danke dir«, sagte Kreitfisch.

»Schon gut. Pass auf dich auf.« Straeten zog seinen Umhang vor der Brust zusammen und ging die dämmrige Gasse hinunter.

Kreitfisch schlug die andere Richtung ein. Der Abend war kühl. Als er um die Ecke des Marktes bog, wehte ihm ein kalter Wind entgegen.

Jordis und Jansen saßen bereits an dem runden honigfarbenen Tisch in Jordis' Geschäftsstube, als Kreitfisch eintrat.

»Ah! Unser lieber Barbier!«, begrüßte Jansen ihn.

»Setzt Euch«, bat der Hausherr. Klara trat an den Tisch und goss Wein aus einem Krug in niedrige runde Weingläser aus grünem Glas. »Herr Kreitfisch bekommt Bier«, wies Jordis sie an.

»Wenn's recht ist«, fügte der Barbier hinzu. Klara verschwand wortlos in der Küche und kehrte mit einem hübsch verzierten Becher aus Steinzeug zurück, den sie betont langsam vor Kreitfisch abstellte, so als wolle sie ihr Missfallen darüber zum Ausdruck bringen, dass im Hause eines Weinhändlers jemand Bier trank.

Während das Gerstengebräu schäumend eingeschenkt wurde, schlug Jordis seine Kladde auf und legte eine Schreibfeder bereit. In Kürze fasste er zusammen, was sich in den letzten Stunden ereignet hatte.

»Die Sache wird immer bedrohlicher«, schloss er. »Ebels und seine Kumpane schrecken auch vor den absonderlichsten Unterstellungen nicht zurück. Kreitfisch, wisst Ihr etwas Neues über die ermordete Hübschlerin?«

Kreitfisch berichtete zunächst von Straetens Besuch.

»Schwanger«, wiederholte Jansen. »Zwei Leben gleichzeitig ausgelöscht.«

Augustin Jordis drehte seinen Weinbecher in den Händen. »Natürlich wissen wir nicht, ob der Mord und die Entführung der Kinder zusammenhängen. Auffällig ist allerdings, dass es in allen drei Fällen um Kinder geht, auch wenn das arme Kind dieser Hübschlerin noch nicht geboren war … Es kann verschiedene Gründe für die Verbrechen geben, und sie müssen nicht unbedingt miteinander in Verbindung stehen. Aber ich persönlich sehe einen Zusammenhang: Es könnte sein, dass der Täter ein Mann ist, der die lebenden Beweise seines Ehebrechens zu beseitigen versucht.«

Rutger Jansen nickte. »Das wäre vorstellbar. Er sucht sich Liebschaften, er erfährt, dass er sie geschwängert hat, er räumt die Kinder aus dem Weg! So kann er unbehelligt weiterleben, und seine Frau ahnt nichts!« Er verschränkte die Arme und schnaubte bitter.

»So könnte es sein«, bestätigte Jordis. »Wir sollten also nach jemandem suchen, der verheiratet ist. Wie derjenige aussieht, können wir nur raten. Vielleicht hilft uns das weiter, was die Mägde vom Fetschereihof und die Marktfrau über den Mann gesagt haben, der häufig an Johannas Marktstand kam: groß, dunkelhaarig, gut aussehend, edel gekleidet, vielleicht ein Tuchhändler.«

Kreitfisch nippte an seinem Bier, bevor er einen Einwand machte: »Und warum lässt der Kerl die Mütter der Kinder am Leben? Die könnten ihn doch früher oder später verraten!«

»Hm.« Jordis überlegte. »Er vertraut auf ihre Schweigsamkeit. Vielleicht kennen sie seinen Namen auch nicht.«

»Und wenn der Mord aus einem ganz anderen Grund geschah?«, gab Kreitfisch zu bedenken. »Wenn beispielsweise Ruscher seine hässliche Hand im Spiel hat? Oder wenn wir den falschen Bettler verfolgt haben und es da doch jemanden gibt, der Kinder verkauft? Oder wenn es ganz anders war?«

Die anderen seufzten. Fragen über Fragen.

Kreitfisch beschloss, handfestere Dinge zur Sprache zu bringen, und schilderte seinen Besuch bei Ruscher und sein Gespräch mit dessen Magd.

»Nördlich der Stadt gibt es eine Schänke: Zum Schwarzen Wolf. Sie muss an der Furth liegen, noch vor der Zollstelle.«

»Kenne ich«, warf Jansen ein, »verrufene Gegend.«

»Steht dort nicht auch das Leprosenhaus?«, fragte Jordis, der sich von der Gegend nördlich der Stadtmauern lieber fernhielt.

»Nein, das liegt näher am Wasser, hinter dem Rheintor«, widersprach Jansen. »Die Häuser liegen an verschiedenen Straßen. Aber die Gestalten, die dort ein und aus gehen, sehen beinahe gleich aus.« Er verzog das Gesicht zu einer Grimasse und schüttelte sich. »Verzeiht«, sagte er dann an die anderen gewandt und vermutlich auch in stummer Abbitte an die Aussätzigen, die vor den Toren der Stadt in ihrem abgeschiedenen Haus auf ein schreckliches Ende warteten.

»Die Wirtin des Schwarzen Wolfs heißt Beel«, fuhr Kreitfisch fort. »Sie vermietet Kammern und vermittelt Hübschlerinnen.« Er lehnte sich zurück und machte ein grimmiges Gesicht. »Wir werden mit dieser reizenden Frau wohl mal sprechen müssen. Ich schlage vor, dass zwei von uns hingehen.«

Er sah seine Mitstreiter an. Für ihn stand fest, wer diese zwei sein würden. In einer verrufenen Schänke konnte sich nicht jeder unauffällig bewegen. Darüber hinaus sollte man unempfindlich sein gegenüber unflätigen Bemerkungen, zwielichtigen Gestalten und schmutzigen Bierkrügen. Er sah Jansen an, der ihm zuzwinkerte.

Es war schon spät, als sie sich voneinander verabschiedeten. Umso mehr wunderte sich Kreitfisch, dass hinter allen Fenstern Licht brannte, als er auf sein Haus zutrat.

»Hennes!«, rief Kathrine erleichtert, als er die Tür öffnete. »Es ist eingebrochen worden!« Sie lief auf ihn zu und warf sich in seine Arme. Ihre Augen waren rot geweint.

»Verflucht!« Kreitfisch sah sich um. Stühle waren umgekippt, Truhen aufgeklappt, Deckel geöffnet, Schubfächer aufgezogen. Er hätte gern einige Knoten in die Arme des Einbrechers gemacht.

»Oben auch?«, fragte er seine Frau.

Kathrine nickte. Sie zog die Nase hoch und eilte in die Küche, um Scherben vom Boden aufzulesen.

Kreitfisch ging missmutig durch alle Räume und sah nach, was zerstört oder gestohlen worden war. Das ganze Haus schien verwüstet, vermissen konnte er allerdings nichts. Sein Münzversteck im Nachttopf hatte der Dieb nicht gefunden, auch Kathrines Schmuckkästchen schien unangetastet.

»Er muss etwas gesucht haben«, vermutete Kathrine. »Aber was?«

»Wenn ich das wüsste«, erwiderte Kreitfisch.

Tag sieben. Samstag

Rutger Jansen war mit seinen Söhnen in der Werkstatt beschäftigt – er fertigte neue Schuhe für einen wohlhabenden Bierbrauer –, als Hennes Kreitfisch an die Haustür klopfte. Jansens Zweitjüngster kniete auf der Bank vor dem Fenster und spielte mit Lederstreifen. Er streckte seinen kleinen Kopf durchs Fenster, um hinaussehen zu können, und piepste:

»Da ist der dicke Mann.«

Jansen ging selbst zur Tür. Er hatte so ein Gefühl. An der Art, wie Kreitfisch seinen schweren Körper am Türstock abstützte, konnte er sehen, dass etwas nicht stimmte. Seine Augen waren dunkler als sonst. Jansen hob fragend das Kinn.

»Man hat das Kiver-Kind gefunden«, sagte der Barbier leise. Dass man es nicht lebend gefunden hatte, war müßig zu erwähnen.

»Verdammt«, fluchte Jansen. »Komm rein.«

Sie gingen zum großen Tisch in der Küche. Nachdem Jansen ein paar Kinder aus dem Raum gescheucht hatte, berichtete Kreitfisch.

Ein Händler hatte das tote Kind gestern Nachmittag an der Böschung der alten Römerstraße entdeckt, die von Neuss nach Xanten führte, weit außerhalb der Stadtmauern. Es war in ein Tuch eingewickelt. Im Laufe des Abends hatte man herausgefunden, wer die Eltern waren, und es ihnen überbracht. Ein Amtmann hatte für den nächsten Morgen eine Untersuchung angeordnet, zu der auch Hennes beordert worden war.

»Es sah krank aus. Mager, blass, belegte Zunge, roter Rachen.« Hennes Kreitfisch wischte sich mit dem Handrücken die Nase. »Es könnte ein natürlicher Tod gewesen sein. Noch nicht lange her, vielleicht ein paar Stunden, bevor man es fand. Es gab ein paar blaue Flecken«, er fasste sich an den Oberarm, »hier und hier, aber sonst … keine Zeichen von Gewalt. Ich glaube, der Kleine hatte die Schwindsucht.«

Kreitfisch saß zusammengesunken da und starrte trübsinnig vor sich hin. Beide Männer hingen ihren Gedanken nach.

»Was mich allerdings wundert …«, sagte Jansen nach einer Weile, »Selbst wenn es nicht an der Schwindsucht starb, sondern getötet wurde: Es ist etliche Tage her, dass es verschwand. Irgendjemand muss es versorgt haben. Wir sind bisher davon ausgegangen, dass die Kinder entführt wurden, um sie zu beseitigen. Aber warum sollte jemand damit so lange warten? Es sieht so aus, als habe man es am Leben lassen wollen, zumindest für eine Weile.«

»Das verstehe, wer will«, murmelte Kreitfisch. »Für eine Erpressung hätte er sich eine reichere Familie aussuchen müssen als die Kivers.«

Er sah mitgenommen aus. Hatte wohl zu viele Leichen gesehen in letzter Zeit.

Jansen humpelte zur Anrichte und ergriff den Branntweinkrug. Er goss ihnen beiden einen ordentlichen Schluck ein. Schweigend reichte er Kreitfisch den Becher. Der Barbier kippte das Getränk hinunter wie Wasser. Jansen wartete auf das übliche »Aah!« und das Aufstoßen, aber es kam nichts.

»Weiß Jordis schon Bescheid?«, fragte er.

Kreitfisch nickte. »Er hat sich dasselbe gefragt wie du. Und er hat gesagt, vielleicht war es nicht das letzte Kind, das verschwindet.«

Sie sahen sich an, und Jansen griff noch einmal nach dem Branntweinkrug.

Später machte Jansen sich auf den Weg zu einem Bekannten, um sich nach dem Schustergesellen zu erkundigen, mit dem Johanna Kloeren auf dem Markt gesprochen hatte, bevor er umgezogen war. Bei seiner Erwähnung hatte sie sich aufgeregt gezeigt, vielleicht steckte mehr dahinter als eine bloße Marktbekanntschaft.

Sein Bekannter war ein alter Knochen, der jeden Schuster im Burgbann kannte und nach eigener Aussage schon im Mutterleib angefangen hatte, Schuhe zu fertigen.

Den großen dünnen Jungen namens Jan kannte er natürlich. Er bestätigte, dass dieser vor Kurzem aus Neuss weggezogen war – wie Johanna es gesagt hatte.

»Er arbeitete bei seinem Vater in der Werkstatt«, erklärte er.

»Der Vater ist ein strenger, aber ehrenwerter Mann. Du wirst ihn kennen, Rutger, es ist Clemens Poill.«

Jansen erinnerte sich an Poill, einen groß gewachsenen, dunklen, schweigsamen Mann. Er hatte am anderen Ende der Stadt gewohnt. Clemens Poill. Jan Poill.

Er erfuhr von seinem Bekannten, dass Jan in letzter Zeit verschlossen gewirkt hatte und gleichzeitig wie von einem inneren Feuer getrieben.

»Der Junge hatte andauernd rote Ohren, das fiel mir auf«, sagte der Alte. »Halte mich für dämlich, aber wenn das kein Zeichen von inwendiger Glut ist!«

Hilfreicher als das Wissen um die roten Ohren fand Jansen den Hinweis, wohin Clemens Poill mit Frau und fünf Kindern gezogen war, nämlich nach Latum im Kirchspiel Lank. Sie hatten dort die Werkstatt von Poills verstorbenem Vater übernommen.

Latum war nicht weit. Die Strecke würde sein Pferd in drei Stunden bewältigen, selbst wenn es auf einem Bein sprang.

Jansen ging kurz bei Augustin Jordis vorbei, traf ihn aber nicht an. Er sei unten am Hafen, teilte die Dienstmagd ihm mit, wegen einer Weinlieferung aus ... Er wusste mit dem absonderlichen französischen Namen nichts anzufangen. Nun gut, dann würde er sich später mit dem Buckligen unterhalten.

Für ihn stand als Nächstes die Fahrt zum Schwarzen Wolf an, um die Schwester der ermordeten Hübschlerin zu suchen. Nach der traurigen Nachricht über den kleinen Kiver war ihm zwar nicht nach Schänkenbesuchen zumute, doch sie mussten weiterkommen. Es gab noch ein Kind, das vermisst wurde, und es gab die beiden unschuldigen Frauen unten im Blutturm.

Beim Mittagsmahl mit seiner Familie besserte sich seine Stimmung. Der Husten seiner Jüngsten hatte nachgelassen, ihre Wangen waren wieder rosig. Sein Ältester würde bald zu Verwandten nach Köln gehen, um dort für ein Jahr zu arbeiten. Ursula hatte sich in einen Jungen aus der Nachbarschaft verliebt und kicherte unentwegt vor sich hin.

Kinder wurden größer und gingen ihren Weg, und das war gut so. Ihm fiel ein Segensspruch ein, den er kürzlich von einem fahrenden Händler gehört hatte. Er kam von den Britischen Inseln:

*»Sonnig möge euer Leben sein und lange währen.
Mögen eure Seelen nicht eher heimgehen,
bis sich eure Kinder verliebt haben.«*

Das gefiel ihm. Er hatte allerdings nicht vor, seine Seele in naher Zukunft heimgehen zu lassen, auch wenn seine kleine Ursula in Liebe zu diesem Segelohrenburschen von nebenan entbrannt war. Nun ja. Eigentlich war der Junge recht wohlgeraten. Er würde ihn näher in Augenschein nehmen, wenn die Zeit gekommen war. Jetzt hatte er anderes zu tun. Zunächst musste er seinen Kittel wechseln, seine Tochter Cäcilie hatte ihn versehentlich mit Suppe bekleckert.

In der Schlafkammer zog Jansen sich um und machte sich frisch. Er befeuchtete einen kleinen Lappen mit Wasser und tunkte ihn in einen Tontopf, der eine Mischung aus Salz und Alaun enthielt. Mit ruhiger Hand rieb er seine Zähne sauber und spülte mit einem leichten Wein nach. Wenn er das beibehielt, würde – mit etwas Glück – seine Zahnlücke oben rechts die einzige bleiben, bis der Herr ihn tatsächlich heimholte. Zumindest hatte der Dicke das behauptet. Und Kreitfisch musste es wissen, schließlich setzte er tagaus, tagein seine Zange an faulen Zähnen an.

Jansen verdankte die Zahnlücke den Burgundern. Genau wie den Verlust seines linken Unterschenkels, den er liebend gern gegen ein paar Zähne eingetauscht hätte.

Es war lange her.

Die Träume waren selten geworden. Die dunklen Träume vom Oktober 1474, aus denen er schweißgebadet und schwer atmend erwachte. Die seinen Kopf mit Bildern von Blut und schreienden Gesichtern überschwemmten. Der letzte lag lange zurück. Er war stiller gewesen als sonst, ohne wilde Bewegung und ohne das schrille Klirren der Waffen. In seinem stillen Traum war er vogelgleich über ein nebliges Schlachtfeld geflogen. Unter ihm lagen Leichen neben- und übereinander. Von irgendwoher tropfte es. Blut tropfte in sein Gedächtnis. Er war aufgewacht und hatte festgestellt, dass es regnete, und wie immer breitete sich Erleichterung in ihm aus wie eine warme Flüssigkeit.

Er war froh, dass die Träume selten geworden waren.

Und nun fort mit den düsteren Gedanken! Er musste sich fertig machen. Kreitfisch wartete womöglich schon auf ihn.

Jansen humpelte die Treppe hinunter, um Lises mitzuteilen, wohin er fuhr. Sie saß mit den größeren Mädchen in der Küche um einen Holzzuber mit warmem Wasser. Als er eintrat, umwölkte ihn der übliche feuchtschwere Geruch von Buchenaschenlauge. Lises saß mit erhitzten Wangen über ein Waschbrett gebeugt und rieb ein schaumiges Tuch auf und nieder. Jansen wandte den Blick ab. Das war Frauensache.

»Ich fahre mit Kreitfisch zur Furth«, sagte er. »Wir müssen etwas herausfinden. Wartet nicht mit dem Essen auf mich.«

***

»Wahrlich eine üble Spelunke«, stellte Jansen fest und betrachtete die Fassade des Schwarzen Wolfes: die schiefen Wände, die verwitterten Fensterläden und die morschen Dachbalken. All das wirkte nicht gerade einladend.

Hennes Kreitfisch nickte bestätigend. »Das Haus ist sogar noch älter als *du*.«

Jansen sah ihn strafend an. »Wenn ich dich in den Hintern treten könnte, würde ich es machen.«

»Siehst du.« Kreitfisch grinste. »Das ist der Grund, warum ich mich gern mit Einbeinigen umgebe!«

»Haha«, knurrte Jansen. »Du bist auch nicht mehr das frischeste Blümlein auf dem Felde, Kreitfisch.«

Er sah sich aufmerksam um und deutete auf den lehmigen Vorplatz und einen kleinen Stall. Durch die offene Tür sahen sie einen schmächtigen Mann gelangweilt Heu in eine Raufe füllen.

»Trotz allem scheint's hier voll zu sein. Sieh nur: Pferde, Fuhrwerke, ein Handkarren … was der Hühnerkäfig da macht, weiß ich nicht. He da!«, rief er dem Mann zu und führte sein Pferd humpelnd in Richtung Stall. »Wieso steht da ein Hühnerkäfig? Mein Pferd verabscheut Hühner!«

»Weiß nich«, nuschelte der Mann. »Wollt wohl jemand 'n Bier trink'n. Wird wohl gleich komm' und d'n Käfig hol'n.«

»Schon gut«, winkte Jansen ab. »Hier hast du zwei Heller, ich erwarte, dass du mein Pferd trefflich versorgst. Halt ihm die Hühner vom Hals. Wir kommen gleich wieder, wir bleiben nicht über Nacht.«

»Mach ich«, sagte der kleine Mann, nahm den Braunen am Zügel und zog ihn hinter sich her zu einem Wassertrog neben der Stalltür. »Wie is Euer Name?«, fragte er im Weggehen.

»Walter Nagelschmidt«, rief Jansen ihm nach.

Kreitfisch, der auf der Eingangsstufe des Wirtshauses saß und wartete, sah ihm feixend entgegen.

»Komm, Walter«, sagte er, »ich bin durstig.«

Jansen fragte sich, warum die Tür zwei Flügel hatte, zudem noch recht breite, wie bei einem Kirchenportal. Vielleicht damit man betrunkene Gäste besser hinaustragen konnte.

Ein Gewirr von Stimmen schlug ihnen entgegen, als sie das Wirtshaus betraten, vermischt mit einem beständigen Scheppern, Knarren und Klopfen. Der niedrige rußgeschwärzte Raum erstreckte sich über die ganze Länge des Hauses. Im mittleren Teil befand sich ein Ausschank. Rauch strömte von einer Feuerstelle aus über die Köpfe der Gäste hinweg. Es roch nach Schweiß und Suppe.

Kreitfisch wunderte sich über die vielen Zecher, die um ein paar wuchtige Tische herum saßen oder an Stützbalken und Wänden lehnten. »Wo kommen die alle her?«

»Scheint eine günstige Lage zu sein«, meinte Jansen. »Die große Handelsstraße nach Norden. Viel Volk unterwegs.«

Einige wenige Gesichter kannte Jansen, die meisten waren ihm unbekannt. Viele sahen zwielichtig aus; dunkle, abgerissene Figuren mit umschattetem Blick.

»Ich hole uns was Flüssiges!« Kreitfisch machte sich auf den Weg zum Ausschank.

Jansen setzte sich auf eine Bank neben einen kräftigen Mann in fleckiger Kleidung, der gierig eine große Schale Eintopf löffelte. Er sah kurz auf, wischte sich einen Tropfen vom Doppelkinn und aß weiter.

Am Nebentisch wurde gewürfelt. Drei Knechte mit verfilzten Haaren ließen einen Knobelbecher kreisen und brachen alle paar Atemzüge in Gelächter oder Geschrei aus.

Kreitfisch kehrte mit zwei Humpen Bier zurück. Zwei hagere Gestalten, die an einer Wand saßen, sahen ihm nach. Ein junger Mann mit kahlem Schädel, der ihm entgegenkam, nickte ihm freundlich zu.

»Ist der Kahle da ein Opfer von dir?«, fragte Jansen, als Kreitfisch sich gesetzt hatte. »Wieso grinst der dich noch an, wenn du ihm alle Haare genommen hast?«

Der Barbier drehte sich nach dem Burschen um, der sich an einen Tisch neben der Eingangstür gesetzt hatte.

»Keine Ahnung«, sagte er. Jansen stellte fest, dass er – seiner Körperfülle entsprechend – riesige Schweißränder unter den Achseln hatte. »Ich kenne ihn, aber ich weiß nicht, woher. Kann mir auch nicht alles merken! Wohlsein!«

Er schlürfte an seinem Bier, bevor er weitersprach.

»Also, am Ausschank steht eine, die könnte diese Beel sein. Großes Weibsbild, hässlich wie die Nacht, und guckt *so.*« Er verdrehte die Augen zu einem Schielen.

»Allerliebst! Na dann. Lass uns zu ihr gehen«, sagte Jansen. Sie schütteten ihr Bier hinunter und begaben sich zum Ausschank.

Kreitfischs Beschreibung der Wirtin am Zapfhahn war zutreffend. Jansen gelangte mit einem einzigen Blick zu der Erkenntnis, dass er mit dieser Frau niemals allein in einem Raum verweilen wollte. Sie war gut einen Kopf größer als er, hatte große Hände, breite Schultern und ein eckiges Gesicht. Der Ausschnitt ihres Kittels war so weit, dass man, ob man wollte oder nicht, ein Gutteil ihrer großen, schlaffen Brüste sehen konnte.

»Noch eins?«, fragte sie mit lauter Stimme. Sie schien es gewohnt zu sein, über einen hohen Lärmpegel hinwegzuschreien.

»Gern«, antwortete Jansen. »Sagt einmal: Ihr kennt nicht zufällig eine gewisse Beel?«

»Bin ich selbst. Warum?«

»Ihr wurdet uns empfohlen.«

»Ach nee!« Sie lachte schroff. »Und?«

»Mein Freund hier und ich brauchen eine Unterkunft. Wir sind Töpfer auf dem Weg nach Süden, mein Name ist Nagelschmidt.«

»Macht drei Weißpfennige für eine Nacht. Sechs Betten. Wasser und Abtritt im Hof«, erklärte sie, ohne aufzusehen, während ihre großen roten Hände unentwegt Becher mit Bier füllten.

»Das klingt vielversprechend«, bemerkte Kreitfisch.

»Noch besser würde es uns gefallen, wenn Ihr vielleicht ein Mädchen hättet, das uns den Rücken wäscht«, fügte Jansen bedächtig hinzu.

Beel lachte laut auf. »Den Rücken wäscht! Nein. Solche Mädchen habe ich nicht.«

»Seid Ihr sicher?« Jansen fischte vorsichtig in seinem Geldbeutel nach den Münzen, die Jordis ihnen mitgegeben hatte. »Das löst die Zunge besser als Wein«, hatte er gesagt.

Er streckte ihr die Hand entgegen, ließ das Geld kurz aufblitzen und schloss seine Faust wieder darum.

Beel schnaubte spöttisch. »Nee. Solche Mädchen habe ich nicht.«

Jansen fügte dem Schatz in seiner Hand noch zwei Münzen hinzu und zwinkerte Beel zu.

Sie schien zu überlegen. Nachdem sie den Gästen hinter ihnen einen Schwung Bierkrüge gereicht hatte, sagte sie:

»Erst das Geld. Dann könnte ich schauen, ob ich nicht doch ein Mädchen finde, das Euch den Rücken wäscht.«

Jansen ließ die Münzen unauffällig in seinen leeren Becher gleiten und schob ihn ihr über den Tresen.

»Kommt mit!« Beel ging ihnen voraus in den hinteren Teil des Raumes, der im Dunkeln lag. Eine steile Treppe führte von dort aus in den oberen Stock.

Auf der untersten Stufe saß eine junge Frau mit wirrem rotem Haar, hatte den Kopf ans Geländer gelehnt und schnarchte. Beel verpasste ihr im Vorbeigehen einen Fußtritt. Oben angekommen, wandte sie sich nach links und führte sie in einen niedrigen Raum, in dem mehrere schmale Pritschen in zwei unordentlichen Reihen standen. Der Lehmverputz der Wand war teilweise abgebröckelt, der Dielenboden schmutzig. Die Fensterläden mit tiefen Rissen in der Maserung standen halb offen und dämmten das Tageslicht.

»Zahlbar im Voraus, Pferdestall gesondert, wenn Ihr während der Nacht versterbt, wird Eure Habe dreißig Tage aufbewahrt und fällt dann ans Haus«, leierte sie herunter. »Noch Fragen?«

»Nein, alles prächtig«, entgegnete Jansen. »Wenn Ihr nun noch nach einem Mädchen Ausschau halten würdet ... Verdammter Mist! Wo ist mein Geld?«

Er tastete nach seinem Geldbeutel und sah Kreitfisch fragend an. »Eben hatte ich ihn doch noch!«

»Tja«, machte Beel, während sie mit den Fingern an einem der ihr verbliebenen Zähne herumtastete, »kein Geld, kein Zimmer.«

»Da waren zwei dürre Kerle, die uns beobachtet haben ...«, erinnerte sich Kreitfisch. Er rannte aus dem Raum und polterte die Treppe hinunter. Wenig später kehrte er zurück und sagte: »Nichts. Sie sind weg.«

Jansen fluchte. »Wie konnte mir das passieren?«, zischte er durch die Zähne.

»Wir können es nicht ändern.« Kreitfisch wühlte in seiner Gürteltasche nach Geld und schüttelte den Kopf. »Reicht nicht«, stellte er fest.

Jansen schlug vor Wut mit der Faust gegen die Wand. »Da lasse ich mir das Geld abnehmen wie ein Frischling! Nicht zu fassen!«

»Diese Kerle sind flink«, versuchte Kreitfisch ihn zu beruhigen. »Die machen das den ganzen Tag. Wahrscheinlich haben sie dir den Beutel einfach abgeschnitten.«

»Trotzdem«, ärgerte sich Jansen.

Beel hielt ihnen auffordernd die Tür auf. »Na dann. Wenn ich die Herren wieder nach unten bitten dürfte. Wir sind kein Armenhaus hier.«

»Ist schon gut«, murrte Jansen und humpelte an ihr vorbei in das dämmrige Treppenhaus. Das Geländer knarrte verdächtig, als er sich beim Hinuntergehen darauf stützte.

»Womöglich könnt Ihr uns dennoch weiterhelfen«, wandte er sich an Beel. »Wir suchen ein Mädchen, das ...«

Die Wirtin ließ ein verächtliches Schnauben hören. »Vergesst es. Kein Geld, kein Zimmer, kein Mädchen, so einfach ist das. Ihr wisst, wo die Tür ist.«

Grob zerrte sie das rothaarige Mädchen, das immer noch schlafend auf der untersten Stufe saß, auf die Füße. »Was sitzt du hier rum?«, schalt sie. »An die Arbeit mit dir!« Ohne sich noch einmal umzublicken, bahnte sie sich ihren Weg zurück zum Ausschank.

Jansen warf einen vorsichtigen Blick auf die Rothaarige, die mit offenem Mund gähnend an der Wand lehnte und sich am Kopf kratzte.

»Wir tun dir nichts«, sagte er leise zu ihr. »Wir sind auf der Suche nach einer Freundin von dir, die in Gefahr ist.«

Das Mädchen sah ihn mit gerunzelter Stirn an. Ihre Augen blickten groß und glasig aus einem blassen Gesicht.

»Rutger«, warnte Kreitfisch mit einem Kopfnicken in Richtung Beel, »sie sieht zu uns herüber.«

»Die, die wir suchen, heißt Sibylla«, fuhr Jansen fort und sah das rothaarige Mädchen eindringlich an. »Wenn du uns sagen kannst, wo sie ...«

»Lass es!«, rief Kreitfisch. »Beel hat irgendwelche Kerle gerufen. Da kommen sie.«

Jansen folgte dem Blick seines Freundes und sah drei große, kräftige Männer auf sich zustürmen. Er wandte sich noch einmal an die junge Frau.

Stumm schüttelte sie den Kopf.

Einer von Beels Schergen schrie das Mädchen an, es solle verschwinden. Er trug einen Knüppel bei sich, den er Kreitfisch unsanft in die Kniekehlen schlug.

»Raus!«, knurrte ein anderer. »Ab mit Euch!«

Sie fühlten sich am Arm gepackt und grob aus der Hintertür gestoßen.

»He! Was soll das, ihr Rübenschädel?«, rief Jansen. Er wusste, dass es klüger wäre, sich nicht zu widersetzen. Seine Wortwahl war auch nicht gerade gesundheitsfördernd. Doch duldsame Untätigkeit lag ihm nicht. Und feine Worte ebenso wenig, zumindest nicht angesichts dieser belämmerten Volltrottel.

»Wir haben nichts verbrochen, ihr Schafsköttel, wir wollten nur freundlich sein!«

Anstelle einer Antwort erhielt er einen Tritt in die Seite, der ihn hintenüber warf.

Kreitfisch war vernünftiger als er. Er starrte die Männer wütend an, kniff die Augen zusammen und schürzte die Lippen, aber er sagte nichts, während er neben Jansen niederkniete, um ihm aufzuhelfen.

Die drei Schläger lachten gehässig und gingen zurück ins Haus. »Lasst Euch hier nie wieder blicken!«, brüllte einer von ihnen, bevor die Tür zuschlug.

»Was für Misthaken!«, schimpfte Jansen. »Was fällt denen ein?«

»Haben sie dich verletzt?«, fragte Kreitfisch.

»Nein, schon gut«, knurrte Jansen und klopfte sich den Staub von den Kleidern. »Schwächlinge! Am liebsten würde ich wieder reingehen und denen ordentlich eins …«

»Nein«, sagte Kreitfisch. »Das hat keinen Sinn. Es sind zu viele. Wir kommen hier heute nicht weiter.« Er reichte Jansen seinen Stock.

In diesem Moment trat der junge Mann mit dem kahlen Schädel auf sie zu, der ihnen schon in der Schänke aufgefallen war. Er schien unter einer Eiche auf sie gewartet zu haben.

Er war groß und kräftig, seine Haut dunkel von langen Wanderungen unter freiem Himmel, die Lederstiefel staubig und zerschlissen. Sein Haar musste ihn aufgrund einer Krankheit im Stich gelassen haben, am Alter konnte es kaum liegen. Beim Lächeln zeigte er eine Reihe weißer, leicht schief stehender Zähne. Sein auffälligstes Merkmal war eine Lederhaube am linken Arm, die dort saß, wo früher einmal seine Hand gewesen war.

»Erinnert Ihr Euch?«, wandte er sich an Kreitfisch. Er hob seinen Armstumpf. »Ihr habt mein Leben gerettet, nachdem mich ein Hund angefallen hatte.«

»Jaaa.« Auf Kreitfischs Gesicht spiegelte sich die zurückkehrende Erinnerung. »Ein Wolf wohl eher.«

»Bösartiges Vieh«, erwiderte der Kahlköpfige. »Ohne Euch wäre ich am Wundbrand verreckt. Heute ergibt sich unverhofft die Gelegenheit, Euch Dank zu zollen.«

»Ach!«, machte Kreitfisch und hob die Brauen. »Und wie?«

Der junge Mann nickte in Richtung Schänke. »Da drin waren vorhin zwei Männer, dürre, hässliche Kerle. Sie haben Euch bestohlen.«

»Ihr habt es gesehen?«, fragte Jansen.

»Nicht nur das.« Der Einhändige griff in seinen Umhang und brachte Jansens Geldbeutel zum Vorschein. »Ich preise mich ungern selbst, aber man muss wohl sagen: Ich bin der bessere Dieb! Die beiden sind dumm wie Stroh. Die werden erst hinter der Furth merken, dass ein Teil ihrer Beute fehlt.« Er grinste und drückte Jansen den vermissten Geldbeutel in die Hand.

Der zählte die Münzen nach, nickte und sagte: »Ich danke Euch.«

»Keine Ursache. Kann ich sonst noch etwas für Euch tun? Ihr scheint Ärger zu haben. Ich sah, wie die drei Ochsenköpfe Euch rauswarfen.«

Jansen blickte dem jungen Mann in die dunklen, wimpernlosen Augen und überlegte, ob er jemandem trauen konnte, der ein Dieb war. Ein rechtschaffener Dieb allerdings, falls es so etwas überhaupt gab, immerhin hatte er die richtigen Leute bestohlen.

»Nun, wenn Ihr Euch auskennt«, begann er, »dann kennt Ihr vielleicht auch die Huren aus dem Schwarzen Wolf.«

Der Einhändige lachte zweideutig. Jansen fuhr fort.

»Wir suchen eine von ihnen. Nicht um der Unzucht willen! Es geht um ein Verbrechen, bei dessen Aufklärung wir helfen, den Mord an einer Hure in Neuss.«

»Davon habe ich gehört«, entgegnete der junge Mann. »Wen sucht Ihr?«

Kreitfisch strich über seine schmerzende Kniekehle und begann: »Die Schwester der Toten. Wenn ich mich recht entsinne, heißt sie Sibylla. Jung, breite Wangenknochen, große dunkle Augen, langes braunes Haar, schmaler Körper.«

Der Kahlkopf dachte nach und sagte schließlich: »Ja. Sibylla. Ihre Schwester hieß ... Augenblick, nein, es fällt mir nicht ein. Aber Sibylla kenne ich. Die hab ich allerdings lange nicht mehr gesehen. Wartet, ich frage nach.« Pfeifend ging er davon und verschwand im Wirtshaus.

»Seltsamer Vogel«, meinte Jansen. »Recht zwielichtig. Trotzdem hat er etwas Gewinnendes an sich. Was war das für eine Geschichte mit dem Wolf?«

»Das war drüben in Kaarst, vorigen Winter. Ein Wolf ging um, ein wahres Ungetüm. Ich habe ihn selbst nicht gesehen, aber wer von ihm sprach, hatte kalte Furcht in den Augen. Das Biest drang in den Ort ein und fiel ein Kind an. Dieser Bursche«, er deutete zum Wirtshaus hinüber, »hat sich dazwischengeworfen. Angeblich hat er dem Wolf ein Auge ausgestochen, dafür musste seine Hand dran glauben. Ich war nicht dabei, ich saß bei meiner Schwester zum Festmahl. Jemand aus der Nachbarschaft hatte ihm die Hand verbunden, aber es bildete sich Wundbrand. Als ich dazukam, knisterte die Wunde bereits, du weißt schon, dieses tödliche Geräusch. Er hat es nur knapp überlebt.«

»Und der Wolf?«

»Ist wieder zurück in den Wald. Ich habe seitdem nichts mehr über ihn gehört.«

Zusammen mit einigen anderen Gästen, die schwankend auf den Stall zugingen, kam der Kahlköpfige aus dem Schwarzen Wolf. Jansen dachte, dass der Name der Spelunke auf eine seltsame Art zu ihm passte.

»Sibylla taucht hier nicht mehr auf«, verkündete er. »Sie ist von einem Tag auf den anderen verschwunden. Niemand weiß, wohin. Ist gegangen, ohne sich zu verabschieden.«

»Merkwürdig«, murmelte Jansen.

»Wie finden wir sie jetzt?«, fragte Kreitfisch ratlos.

»Ich werde mich umhören«, versprach der Einhändige. »Ich erfahre vieles. Manches davon würde ich lieber nicht erfahren, offen gestanden. Die Wanderschaft hat ihre Vor- und Nachteile. Wenn ich Sibylla finde, lasse ich Euch eine Nachricht zukommen. Ach, und ich weiß den Namen der Schwester wieder: Elsa. Schlimme Sache, der Mord. Und nun entschuldigt mich, ich muss weiter.«

Er schulterte einen schweren Beutel, der ein Stück entfernt unter der Eiche gelegen hatte. »Ich habe noch ein paar Ortschaften vor mir.«

Jansen wies auf das Gepäck des Einhändigen.

»Was ist das, womit handelt Ihr?«

Der junge Mann grinste und ließ den Inhalt des Beutels klappern. Mit der gesunden Hand schlug er eine Seite der Lederweste zurück, die er unter seinem Umhang trug, und offenbarte zahlreiche winzige, reihenweise aufgenähte Taschen, in denen einzelne kleine Knochen steckten.

»Ich bin Reliquienhändler. Im Angebot habe ich heute Antonius den Großen und den heiligen Cornelius. Echte Fingerknochen!«

Kreitfisch schnaubte und schüttelte den Kopf. »Die könnt Ihr aber nur alten Mütterchen aufschwatzen, deren Augen schon getrübt sind. Ich sehe doch von hier aus, dass es Hühnerknochen sind!«

»Der Glaube allein wirkt Wunder«, erwiderte der Kahlköpfige leichthin. »Es ist ein einträgliches Geschäft. Nicht ganz statthaft, aber damit kann ich leben. Ein paar echte Menschenknochen habe ich übrigens auch dabei, für alle Fälle.«

»Und wo findet Ihr die?«, wollte Jansen wissen.

»Ich grabe hier, ich grabe dort«, entgegnete der junge Mann unbekümmert. Er bückte sich, um den Sitz eines Stiefels zu überprüfen.

»Es soll Händler geben, die dem Dahinscheiden schon mal nachhelfen, um an frische Knochen zu gelangen«, sagte Kreitfisch.

»Ja«, sagte der Einhändige, während er behände wieder auf die Beine kam. »In meinem Geschäft gibt es tatsächlich noch fragwürdigere Gestalten als mich, kaum zu glauben!« Er lachte. »Ratet, was neuerdings in den großen Städten als Reliquie gehandelt wird!«

»Stofffetzen vom Leichentuch Jesu Christi?«, fragte Kreitfisch.

»Ach, das ist alt, das kauft doch keiner mehr!«, erwiderte der Einhändige.

»Echtes Haar vielleicht, von Jesus oder seinen Jüngern?«, riet Jansen.

»Schon besser, aber ich sage es Euch, Ihr kommt eh nicht darauf: Muttermilch von der Jungfrau Maria! Ist das nicht abscheulich? Kleine Phiolen mit aufgeschäumtem Kalk. Das ist selbst mir zu unehrenhaft. So, nun muss ich aber, Einhand-Adalbert hat zu tun.« Er zwinkerte ihnen zu und sagte, bevor er sich zum Gehen wandte: »Ich lasse von mir hören, wenn ich etwas über Eure Sibylla erfahre. Gehabt Euch wohl!«

Während Kreitfisch sich bedankte und Jansen »Muttermilch

von der Jungfrau Maria!«, murmelte, schritt Einhand-Adalbert aufrecht und mit langen Schritten davon.

Ein rechtschaffener Dieb und Betrüger, dachte Jansen, dass er das noch erleben durfte.

»Was machen wir nun?«, wandte er sich an Kreitfisch.

Dieser kratzte sich am Kinn, während er dem Einhändigen nachsah, und antwortete: »Erstens: etwas essen. Zweitens: noch etwas essen. Dort hinten ist eine anständige Herberge, der Schwan, da gehen wir hin. Auf!«

Jansen nickte. Den Schwanen kannte er, dort konnte man zünftig speisen. Nach all dem Wirbel würde ein ordentlicher Schmaus ihnen guttun, sein Magen war leer wie ein Kornsack am Ende des Winters.

»Ich zahle!«, verkündete er, warf seinen Geldbeutel in die Luft und fing ihn wieder auf. »Geh du schon voraus, ich hole das Pferd.«

Ein rumpelnder Donnerschlag ließ sie den Blick nach oben wenden. Der Himmel über den Bäumen hinter der Schänke war grau und schwer von Regen.

»Noch ein Grund, ein heimeliges Plätzchen aufzusuchen«, meinte Kreitfisch.

***

Augustin Jordis stand vor dem Spiegel und übte einen unverfänglichen Gesichtsausdruck. Nein, das sah noch zu aufdringlich aus, sein Blick wirkte so … bohrend! Es musste ihm gelingen, unauffälliger zu wirken. Unbeteiligt. Verschwiegen wie ein Grab. Kein schöner Vergleich, das Grab. »Verschwiegen wie ein Fisch« wäre ein besseres Bild.

Jordis öffnete kaum merklich den Mund und lockerte seine Gesichtsmuskeln. Ja, so ging es. So konnte er hinausgehen und vertrauliche Fragen stellen. Die Leute sollten bei seinem Anblick nicht gleich misstrauisch werden.

Er begann seine Nachforschungen in der Neuen Gasse, im Umfeld des Hauses von Flickschuster Kiver. Natürlich würde er die Kivers so kurz nach dem Verlust ihres Kindes nicht selbst befragen. Doch es gab da einen Nachbarn, einen einfachen, trinkfreudigen Mann, der regelmäßig Wein bei ihm erwarb …

Von diesem erfuhr er, unter dem Siegel der Verschwiegenheit selbstverständlich, dass das Ehepaar Kiver seit geraumer Zeit Schwierigkeiten miteinander zu haben schien.

»Geschrei und Gezank«, teilte der Mann ihm mit. »Oft geht sie allein aus dem Haus oder mit einem Kind an der Hand. Wohl um sich mit jemandem zu treffen. Und ich hab mal gehört, da stand ich abends am Fenster, mein Bauch war so aufgebläht vom Essen, wisst Ihr, und da empfahl sich frische Luft, also ich stand da, und da hörte ich, wie sie weinte. Und er rief: ›Kein Wunder!‹, oder so etwas in der Art. ›Das Kind ist ja nicht von mir!‹ Und sie schrie: ›Das stimmt nicht!‹ Und er: ›Wieso sollte ich dir glauben?‹ So war das. Ich hab sie allerdings nie mit einem anderen Kerl gesehen, und ich krieg so manches mit. Der Kiver ist ziemlich eifersüchtig.«

Das war aufschlussreich, dachte Jordis. Er fragte, ob die Kivers einen Stand auf dem Wochenmarkt hätten.

»Selten«, antwortete der Mann. Es seien ja bloß Flickschuster, nur hin und wieder, da würde die Flickschusterin mit einem Korb voller Kram losziehen.

Um auf dem Markt vielleicht mit einem dunkelhaarigen Herrn zu sprechen, mutmaßte Jordis. Aber er wusste es nicht genau.

Er verabschiedete sich von dem Mann, versprach ihm beim nächsten Mal einen kostenlosen Becher Wein und machte sich auf zu seinem nächsten Zwiegespräch.

Als Jordis vor Ludwig Mertens' Haus auf der Niederstraße stand und zu den Fenstern im vorspringenden Obergeschoss emporsah, glaubte er, in einem davon eine Bewegung wahrgenommen zu haben, ein flüchtiges Huschen hinter halb geöffneten Fensterläden. Er hatte mehrmals geklopft, doch niemand hatte geöffnet. Das kleine, bleiverglaste Fenster neben der Tür war dunkel wie ein Brunnen. Er trat vor und pochte abermals an die Tür, ohne dass sich im Haus etwas regte.

Bedauerlich, dachte Jordis. Er hätte sich gern bei Ludwig Mertens nach dem dunkelhaarigen Tuchhändler erkundigt, von dem die Marktfrau gesprochen hatte. Als er sich zum Gehen wandte, bemerkte er vor dem Nachbarhaus eine große schlanke Frau in einem gut geschnittenen grünen Leinengewand, die ihn stumm ansah. Sie hielt einen hölzernen Bottich im Arm, der Boden vor ihr war nass. Es roch streng nach Abwasser.

»Dies ist ein unheilvolles Haus«, sagte sie düster.

»Mir ist nichts Unheilvolles begegnet«, erwiderte Jordis.

»Oh doch!« Die Frau stellte den Holzkübel ab und kam auf ihn zu. Die braunen Augen in dem schmalen Gesicht mit den scharf geschnittenen Zügen blickten ernst.

»Erzählt mir nichts, ich kann die Gegenwart des Teufels spüren!« Ihr Blick wanderte unruhig zwischen Mertens' Haus, dem Boden und dem Himmel hin und her. »Die Hexen sind eingesperrt«, sie bekreuzigte sich, »doch ganz ist der böse Feind noch nicht gewichen aus diesem Haus ... Was wolltet Ihr dort, war Euch nicht bange zumute?«

»Nein«, hielt Jordis dagegen. »Geschäfte haben mich hergeführt, kein Teufelswerk.« Er verspürte eine starke Ablehnung dieser Frau gegenüber, aber vielleicht konnte sie ihm Dinge mitteilen, von denen er noch nichts wusste. »Wie glaubt Ihr die Gegenwart des Teufels zu spüren?«

»Was heißt hier ›glaubt‹?«, fuhr sie ihn an. »Er *ist* da, und er *war* da! In veränderter Gestalt!« Sie rieb sich über den Mund und schlug unvermutet ein Kreuzzeichen. »Würmer, Raupen, Käfer! Tod und Verderben! Hexerei! Wollust und Lasterhaftigkeit! Die Hexen gingen ein und aus«, wieder blickte sie auf Mertens' Haus, »auch der Teufel ging ein und aus! Oh, boshaft waren sie! Haben mich ... Mich haben sie auch verhext!« Sie nickte hastig. Ihre Augen glänzten.

»Inwiefern?«, fragte Jordis.

»Haben einen Bann auf mein Haus gehext. Speisen verderben. Stimmen flüstern aus meinem Bauch. Niemand, niemand kommt zu Besuch. Ich vertrockne, ich dorre aus!« Sie öffnete den Mund und schmatzte ein paarmal.

»Habt Ihr das auch den Schöffen erzählt?« Ihren stechenden Blick und das Schmatzen versuchte Jordis zu übersehen.

»Ja, ja, das habe ich! Gebe Gott, sie helfen mir und nehmen den Bann fort!«

»Was geschah, bevor Ihr diesen … Bann spürtet? Was haben die beiden Frauen, die Ihr Hexen nennt, Euch getan?«

»Sie waren böse, böse, böse! An dem Tag, als die Witwe Quentin in den Wehen lag, klopfte ich einige Male. Wollte helfen. Aber sie … haben mich weggeschickt! Beschimpft hat sie mich, die Wintz! Und die andere hat den bösen Blick! Ja!«

Sie schwieg einen Lidschlag lang und zuckte unruhig mit den Schultern. »Die Hexen haben die Witwe Quentin umgebracht, und das Kind! Und mich auch beinahe!« Die Frau krallte ihre sehnigen Finger um seinen Arm.

Jordis räusperte sich. Er musste versuchen, das Gespräch auf weniger bedrohliche Umstände zu lenken. »Nun, ich bin hier, weil ich nach einem Mann suche, der Tuchhändler ist wie Mertens. Leider ist mir sein Name nicht bekannt. Womöglich habt Ihr ihn bei Mertens gesehen, Ihr … besitzt eine gute Beobachtungsgabe.«

Jordis stellte mit Erleichterung fest, dass sich der Griff um seinen Arm lockerte, und sprach schnell weiter. »Er hat dunkle Haare, ist von schlanker Gestalt, groß und gut aussehend, edel gekleidet und in mittleren Jahren. Er wurde mehrfach beim Besuch des Marktes gesehen. Vermutlich stammt er nicht aus Neuss, wie ich dort erfuhr. Habt Ihr eine Ahnung, um wen es sich handeln könnte?«

Die Frau war einen Schritt zurückgetreten, ihr Gesichtsausdruck hatte sich verändert. Die Angst in ihren Augen war einem gelösten, beinahe eifrigen Ausdruck gewichen.

»Ja«, sagte sie. »Das muss Kaspar Buchholz sein, ein Kaufmann aus Uerdingen. Die anderen, mit denen Mertens Geschäfte macht, sind klein, fett und kahl oder blond wie die Friesen.« Sie lachte hell auf. Jordis hatte das Gefühl, unvermittelt eine völlig andere Frau vor sich zu haben.

»Ich bin Schneiderin, wisst Ihr«, fuhr sie fort. »Ich kenne mich mit Stoffen aus. Buchholz vertreibt englische Tuche, hervorragende Qualität, und kauft dafür gefärbte limmersche auf. Er kommt alle paar Wochen vorbei. Das nächste Mal zum Bartholomäusmarkt, hat er mir erzählt. Wenn er in Neuss ist, ist er immer Gast im Schöneck.«

Nicht übel, dachte Jordis. Das Haus Schöneck war eine Herberge für gehobene Ansprüche. Der Aufenthalt dort mochte einen blanken Gulden kosten. Er nickte und rang sich ein Lächeln ab. »Das sind nützliche Hinweise, Frau …?« Fragend sah er sie an.

»Bergs«, antwortete sie, »Drude Bergs.« Mit einem Mal verfinsterte sich ihr Gesicht wieder. »Was wollt Ihr von ihm? Ihr seht sonderbar aus.«

»Ich möchte ihn geschäftlich sprechen«, sagte Jordis und räusperte sich. »Und nun muss ich gehen.«

»Bleibt doch noch!«, bat Drude Bergs und fasste erneut nach seinem Arm.

»Nein, Ihr habt mir sehr weitergeholfen, seid bedankt.« Behutsam entzog sich Jordis ihrem Griff und ging davon, während sie in seinem Rücken etwas murmelte, das er nicht verstand.

***

Sie kamen in den Kerker, als Aleidis gerade in einen unruhigen Schlaf gefallen war und von teuflischen Fratzen träumte. Sie fühlte sich schwach, hatte Bauchkrämpfe und starke Kopfschmerzen. Beim Anblick von Arnd Ebels und seinen Schergen wurden diese nicht besser.

Vier waren es heute: Ebels, Dulken, Arnold und der Dominikaner.

Der Schweinekopf und der Schläger lösten die Frauen von den Ketten und stießen Aleidis in die Mitte des Raumes. Dann steckten sie ihre Pechfackeln in die leeren Eisenringe und richteten sie so aus, dass sie nicht rutschen konnten.

Aleidis sah hinüber zu Elsbeth, die ängstlich an der Wand kauerte. Jordis' Messer hatte sie unter schmutzigen Strohhalmen dicht an der Mauer versteckt, die Mistkerle durften es nicht finden.

»Habt Ihr über unser Angebot nachgedacht?«, fragte Ebels, während er den Riemen der Tasche öffnete, die er am Gürtel trug. »Geständnis oder Folter?«

»Ich pfeife auf Euer Angebot!«, rief Aleidis. Ihre Wut war größer als ihr Schmerz. »Wir sind unschuldig!«

Arnold hob die Hand, um sie zu schlagen, doch Ebels hielt ihn zurück.

»Wartet! Wir haben heute etwas Besseres für sie. Hier.« Er griff in seine Tasche und überreichte Arnold die Daumenschraube, die er ihnen bei seiner Vorstellung der Werkzeuge gezeigt hatte. »Noch könnt Ihr umkehren und gestehen.«

»Ich bin unschuldig«, beharrte Aleidis.

»Wie Ihr meint.« An Elsbeth gewandt fügte Ebels hinzu: »Seht es Euch gut an. Dasselbe wird mit Euch geschehen, wenn Ihr nicht geständig seid.«

Elsbeths fein geschnittenes Gesicht wirkte blass und hohlwangig, die Augen hinter den hellen Wimpern waren starr vor Angst.

Ebels klappte eine Kladde auf, die er unter dem Arm trug, und entnahm ihr einige eng beschriebene Papierbögen. Der Dominikanermönch trat vor, schlug das Kreuzzeichen über Aleidis und murmelte unverständliche Worte. Dulken zerrte ihre Arme nach vorn, damit Arnold die Daumenschraube anlegen konnte.

»Ich frage Euch ein letztes Mal«, begann Ebels. »Bekennt Ihr Euren Pakt mit dem Teufel, den Ihr durch Unzucht mit selbigem besiegelt habt?«

»Nein«, sagte Aleidis.

Arnold zog die Daumenschraube an. Ihre Nägel wurden fest ins Fleisch gepresst. Ein schrecklicher Schmerz durchzuckte sie. Aleidis stöhnte auf.

»Vielleicht wollt Ihr uns nun Einzelheiten Eurer Liebschaft verraten?«, schlug Ebels vor. »Ist der Teufel ein guter Liebhaber? Fühlt er sich luftig an? Oder ist er kalt wie Eis?«

Aleidis holte tief Luft, bevor sie sprach. Die Pein in ihren Daumen nahm ihr den Atem. »Das weiß ich nicht, weil ich nie mit ihm zu tun hatte. Ich bin unschuldig.«

Auf ein Zeichen von Ebels hin drehte Arnold die Schraubzwinge weiter.

Es fühlte sich an, als würden Nägel durch ihre Daumen geschlagen. Aleidis stöhnte erneut vor Schmerz.

»Wie ich sehe, seid Ihr immer noch verstockt!«, stellte Ebels fest. Wut mischte sich in seine Stimme. »Kommen wir zum zweiten Anklagepunkt: der Tothexung von mindestens fünf Personen. Namentlich zu nennen sind das Kind vom Löwenwirt, die Witwe Quentin und ihr Neugeborenes, wie bereits hinlänglich bekannt. Hinzufügen muss ich noch den unlängst aus der Ferne verübten Mord an einer Hure sowie die grausame Tötung des kleinen Gerhard Kiver, den Ihr vorab in böser Absicht entführt hattet. Bekennt Ihr, diesen Menschen den Tod auf den Leib gehext zu haben?«

»Nein«, sagte Aleidis leise und spannte ihre Muskeln an, um sich für den Schmerz zu wappnen.

Arnold zog die Daumenschraube an, und Aleidis hatte das Gefühl, vor Schmerz zu zerspringen. Sie spürte, wie Blut aus ihrem Nagelbett lief und auf den Boden tropfte.

Elsbeth hatte in ihrer Ecke angefangen zu wimmern. »Aleidis!«, weinte sie.

Ebels warf seelenruhig einen Blick in seine Papiere. »Ich kann Eure Erinnerung gerne auffrischen. Hier steht, dass Ihr am 29. Juli der Witwe Christine Quentin, die kurz vor ihrer Niederkunft stand, einen Krug Wein gebracht habt. Kurz nachdem sie von diesem getrunken hatte, erlitt sie eine Totgeburt und kam wenig später selbst ums Leben, wobei ihr merkwürdigerweise eine milchige Flüssigkeit aus Mund und Nase lief.« Er sah auf. »Bekennt Ihr, der Witwe vergifteten Wein angeboten zu haben und schuldig an ihrem Tod zu sein?«

Aleidis atmete tief ein und aus, ein und aus. Dann sagte sie mit lauter Stimme: »Nein. Ich bin unschuldig.«

Arnd Ebels schlug gereizt auf das Protokoll, und Arnold brachte die Eisenplatten der Daumenschraube noch ein Stück näher zusammen.

Aleidis spürte ihre Sinne schwinden. Die Schmerzen waren unerträglich. Wie weit würde er noch gehen?

»Anklagepunkt drei«, verlas Ebels. »Bekennt Ihr die Entführung mehrerer Kinder zu teuflischen Zwecken? Habt Ihr Hexensalbe aus ihnen gemacht? Ist die Seele des armen Kiver-Kindes in den Himmel aufgefahren, bevor Ihr es in siedendes Wasser werfen konntet?«

Aleidis hatte Angst vor der nächsten Antwort. Sie war unschuldig. Aber wenn sie dabei blieb, würde man sie womöglich umbringen. Sie wagte nicht, erneut »Nein« zu sagen. Stattdessen fragte sie: »Um welche Kinder handelt es sich?«

»Ich stelle hier die Fragen!«, wies Ebels sie zurecht. »Aber ich sehe schon: Ihr wollt uns in die Irre leiten. Was habt Ihr in Sachen Hexensalbe zu verbergen? Stellt Ihr sie in Eurem eigenen Haus her? Wir werden uns dort wohl einmal umsehen müssen. Greve, Ihr kommt mit mir!« Er klopfte dem kindlich aussehenden Mann mit dem ausdruckslosen Gesicht auf die Schulter und wandte sich zum Ausgang.

»Dreht die Schrauben noch ein Stück weiter«, sagte er zu Arnold. »Und dann lasst sie eine Weile dran, sie soll über ihre Übeltaten nachdenken.«

Aleidis war kurz davor, ohnmächtig zu werden, der Schmerz schien alle Kraft aus ihrem Körper zu ziehen. Aber sie würde dieses Dreckssschwein nicht um Gnade anflehen. Stattdessen biss sie die Zähne zusammen, dass es knirschte.

***

Als Jordis den Markt erreichte, vernahm er Donnergrollen aus der Ferne. Er hob den Kopf. Von Westen her zogen dunkle Wolken auf. Unwillkürlich beschleunigte er seinen Schritt und steuerte das beeindruckende Haus Schöneck an, dessen Balkenwerk über der Tür mit farbig unterlegten Schnitzereien versehen war.

Drinnen roch es angenehm nach Holz und Sommerblumen. Ein frischer Strauß stand auf einem kleinen Tisch im Eingangsraum.

Jordis kannte den Wirt, der auf sein Rufen hin aus einem Hinterzimmer geeilt kam, er handelte mit Wein wie er.

»Verzeiht, wir haben viel zu tun, Jordis. Nächste Woche ist Bartholomäusmarkt, wir müssen noch alle Zimmer herrichten«, begrüßte ihn der Mann.

Jordis trug sein Anliegen vor und erfuhr, dass Kaspar Buchholz geschäftlich außer Haus war. Doch seine Gemahlin Katharina sei hier, erklärte der Wirt. Er könne sie fragen, ob sie Zeit für ein Gespräch habe; er wisse allerdings nicht, ob dies möglich sei, sie befinde sich in anderen Umständen und sei manchmal unpässlich.

Er würde sich lieber ein Bild von Kaspar Buchholz persönlich machen, dachte Jordis, aber ein Gespräch mit seiner Frau könnte nicht schaden. Er nahm auf einem der Kirschholzstühle im Eingangsbereich Platz. Der ganze Raum war in dunklem Holz gehalten und wirkte sauber und gediegen.

Aus dem Inneren des Hauses erklang gedämpftes Klappern. Eine Magd eilte mit einem Korb unter dem Arm an ihm vorbei und entschwand durch die schwere Außentür auf den Markt. Sonnenlicht fiel für einen Augenblick auf die Steinfliesen und huschte mit dem Zufallen der Tür wieder davon, wie ein helles Tuch, das über den Boden gezogen wurde.

Wenig später erschien der Wirt in Begleitung einer zarten blonden Frau, deren eine Hand auf ihrem gewölbten Leib lag. Er stellte sie einander vor, dann zog er sich zurück.

»Ich hoffe, Ihr befindet Euch wohl«, begann Jordis, nachdem Katharina Buchholz sich gesetzt hatte. Den Blick auf ihren Bauch vermied er.

»Danke, es geht mir gut«, sagte sie mit heller, fester Stimme und warf ihm einen strahlenden Blick aus ungewöhnlich blauen Augen zu. Eine schöne Frau, dachte Jordis.

»Ich bedaure, Euch stören zu müssen«, fuhr er fort. »Ich hätte gern mit Eurem Mann gesprochen, aber vielleicht könnt auch Ihr mir helfen.« Stell es vorsichtig an, Augustin, sagte er zu sich selbst. Überfalle sie nicht mit deinen Fragen. »Es geht um ein bedauerliches Verbrechen«, erklärte er. Bildete er sich das ein oder versteifte sich ihre Haltung? Sicher hatte sie mit einem geschäftlichen Gespräch gerechnet.

»Zwei Kinder wurden entführt«, erklärte Jordis. »Wir sprechen nun mit allen Menschen, die in irgendeiner Form in Verbindung mit den Müttern dieser Kinder standen und womöglich etwas Nützliches beobachten konnten.«

Katharina Buchholz rieb sich mit einer Hand über den Bauch. »Wie kommt Ihr dabei auf meinen Mann?«, fragte sie zögerlich.

»Nun, er hat häufig auf dem Neusser Markt zu tun. Eine der Mütter, vielleicht auch eine weitere, hat einen Stand auf dem Markt.

Ein Herr, auf den die Beschreibung Eures Gemahles passt, soll hin und wieder dort eingekauft haben. Ich wollte ihn gern fragen, ob er es war.«

»Das braucht Ihr nicht«, entgegnete Katharina Buchholz. »Ich war dabei, ich kann Euch weiterhelfen. Wir gehen meist zusammen auf den Markt, mein Mann und ich. Es gibt da ein, zwei Gänschen, die für ihn schwärmen, das ist richtig.« Sie schmunzelte. »Ihr könnt Euch vorstellen, dass Bauernmädchen schnell beeindruckt sind von edler Kleidung und vornehmem Auftreten. Ein Blinder kann sehen, wie sie sich freuen, wenn Kaspar mit ihnen spricht. Auf diese Weise können sie an einer Welt teilhaben, die ihnen sonst verschlossen bleibt. Doch ich wüsste nicht, wie Euch das weiterhelfen könnte ...«

Sie hielt inne und lächelte ihn entschuldigend an. »Ihr fragtet nach Kindern ... Kleine Kinder sind selten an den Ständen. Was hat Kaspar auch mit fremden Kindern zu schaffen? Er bekommt ja selbst bald eins!« Lachend deutete sie auf ihren Bauch.

Dass sie ihren Mann in Schutz nimmt, ist nur natürlich, dachte Jordis. Er wüsste gern, ob Kaspar Buchholz bisweilen allein auf den Markt ging, aber diese Frage wagte er nicht vorzubringen.

Stattdessen fragte er: »Sagt Euch der Name Johanna Kloeren etwas?«

Katharina Buchholz lehnte sich zurück und atmete tief durch. »Der Name sagt mir nichts. Ist das eins der Bauernmädchen?«

»Ja«, antwortete Jordis. »Sie ist etwa zwanzig Jahre alt, hat ein zartes Gesicht, langes braunes Haar –«

»Kenne ich nicht«, unterbrach ihn Katharina Buchholz. »Ich schaue mir diese Mädchen nicht so genau an. Ich gehe zum *Einkaufen* auf den Markt.« Schwerfällig richtete sie sich auf. »Wenn Ihr mich nun entschuldigen wollt.«

»Natürlich. Ich danke Euch für das Gespräch. Soll ich Euch begleiten?«

»Lasst nur, ich komme zurecht. Lebt wohl.«

Katharina Buchholz warf ihm noch einen flüchtigen Blick aus sehr blauen Augen zu und ging langsam aus dem Raum. Jordis hörte, wie sie eine knarrende Treppe emporstieg.

Hoffentlich hatte er sie nicht allzu sehr aufgeregt. Dem Umfang ihres Leibes nach zu urteilen, musste die Geburt des Kindes kurz bevorstehen.

Wenn er wirklich etwas erfahren wollte über das Verhältnis von Kaspar Buchholz zu Frauen, die nicht seine Gemahlin waren, dann musste er mit ihm allein sprechen.

Als er wenig später in seiner Geschäftsstube saß und Spalten von Zahlen in seinem Rechnungsbuch studierte, frischte mit einem Mal der Wind auf und schlug einen Fensterladen zu, der sich aus der Verankerung gelöst hatte. Jordis zuckte zusammen, als es knallte. Er stand auf, um das Fenster zu schließen. Inzwischen war es ohnehin so dunkel geworden, dass er Kerzen entzünden musste, um noch etwas sehen zu können.

Durch den offenen Flügel fuhr ein Windstoß ins Zimmer und wehte den Brief vom Tisch, den ein Weinhändler aus Linz seiner jüngsten Lieferung beigelegt hatte. Kühle Luft drang in den Raum. Jordis klappte den zugeschlagenen Laden nach außen auf und sah hinaus. Der Himmel über ihm war fast schwarz, obwohl es noch recht früh war, das abendliche Angelusläuten war noch nicht lange her.

Ein lautes Donnern ließ ihn erneut zusammenfahren, unmittelbar darauf zuckte ein Blitz aus den dunklen Wolken und tauchte die Brückstraße in gleißendes Licht. Jordis wunderte sich, dass trotz des Gewitters noch Menschen unterwegs waren, unweit seines Hauses hatte er die Umrisse einer Gestalt in einem langen Mantel wahrgenommen. Nun lag die Straße wieder dunkel da. Als es noch einmal blitzte, konnte er niemanden mehr zu sehen. Vernünftigerweise, dachte Jordis, denn in diesem Augenblick begann es heftig zu regnen.

Er drückte die Fensterflügel zu und verriegelte sie sorgfältig. Wenn der Wind zunähme, würde er auch noch die Läden schließen. Durch das grünliche Glas der Butzenscheiben sah er im Licht eines weiteren Blitzes den Regen niederströmen. Er ging hinüber zum Tisch, um die Zündhölzer zu suchen. Er mochte Gewitter nicht, sie flößten ihm Angst ein. Es war, als würden sich unsichtbare Dämonen gegen die Menschheit verschwören, zielstrebig und in böser Absicht.

Im Licht unruhig flackernder Kerzen versuchte er sich mittels seiner Geschäftsunterlagen von seinen Befürchtungen abzulenken, aber es gelang ihm nur unzureichend. Als der Regen nachließ, trank er noch ein Glas Wein und stieg mit einem Leuchter in der Hand die Treppe empor, um früh zu Bett zu gehen. Die huschenden Schatten an den Wänden beunruhigten ihn, er war heute Abend wirklich nicht in bester Verfassung.

In seiner Schlafkammer trat er ans Fenster. Der Hof lag in völliger Dunkelheit; weit weg in einem der Stadtmauertürme brannte ein schwaches Licht.

Plötzlich glaubte er hinter sich ein Flüstern zu vernehmen und fuhr herum. Es hatte geklungen wie eine Frauenstimme in höchster Not. Doch da stand niemand. War es Einbildung gewesen? Er wusste es nicht. Schnell legte er seine Tageskleidung ab, zog sein Nachtgewand über und schlüpfte in sein Bett. Als er die Kerzen auspustete, meinte er wieder etwas zu hören, ein Lachen diesmal. Vielleicht war es aber auch der Donner. Das Gewitter war weitergezogen, es schien nun jenseits des Rheins zu wüten.

Jordis zog sich die Decke bis zum Kinn und schloss die Augen, doch er war sich sicher, dass ihm diese Nacht keinen erholsamen Schlaf bringen würde.

Tag acht. Sonntag

Rutger Jansen führte Jordis zu dem großen Tisch im hinteren Teil des Hauses, der bereits in gewohnter Weise gedeckt war.

»Setzt Euch, setzt Euch!«, forderte er ihn auf und ging hinüber zu einer seiner Töchter, die vor der Anrichte an der Längswand stand und sie beim Eintreten scheu grüßte.

Er berührte sie an der Schulter und sagte: »Mach das noch fertig und dann lass uns allein, Grete. Ist der Krug gefüllt?« Mit einem Kopfnicken deutete er zum Tisch.

»Ja, Vater«, antwortete Grete und wandte sich wieder ihrer Arbeit zu. Ihre dünnen Arme bewegten sich rasch und geschickt. Was sie tat, konnte Jordis von seinem Platz aus nicht sehen.

»Den Hering müsst Ihr versuchen«, forderte Jansen ihn auf und wies mit der Hand auf die bauchige Grape in der Mitte des Tisches. »Frisch aus dem Wasser!«

»Vielen Dank«, antwortete Jordis, der eigentlich noch satt war, da er nach der sonntäglichen Frühmesse gut gefrühstückt hatte. »Ich esse gerne Fisch.« Er gähnte verhalten. Nach der unruhigen Nacht fühlte er sich müde, aber seine trüben Gedanken hatten sich im Licht des hellen Tages weitgehend verflüchtigt.

»Grete!«, rief Jansen seine Tochter.

»Lasst nur«, warf Jordis ein. »Eure Tochter ist beschäftigt, ich nehme mir selbst. Ich habe schon lange nicht mehr geangelt. Hier besteht auch endlich einmal Aussicht auf Erfolg!«

Er nahm den vor ihm liegenden Holzlöffel, richtete sich auf und fischte in den Tiefen des Tontopfes nach einem Hering. Aus dem Augenwinkel sah er, wie Jansens Tochter etwas von der Arbeitsplatte nahm und in einen Korb legte.

»Halt!«, rief er. »Könnte ich das noch einmal sehen?«

Das Mädchen zuckte erschrocken zusammen.

»Grete! Du hast gehört, was Herr Jordis gesagt hat. Zeig ihm, was du da hast!«, forderte Jansen seine Tochter auf und verfolgte mit wachem Blick, wie Grete zu Jordis hinüberging und den Korb so hielt, dass er hineinsehen konnte.

»Es ist Wolle, Herr«, sagte sie mit leiser Stimme.

Jordis nickte. »Das sehe ich. Verzeih, wenn ich dich erschreckt habe.« Stirnrunzelnd sah er auf die weichen, länglichen Wollbüschel hinab. »Ich habe so etwas vor Kurzem schon einmal gesehen und mich gefragt, wofür es gedacht ist. Kannst du mir das sagen?«

»Ja, Herr«, antwortete Grete. »Es ist für den Säugling. Wir legen es zwischen die Knie und zwischen die Knöchel, beim Wickeln.«

Jordis sah sie ratlos an. Er verstand kein Wort.

»Erklär es ihm, Grete«, bat Jansen, »das ist Frauensache.«

»Ja, also, das ist so …«, fuhr das Mädchen fort. »Das Kind wird eng eingewickelt, auch an den Beinen, damit es sich nicht verletzt und warm bleibt und … dazwischen legt man Wolle, damit die Haut nicht scheuert. Sonst wird es schnell wund.« Grete war es offenbar nicht gewohnt, so viel zu reden, ihr Gesicht leuchtete rot vor Aufregung.

Jordis erinnerte sich, schon öfter Säuglinge gesehen zu haben, die stramm in Tücher eingewickelt waren und aussahen wie große Raupen. Man konnte sich vorstellen, dass ihre Beine schnell wund gescheuert wurden, wenn sie aneinanderrieben, vor allem, wenn Feuchtigkeit hinzukam. Weiche Wolle als Schutz dazwischenzulegen war gewiss sinnvoll.

»Wir machen das nicht immer«, sagte Grete, sichtlich stolz, dem feinen Herrn vor sich etwas erklären zu können. »Es muss ja auch Luft dran. Aber wenn Mutter zu tun hat und die Kleine länger still liegen muss, dann wickeln wir sie so ein. Und dann kommt die Wolle zwischen die Tücher. Alle paar Tage bereiten wir welche vor, die reicht dann eine Weile.«

Jordis nickte zufrieden. Nun hatte er eine Vermutung, wozu das Wollbüschel, das er nach dem Besuch bei Johanna Kloeren in seinem Wagen gefunden hatte, ursprünglich gedient haben mochte. Es war heller gewesen, hatte aber ansonsten genauso ausgesehen wie die Büschel in Gretes Korb.

Sicher hatte Johanna ihre Neugeborenen, wenn sie ihrer Arbeit auf dem Fetschereihof nachging, ebenso straff eingewickelt, wie Grete es beschrieben hatte, und zum Schutz ihrer Haut Wollstücke dazwischengelegt.

Nur: Wie war die Wolle in sein Fuhrwerk gelangt? Hatte ihm jemand ein Zeichen geben wollen? Wofür?

Rutger Jansen schien in seinem Gesicht zu lesen, dass er mit einer Überlegung nicht weiterkam.

»Geh jetzt, Grete«, sagte er.

Das Mädchen nickte und verließ den Raum.

Jordis vergaß ganz, ihr zu danken, so sehr war er in Gedanken versunken. Mit einer Hand tastete er in seinem Lederbeutel nach dem Wollbüschel vom Fetschereihof.

»Wenn Ihr mir etwas erklären wollt ...«, bot Jansen an.

Es klopfte. Hennes Kreitfisch wurde von einem Sohn Jansens ins Zimmer geführt. Er musste direkt vom Kirchgang kommen, denn anstelle seines fleckigen Kittels trug er seine besten Kleider. Das einzig Vertraute an ihm war ein kleiner Sack aus abgegriffenem Leder, in dem er seine Utensilien aufbewahrte und der sonst in seiner Badestube an der Wand hing.

Jordis legte das Wollstück auf den Tisch und berichtete ihnen von dessen Fund und seinen Vermutungen. Alle beugten sich vor und betrachteten es.

»Also, ich weiß nicht.« Kreitfisch kniff die Augen zusammen. »Wie wollt Ihr sicher sein, dass das hier für einen Säugling gedacht ist? Der Fetschereihof ist für seine Schafzucht bekannt, an Wolle wird kein Mangel herrschen. Es kann wer weiß woher gekommen sein.«

»Es ist nur eine Möglichkeit«, entgegnete Jordis. »Ich schlage vor, dass ich erneut zum Fetschereihof fahre und mit Johanna Kloeren spreche. Sie selbst wird am ehesten sagen können, ob das Wollstück von ihr stammt. Vielleicht hat es gar nichts zu bedeuten, wir werden sehen. Nach dem Gespräch mit ihr werde ich mich erneut nach Kaspar Buchholz umsehen.«

Kreitfisch und Jansen nickten.

»Gut!« Jordis richtete sich auf, um seine Suche nach einem Fisch in dem hochbeinigen Kochtopf fortzusetzen. Währenddessen erzählte er von seiner Begegnung mit Katharina Buchholz und teilte ihnen mit, was er nach der Frühmesse von Philipp Blankart, einem befreundeten Ratsherrn, erfahren hatte.

»Blankart hat mit Jorgen Greve gesprochen, einem Mitglied

des Hexenausschusses. Angeblich werden die Frauen bis zur Rückkehr der Bürgermeister ordnungsgemäß im Blutturm gefangen gehalten und lediglich zu den Vorkommnissen befragt. Es sei eine Art Voruntersuchung, lässt Ebels verbreiten. Sollte diese zu Geständnissen führen, sei das nicht von Nachteil, es würde Bürgermeistern und Scharfrichter später einiges an Arbeit ersparen.«

»Soll ich lachen?«, knurrte Kreitfisch.

»Halt die Klappe, Kreitfisch«, wies Jansen ihn zurecht.

Jordis fuhr unbeirrt fort. »Die Meinungen im Stadtrat gehen offenbar auseinander. Einige Ratsherren stimmen für weitere Untersuchungen und sind gegen ein voreiliges Urteil. Andere wiederum fürchten sich vor Hexerei und möchten die Gefangenen schnellstmöglich loswerden, in der Hoffnung, dass die Übeltaten dann ein Ende finden.«

»Ja«, stimmte Jansen zu. »Die Angst vor Hexerei ist groß.«

Sie schwiegen eine Weile.

»Jorgen Greve, sagtet Ihr?«, nahm Jansen das Gespräch wieder auf.

»So ist es. Ein recht junger Mann noch, ein Fischhändler.«

Hennes Kreitfisch hob die Brauen. »Ihr meint diesen Menschen, der aussieht wie ein *Egel*?« Er spuckte aus. »Ekelhaft!«

Rutger Jansen lachte bitter. »Allerdings. Der tote Fisch passt zu ihm. Und nun lasst uns weitermachen. Ich möchte etwas tun!«

Er bot sich an, die Schusterfamilie Poill in Latum aufzusuchen, um mehr über die Beziehung von Jan Poill zu Johanna Kloeren zu erfahren.

Kreitfisch hatte einen Krankenbesuch vor sich, einen unerklärlichen Brechdurchfall bei einer Familie auf der Rheinstraße; eines der Kinder befand sich bereits in lebensbedrohlichem Zustand. Noch während er sprach, legte er seine sonntägliche Jacke ab und zog ein einfaches Obergewand und eine mehr oder minder saubere Schürze aus dem mitgebrachten Beutel.

Jordis stellte fest, dass seine eigenen Beine an der kräftigsten Stelle gerade mal so dick waren wie Kreitfischs Oberarme.

»Ich muss los«, sagte der Barbier, nachdem er sich umgezogen hatte.

Alle standen auf. Rutger Jansen stopfte sich ein paar Äpfel und Würste in die Tasche und murmelte etwas von »Wegzehrung«.

»Gut. Viel Glück!«, beendete Augustin Jordis die Versammlung. »Hoffen wir, dass sich bis zu unserem Treffen morgen nichts Schlimmes mehr ereignet.«

***

Jordis wartete diesmal außerhalb des Fetschereihofes auf Johanna. Er hatte Theil angewiesen, ihn abzusetzen und nach Grefrath weiterzufahren, wo er seinem Vetter einen Krug Wein zur Genesung überreichen wollte.

Eine sehr junge Magd, die Mist vom Stall zur Dunggrube brachte, war für ihn ins Haus gelaufen, um Johanna zu holen. Er hatte sie hier früher schon gesehen. Als er sie ansprach, war ein Schatten von Furcht über ihr Gesicht gehuscht, aber auch noch etwas anderes, das er nicht deuten konnte. Sie schien ein steifes Bein zu haben. Als sie ins Haus ging, sah sie sich um. Er versuchte, ihr aufmunternd zuzulächeln, aber wahrscheinlich sah es auf die Entfernung nur so aus, als würde ihn die Sonne blenden.

Wind raschelte leise in den Bäumen, die den Hof umstanden. Auf den Blättern einer jungen Pappel spiegelte sich silberweiß das Sonnenlicht. Die Luft war frisch und klar. Unschuldig und still erschien die Welt. In Jordis' Innerem aber türmten sich Wolken. Er empfand eine Art gedämpfter Unruhe.

Jordis löste seinen Blick von den gleißenden Sonnenstrahlen vor sich im Geäst und drehte sich um.

Johanna eilte über den Innenhof auf ihn zu. Sie trug ein schlichtes, sauberes Oberkleid ohne fadenscheinige Stellen oder Risse; nur auf der rechten Schulter hatte es einen hellen Fleck.

Er versuchte, freundlich zu lächeln. Er mochte sein Lächeln nicht. Es erinnerte ihn an einen Apfel, der zu lange gelegen hatte und runzlig geworden war.

Aleidis hatte gelacht, als er ihr davon erzählt hatte, es war noch gar nicht lange her. Sie hatte einen Apfel genommen und angeschaut, und dann hatte sie *ihn* angesehen und gesagt: »Nein. Die Ähnlichkeit ist groß, aber als Brüder ginget ihr nicht durch. Der

Apfel hat nicht so kräftiges Haar wie du, und sieh dir diese Nase an! Ja, jetzt lachst du, Augustin, und es steht dir gut zu Gesicht. Du solltest öfter lachen. Hier!« Damit hatte sie den Apfel mit einem Messer, das sie am Gürtel trug, durchgeschnitten und ihm eine Hälfte zugeworfen.

Jordis wischte seine Gedanken beiseite und begrüßte Johanna, die ihm mitteilte, sie habe nicht viel Zeit.

»Es wird nicht lange dauern«, versicherte er ihr. »Es geht um Folgendes: Bei meinem letzten Besuch fand ich auf der Rückfahrt dieses Wollstück in meinem Fuhrwerk.« Er reichte ihr das weiße Büschel. »Kannst du mir sagen, ob es dir gehört? Womöglich auch, wie es dorthin gelangte?«

Johanna nahm das Wollbüschel mit einem Ausdruck des Erstaunens entgegen, streichelte es und roch daran.

»Das muss von Margarete sein«, sagte sie mit belegter Stimme. Sie schwieg eine Weile, und Jordis schwieg mit ihr.

»Ich ...«, Johanna wischte sich schnell mit dem Handrücken über die Augen, »... nehme Wolle gegen Aufscheuern und auch, um die Kinder zu kennzeichnen. Dunkel für Karl und hell für Margarete.« Sie holte erschöpft Luft. »Wenn sie rundum eingewickelt sind, kann man sie kaum mehr auseinanderhalten. Darum schiebe ich immer außen etwas unter die Tücher. Hier.« Sie rieb über den oberen Teil ihres Bauches. »Ich kann sie an den Gesichtern unterscheiden, andere aber nicht. Und wenn ich sage: ›Hubertine, hol Karl‹, dann weiß sie, wer es ist. Wegen der dunklen Wolle. Ich mache es immer noch, ich stecke sie ihm immer noch an. Obwohl Margarete ...« Sie brach ab und schluckte.

»Wer weiß davon, dass du die Kinder so kennzeichnest?«, fragte Jordis behutsam.

Er beobachtete, wie das Mädchen, das Johanna gerufen hatte, auf den Vorplatz trat und zu ihnen herübersah. Als es seinen Blick bemerkte, ging es schnell auf seine eigentümlich hinkende Art quer über den Hof zum Stall. Sein hellbrauner Kittel wehte um seine Beine.

»Alle hier, denke ich«, antwortete Johanna. »Alle, die mit mir und den Kindern zu tun haben.«

Jordis überlegte kurz, wie er die nächste Frage stellen konnte, fragte dann aber einfach: »Auch der Vater der Kinder?«

Johanna versteifte sich. »Nein«, sagte sie kurz angebunden.

Jordis nickte. »Gut. Meine letzte Frage: Kannst du dir erklären, wie die Wolle in mein Fuhrwerk kam?«

Johanna schüttelte den Kopf.

Jordis lächelte sie an. »Ich danke dir«, sagte er. »Wir werden die Suche nach deiner Tochter nicht aufgeben, Johanna. Geh nun zurück an die Arbeit. Ich werde in den nächsten Tagen noch einmal vorbeischauen.«

Johanna nickte und eilte mit gesenktem Kopf zurück zum Haus.

Jordis machte sich zu Fuß auf den Heimweg, Theil würde ihn unterwegs sicher irgendwo aufsammeln.

Am Wegrand wuchs Kamille in dicken Büscheln, in sattem Rot leuchtete hier und dort der Klatschmohn. Hoch oben im weiten Sommerhimmel stiegen Lerchen trillernd auf und ab.

Jordis nahm seine Umgebung nur am Rande wahr, während er den staubigen Weg entlanghinkte und nachdachte.

Inwiefern konnte die Kennzeichnung der Zwillinge eine Rolle spielen?

***

Kreitfisch ahnte nichts Böses, als er Schroeder, den Drechsler, am frühen Abend zum Bartscheren einließ. Diesen Bart noch, und dann gibt es Abendessen!, dachte er frohgemut. Eingelegten Kabeljau und Möhreneintopf. Seine Stimmung änderte sich schlagartig, als der große schwere Schroeder sich auf einen Schemel fallen ließ und sagte, er habe eigentlich gar nicht kommen wollen, weil am Viehmarkt ein Kind verschwunden sei, aber man habe die Wache benachrichtigt, und es hätte sich allerlei Volk bereitgefunden, nach dem Kind zu suchen, da habe man ihn nicht mehr gebraucht.

»Wann war das?« Kreitfisch ließ den leinenen Überwurf sinken, den er seinem Besucher hatte umlegen wollen.

»Gerade eben«, antwortete der Drechsler.

»Was war das für ein Kind?«

»Ein Säugling aus einer Wollspinnerfamilie. Die Schwester sollte auf das Kind aufpassen, aber sie war unaufmerksam, vielleicht ist es in den Brunnen gefallen und –«

»Ich muss weg!«, unterbrach Kreitfisch. Er legte Schroeder den Umhang auf die Knie und rief im Hinauslaufen in die Küche: »Kathrine! Mach du das! Es eilt!«

»Was eilt?«, hörte er sie noch fragen, aber da war er schon aus der Tür.

Von der Niederstraße aus bog er in den Glockhammer und von dort aus in die Neue Gasse. Schwer atmend erreichte er den Viehmarkt. Einige Leute standen in kleinen Gruppen herum und unterhielten sich, andere suchten die Hauseingänge und Mauernischen, den Brunnen und den Unterstand für das Vieh ab.

Eine junge Frau kam in seine Richtung gelaufen. Er verwarf den Gedanken, sie nach den Vorkommnissen zu fragen, als er ihr verkniffenes Gesicht sah.

»Wenn das nicht Hexerei ist!«, zischte sie. »Böser Hexen Werk. Nur fort von diesem Ort!« Mit starr nach vorn gerichtetem Blick lief sie an ihm vorbei und verschwand in der nächsten Gasse.

Kreitfisch sprach einen kräftigen Kerl mit schmutzigen Kleidern und abgenutzter Lederschürze an, der am Brunnen stand. »Kann man helfen?«

»Glaub nicht«, antwortete der Mann. »Haben schon alles abgesucht. Das Kind bleibt verschwunden, Gott sei ihm gnädig.«

»Was ist mit seiner Schwester?«, erkundigte sich Kreitfisch.

»Weint nur, sagt nichts. Keinen Ton.« Der Mann fuhr sich mit einer Hand über die Stirn und hinterließ eine schwarze Rußspur. »Sollte wohl auf das Kleine aufpassen, aber dann muss etwas geschehen sein. 'n Unfall vielleicht.«

»Hm. Wo ist die Schwester jetzt?«

»Bei Bekannten, Wollspinnern. Die Mutter ist genauso wenig aufzutreiben. Seltsame Sache.« Er spuckte auf den Boden.

Kreitfisch nickte. »Allerdings. Und der Vater?«

»Weiß nicht, ob es einen gibt.«

»Ach. Wo wohnt denn die Mutter?«

Der Mann wies mit dem Kinn in Richtung einer schmalen Häuserzeile. Dann wandte er sich einer stämmigen Frau zu, die seinen Namen gerufen hatte, und stapfte ihr entgegen.

Kreitfisch ging zu den Häusern der Wollspinner hinüber. Die Menschen auf dem Platz verliefen sich allmählich. Einige würden vermutlich in den umliegenden Gassen weitersuchen. Andere würden nach Hause gehen und sich darauf verlassen, dass das Kind schon wieder auftauchen würde.

Kreitfisch hatte den Platz überquert. Auf dem Pflaster schimmerte das Abendsonnenlicht und gab dem grauen Stein eine goldene Färbung. Einen Steinwurf entfernt ragten die dunklen Bögen der Stadtmauer auf.

Da vor den Häusern niemand zu sehen war, klopfte er kurzerhand an die nächstbeste Tür. Ein schleifendes Geräusch erklang, als sie geöffnet wurde. Sie musste schief in den Angeln hängen, an der Innenseite schabte das Holz knirschend über den Boden.

Eine alte Frau trat aus den Schatten des Innenraumes. Ihr Mund war nur ein Strich, ihre Augen lagen tief in den Höhlen und fixierten Kreitfisch mit dunklem, bohrendem Blick.

»Grüß Euch, Mütterchen, ich suche das Haus einer Wollspinnerin mit einem Mädchen und einem Säugling. Könnt Ihr mir sagen, wo die hier wohnen?« Er wies mit einem Arm auf die angrenzende Häuserzeile.

Die Alte sah ihn einige Atemzüge lang an. Dann lachte sie plötzlich so schrill auf, dass Kreitfisch beinahe zusammenzuckte.

»Kennt Ihr diese Familie?«, fragte er noch einmal.

»Na und ob!«, verkündete die alte Frau mit hoher, durchdringender Stimme. Wieder erklang ihr schrilles Lachen.

»Wer ist denn an der Tür?«, rief die brüchige Stimme eines alten Mannes aus dem Inneren des Hauses.

»Niemand!«, keifte die Alte zurück. »Sei still und iss dein Essen!«

Kreitfisch musste insgeheim lachen. Ausdrücke wie »Dickwanst«, »Riesenochse« oder »Fettklumpen« war er gewohnt, doch bisher hatte ihn noch niemand »Niemand« genannt.

Er wartete ab, ob das grimmige Mütterchen noch etwas zu sagen hatte, aber nichts geschah. Die Greisin stand einfach da und starrte ihn mit ihren nachtschwarzen Augen an.

»Wie heißt die Familie, und wo wohnt sie?« Kreitfisch beschloss, es kurz zu machen.

»Rübensamen, Rübensamen«, antwortete die Alte und erfreute seine Ohren abermals mit einem Lachen.

»Sie heißt *Rübensamen*?«, hakte er verwirrt nach.

»Natürlich nicht!« Die kohlenäugige Greisin schüttelte ärgerlich den Kopf. »Scharpert heißen die! Scharpert hin, Scharpert her, Scharpert ist bald nimmermehr!« Wieder lachte sie und beugte sich vor. Saurer Kohlsuppenatem umwehte Kreitfisch, als sie ihm ins Ohr flüsterte: »Das Weib ist eine ... Ihr wisst schon!« Sie zwinkerte ihm zu, wobei die Haut um das zwinkernde Auge unzählige Falten warf. »Mal mit dem, mal mit dem ... trallala. Die Kinder, ach!«

Sie vollführte eine abfällige Geste. Dann näherte sie ihren Mund wieder seinem Ohr. »Sie ist mit den Gören allein. Der Mann hat sich ...« Sie machte ein knarrendes Geräusch und fuhr sich mit einem Zeigefinger über die Kehle. »Sie ist nicht oft zu Hause. Jaaa ...«, ratlos öffnete sie die Arme und riss die Augen weit auf, »wo kann sie jetzt schon wieder sein?«

Kreitfisch glaubte zu hören, dass ein Haus weiter eine Tür geöffnet wurde.

»Ihr meint also, die Frau ist Witwe und hat Liebschaften, und um die Kinder kümmert sich niemand?«

Eifriges Nicken. »Niemand«, wiederholte die Alte. Dann schrie sie über die Schulter, damit auch ihr Mann es hören konnte: »Niemand!«

»Könnt Ihr mir noch etwas über die Kinder ...«

Mit einem kratzenden Geräusch wurde die Tür zugeschoben.

Durch das Holz hörte Kreitfisch ein gedämpftes »Rübensamen« und »Hure«, dann wurde es still.

Rechts neben ihm regte sich etwas. Eine rundliche kleine Frau, unter deren Haube sich schwarze Locken hervorkringelten, trat mit einem Kind auf dem Arm auf ihn zu.

»Das stimmt nicht ganz«, sagte sie. »Die Scharpert ist keine Hure. Sie muss oft raus aus der Stadt, um Wolle zu holen. Die Kinder kommen dann zu mir.« Sie wischte ihrem Kind mit der bloßen Hand Rotz von der Nase. Sie selbst hatte Rußspuren auf der Wange. Ihre Augen waren groß und sehr dunkel.

»Hennes Kreitfisch«, stellte Kreitfisch sich vor. »Ihr seid bekannt mit der Familie … Scharpert war, glaube ich, der Name?«

Die Schwarzhaarige nickte. »Ja. Schrecklich, was geschehen ist. Die Große ist gerade bei uns, sie wusste ja nicht, wohin.«

»Die Schwester des verschwundenen Kindes ist bei Euch?«

»Anna, ja. Verzeiht, ich muss wieder hinein, es geht ihr nicht gut.« Sie warf einen Blick in Richtung ihres ärmlichen Hauses und machte Anstalten, wieder hineinzugehen.

»Ob es wohl möglich wäre, mit ihr zu sprechen?«, fragte Kreitfisch schnell.

Die Frau runzelte die Stirn und öffnete den Mund, um etwas zu sagen, als von jenseits der Stadtmauer verzweifeltes Kinderweinen erklang. Es schwoll an und wurde lauter und lauter, bis es plötzlich schlagartig abbrach.

Die Augen der Schwarzhaarigen weiteten sich erschrocken. »Das klingt wie Lene«, flüsterte sie. »Was macht sie da draußen?«

»Ist Lene der verschwundene Säugling?« Kreitfisch erstarrte. Gleichzeitig schien sein Blut plötzlich doppelt so schnell durch seinen Körper zu fließen.

Die kleine Frau nickte hastig. »Es könnte sein. Wenn sie Luft holt, macht sie immer dieses …«

Kreitfisch drehte sich um und rannte, so schnell er konnte, auf das Niedertor zu, das die nächstgelegene Möglichkeit bot, die Stadt zu verlassen.

Der Wächter war gerade dabei, für die Nacht frische Fackeln an den Wandhalterungen der Innenhalle anzubringen. Es würde nicht mehr lange dauern, bis das Tor geschlossen wurde.

Kreitfisch rannte über die Brücke und klappte das Gatter in der hölzernen Umzäunung auf, die den Brückengang jenseits des Wassergrabens begrenzte. Nicht sichtbar für ihn drehte sich unterhalb der Befestigung klappernd und rauschend das Mühlrad. Ansonsten war alles still.

Vor ihm lag der Weg, der Neuss ringförmig umgab, ein Stück weiter rechts zweigten zwei schmale Feldwege nach Norden und

Nordwesten ab. Auf dem hinteren, dem nordwestlichen, näherte sich ein Fuhrwerk. Klein und dunkel hob es sich vom roten Abendhimmel ab.

Unmittelbar an der Wegkreuzung, nicht mehr als zwei Steinwürfe von Kreitfisch entfernt, kniete jemand. Er trug einen langen dunklen Umhang mit Kapuze und hatte sich vorgebeugt. Vor ihm lag etwas Kleines, Helles auf dem Boden.

Kreitfisch holte tief Luft und brüllte: »He! Gebt das Kind her!«

Der Kapuzenmensch riss den Kopf hoch und sah Kreitfisch an. Er nahm das Kind hoch und wandte sich dem herannahenden Wagen zu.

Du lieber Himmel, wollte er damit abhauen? Kreitfisch setzte sich wieder in Trab. Nach wenigen Schritten hatte er Seitenstechen und keuchte, aber er befahl seinen Beinen, ihn so schnell vorwärtszutragen, wie es ihnen möglich war.

»Das Kind!«, forderte er ein zweites Mal.

Die dunkle Gestalt stand für einen Augenblick zögernd an der Kreuzung, dann hielt sie auf den Wassergraben zu, bahnte sich einen Weg durch das hohe Schilf und schwang die Arme mit dem Bündel nach vorn. Ersticktes Kinderweinen erklang.

»Nein!«, brüllte Kreitfisch. »Nein!«

Doch es war zu spät. Es platschte, und das Weinen verstummte.

Die schwarze Gestalt machte kehrt und jagte den Feldweg entlang auf das Fuhrwerk zu.

Kreitfisch verschwendete keinen Blick mehr an den Flüchtenden, nicht einmal einen Gedanken. Er rannte zu der Stelle, an der das Bündel ins Wasser geworfen worden war, und stürzte sich in den kühlen, schlickigen Graben.

Ein Stück weiter links sah er etwas Weißes treiben. Er schwamm darauf zu und fasste es. Stoff, es war nur Stoff! Verzweifelt suchte er die Wasseroberfläche ab. Dort! Etwas Helles inmitten der dunklen Wellen und Strudel. Er warf sich nach vorn und griff in das schwarz glitzernde Wasser. Erwischte eine kleine Schulter und umklammerte sie, packte den Kinderkörper mit beiden Händen und riss ihn aus dem Wasser. Schnaubend und keuchend steuerte er auf das nahe Ufer zu. Der Säugling in seinen erhobenen Armen rührte sich nicht.

Kreitfisch zog sich auf den Ellbogen an Land.

Vor ihm ragten zwei Beine in dunklen Beinlingen und spitzen Schuhen auf.

»Mein Gott«, flüsterte eine tiefe Männerstimme.

Kreitfisch sah auf. Es war der Wächter des Niedertores.

»Zieht Euren Mantel aus!«, befahl Kreitfisch, während er sich hinkniete und das noch halb in Tuchbahnen gewickelte Kind kopfüber auf seinen Oberschenkel legte. Er steckte einen Finger in den Mund des Säuglings, um mögliche Fremdkörper zu lösen, dann brachte er den winzigen Körper in Bauchlage und schüttelte ihn. Die Haut war so weich, der Leib so schrecklich klein.

»Komm schon!«, flehte Kreitfisch und hob die Beine des Kindes noch weiter an. Ein Schwall Wasser ergoss sich aus dem kleinen Mund, vermischt mit weißen Fäden halb verdauter Milch.

»Es lebt!«, stieß der Wächter erleichtert hervor.

Der Säugling hustete und würgte, spuckte noch mehr Wasser und begann dann endlich – endlich! – zu schreien. Noch nie hatte Kreitfisch sich so über ein schreiendes Kind gefreut. Er nahm es hoch und drückte es an seine Brust; der bebende kleine Körper fügte sich weich in seine großen Hände.

»Wickelt es in Euren Mantel ein, es darf nicht auskühlen! Nehmt Ihr es, ich bin zu nass!«

Während der Wächter das winzige Mädchen behutsam in seinen Mantel hüllte, richtete Kreitfisch sich auf und suchte nach der Kapuzengestalt und dem Fuhrwerk. Beide waren wie vom Erdboden verschluckt. Die Felder lagen friedlich im Zwielicht. Die Feldwege waren leer. In den Weiden am Wegrand raschelte der Wind. Es war dämmrig geworden, das Rot des Himmels hatte sich in ein trübes Graublau verwandelt.

Kreitfisch spürte, wie ihm kühle Tropfen aus den Haaren rannen. Seine Kleider hingen feucht und schwer an ihm. Wenn er die Zehen bewegte, schwappte das Wasser in seinen Schuhen. Ihm war kalt.

Aber all das nahm er gern in Kauf. Er blickte auf das Kind, das in den Armen des Wächters ruhte, still inzwischen, unruhig atmend, die Lider flatternd. Sie mussten so schnell wie möglich die Mutter finden. Bis dahin sollte sich die schwarzhaarige Wollspinnerin des Kindes annehmen. Dann wären die Geschwister zumindest wieder zusammen.

»Kommt«, sagte der Wächter und wandte sich zum Gehen. »Ich gebe Euch erst einmal einen Schluck Branntwein!«

***

Am frühen Abend stand Jordis noch im Lagerraum und überprüfte mit einem seiner Weinschröder den Bestand an Fässern, die morgen nach Holland verschifft werden sollten. Sein Magen knurrte, und seine Füße schmerzten. Er war den ganzen Tag auf den Beinen gewesen und hatte kaum etwas gegessen. Durch die offene Luke des Lagerraumes kroch unaufhaltsam die Dämmerung.

Er war gerade dabei, Ziffern auf den Fässern abzugleichen, als schwere Schritte die Kellertreppe herunterpolterten. Er blickte auf und sah Kreitfischs massige Gestalt im Türrahmen stehen.

»Es ist etwas geschehen, Herr Jordis«, stieß der Barbier kurzatmig hervor. Jetzt erst bemerkte Jordis, dass Kreitfischs Haar nass war und seine Kleidung wie eine feuchte zweite Haut am Körper klebte.

»Grundgütiger!«, stieß er hervor. An den Weinschröder gewandt sagte er: »Macht Ihr hier weiter, bis ich zurück bin. Sollte es länger dauern, könnt Ihr nach Hause gehen, wenn Ihr mit diesen dort fertig seid.« Er deutete auf eine Reihe Fässer an der Wand und folgte Kreitfisch nach oben.

»Klara, bring trockene Tücher und etwas Warmes zu trinken!«, rief er seiner Magd in der Küche zu, während er Kreitfisch in die Stube führte.

»Was ist geschehen?«, fragte er. Und der Barbier erzählte es ihm.

Tag neun. Montag

Mit einem unguten Gefühl ging Nesa an diesem Morgen aus dem Obertor und schlug den Weg in die Rheinauen ein.

Am Arm trug sie einen Korb, sie wollte Binsen zum Korbflechten sammeln. Doch vorher hatte sie noch eine andere Pflicht zu erfüllen.

Ihre Übelkeit hielt sich seit einigen Tagen in Grenzen, gottlob. Heute Morgen hatte sie sich zweimal Nachschlag genommen. Hafergrütze mit Milch war etwas Feines, sie wusste gar nicht, warum die anderen Bewohner des Hauses nur so wenig aßen.

Nesa war froh gewesen, das Haus verlassen zu können. Den Todesvogel hatte sie nicht mehr gesehen, aber ihre Kammer unter dem Dach empfand sie als beklemmend, eng und dunkel. Immer noch fürchtete sie, verhext zu werden, doch das helle Tageslicht milderte ihre Angst.

Die Morgenluft war etwas frischer als gewöhnlich, die Sonne hatte einen warmen Glanz. Der Herbst war nicht mehr fern. Sie hätte das klare, goldene Licht genießen können – wäre da nicht das Treffen gewesen, das ihr bevorstand.

Als sie sicher war, dass niemand sie beobachtete, bog sie auf einen schmalen Feldweg ab und verließ ihn auf Höhe eines Wäldchens, das die Wiesen von den Feldern trennte. Hierhin verirrte sich nur selten jemand, zu weit war es von der Stadt entfernt und zu gering war die Ausbeute an Beeren und Pilzen, die es bot.

Auf einer kleinen Lichtung hinter drei Birken wartete er auf sie, wie beim letzten Mal.

Sie solle sich beeilen, hatte er gesagt, seine Entbehrungen dauerten schon allzu lange. Dass sie kommen werde, wisse er, schließlich wolle sie nicht, dass Gerüchte über ihre Unkeuschheit in Umlauf gerieten. Was würde denn der Steinmetzgeselle sagen, für den sie schwärmte, wenn ihm zu Ohren käme, was für eine lasterhafte Person sie war! Mehr hatte er nicht sagen können, weil ihre Herrin sie zurück in die Küche rief, aber es hatte gereicht. Hier war sie nun und schämte sich, aber sie wusste nicht, was sie anderes tun sollte. Dass er sie bei Jennes, dem Steinmetzgesellen, schlechtmachte, wollte sie nicht. Jennes war ein so freundlicher und ehrbarer junger Mann. Wenn er wüsste, was sie tat, würde er nie wieder mit ihr sprechen, und sie würde auch niemals seine Ehefrau werden.

Als sie auf Höhe der Birken war, konnte sie den Schweiß des Mannes riechen, der auf sie wartete. Er zog sie an sich und drückte sie an einen der Bäume. Sie spürte die sonnenwarme Rinde im Rücken, ein abgesplittertes Stück stach sie unter dem linken Schulterblatt.

Er schwitzte und atmete schnell. Erregt leckte er über ihr Gesicht, während er ihr Gewand hochschob. Er zerrte an den Ärmeln, um es ihr über den Kopf zu ziehen, und konnte kaum erwarten, selbst aus seinen Kleidern zu steigen. Sie stand nur da und tat nichts, es geschah ohnehin alles, ohne dass sie etwas tun konnte.

Warum zog er nur all seine Sachen aus? Es würde doch reichen, wenn er sich unten herum entkleidete. Seine Hände glitten schnell und besitzergreifend über ihren Körper. Er trat dicht an sie heran, rieb sich an ihr und seufzte etwas, das sie nicht verstand. Dann warf er sie zu Boden und legte sich auf sie.

Unter dem Oberschenkel piekte etwas. Sie schloss die Augen, damit die Sonne sie nicht blendete und sie sein rotes Gesicht nicht sehen musste.

Es ging schnell diesmal, das war gut, sie musste nicht allzu lange warten, bis es vorbei war.

Hinterher blieb er wie immer eine Weile liegen, redete und lachte und stand dann unvermutet auf, um sich zu verabschieden. Er habe noch zu tun, sagte er. Die Worte strömten aus seinem Mund wie ein Fluss aus Lauten.

Nesa sah ihm kurz nach, als er durch das hohe Gras davonging, dann nahm sie das feuchte Tuch aus dem Korb, das sie vorsorglich eingepackt hatte, und rieb damit ihre verschwitzten Hände sauber, anschließend wischte sie sich die klebrigen Flecken von den Beinen.

Sie zog ihr Gewand zurecht, flocht ihren Zopf neu und machte sich auf die Suche nach Binsen.

Einmal noch sah sie in die Richtung, in die er gegangen war, und entdeckte ihn als kleinen schwarzen Punkt vor ein paar Büschen.

Sie wunderte sich. Hatte er nicht gesagt, er sei unverheiratet? Wer war dann die Frau, mit der sie ihn kürzlich auf dem Marktplatz gesehen hatte? Seine Schwester vielleicht. Aber falls nicht … Ehebruch war ein schweres Vergehen.

***

Schon früh am Morgen ging Augustin Jordis zum Hafen, um die Verladung seiner Lieferung nach Roermond zu überwachen. Anschließend wollte er der Schwester des am Vortag entführten Kindes einige Fragen stellen und wenn möglich Wissenswertes über die Scharperts herausfinden. Bevor er sich zur Ansiedlung der Wollspinner am Viehmarkt begab, machte er einen Umweg über die Branntgasse, um Lises Jansen zu bitten, ihn zu begleiten. Er hatte keine Erfahrung im Umgang mit Kindern; sie war mehrfache Mutter und zudem in die Untersuchungen eingeweiht. Lises erklärte sich sofort dazu bereit, ihm zu helfen, legte sich ein Tuch um die Schultern und verließ mit ihm zusammen das Haus. Für eine Schwangere war sie erstaunlich schnell.

Am Viehmarkt angelangt, rief Jordis sich Kreitfischs Anweisungen ins Gedächtnis –»Nicht das linke Haus, dort beschimpft man Euch als ›Rübensamen‹!« – und klopfte an die niedrige Tür des Mittelhauses, in dem die Frau lebte, die sich um die Scharpert-Kinder kümmerte. Ein kleines Mädchen mit dunklem Haar öffnete und sah sie ernst an.

»Sind deine Eltern da?«, fragte Jordis.

»Vater ist unterwegs«, sagte die Kleine. Dann drehte sie sich um und hüpfte zurück in den hinteren Teil des Hauses. Jordis und Lises verständigten sich mit einem Blick und folgten ihr. Stimmen und Geschirrklappern tönten ihnen entgegen. Jordis räusperte sich laut, um ihren Besuch anzukündigen.

Seine Augen hatten sich noch nicht an das schummrige Licht gewöhnt, aber im Vorbeigehen glaubte er hinter der Eingangstür eine Werkstatt zu erkennen.

In der angrenzenden Küche saß die Familie um einen großen Tisch herum und aß. Fünf Kinder beugten sich über einen Topf und tauchten ihre Holzlöffel hinein. Das Kleinste musste auf der Bank knien, um an sein Essen zu gelangen. Es zappelte und gab missmutige Laute von sich, als sein älterer Bruder ihm den Topf wegnahm und einem alten Mann zuschob, der gebeugten Hauptes am Kopfende des Tisches saß. Jordis hörte Schlürflaute und das Scharren von Füßen. Jemand verschluckte sich und hustete.

Durch die Pergamentbespannung zweier kleiner Fenster an der Stirnseite drang nur wenig Licht in den niedrigen Raum. Rechts vom Essplatz sah Jordis schemenhaft eine Kochstelle, ein Holzgestell mit Geschirr, zwei Schemel und mehrere Fässer. An einer Wand hingen Küchenwerkzeuge neben einem Reisigbesen. An einer anderen standen zwei Holzwannen. Aus der rechten quoll ein Stück Stoff. Es mochte sich hierbei um ein Kinderbett handeln.

Eine kleine Frau mit schwarzen Locken, die mit dem Rücken zu ihnen saß, sprang erschrocken auf, als sie ihr Eintreten bemerkte. Es musste sich um die Frau handeln, die Kreitfisch ihm beschrieben hatte. Jordis entschuldigte sich für ihr Eindringen und bat um ein kurzes Gespräch.

Die Schwarzhaarige führte sie in die Werkstatt, in der völliges Durcheinander herrschte. An einer Wand stand ein schmales Bett mit zerwühlten Laken. Zwei Spinnräder, Körbe mit Wolle, eine offene Truhe, Wollknäuel, Werkzeuge, Kleidung und Essensreste: Alles war über den Boden verteilt. Die Frau schien das nicht zu stören.

Nachdem Jordis Lises und sich vorgestellt hatte, sprachen sie über das Befinden der Scharpert-Kinder. Er fragte, ob sie wisse, wo deren Mutter sei.

»Maria ist inzwischen da«, sagte die Wollspinnerin und wies mit dem Kopf zum Nachbarhaus. »Aber sie ist … Ihr wisst schon … Sie wollte ihre Sorgen im Branntwein ertränken. Wenn sie ausgeschlafen hat, bringe ich ihr die Kinder.«

»Ist sie denn imstande, sie zu versorgen? Allein, ohne Mann?«

»Mehr schlecht als recht. Sie ist auf der Suche nach einem neuen Mann, aber sie gerät immer an die Falschen. Der Letzte hat sie geschlagen. Der davor hat sich zu Tode gesoffen. Sie tut mir leid.« Die kleine Frau kratzte sich an der Hand. »Sie kam erst vor ein paar Wochen hierher, aus Uerdingen glaube ich. Sie war eingesperrt, ausgepeitscht und der Stadt verwiesen worden. Wegen unzüchtigen Verhaltens. Was genau vorgefallen ist, weiß ich nicht. Ehebruch vermutlich. Sie wurde fortgejagt, mit ihren Kindern. Die armen Dinger.« Sie schüttelte traurig den Kopf.

»Hatte sie in letzter Zeit Umgang mit einem Mann?«, fragte Jordis und fügte erklärend hinzu: »Wir suchen nach dem Entführer ihrer Tochter.«

Die Wollspinnerin richtete ihre dunklen Augen in die Ferne. »Da war jemand an ihrer Tür, vor ein paar Tagen. Sehr edel gekleidet, ich dachte, er habe sich in der Straße vertan.«

»Dunkelhaarig?«, wollte Jordis wissen.

»Ja.«

»Kanntet Ihr ihn?«

»Ich habe nicht genau hingesehen, ich hatte mit den Kindern zu tun ... Irgendwie kam er mir bekannt vor, aber ich kann Euch nicht sagen, woher.«

»Kam der Mann aus dem Haus oder ging er hinein?«

»Ich weiß es nicht. Er sprach an der Tür mit Maria.«

»Gut. Nun ...« Jordis sah zuerst Lises an und dann die Wollspinnerin. »Könnten wir mit dem älteren Scharpert-Mädchen sprechen, mit Anna? Vielleicht hat sie etwas beobachtet, das uns weiterhelfen könnte.«

Die Schwarzhaarige zögerte. »Ich glaube nicht, dass sie mit Euch sprechen wird. Sie hat, seit sie hier ist, kaum ein Wort gesagt. Ich hole sie, aber ich bitte Euch, es kurz zu machen.«

Wenig später kehrte sie mit einem rothaarigen Mädchen zurück, das etwa zehn Jahre alt sein mochte. Sie musste das Kind vor sich her schieben, da es sich mit seinen schmutzigen kleinen Händen die Augen zuhielt und nicht sehen konnte, wohin es lief.

Jordis fühlte, wie ihm der Schweiß ausbrach.

»Anna, hör zu«, sagte er unsicher.

Das kleine Mädchen blieb stehen und lauschte auf seine Stimme.

»Wir möchten dich etwas fragen«, fuhr er fort und sah sich hilfesuchend nach Lises um.

»Wir wollen dir helfen«, ergänzte sie, ging hinüber zu dem Kind und kniete vor ihm nieder. Aus ihren dunklen Augen sprachen Güte und Wärme. Vorsichtig streckte sie eine Hand nach dem Mädchen aus.

Die Kleine hatte ihre Hände vom Gesicht genommen und starrte die fremde Frau von oben bis unten an.

Gleich ist es geschafft, dachte Jordis und richtete sich auf. Gut, dass ich eine Frau dabeihabe. Lises wird sie in die Arme nehmen, und dann wird sie reden, hoffentlich.

Aber genau das Gegenteil geschah.

Als Lises' Hand die Knie des Mädchens berührte, zuckte es zurück und stieß einen hohen, spitzen Schrei aus.

Verwundert sah Jordis zu, wie die Kleine ängstlich vor Lises zurückwich. Sie atmete schnell und keuchend und versteckte sich hinter der Wollspinnerin, die mit offenem Mund dastand.

Lises blickte dem Kind erstaunt nach.

Was sollte das bedeuten?, dachte Jordis. Wieso fürchtete sich das Kind vor ihr? Er sah Lises an, die etwas Ähnliches zu denken schien wie er selbst.

Jordis nickte langsam.

»Es war eine Frau«, sagte er.

***

Elsbeth hätte nicht sagen können, zu welcher Tageszeit die Männer diesmal zu ihnen herunterkamen. In dem dunklen Kerker verlor man jedes Gefühl für Zeit. Sie fror und hatte ein Kratzen im Hals. Aber das war nichts im Vergleich zu dem, was die Unmenschen Aleidis angetan hatten. Und jetzt kamen sie wieder. Ihr war übel vor Angst, und in ihren Ohren rauschte es. Arnold war wie üblich dabei, außerdem der Dominikaner, der namenlose Blonde und der Kindliche, den Ebels zuletzt mit »Greve« angesprochen hatte. Neben Greve stand Dulken, den Aleidis nur »den Schweinekopf« nannte. Und hinter ihnen der blasse, dünne Schreiber. Er sah sie nicht an, sondern starrte nur auf die Aufzeichnungen in seiner Hand.

Elsbeth bekreuzigte sich und sandte ein stilles Gebet zum

Himmel. Ihre Handgelenke waren von den Eisenschellen, die sie seit Tagen trug, wund gescheuert. Die Ketten, die ihre Handfesseln mit dem Eisenring an der Wand verbanden, klirrten leise.

Nachdem der Mönch Aleidis und sie mit einem Holzkreuz berührt und lateinische Beschwörungen gemurmelt hatte, trat Arnd Ebels vor und schlug die Enden eines Tuches auseinander, in das ein kleiner Kessel eingebettet war.

»Wir wollen hoffen, dass Ihr heute geständiger seid«, begann er. »Wir haben in der Behausung, die Ihr beide bewohnt, einiges gefunden, was Eure Schuld noch deutlicher macht. Seht her: Dieses zauberische Hilfsmittel fanden wir unter Brettern des Abtritts!«

Im Licht der Fackeln hob er einen Klumpen in die Höhe, der aussah wie eine Verklebung von Spinnweben, Dreck und Ungeziefer.

»Das ist doch kein …«, begann Aleidis, aber da hatte der große Blonde ihr bereits mit einer Rute ins Gesicht geschlagen. Sie konnte den Kopf gerade noch so drehen, dass er sie nur an der Schläfe traf.

»*Ich* rede hier, um das klarzustellen«, sagte Ebels warnend. »Außerdem fanden wir diesen kupfernen Kessel mit geheimnisvollen Zeichen an der Seite. Sind es vom Teufel eingebrannte Zaubersprüche? Oder Verwünschungen?«

Elsbeth und Aleidis sagten nichts.

»Wir werden Euch noch helfen zu reden. Arnold, die Beinschrauben!«

Der Folterknecht nahm aus einem groben Sack, der vor ihm auf dem Boden lag, zwei schwere Schraubzwingen, die deutlich größer waren als die ihnen bekannten Daumenschrauben.

Elsbeths Herz raste. Sie wurde grob rücklings an die Wand gestoßen; als sie sich wehren wollte, schlug der Blonde sie mit der Rute. Die Männer drückten ihr rechtes Bein nieder und zwängten den Unterschenkel des linken gewaltsam zwischen die Platten der Beinschraube, die im oberen Teil gerundet war und scharfe Zacken hatte.

Elsbeth hielt die Luft an, als Arnold und Dulken die beiden Platten mittels zweier Drehgriffe so nah zueinanderbrachten, dass die scharfen Holzspitzen schmerzhaft in ihre Haut stachen.

Sie weinte still vor sich hin, von Aleidis hörte sie nur lautes Atmen; auch bei ihr wurde eine Schraubzwinge angelegt.

»Das ist doch noch gar nichts«, sagte Ebels. »Wartet nur auf die nächste Drehung. Ihr könnt der Pein entgehen, indem Ihr geständig seid. Wir haben Euer Haus von oben bis unten durchsucht und noch mehr Verdächtiges gefunden. Gesteht Ihr die Aufbewahrung satanischer Hilfsmittel in Eurem Haus?«

Aleidis schnaubte wütend und antwortete: »Das sind alltägliche Gegenstände, die mir allein gehören, nicht Elsbeth.«

»Lügen, Lügen, Lügen«, stellte Ebels fest und gab seinen Helfern ein Zeichen. Er ließ den Schreiber vermerken, dass die Gefangenen halsstarrig bei der Unwahrheit blieben, und nickte den Männern, die bei Aleidis knieten, zu. Elsbeth hörte ihre Freundin tief und schmerzhaft stöhnen, als deren Beinschraube erneut angezogen wurde. Sie kniff die Augen zusammen und betete ein leises Vaterunser.

»Erlöst Euch selbst, indem Ihr gesteht und uns verratet, wo in Eurem Haus … das Geld versteckt ist. Ich weiß, dass Ihr welches dort habt, Witwe Wintz, Ihr seid keine arme Frau. Wo bewahrt Ihr das Geld auf?«

»Als ob ich Euch das sagen würde.« Aleidis schrie auf, als auf einen Wink von Ebels hin die Schraubzwinge noch fester gespannt wurde.

In diesem Augenblick klopfte es oben an die Luke, und Vinzenz Moersch rief: »Augustin Jordis ist hier.«

Ebels fluchte. »Der verfluchte Bucklige! – Schickt ihn weg! Er kann jetzt nicht herein. Erzählt ihm irgendetwas, damit er geht.«

»Ja, aber –«, wandte Moersch ein.

»Erzählt ihm etwas!«, befahl Ebels. An seine Männer gewandt sagte er: »Wir machen morgen weiter.« Er wies sie an, die Beinschrauben zu lösen.

Als seine Getreuen die Leiter in den Wachraum hinaufgeklettert waren, drehte er sich noch einmal zu den Frauen um.

»Zukünftig kann er vorbeikommen, sooft er will«, sagte er, und Elsbeth spürte seine innere Anspannung, »doch beim nächsten Mal werdet Ihr nicht mehr hier sein. Und …«, er holte Luft und sprach mit noch kälterer Stimme weiter, »… wenn es nach mir geht, kommt Ihr von dort, wohin wir Euch bringen, nie mehr wieder.«

Zitternd richtete Elsbeth ihren Oberkörper auf. Durch einen Tränenschleier sah sie, wie Ebels zügig nach oben kletterte. Sie hörte die Männer im Wachraum lachen, dann wurde die schwere Falltür zugeschlagen, und es war wieder still im Kerker.

Vorsichtig winkelte sie ihre Beine an. Gott war ihr gnädig gewesen. Ihre Schienbeine brannten, aber sie konnte sich ohne Mühen bewegen. Aleidis hatte man deutlich übler zugerichtet.

»Wie geht es dir?«, flüsterte Elsbeth.

Aleidis seufzte schwer und holte tief Luft. Dann sagte sie mit dunkler, zorniger Stimme:

»Wir müssen uns wehren. Hör mir gut zu, Elsbeth, ich habe einen Plan.«

***

Nachdem Jordis Lises Jansen nach Hause begleitet hatte, hatte er zunächst nach den gefangenen Frauen im Blutturm sehen wollen, bevor er sich auf die Suche nach Buchholz begab.

Der Turm hatte selbst im hellen Mittagslicht düster und bedrohlich gewirkt, als er etliche Male an die Tür geklopft hatte. Endlich hatte Vinzenz Moersch, der junge Wachmann, geöffnet und ihm mitgeteilt, die Gefangenen würden schlafen und er könne sie nicht stören; das Mittagsmahl sei ihnen nicht bekommen, und sie brauchten jetzt Ruhe.

»Kommt morgen wieder«, sagte er und schloss die Tür, bevor Jordis etwas erwidern konnte.

Unbekömmliches Mittagessen. Morgen wiederkommen. Das hatte ihm nicht gefallen. Mit einem unguten Gefühl im Bauch war er gegangen.

Als er nun in Richtung Markt abbog, rief er sich das Gespräch im Haus der Wollspinner ins Gedächtnis. Die Angst des Mädchens vor der fremden Frau war deutlich spürbar gewesen; der Mann, den sie suchten, musste eine Helferin haben. Schon wieder der dunkelhaarige Mann, dachte er. Wer mochte es sein? War er mit Buchholz auf der richtigen Fährte?

Nachdenklich begab er sich zum Haus Schöneck und erfuhr, dass Herr Buchholz mit seiner Gemahlin ausgegangen sei. Er ging quer über den Platz auf die Stadtwaage mit ihrem mächtigen Treppengiebel zu und ließ sich auf einer Bank an der Nordseite des Gebäudes nieder. So konnte er den Eingang der Herberge gut im Auge behalten.

Auf der Bank neben ihm saßen zwei Männer in bäuerlicher Kleidung und aßen etwas, das zwischen ihnen lag und teilweise in ein Tuch eingeschlagen war. Ab und zu sprachen sie ein paar Worte und lachten. Neben ihnen stand ein Fuhrwerk quer zum Gefälle des Platzes. Offensichtlich hatten sie Waren zum Wiegen zur Stadtwaage gebracht. Die Ladung ihres Wagens war mit einem großen Tuch abgedeckt. Was mochte es sein?, fragte sich Jordis. Wolle, Federn, Speck, Weizen oder Flachs? Butter wohl kaum, sonst würden sie hier nicht gemütlich in der Sonne sitzen.

Er faltete die Hände und betrachtete die Menschen, die über den Markt gingen. Einige schlenderten, andere liefen fast. Ein hochgewachsener Mann fiel ihm auf, der die Kleidung der Jakobspilger trug. Beim Gehen blieb sein rechtes Bein steif. Das mochte der Däne sein, mit dem Kreitfisch gesprochen hatte. Er verschwand hinter der Liebfrauenkirche. Vermutlich konnte er seinen Pilgerweg aufgrund der Verletzung noch nicht fortsetzen.

Wenig später kehrte das Ehepaar Buchholz zum Schöneck zurück. Die Frau hatte die Hände auf ihren gewölbten Leib gelegt, der Mann hielt ihr die Tür auf. Beide verschwanden in der Herberge.

Ich werde warten, dachte Jordis. Mit ein wenig Glück hat er noch etwas zu erledigen und kommt wieder heraus.

Und so war es. Nach einer Weile – seine Banknachbarn hatten inzwischen ihr Fuhrwerk bestiegen und waren davongefahren – trat Kaspar Buchholz aus dem Haus. Er blieb kurz stehen und ließ seinen Blick über den Platz schweifen. Dann wandte er sich ab und ging in Richtung Oberstraße.

Jordis beeilte sich, ihn einzuholen.

»Verzeiht, dass ich Euch störe, Herr Buchholz«, sprach er den in edlen grünen Stoff gewandeten Mann an. »Mein Name ist Augustin Jordis, ich würde gern mit Euch sprechen.«

Buchholz blieb stehen und betrachtete ihn misstrauisch. »Woher kennt Ihr meinen Namen?«

Er hatte dichtes schwarzes Haar und ein gut geschnittenes Gesicht mit tiefgrünen Augen unter dunklen Brauen, Jordis konnte sich vorstellen, dass Frauen von ihm beeindruckt waren.

Er lächelte. »Ihr seid ein namhafter Tuchhändler, man kennt Euch in der Stadt. Ich möchte Euch nicht aufhalten. Vielleicht können wir ein Stück gemeinsam gehen?«

»Wenn es sein muss.« Buchholz sah ihn nicht an und setzte seinen Weg fort. Sie bogen in die Oberstraße ein.

Ich muss mich beeilen, dachte Jordis, wenn er am Ziel angekommen ist, wird er mich abschütteln. Er entschied sich für den direkten Weg.

»Kennt Ihr eine Magd namens Johanna Kloeren?«

»Wer soll das sein?«, fragte Buchholz unbeteiligt und ging zügig weiter.

»Die Magd eines Hofes, von dem am vorletzten Samstag ein Kind verschwand. Wir suchen nach Zeugen, die etwas gesehen haben könnten.«

Buchholz schwieg eine Weile. Jordis hatte Mühe, mit ihm Schritt zu halten.

Dann sagte der Tuchhändler: »Da müsst Ihr woanders suchen. Ich weiß nicht, was es Euch anginge, aber am vorletzten Samstag war ich in Uerdingen, genauer von Freitag bis Sonntag, in meinem Haus und bei Oskar Stüber zu geschäftlichen Verhandlungen. Ihr könnt gerne Erkundigungen einholen, wenn es sein muss, ich habe nichts zu verbergen.«

Oskar Stüber! Jordis hoffte, den Namen richtig verstanden zu haben. Buchholz brachte sehr viele Worte in einem Atemzug unter und sprach undeutlich. Dass er ihn dabei weiterhin nicht ansah, sondern die Straße vor sich, kam erschwerend hinzu.

»Gut. Danke. Ich habe gehört, Ihr geht gerne auf den Markt …«

»Natürlich gehe ich gerne auf den Markt«, unterbrach ihn Buchholz, »ich bin Händler.«

»Sicher. Habt Ihr dort mit der einen oder anderen Frau gesprochen?«

Buchholz lachte auf. »Ihr stellt Fragen! Wie sollte ich über den

Markt gehen, ohne mit Frauen zu sprechen? An fast jedem Stand stehen Frauen.«

»Und ich kann mir vorstellen, dass sie sich gern mit einem Mann wie Euch unterhalten.« Jordis versuchte es auf die schmeichlerische Art.

»Das mag sein«, gestand Buchholz ein. »Sehen ja sonst nichts von der Welt. Wie soll die Kleine noch gleich heißen?«

»Johanna Kloeren«, antwortete Jordis betont langsam.

»Johanna, Johanna ... Ist das so eine Schmale, Hübsche mit braunem Haar? Mit der habe ich hin und wieder gesprochen, ja, sie hat eine Vorliebe für schöne Stoffe. Was ist dabei? Ich weiß wirklich nicht, was es Euch angeht, mit wem ich spreche! Bei Eurer Suche kann ich Euch nicht helfen, fragt andere. Guten Tag.«

Er beschleunigte seinen Schritt und ließ Jordis hinter sich zurück. Der folgte ihm langsam, um zu sehen, wohin er ging.

Sie hatten die Niederstraße erreicht. Buchholz klopfte an die Tür von Ludwig Mertens und verschwand im Haus.

Im Eingang des Nachbarhauses stand Drude Bergs und sah ihm nach.

Jordis drehte sich um, bevor sie ihn entdecken konnte, und machte sich rasch auf den Heimweg.

Wenn es stimmte, dass Buchholz an dem fraglichen Wochenende in Uerdingen gewesen war, konnte er das Kiver- und das Kloeren-Kind nicht entführt haben, die beiden waren freitags und samstags verschwunden. Er musste Theil bitten, die Angaben zu überprüfen.

Jordis wanderte noch eine Weile umher, um seine Gedanken zu ordnen. Das Licht war an diesem Tag klar und strahlend, die Luft roch schon ein wenig nach Herbst. Bald würden die ersten Bodennebel kommen, die ersten gelben Blätter an den Bäumen, die ersten kühlen Abende.

Er dachte über die entführten Kinder nach. Seine Helfer und er vermuteten, dass ein sittenloser Ehemann seinen unehelichen Nachwuchs verschwinden ließ. Ergänzen ließe sich nun: vermutlich mit Hilfe einer Frau.

Aber was war, wenn etwas ganz anderes dahintersteckte? Wenn die Säuglinge nach einem bestimmten Muster ausgewählt wurden, wenn es dem Entführer in erster Linie um die Kinder ging …

Konnte Rache das Motiv sein? Oder spielte das Geschlecht der Kinder eine Rolle? Im Fall von Margarete Kloeren war möglicherweise gezielt ein Mädchen ausgewählt worden. Ihren Bruder, der neben ihr lag, hatte der Entführer zurückgelassen. Absichtlich? Dann hätte ihm allerdings die Kennzeichnung mit heller und dunkler Wolle bekannt sein müssen. Aber: Gerhard Kiver war ein männlicher Säugling, Lene Scharpert ein weiblicher. Da passte etwas nicht zusammen. Ach, war das verwirrend!

Rätselhaft erschien auch die Geschichte des toten Freudenmädchens. Sie hatte ein Kind erwartet, womöglich gab es einen Zusammenhang zwischen ihr und den entführten Säuglingen. Jordis seufzte. Noch konnte er all diese Fragen nicht beantworten.

Am Obertor brach er seinen Spaziergang ab und machte sich auf den Heimweg. Er dachte an Aleidis in ihrem Kerkerloch und hoffte, dass sie nicht den Mut verlor.

Als er auf sein Haus zuging, sah er etwas Helles auf der Türschwelle liegen. Beim Näherkommen erschrak er. Das Etwas war ein toter weißer Vogel.

Jordis sah bestürzt auf das Tier hinab. Es handelte sich um eine große Möwe, der man gewaltsam den Hals umgedreht hatte. Knochensplitter ragten aus dem blutbeschmierten Gefieder. Mitleid und Abscheu erfüllten ihn. Als er genauer hinsah, entdeckte er ein Lederband, das um den Schnabel der Möwe gewickelt und verknotet worden war.

***

Nachdem er das späte Mittagessen verzehrt hatte, das abgedeckt unter einem Tuch auf ihn wartete, setzte er sich in seinen Antwerpener Sessel und trank ein Glas Wein. Vielleicht würde es die Unruhe in ihm lindern. Die tote Möwe hatte er auf einer Schaufel in den Innenhof getragen, um sie seinen Mitstreitern später zeigen zu können.

Angespannt und grüblerisch machte er sich am späten Nachmittag auf den Weg zu Kreitfischs Haus.

Der Barbier ließ ihn ein und bat ihn in die Küche. Als er die Trinkbecher auf den Tisch stellte, klopfte Rutger Jansen mit seiner Krücke an die Tür. Er tat dies öfter, wenn er den Dingen Nachdruck verleihen wollte. Wie er dabei auf einem Bein das Gleichgewicht hielt, blieb sein Geheimnis.

»Mein Besuch in Latum bei Familie Poill hat wenig gebracht«, verkündete er beim Hereinhumpeln. »Der Junge bekam rote Ohren, als ich von Johanna sprach, und fing an rumzustottern. Er scheint noch ziemlich verliebt in sie zu sein. Obwohl er sie seit Monaten nicht gesehen hat. Er sagte, Johanna sei am Marktstand öfter von Männern angesprochen worden, aber an einen bestimmten konnte er sich nicht erinnern. Tja. Das war's. Mehr habe ich nicht zu bieten.«

Sie setzten sich um den Tisch in Kreitfischs Küche, der aus einem dicken Brett bestand, das auf zwei Holzböcken auflag.

Jordis berichtete von den Gesprächen, die er heute geführt hatte, und von seinen Theorien.

»Ich denke, was die Entführungen angeht, können wir Folgendes festhalten«, schloss er. »Unser Täter scheint eine Komplizin zu haben. Vielleicht eine Verwandte, die ihm hilft, an die Kinder heranzukommen. Das wäre nachvollziehbar: Eine Frau mit einem Kind auf dem Arm fällt weniger auf als ein Mann … Außerdem wissen wir: Die Mütter aller drei Kinder hatten Kontakt zu einem Mann, der nicht ihr Ehemann war. Gehen wir davon aus, dass es in allen Fällen derselbe war. Der reiche, dunkelhaarige Mann! … Es könnte Kaspar Buchholz sein. Seine Angaben lasse ich morgen von Theil überprüfen. Auch von Sibert Hege möchte ich wissen, wo er an dem Wochenende war, als die Kinder verschwanden. Nun, vielleicht geht es hier tatsächlich um die Beseitigung unehelicher Kinder. Dann können wir den Täter – und seine Mithelferin – hoffentlich bald überführen!«

Er wollte ihnen gerade von der toten Möwe erzählen, als jemand kräftig an die Tür klopfte.

Kreitfisch ging öffnen und kam mit einem mürrisch dreinblickenden Mann zurück in die Küche.

»Ich soll etwas abliefern«, sagte der Mann mit tiefer Stimme. »Bei Hennes Kreitfisch.« Der Barbier nickte. Sie kannten den Mürrischen: ein Kramhändler, den sie schon oft mit seinem bunt beladenen Fuhrwerk durch die Straßen der Stadt und über die Feldwege des Umlandes hatten zuckeln sehen.

Er streckte Kreitfisch einen fest in Tuch eingeschlagenen, flachen Gegenstand entgegen. Unterhalb des Knotens war ein wächsernes Siegel angebracht.

»Von Einhand-Adalbert«, brummte er. Die Hälfte der Laute schien in seinem ungepflegten schwarzen Bart zu versickern, aber da sie diesen Namen kannten, konnten sie die nuscheligen Worte des Händlers deuten.

»Danke.« Jordis wühlte in seinem Geldbeutel nach Münzen und drückte dem Bärtigen ein paar Heller in die Hand.

Grußlos ging der Mann zur Tür und verschwand in den länger werdenden Schatten des frühen Abends.

»Von Einhand-Adalbert?«, wiederholte Jansen aufgeregt. »Er wollte uns Bescheid geben, wenn er Sibylla gefunden hat. Lasst es uns schnell öffnen!«

Sie eilten in die Badestube, wo Kreitfisch den Gegenstand auf einer Liege ablegte und die Verschnürung mit einem Messer aufschnitt. Seine dicken Finger schlugen das Tuch zurück. Vor ihnen lag ein zusammengerolltes Pergament.

»Was ist *das* denn?«, entfuhr es Rutger Jansen.

Kreitfisch entrollte das Pergament und hielt es so, dass alle es sehen konnten.

»Lauter Zeichnungen!«, stellte Jansen fest.

»Er kann sicher nicht schreiben«, mutmaßte Jordis. »Vielleicht wollte er die Botschaft auch verschlüsseln, für den Fall, dass sein treuloser Bote oder andere Gauner sie öffnen.«

»Er vertraut auf unsere Weisheit und Bildung«, fügte Kreitfisch hinzu.

»Und das, obwohl er dich kennt?«, lachte Jansen. »Schon gut«, lenkte er ernst ein. »Lasst es uns ansehen!«

Jordis beugte sich vor und betrachtete die Zeichnungen. Die

meisten waren in der Mitte des Bogens angesiedelt, zwei weitere fanden sich unten in der rechten Ecke.

»Wir sollten mit den mittleren Bildern anfangen«, schlug er vor, »hier scheinen sich die wesentlichen Hinweise zu verbergen.«

Alle drei betrachteten die kleinen Zeichnungen, die mit unregelmäßigen Federstrichen auf das Pergament gesetzt worden waren.

Ein Buch mit aufgeschlagenen Seiten war zu erkennen. Daneben hatte Einhand-Adalbert ein Gewand mit zwei Längsstreifen und weiten Ärmeln gemalt, die an den Enden ebenfalls mit Streifen versehen waren. Darunter befand sich eine Art Feder. Neben die Feder hatte er einige unförmige kleine Kreise gezeichnet.

»Der Mann ist Reliquienhändler«, überlegte Jordis laut. »Er kennt sich mit Heiligen aus ... Das hier könnte etwas damit zu tun haben.«

»Merkmale!«, warf Kreitfisch ein. »Es könnten Merkmale von Heiligen sein. Ihr wisst schon: Dinge, die bestimmte Heilige bei sich haben. Hier, das Buch!« Er deutete auf das Blatt. »Petrus hat ein Buch, Philippus hat ein Buch ...«

»Viele Heilige werden mit Buch dargestellt«, zweifelte Jansen, »und diese Feder ... die hab ich noch nie gesehen.«

Jordis strich sich über eine Augenbraue, während er das Muster des gezeichneten Gewandes studierte.

»Das könnte ein liturgisches Gewand sein«, stellte er fest.

»Richtig«, pflichtete Jansen ihm bei. »Diese Streifen ... das ist eine Dalmatik – das Gewand des Diakons!«

»Donnerwetter, Rutger!«, staunte Kreitfisch. »Inmitten all des Strohs in deinem Kopf muss sich doch tatsächlich ein Quäntchen Schlauheit verbergen.«

»Ein winzig kleines vielleicht«, lachte Jansen.

Jordis beachtete sie nicht. Er studierte aufmerksam das nächste Bild. »Das hier«, er zeigte auf die vermeintliche Feder, »das könnte ein Palmzweig sein, keine Feder.«

»Das Zeichen des Sieges über Tod und Teufel!«, ergänzte Kreitfisch. »Herr Jordis, Ihr seid ein helles Kerlchen!«

»Und zuletzt diese Flecken ...« Jordis sah sich die unförmigen

Kreise genauer an. »Steine!«, rief er. »Steine, Buch, Palme, Diakon … der heilige Stephanus!«

»Natürlich!« Jansen schlug sich die Hand vor die Stirn. »Er wurde gesteinigt. Das sind tatsächlich seine Kennzeichen!« Er klopfte auf den unteren Teil der Botschaft. Hier hatte Einhand-Adalbert ein Kreuz mit ungleichmäßig dicken Balken gemalt. Daneben befand sich ein unbeholfen hingeworfenes Haus mit breitem Dach, in das der Name »Bloem« hineingekritzelt war. »Und was bedeutet das?«

Alle drei schwiegen einen Augenblick.

Kreitfisch rieb sich das mächtige Kinn. Dann wies er auf das Kreuz.

»Das könnte für eine Kirche oder Kapelle stehen«, überlegte er. »Könnte es sein, dass es hier um eine bestimmte Kirche geht? Eine Kirche, die dem heiligen Stephanus geweiht ist?«

»Sehr gut!« Jordis warf dem Barbier einen anerkennenden Blick zu. »Das muss es sein!« Er nickte eifrig. »In Grefrath gibt es eine St.-Stephanus-Kirche.«

»Herr Jordis, Ihr seid wahrhaftig von großem Geist!«, lobte Kreitfisch erfreut.

»Ich will eure Begeisterung nicht schmälern«, warf Jansen ein und wies auf das schief gezeichnete Gebäude. »Aber wir hätten da auch noch dieses prächtige Haus. Was ist damit?«

»Wenn uns diese Heiligengeschichte in ein bestimmtes Kirchspiel führen soll«, dachte Kreitfisch laut, »dann könnte Bloem der Name von jemandem sein, der dort wohnt.«

»… und bei dem Sibylla sich versteckt hält«, ergänzte Jordis.

»Das wäre möglich«, stimmte Jansen zu. Er lachte. »Herrje, sind wir nicht drei schlaue Gesellen?«

Jordis lächelte ebenfalls, wurde aber gleich wieder ernst. »Wir müssen schnellstmöglich nach Grefrath fahren und unsere Vermutungen überprüfen.«

Jansen sah aus dem Fenster. »Jetzt ist es zu spät. Wir sollten morgen früh zeitig aufbrechen.«

»Fahrt Ihr«, schlug Jordis vor. »Ich bleibe lieber in der Stadt. Morgen ist Stadtratssitzung, der möchte ich beiwohnen. Ich habe bereits die letzte versäumt, ich sollte meine Pflichten als Ratsherr nicht über Gebühr vernachlässigen.«

»Gut.« Jansen deutete auf die Zeichnungen. »Das hat unser Einhand-Adalbert gewitzt angestellt.«

»So ist es«, bekräftigte Kreitfisch und streckte sich. »Mein Kopf raucht vor lauter Grübeln. Ich brauche dringend einen Schluck.« Er schenkte ihnen ungefragt Bier nach. »Auf gutes Gelingen. Wohlsein!«

***

Aleidis versuchte zu schlafen. An den harten Boden hatte sie sich mittlerweile gewöhnt. Sie fühlte, wie eine gnädige Schwere über sie kam. Im Schlaf spürte sie ihre Schmerzen nicht. Nur wenn sie aufwachte, waren sie schlagartig wieder da, und leider wachte sie viel zu oft auf.

Plötzlich wurde die Falltür aufgerissen, die Holzleiter fuhr klappernd herunter, und die Stimme von Dulken rief: »Aufstehen, aber hurtig! Wir ziehen um!«

Aleidis sah, wie Elsbeth sich verschlafen aufrichtete. »Denk an das, was wir besprochen haben«, flüsterte sie ihr zu.

»Aber ich kann dich doch nicht …«, begann Elsbeth.

»Doch!«, fiel Aleidis ihr ins Wort. »Du kannst. Und du musst!«

Elsbeth warf ihr einen verzweifelten Blick zu. Aleidis nickte langsam und tastete vorsichtig nach dem Messer in ihrer Kitteltasche. Die Lederscheide hatte sie in einen dunklen Winkel des Kerkers geworfen, um die Waffe bei Bedarf sofort griffbereit zu haben. Sie sah auf.

Die Männer des Hexenausschusses kletterten lärmend die Leiter herunter und befreiten sie von den eisernen Handschellen und Ketten, mit denen sie an die Wand gefesselt waren. Sie rissen sie grob vom Boden hoch und drängten sie, nach oben zu steigen. Mit ihren verletzten Händen fand Aleidis kaum Halt. Das gepeinigte Bein drohte unter ihr nachzugeben, als sie sich eine Sprosse nach der anderen emporquälte. Drei waren es heute, drei räudige Frettchen: Dulken, Greve und Arnold.

Aleidis kletterte mühsam in den Wachraum hinauf und richtete sich auf. Vor ihr saß Arnd Ebels. Er wartete, bis auch Elsbeth oben angekommen war, dann teilte er ihnen mit, der Umzug ins Obertor stünde bevor.

»Der Kerker dort ist größer, die Mauern sind dicker, und es gibt eine Folterkammer. Mithin ein viel standesgemäßerer Ort für Euch. Beeilt Euch! Ich habe nachts auch noch anderes zu tun, als mit Hexen durch die Stadt zu laufen. Ich denke, Handfesseln reichen aus, wir haben es ja nicht weit«, sagte er zu Arnold und Dulken.

Elsbeth und sie mussten sich nebeneinanderstellen und die gefalteten Hände vorstrecken. Während jede von ihnen mit einem kurzen Seil gefesselt wurde, flehte Aleidis innerlich alle Heiligen des Himmels an, dass man das Messer in ihrer Tasche nicht entdecken möge. Sie sah zu Elsbeth hinüber, deren Augen vor Angst geweitet waren, und versuchte ihr aufmunternd zuzunicken.

»Los jetzt!«, befahl Ebels. Die Männer schoben sie die steinerne Treppe hinunter und auf die Straße hinaus.

Es war nachtschwarz. Aleidis' Augen mussten sich nach dem Fackel- und Kerzenlicht des Wachraumes erst an die Finsternis gewöhnen.

Sie wurde rechts und links am Arm gepackt und durch die dunkle Gasse entlang der Stadtmauer geschoben.

Nach einigen Schritten gab Elsbeth plötzlich ein kehliges Stöhnen von sich, blieb stehen und krümmte sich zusammen.

»Was ist los?«, fragte Arnd Ebels gereizt.

»Die … ich weiß es nicht«, antwortete Greve, der Elsbeth am Arm führte. »Ist sie krank?«

»Das soll die uns sagen«, verlangte Ebels mit Blick auf Aleidis und stieß sie zu Elsbeth hinüber.

»Ja, sie ist krank, habt Ihr das nicht bemerkt?« Aleidis stellte sich dicht neben ihre Freundin, wobei sie die gefesselten Hände in ihre Kitteltasche zu schieben versuchte. Elsbeth hustete und röchelte erbärmlich.

»Sie wird brechen müssen«, kündigte Aleidis an, woraufhin Greve und Dulken einen Schritt zurückwichen.

Ebels ließ einen ungeduldigen Seufzer hören. »Seht zu, dass es schnell geht.«

Aleidis drehte Elsbeth ein wenig, sodass sie mit dem Rücken zu den Männern stand. »Es ist gut, Elsbeth, bald geht es dir wieder besser.« Sie tat, als würde sie ihrer Freundin über den Bauch streichen, griff stattdessen aber nach dem Messer in ihrer Tasche, setzte es vorsichtig an und löste mit einem kurzen, kräftigen Schnitt Elsbeths Fesseln.

Ebels schnaubte. »Verflucht, was soll das Getue, wir gehen weiter!«

Elsbeth würgte und taumelte ein Stück seitwärts.

»Jetzt!«, rief Aleidis. Sie riss die Hände hoch und warf sich herum. Mit aller Kraft schlug sie ihre Arme gegen die Köpfe der Männer, die ihr am nächsten standen, das Messer schleuderte sie dabei in weitem Bogen über die gegenüberliegende Gartenmauer.

Dulken stöhnte, Arnold stolperte, selbst Ebels schien für einen Augenblick verwirrt.

»Lauf!«, rief Aleidis und versetzte Greve einen Hieb gegen das Kinn.

Elsbeth warf ihr einen letzten unsicheren Blick zu, drehte sich um und lief los. Sie rannte, als sei der Teufel hinter ihr her, und auf die eine oder andere Weise war es schließlich auch so. Arnold setzte ihr nach, während Dulken sich den Kopf hielt und die anderen beiden Aleidis an den Armen packten.

»Du Miststück!«, zischte Ebels und schlug ihr seine Faust ins Gesicht. »Das wirst du büßen.« Dann bellte er: »Bringt die Wintz ins Obertor und dann helft mir suchen!«

Ohne sie noch eines Blickes zu würdigen, lief er in die Richtung, in die Elsbeth verschwunden war.

***

Elsbeth eilte die dunkle Mohrengasse entlang. Ihre Schritte schienen laut durch die Nacht zu hallen, dabei war sie barfuß. Doch in ihren Ohren klang alles verräterisch laut, selbst der Schlag ihres Herzens.

Sie war einfach losgerannt, ohne zu überlegen, wohin. Die Bewegung fiel ihr schwer, ihr Körper war von den Peinigungen geschwächt, und sie musste vor Schmerz die Zähne zusammenbeißen.

Im Laufen blickte sie an den dunklen Häusern empor. In Gedanken sah sie sich an eine Tür hämmern und um Hilfe flehen. Doch an welche Tür sollte sie klopfen? Sie wagte nicht, bei den Wachen in den Stadttürmen Schutz zu suchen. Sicher hielten sie alle zusammen und würden sie gleich wieder einsperren.

Aleidis hatte ihr gesagt, sie solle zu Herrn Jordis gehen. Aber wenn ihre Verfolger sie auf dem Weg zur Brückstraße einholten? Oder wenn Herr Jordis nicht zu Hause war?

Als sie merkte, dass niemand hinter ihr war, lehnte sie sich an eine Mauer, um auszuruhen. Das Stechen in ihrer Seite war so stark, dass sie kaum Luft bekam. Sie wartete, bis es wieder erträglich war, und lief weiter.

Von fern vernahm sie eilige Schritte. Man suchte nach ihr. Sie musste ein Versteck finden.

Als sie im Vorbeilaufen einen schmalen Lichtstreifen hinter einem Fenster sah, blieb sie stehen. Sie würde es versuchen.

Elsbeth beugte sich vor und klopfte an den halb geöffneten Fensterladen. Hinter dem Windschutz aus geöltem Pergament sah sie die Umrisse eines Kopfes. Sie klopfte abermals, und der Kopf verschwand. Wenig später wurde die Haustür geöffnet. Eine Frau mittleren Alters, die eine Nachthaube und einen weißen Kittel trug, lugte misstrauisch aus der Tür, der Raum hinter ihr war stockdunkel. Die Kerze in ihrer Hand flackerte im Luftzug.

»Bitte!«, flehte Elsbeth. »Helft mir. Man verfolgt mich, aber ich bin unschuldig.«

Die Frau zögerte. Elsbeth presste sich an die Hauswand. Wieder waren Stimmen und Schritte zu hören, diesmal aus geringerer Entfernung. Ihre Verfolger mochten noch eine Straßenecke weit entfernt sein.

»Im Namen Jesu Christi, ich bitte Euch!« Elsbeth konnte nicht weitersprechen, ihre Kehle war wie zugeschnürt. Tränen schossen ihr in die Augen.

Die Frau trat zur Seite und deutete mit einer kaum sichtbaren Bewegung ihres Kopfes ins Innere des Hauses.

Elsbeth stürzte an ihr vorbei in die Diele. Schwer atmend blieb sie stehen. Die Frau hob die Kerze und musterte ihr Gesicht, das geronnene Blut, die kurz geschorenen Haare.

»Ich bin unschuldig«, beteuerte Elsbeth noch einmal.

Ohne ein Wort ging die Frau zu einer Tür am Ende des düsteren Raumes und öffnete sie. »Hier hinein«, sagte sie mit leiser Stimme. Aus einer Kammer im oberen Stock hörte man jemanden husten.

Elsbeth eilte zu der offenen Tür. Kalte Luft schlug ihr entgegen. Eine dunkle Treppe führte hinab in den Keller.

»Schnell«, forderte die Frau sie auf.

Von draußen erklangen halblaute Stimmen.

Elsbeth lief drei Stufen hinunter und hörte, wie hinter ihr die Tür geschlossen wurde. Sofort war es pechschwarz um sie herum. Es roch modrig und feucht. Sie wagte nicht, noch weiter in den Keller hinabzusteigen. Zum einen jagte die Dunkelheit ihr Furcht ein, zum anderen konnte sie die Frau oben nicht einschätzen; ihre Gefangenschaft hatte sie misstrauisch gemacht. Vorsichtig stieg sie die drei Stufen wieder hinauf und öffnete leise die Tür.

Sie hörte die Frau an der Haustür mit jemandem sprechen.

Elsbeth sah sich angsterfüllt um. Sie konnte im Dämmerlicht keinen Hinterausgang erkennen, das Haus besaß wohl keinen Garten oder Hof.

Ihr Herz hämmerte, und ihr Kopf dröhnte. Was, wenn die Frau sie verriet? Sie musste schnell handeln.

Neben der Kellertür hatte sie eben im Halbdunkel eine Treppe gesehen, die nach oben führte. Sie huschte darauf zu und setzte den Fuß auf die unterste Stufe.

In diesem Moment hörte sie, wie die Frau an der Tür sagte: »Sie ist hier drin.«

Elsbeth erstarrte. Gleichzeitig fühlte sie, wie alle Kraft, die noch in ihr war, in ihre Beine strömte. Sie hastete die steile Treppe hinauf, wobei sie sich mit einer Hand an der Wand abstützte, um im Dunkeln nicht zu stolpern.

Oben angelangt, schlich sie durch einen schmalen Flur in den hinteren Teil des Hauses. Sie hoffte, dort aus einem Fenster klettern zu können.

Von unten hörte sie Schritte und Getuschel. Hatte sie die Kellertür hinter sich geschlossen? Sie wusste es nicht.

Am Ende des Flures lagen zwei kleine Kammern, deren Türen nur angelehnt waren. Aus der linken drang lautes Schnarchen, hinter der Tür der rechten war es still. Die linke nehme ich, dachte sie, dort hört man mich nicht so gut.

Sie schob die Tür auf und ging auf Zehenspitzen in den Raum. Ein Geruch nach ungewaschenem Körper und vollem Nachttopf umgab sie. Mit zusammengekniffenen Augen versuchte sie, sich in der Dunkelheit zurechtzufinden. Rechts von ihr lag das Fenster, darunter stand eine Truhe, gegenüber dem Fenster befand sich ein großes Bett, in dem jemand lag und schnarchte.

Sie ging langsam auf das Fenster zu. Durch die geöffneten Läden fiel ein schmaler Streifen Mondlicht. An den Fenstern dieses Raumes war kein Pergament angebracht, es gab nur zwei schmale Klappläden.

Als das Schnarchen verstummte, hielt sie mitten in der Bewegung inne. Sie glaubte, Atemgeräusche von mehreren Menschen zu vernehmen. Wie viele hier schliefen, konnte man nicht erkennen, das Bett war in der Dunkelheit nur ein unförmiger dunkler Berg. Nach einem heftigen Schnaufer ging das Grunzen weiter, und Elsbeth setzte ihren zuvor angehobenen Fuß vorsichtig auf den Boden.

Aus dem unteren Stockwerk war nichts zu hören, wahrscheinlich suchte man gerade im Keller nach ihr.

Ob sie die Treppe wieder hinuntersteigen und zur Haustür laufen sollte? Nein, das war zu gefährlich, womöglich hielt dort jemand Wache, und sie würde ihm genau in die Arme laufen.

Elsbeth kniete sich auf die Truhe, tastete nach dem Fensterladen und öffnete einen der beiden Flügel.

In diesem Augenblick wurde es unten laut. Sie hörte ein Poltern und aufgeregte Stimmen; im Nebenraum knarrte ein Bett.

Elsbeth warf einen Blick aus dem Fenster. Die Hausmauer bot keine Vorsprünge, es gab keinen Baum. Ganz unten sah sie eine schmale Brandgasse, direkt gegenüber lag das nächste Haus. Bei einem Sprung aus dem Fenster lief sie Gefahr, sich zu verletzen.

Bevor sie noch Gelegenheit fand, nach oben zu schauen und

einen Fluchtweg über das Dach zu bedenken, hörte sie Schritte auf der Treppe.

Elsbeth rutschte von der Truhe und rannte hinüber zu dem großen Bett. Sie hatte schon ein Knie gebeugt, um darunterzukriechen, als ihr ein besserer Einfall kam. Schnell tastete sie sich zur hinteren Hälfte des Bettes, quetschte sich in den Spalt zwischen Wand und Bett, hob die Bettdecke an und schlüpfte darunter. Dicht neben ihr lag eine warme, übel riechende Gestalt, die mit offenem Mund atmete. Das Schnarchen kam von der anderen Seite des Bettes. Elsbeth rutschte unter die wollene Decke und schloss die Augen.

Schritte näherten sich. »Der Laden ist auf«, flüsterte eine Frauenstimme. »Kommt hierher, der Laden ist auf!«

Eine weitere Person betrat den Raum. Einige Atemzüge lang war es still, abgesehen von dem gleichmäßigen Schnarchen von der linken Bettseite. Unvermutet schnappte der Schnarcher nach Luft und röchelte, sodass sie die nächste Äußerung nur halb hören konnte.

»... runtergesprungen ist?«, murmelte jemand.

Die Person neben Elsbeth rührte sich. Lass sie nur nicht wach werden, flehte Elsbeth. Sie rückte vorsichtig an die äußerste Kante des Bettes und presste ihren Rücken in den großen strohgefüllten Sack, der als Unterlage diente.

Eine dritte Stimme flüsterte vom Fenster aus: »Glaube nicht, dass sie da runter ist.« Sie meinte, in dem Flüstern Jorgen Greve zu erkennen. Allerdings war es schwer, über das Schnarchen hinweg überhaupt etwas zu verstehen.

Es quietschte, als jemand den Truhendeckel öffnete und wenig später wieder schloss.

Schwere Schritte näherten sich dem Bett. Elsbeth hörte ein schleifendes Geräusch, dann ein leises Klopfen. Jemand tastete unter dem Bett nach ihr. Es schepperte und platschte kurz. »Mist!«, fluchte eine wütende Stimme. »Der Nachttopf! Was muss der auch so voll sein!«

Mit einem ärgerlichen Knurren stand der Sucher auf und ging zurück zur Tür. »Hier ist nichts. Ich muss meine Hände waschen.«

»Spute dich«, erwiderte eine leise Stimme, die Elsbeth nicht zuordnen konnte. »Wer weiß, wo sie inzwischen steckt.«

»Auf!«

Schritte und Stimmen entfernten sich, sie hörte ein Knarzen im Flur und dumpfe Laute von der Treppe, die leiser wurden und schnell verklangen. Elsbeth atmete erleichtert aus. Vorsichtig wandte sie den Kopf zur Seite, um zu sehen, wer da neben ihr lag. Sie glaubte, eine große Nase auszumachen, eingefallene Wangen, ein spitzes Kinn. Langes, helles Haar. Es musste sich um eine alte Frau handeln. Im Stillen dankte Elsbeth der Greisin für die Zuflucht, die sie ihr gewährte, ohne es zu wissen.

Sie schnupperte vorsichtig. Es roch nach Branntwein. Wenn die Alte am Abend getrunken hatten, würde es erklären, warum sie so tief schlief. Sie lag starr wie ein Stock auf dem Rücken und atmete ruhig.

Auf der anderen Seite des Bettes schien ein Mann zu liegen. Sein Brustkorb hob und senkte sich unter der Decke, während er unablässig weiterschnarchte.

Elsbeth wagte nicht, ihr Versteck zu verlassen. Sie würde noch eine Weile warten. Ihre Nase hatte sich inzwischen an den Gestank gewöhnt. Die Wärme des Bettes umhüllte sie. Es war lange her, dass sie in einem Bett gelegen hatte. Hoffentlich würde sie nicht einschlafen, sie war so schrecklich müde.

Die alte Frau neben ihr drehte sich auf die Seite und legte einen Arm um sie. Ruhig liegen!, ermahnte sich Elsbeth, ganz ruhig liegen und flach atmen, damit niemand merkt, dass du hier bist.

Ein Strohhalm piekste sie in die Wange. Sie verlagerte sachte ihren Kopf.

Noch einmal hörte sie Schritte vor der Tür. Jemand kam herein und schloss die Fensterläden. Dann wurde es wieder still.

Elsbeth hielt ihre Augen krampfhaft offen und versuchte, sich an Verse aus ihrer Kindheit zu erinnern, um nicht einzuschlafen. Der warme Atem der Alten traf ihren Nacken. Er roch faulig und bitter, aber er tröstete sie. Am liebsten hätte sie noch lange so gelegen. Aber sie musste weiter.

Nach einer Weile schob sie vorsichtig die Füße unter der Decke hervor und löste sich langsam aus der Umarmung der alten

Frau. Als sie Boden unter den Füßen spürte, drehte sie sich um und bettete den mageren Arm ihrer Retterin sanft zurück auf den warmen Strohsack, auf dem sie gelegen hatte. Behutsam zog sie die Decke zurecht und war kurz davor, der Alten über den Kopf zu streichen. Aber sie ließ es, um sie nicht doch noch aufzuwecken.

Sehr langsam und vorsichtig schlich sie hinüber zum Fenster. Mit angehaltenem Atem klappte sie die Fensterläden nach außen und kletterte auf das Sims. Sie drehte sich um und tastete mit den Füßen nach der Mauer. Jeder Knochen tat ihr weh. Sie klammerte sich an die Fensterbank, holte tief Luft und ließ los. Beim Aufprall schmerzten ihre Knöchel. Aber sonst war nichts geschehen, sie konnte ihre Füße bewegen.

Elsbeth rappelte sich auf und sah sich um. Der Weg nach links war durch ein Quergebäude versperrt, nach rechts führte eine kleine Gasse, der sie folgte, bis sie vor einer Mauer stand. Sie kletterte auf ein Regenfass, um hinüberzugelangen.

Mit Hilfe eines Brettes und eines kleinen Karrens überquerte sie zwei weitere Mauern und zwei schmale Innenhöfe, in denen es nach fauligem Gemüse roch. Dann stand sie auf einer freien Fläche, die auf zwei Seiten von Häusern begrenzt war.

Linkerhand ragte eine hohe Mauer auf. Elsbeth fuhr mit den Fingern die Ritzen zwischen den Steinen entlang; sie waren nicht tief genug, um darin Halt zu finden.

Im Winkel zwischen der Mauer und dem angrenzenden Haus wucherte Efeu. Elsbeth tastete im Blattwerk nach den dickeren Zweigen und zog sich mühsam Stück für Stück nach oben. Eine Ranke löste sich von der Wand, und sie konnte gerade noch nach einem Büschel Blätter greifen, um nicht abzustürzen. Keuchend und mit schmerzenden Gliedern erreichte sie die Mauerkrone und ruhte sich einen Augenblick aus.

Die Mauer war breit, sie konnte auf Händen und Füßen vorwärtskriechen, weg von den Häusern.

Links unter ihr lag eine schmale Gasse, dahinter stand das Kloster der Minderbrüder. Neben der Mauer, auf der sie kauerte, verlief ein lang gestrecktes Nebengebäude, es musste sich hierbei um den Schlafsaal der Mönche handeln. Hinter einem Fenster schimmerte ein schwaches Licht, nicht viel mehr als ein gelblicher Punkt, der durch den oberen Teil einer kleinen Scheibe schien. Ob die Brüder sich schon auf ihre erste Messe vorbereiteten?

Östlich des Schlafsaales ragte das Gotteshaus der Minderbrüder auf, der spitze, hohe Turm hob sich silbrig gegen den Nachthimmel ab.

Sie hielt inne und ordnete ihre Gedanken. Wäre ein Kloster ein geeignetes Versteck? Barmherzige Mönche müssten doch bereit sein, ihr zu helfen. Andererseits war einer ihrer Peiniger ein Ordensmann gewesen.

Elsbeth wog das Für und Wider ab, während sie weiterkroch.

Am Ende der Mauer angelangt, lauschte sie in die stillen Gassen. Es war der Augenblick zwischen Nacht und Tag, in dem die Welt noch voller Schatten ist, der Himmel aber schon langsam zu leuchten beginnt. Hinter ihr, im Osten, wurde es bereits heller. Bald würden die ersten Vögel ihr Morgenlied singen. Sie musste schnell ein Versteck finden, die Dunkelheit war ihr einziger Schutz.

Plötzlich musste sie an Aleidis denken, die sich für sie aufgeopfert hatte. Es sei ihr selbst nicht möglich zu fliehen, hatte sie gesagt, ihr rechtes Bein habe unter der Folter zu sehr gelitten. Aber Elsbeth müsse es versuchen, sobald die Gelegenheit käme.

Auch an ihre kranke Mutter dachte sie. Ob man in Neuss wusste, dass sie sich derzeit bei ihrer jüngeren Tochter in Leuchtenberg befand? Sollte sie dorthin fliehen? Elsbeth spürte einen Kloß im Hals. Sie gab sich einen Ruck und machte sich an den Abstieg. Sie musste Augustin Jordis aufsuchen und ihm von den Machenschaften des Hexenausschusses berichten.

Von ihren Verfolgern war nichts zu sehen. Sie suchte sich auf dem kühlen Stein einen geeigneten Platz für ihre Hände, ließ sich mit den Füßen voran von der Mauer gleiten, pendelte ihr Gleichgewicht aus und sprang.

Diesmal zog es heftig in den Knien, als sie auf den harten Pflastersteinen landete. Doch zum Jammern war keine Zeit. Sie überlegte, ob sie in die Minderbrüdergasse gehen und an der Klosterpforte klopfen sollte, es waren nur noch wenige Schritte. Sie schlüpfte durch den Mauerdurchbruch unter dem überdachten

Gang, der Rundturm und Gartenanlage der Minderbrüder mit dem übrigen Kloster verband. Es roch nach Fäkalien.

Vorsichtig spähte sie um die Ecke in die Gasse.

Einige Schritte von ihr entfernt bewegten sich Schatten. Zu hören war nichts, doch an einer Besonderheit der Bewegung glaubte sie Arnd Ebels zu erkennen; sein Gang hatte eine Eckigkeit und Zielstrebigkeit an sich, die ihr Furcht einflößte.

Die Schatten kamen genau auf sie zu.

Erschrocken zog Elsbeth den Kopf zurück und drückte sich an die Mauer. Leise und schnell huschte sie den Schatten davon, immer dicht an den Häusern entlang. Sie stieß sich den Fuß an einer Stufe, hielt aber nicht inne, sondern setzte ihren Weg fort.

Vor dem Zolltor stand jemand, vermutlich die Wache. Sie zwang sich, ruhig und aufrecht weiterzugehen, und hoffte, man würde sie nicht bemerken. Zügig bog sie um die nächste Ecke.

Sie befand sich nun in der Klarissengasse. Links von ihr lag das Anwesen der Klarissen, die Klostermauern nahmen die gesamte Länge der Gasse ein. Sie lief daran entlang bis zur Kirche, die die Ecke zur Oberstraße markierte.

Sie würde die Schwestern um Hilfe bitten, es musste doch eine gütige Frau unter ihnen sein, die sich ihrer erbarmte.

Plötzlich hatte sie das Gefühl, nicht mehr allein zu sein.

Gehetzt sah sie sich um. Stand da nicht jemand einen Steinwurf weit hinter ihr?

Sie überlegte, ob sie in der Kirche des Klarissenklosters Zuflucht suchen sollte, an der Klarissengasse gab es eine Tür, die hineinführte. Aber sie erinnerte sich, dass den Gläubigen, die von außen hereinkamen, nur ein Raum unter der Empore zustand, der durch ein Eisengitter vom Hauptschiff abgetrennt war; dort würde sie sich schlecht verstecken können. Lieber wollte sie es am Haupteingang versuchen.

Bevor sie auf die Oberstraße abbog, blickte sie sich noch einmal um. Aus Richtung der Zollpforte näherten sich zwei Gestalten.

Elsbeth drückte sich um die Ecke und lief zu dem kleinen Anbau neben der Kirche. Fest, aber nicht zu laut, klopfte sie an die Eingangstür des Klosters. Als nichts geschah, versuchte sie die

Tür aufzudrücken, doch sie war verriegelt. Sie pochte an einen Fensterladen, aber nichts rührte sich, das Kloster lag still und dunkel da.

Aus der Gasthausgasse nebenan kam Stimmengemurmel, jemand stöhnte, und eine heisere Männerstimme lachte.

Zu beiden Seiten befanden sich Menschen in den Straßen. Menschen, denen sie nicht begegnen durfte!

Noch einmal klopfte sie.

Herr im Himmel, dachte Elsbeth, lass jemanden wach sein, der ein wahrer Christenmensch ist und mir hilft. Sie zitterte vor Anspannung.

Als sie schon damit rechnete, dass sich von hinten eine Hand auf ihre Schulter legte, wurde die schwere Tür geöffnet. Eine junge Frau mit einer Kerze in der Hand stand vor ihr. Sie trug das schwarze Habit der Klarissen und wirkte blass und verschreckt.

Elsbeth wagte nicht zu sprechen, da sie fürchtete, die Männer in der Klarissengasse könnten sie hören. Sie hob die gefalteten Hände und sah die junge Nonne flehend an. Diese stand da wie eine Statue, nicht einmal ihre Lider bewegten sich. Anscheinend war sie von dem Anblick der abschreckend aussehenden nächtlichen Besucherin gänzlich gelähmt.

Elsbeth wusste nicht, was sie tun sollte. Sich einfach an der Nonne vorbeidrängen? Weiterlaufen?

Da erschien eine zweite Ordensschwester aus dem Dunkel des Vorraums, eine große Frau mit schmalem Gesicht und hoher Stirn. Während sie sich näherte, schob sie ihren Schleier zurecht. Sie nahm Elsbeth zur Kenntnis und sah deren verzweifelten Blick. Als Schritte aus der Gasse zu ihnen drangen, packte sie sie am Ärmel und zog sie blitzschnell ins Haus.

»Schließ die Tür!«, befahl sie der jungen Nonne, dann blies sie die Kerze aus.

Atemlos standen die drei Frauen in der Dunkelheit.

Von draußen hörte man undeutliches Gemurmel. Es klopfte, dreimal, schnell und kräftig.

»Bring sie zur Ehrwürdigen Mutter«, flüsterte die hochgewachsene Nonne ihrer Mitschwester zu.

Diese ergriff Elsbeths Hand und zog sie mit sich. Während sie davoneilten, hörte Elsbeth, wie die Eingangspforte geöffnet wurde und die andere Nonne mit zwei Männern sprach.

Mit jedem Schritt wurden die Stimmen leiser. Sie traten in einen mondbeleuchteten Innenhof, liefen einen Kreuzgang entlang und stiegen eine schmale Treppe empor, die in den nördlichen Teil des Klosters führte.

Oben angelangt, klopfte die junge Schwester fahrig an eine kleine Tür am Ende des Ganges.

Eine ältere Frau in weißem Nachtgewand öffnete mit einem fragenden Ausdruck auf dem Gesicht. Auf ihrem dunklen Haar, das von vielen weißen Fäden durchzogen war, saß eine verrutschte Schlafhaube. Ihr Gesicht war hager und in Anbetracht ihres fortgeschrittenen Alters noch recht glatt.

Sie hob eine flackernde Kerze und musterte Elsbeth aus tief liegenden braunen Augen. Dann sah sie die junge Nonne an. Diese gestikulierte wild und deutete mit weit aufgerissenen Augen immer wieder in Richtung Eingangspforte.

»Schwester Franziska«, sagte die Äbtissin mit ruhiger Stimme, »beruhige dich.« An Elsbeth gewandt erklärte sie: »Sie kann nicht sprechen. Was ist Euch geschehen, Kind? Seid Ihr in Not?«

Elsbeth nickte heftig. »Ich werde verfolgt, Ehrwürdige Mutter. Man hält mich für eine Hexe, aber ich bin unschuldig. Vorn an der Tür sind Männer, die mich suchen!«

Schwester Franziska nickte hastig. Sie machte mit den Händen ein Zeichen, das Elsbeth nicht deuten konnte.

»Schwester Barbara hat euch geschickt?«, fragte die Äbtissin. »Sie spricht am Eingang mit den Männern?« Wieder nickte die stumme junge Nonne.

»Es könnte sein, dass sie hereinkommen«, folgerte die Ehrwürdige Mutter, »aber wir wollen es nicht hoffen.«

Sie sah Elsbeth aufmerksam ins Gesicht. »Ich glaube Euch«, sagte sie, »ich habe von den Ereignissen gehört. Ich werde Euch helfen. Folgt mir!«

Sie verschwand kurz in ihrer Zelle und kehrte mit weichen Lederschuhen an den Füßen zurück, die beim Gehen ein schlurfendes Geräusch machten.

Während sie den dunklen Gang entlangschritten, erklärte die

Äbtissin leise: »Ihr wisst sicher, dass es Männern untersagt ist, die Klausur zu betreten. Nicht einmal unser Beichtvater darf hier hinein. Wir werden Euch in einer Kammer unterbringen und uns morgen früh überlegen, wie wir weiter verfahren. Gottvater hat gewiss nichts dagegen.«

Sie blieb stehen und öffnete eine niedrige Tür, die in einen kleinen, kargen Raum führte.

»Hier könnt Ihr bleiben.« Die Ehrwürdige Mutter musterte ruhig Elsbeths Gesicht. »Ihr seid Elsbeth Neerings, nicht wahr?«

»Ja.«

»Ich kenne Eure Mutter. Geht es ihr gut?«

»Ja«, log Elsbeth, »es geht ihr gut, sie lebt bei meiner Schwester.«

»Dem Herrn sei Dank«, erwiderte die Äbtissin. »Schwester Franziska wird Euch etwas zu essen bringen, danach solltet Ihr schlafen, Ihr seid sicher müde. Morgen früh habt Ihr Gelegenheit, Euch zu waschen. Dann werden wir uns um Eure Wunden kümmern. Oder gibt es etwas, das Euch solche Schmerzen bereitet, dass Ihr nicht schlafen könnt?«

»Nein«, entgegnete Elsbeth und war nicht sicher, ob das stimmte. Aber sie wollte die Hilfsbereitschaft der Schwestern nicht zu sehr beanspruchen. Die Äbtissin schien aus hartem Holz geschnitzt und musste es gewohnt sein, schnelle Entscheidungen zu treffen. In ihren dunklen Augen lagen Güte und Mitgefühl, aber sie wirkte auch müde. Selbst eine Äbtissin brauchte ihren Schlaf.

»Schwester Franziska«, wandte sich die Leiterin des Klosters an die junge Nonne, »diese Frau ist unschuldig. Ganz gleich, was man Euch von Teufelswerk und Schandtaten berichten mag, es ist unwahr. Wir müssen ihr helfen, sich zu verstecken. Die Männer, die Ihr gesehen habt, führen Böses im Schilde. Und nun geht bitte und bereitet eine kleine Nachtspeise für Elsbeth. Fügt etwas Fleisch hinzu. Und Milch.«

Sie durchquerte die Schlafzelle und stellte die Kerze auf einen kleinen Tisch. Bis auf ein schmales Bett und eine einfache Truhe war der Raum leer. Es roch muffig; das Fenster war nicht mehr als eine kleine Luke.

Die Äbtissin kniete vor einem Holzkreuz an der Wand nieder und gab Elsbeth ein Zeichen, es ihr gleichzutun. Elsbeths Knie taten weh, doch sie schluckte einen Schmerzenslaut hinunter. Nachdem sie gemeinsam das Vaterunser und ein Ave-Maria gebetet hatten, segnete die Ehrwürdige Mutter Elsbeth und ging zur Tür.

»Ich wünsche Euch eine gute Nacht«, sagte sie. »Schwester Franziska wird gleich zurück sein. Montags und mittwochs gibt es bei uns nur Brot und Suppe, aber sie wird Euch etwas Nahrhafteres bringen. Nach der Frühmesse werde ich nach Euch sehen. Gott sei mit Euch.« Nach einem weiteren Blick auf ihre mitgenommene Gestalt fügte sie hinzu: »Verliert nicht den Mut, Elsbeth. Wenn Ihr reinen Gewissens seid, ist Gott der Herr mit Euch.«

»Habt Dank, Ehrwürdige Mutter«, sagte Elsbeth und neigte den Kopf. Sie hörte, wie die Äbtissin den Flur hinunterging, ihre schlurfenden Schritte wurden leiser und leiser. Von fern meinte sie, Männerstimmen und Schritte zu vernehmen, aber sie konnte nicht sagen, aus welcher Richtung sie kamen. Hoffentlich war sie hier sicher. Sie *musste* hier sicher sein!

Schwester Franziska kam mit unsicheren Schritten herein und stellte einen Holzteller auf den Tisch. In der anderen Hand hielt sie eine Laterne.

»Vielen Dank.« Elsbeth versuchte zu lächeln. »Habt Ihr hier einen Abtritt?«

Die stumme Nonne nickte und führte sie zu einem kleinen Raum ein paar Türen weiter, aus dem es unangenehm roch. Elsbeth brachte es rasch hinter sich. Als sie sich von dem glatten Sitzbrett erhob, spürte sie, wie unendlich müde sie war.

Sie war froh, als sie ihre Zelle wieder erreicht hatte und Schwester Franziska den Raum verließ. Die Unruhe der jungen Nonne war ansteckend. Leise fiel die Tür ins Schloss.

Elsbeth ließ sich seufzend auf die Pritsche fallen und nahm den Teller auf ihren Schoß. Brot, Butter, kalte Suppe, ein großes Stück Schinken, eine dicke Scheibe Wurst, eine Käseecke, ein Becher Bier und eine große Schale Milch. Schwester Franziska hatte es gut mit ihr gemeint! Heißhungrig stopfte Elsbeth alles bis auf den letzten Krümel in sich hinein. Danach fühlte sie sich besser. Und noch müder, falls das überhaupt möglich war. Ihr Kopf tat weh vor Müdigkeit. Es hatte zu regnen begonnen, vor dem kleinen Fenster ihrer Zelle strömten rauschend die Tropfen nieder.

Sie schlug die Decke zurück und legte sich darunter. Die Strohmatte, auf der sie lag, kam ihr herrlich weich und behaglich vor. Das Geräusch des Regens war beruhigend; ein sanftes, uraltes Schlaflied. Noch während sie darüber nachdachte, ob sie nicht zumindest ihr Obergewand ablegen sollte, war sie bereits eingeschlafen.

Tag zehn. Dienstag

Das Dörfchen Grefrath lag in der Morgensonne vor ihnen. Kreitfisch war müde. Sie waren sehr früh losgefahren; der Einbeinige hatte bei ihm geklopft, als es gerade hell wurde. Brauchte der Kerl keinen Schlaf? Kreitfisch gähnte. Nachts hatte es stark geregnet, sie ratterten durch Pfützen und feuchten Schlamm, der an den Rädern hochspritzte. Die kleine Landstraße war zunächst schnurgerade durch das flache Ackerland des Burgbanns verlaufen, im Ort machte sie nun einige Schlenker.

Kreitfisch schnupperte. Es roch nach Dung und würzigen Kräutern, die in den Gärten der Hütten und Höfe vor sich hin wucherten. Ein ärmliches Haus links des Weges verschwand fast hinter hohen Stockrosen.

Der Fachwerkbau der St.-Stephanus-Kirche lag zu ihrer Rechten in der Mitte des Dorfes. Ein älterer Mann in dunkler Kutte öffnete soeben das Eingangsportal und verschwand im Innenraum.

»Das wird der Pfarrer sein, der kennt seine Schäfchen, lass ihn uns nach Bloem fragen«, schlug Jansen vor. Sie banden das Pferd an einen Baum und folgten dem Geistlichen in das Gotteshaus.

Der fast kahlköpfige Mann begrüßte sie freundlich und hörte sich aufmerksam an, was sie zu sagen hatten.

»Bloem … Bloem«, überlegte er. »Nein, tut mir leid, hier lebt niemand, der so heißt.«

Enttäuscht dankten sie ihm, verneigten sich in Richtung Altar und wandten sich zum Gehen.

»Wartet«, sagte der alte Mann, als sie die Tür fast erreicht hatten. »Es gab seinerzeit einen Bloem in Grefrath, einen Tagelöhner. Aber nicht für lange; als ein Brand seine Hütte zerstörte, zog er fort. Nach Dormagen, glaube ich.« Entschuldigend lächelte er sie an.

»Wir danken Euch«, erwiderte Jansen. »Leider hilft uns das auch nicht weiter.« Er nickte zum Abschied und folgte Kreitfisch aus der Kühle des Gotteshauses hinaus in die warme Morgensonne.

»Und nun?«, fragte der Barbier betrübt.

Hinter ihnen knarrte die Kirchentür. Der Pfarrer steckte seinen Kopf heraus. »Diese Botschaft, von der Ihr spracht … kann ich die einmal sehen?«

»Warum nicht?«, antwortete Jansen. »Zeig sie ihm, Kreitfisch.«

Der Geistliche nahm das Pergament entgegen, hielt es eine Armlänge von sich entfernt und betrachtete mit zusammengekniffenen Augen die Zeichnungen.

»Ja, das sind eindeutig die Attribute des heiligen Stephanus«, bestätigte er. »Und die Zeichnungen hier unten haben Euch zu mir geführt?«

»Ja«, nickte Kreitfisch. »Wir hofften, hier jemanden zu finden, der unsere Hilfe braucht.«

Der alte Pfarrer runzelte die Stirn. Dann sah er auf.

»Ihr seid in das falsche Dorf gefahren. Es gibt hier in der Gegend noch eine andere St.-Stephanus-Kirche.«

***

Als Elsbeth erwachte, war es heller Tag. Durch das kleine Fenster ihrer Zelle fiel weißes Sonnenlicht. Das Pochen in ihrem Kopf hatte nachgelassen. Sie lag eine Weile da und genoss die Wärme und Weichheit des Bettes. Von irgendwoher glaubte sie Frauenstimmen singen zu hören. Sie schlief noch einmal ein. Es war so friedlich hier, so warm und sicher.

Wenig später wurde sie durch ein tatkräftiges Klopfen an der Tür erneut geweckt. Eine hochgewachsene Klarissenschwester trat ein und sagte munter: »Gott zum Gruße. Das Morgenmahl!« Schwungvoll stellte sie einen Teller und einen großen Becher auf den Tisch.

Elsbeth erkannte in ihr die Nonne wieder, die sie gestern Nacht ins Kloster gezogen hatte, kurz bevor ihre Verfolger die Tür erreichten.

»Ihr seid …«, begann sie.

»Schwester Barbara«, vollendete die Nonne. »Ich bin die Priorin.« Sie trat an Elsbeths Bett, legte ihr eine Hand auf den Arm und lächelte aufmunternd. Sie hatte einen kleinen Mund und lebendige grüne Augen.

»Es ist mir gelungen, die Männer wegzuschicken. Sie sagten allerdings, sie würden wiederkommen. Sie wollen unser Kloster im Auge behalten. Aber keine Sorge. Mit Gottes Hilfe wird alles gut gehen. Hier seid Ihr sicher. So. Und nun esst.«

Sie half Elsbeth mit geübten Handgriffen, sich aufzurichten, und stellte ihr den Teller auf die Beine.

»Später nehme ich Euch mit in den Waschraum. Ich werde Eure Wunden versorgen und Euch frische Kleidung geben. Danach sehen wir weiter. Langt ordentlich zu, Ihr seid weiß wie ein Schneeflöckchen und viel zu dünn!«

Nachdem sie mit Schwester Barbara gemeinsam gebetet hatte, machte Elsbeth sich hungrig über das Essen her: Hühnchen, Schinken, Käse, Brot, Butter und Apfelmus, in ihren Augen ein wahrhaft königliches Mahl. Obwohl sie gestern Abend gut gegessen hatte, knurrte ihr Magen schon wieder wie ein zorniger Hund.

Die Äbtissin sah kurz herein. In ihrem strengen schwarzen Habit war sie kaum wiederzuerkennen. Aber es war dasselbe kluge Gesicht. Die Ehrwürdige Mutter riet Elsbeth, sich noch ein wenig auszuruhen, und zog sich zurück.

Elsbeth schlief tatsächlich noch einmal ein. Es musste bereits Nachmittag sein, als sie wieder erwachte. Die Sonne stand tief. Sie blieb liegen und lauschte auf die Geräusche in ihrer Umgebung. Die dicken Klostermauern schienen die Außenwelt auszusperren, nur ganz gedämpft konnte sie ab und zu eine Stimme, ein Klappern oder ein Klopfen vernehmen.

Schwester Barbara brachte sie in den Waschraum, wie versprochen. Das Wasser brannte in Elsbeths Wunden, aber es war eine Wohltat, sich wieder sauber zu fühlen.

Auf dem Rückweg zur Klausur begegneten ihnen zwei ältere Ordensschwestern, die freundlich nickten und ein Kreuz schlugen, aber ansonsten weitergingen, als sei nichts gewesen. Als sei ihnen nicht gerade eine junge Frau mit Schrammen im Gesicht und kurz geschorenen Haaren entgegengekommen.

Schwester Barbara erzählte, die Ehrwürdige Mutter habe ihre

Mitschwestern gebeten, Stillschweigen über Elsbeths Anwesenheit zu bewahren. Man müsse mit unangenehmen Nachfragen rechnen. Eine Klarissenschwester sei morgens auf dem Weg zu einem Gewandmacher von zwei Männern angesprochen und bis zur Klostertür zurück verfolgt worden.

Es berührte Elsbeth unangenehm, dies zu hören. Sie wollte den Schwestern nicht zur Last fallen und sie womöglich in Gefahr bringen. Sie musste einen Weg finden, das Kloster zu verlassen und Augustin Jordis aufzusuchen. Es ging um das Leben ihrer Freundin, die sich nunmehr allein in der Gewalt der Hexenjäger befand.

Als sie Schwester Barbara ihre Gedanken mitteilte, antwortete die Priorin, sie könne gern in Obhut des Klosters bleiben, aber für den Fall, dass sie gehen wolle, hätte sie Verständnis – und auch schon eine Vorstellung, wie es gelingen könnte.

»Wir machen eine unheilbar Kranke aus Euch. Aber bleibt noch eine Nacht und ruht Euch aus, Ihr habt es nötig. Schwester Franziska wird Euch gleich etwas zum Sticken bringen, falls Ihr Euch beschäftigen möchtet. Sofern Eure Hände es zulassen; man hat Euch wirklich übel mitgespielt. Nach der Komplet wird Euch das Abendmahl gereicht. Und nun ruhet wohl, in Gottes guten Händen.«

***

Kreitfisch und Jansen richteten ihre Augen gespannt auf den Pfarrer. Dieser wies mit einem knorrigen Finger auf das schwarz ausgemalte Kreuz mit den sich nach außen verbreiternden Balken, das Einhand-Adalbert in die rechte untere Ecke gesetzt hatte.

»Das ist ein Tatzenkreuz«, erklärte er. »Schwarzes Kreuz auf weißem Grund: das Ordenskreuz der Deutschritter. Ich vermute, dass Ihr nach Elsen bei Grevenbroich fahren müsst, es steht unter Herrschaft des Deutschritterordens. Dort gibt es ebenfalls eine St.-Stephanus-Kirche.« Als er ihre verständnislosen Gesichter sah, fügte er hinzu: »Elsen untersteht der Ballei des Ordens in Koblenz – da hat Köln in Gesetzesfragen kein Mitspracherecht. Vielleicht hat es Euren Bekannten deshalb dorthin gezogen. Und keine Sorge, die Deutschritter sind nicht auf Kämpfe aus, sie verwalten die Herrschaft nur.« Er lächelte freundlich und gab ihnen das Pergament zurück.

»Das sind wunderbare Neuigkeiten, Hochwürden.« Jansen strahlte. »Seid vielmals bedankt. Komm schon, Kreitfisch, was stehst du hier herum, wir haben zu tun.«

Die Fahrt nach Elsen dauerte länger, als sie erwartet hatten. Kreitfisch fühlte sich durch das gleichmäßige Schaukeln des Fuhrwerks in einen trägen Dämmerzustand versetzt.

Er erwachte, als Rutger Jansen ihn ärgerlich in die Seite stieß und rief: »He! Leg deinen Ochsenschädel woanders ab, du zerquetschst mich ja!«

Gähnend richtete er sich auf.

»Was machst du nachts, Kreitfisch? Vielleicht solltest du es mal mit schlafen versuchen. Gib mir eine Wurst, wo du schon mal hier bist!«

Jansen deutete über die Schulter nach hinten, wo ein gut gefüllter Korb stand, den Lises ihnen gerichtet hatte.

Während Kreitfisch darin wühlte, fuhren sie die gewundene Hauptstraße des Örtchens Hemmerden entlang. Kleine Höfe, strohgedeckte Häuser und hölzerne Schuppen säumten den Weg; Schweine und Hühner liefen über die Straße. Am Ortsausgang hielten sie sich nach links in Richtung Grevenbroich. Das Gelände war inzwischen leicht hügelig geworden.

Nach einer Weile erreichten sie Elsen, dessen Kirchturmspitze schon von fern durch die Bäume schimmerte.

Von Rittern mit schwarzen Kreuzen auf der Brust war nichts zu sehen. Nur ein wuchtiger Gutshof mit zahlreichen Nebengebäuden einschließlich einer hohen Zehntscheune zeugte von der Gegenwart des Deutschritterordens.

Nahebei lag die St.-Stephanus-Kirche friedlich im Schatten mächtiger Bäume, in deren Blattwerk der Sommerwind raschelte.

Auf den Straßen der Ortschaft herrschte nur wenig Betrieb. Kreitfisch fragte einen schlaksigen Knecht, der eine Sense über der Schulter trug, nach Familie Bloem und wurde mit der knappen Antwort abgefertigt, das ginge ihn nichts an.

»Wundert mich nicht«, sagte Jansen und sah dem davonschlurfenden Knecht nach. »Man sollte niemanden fragen, dessen Miene an Hafergrütze erinnert. Dem wächst die Dämlichkeit schon zu den Ohren hinaus. Lass es uns bei der Magd dort versuchen.« Er deutete auf ein junges Mädchen, das zwei Ziegen vor sich hertrieb. Von ihm erfuhren sie, dass es tatsächlich eine Familie Bloem im Ort gab. Ein Bauer, der seinen Hof etwas außerhalb betrieb, hieß so.

Sie fuhren den beschriebenen Feldweg entlang und gelangten an ein Gehöft mit einem großen Wohnhaus und einer windschiefen Scheune, das am Rande eines Waldes lag.

Kreitfisch stieg ab und teilte der misstrauisch dreinblickenden Bäuerin mit, sie kämen auf Empfehlung von Einhand-Adalbert und würden gern mit Sibylla sprechen.

Wortlos verschwand sie im Haus und schloss die Tür. Wenig später sah Jansen durch das offene Hoftor, wie die Frau über den Innenhof in ein Nebengebäude eilte, das von wildem Wein bewachsen war.

Sie kehrte in Begleitung einer schmächtigen jungen Frau zurück, die sich auffallend langsam und kraftlos bewegte, und bedeutete Jansen, das Fuhrwerk in den Hof zu lenken.

»Ihr könnt kurz mit ihr sprechen«, sagte die Bäuerin mit finsterem Blick. »Aber nicht lange, sie ist sehr schwach. Und kein Wort zu niemandem. Das Mädchen ist froh, dass es seine Ruhe hat.« Sie wies auf eine Bank im Schatten der Stallungen und ging zurück ins Haus.

Die junge Frau ließ sich mit ausdruckslosem Gesicht auf die Bank fallen. Jansen setzte sich in gebührendem Abstand neben sie, Kreitfisch blieb stehen und sah sie an.

Sie war es. Sibylla sah der toten Hübschlerin erstaunlich ähnlich, hatte den gleichen Gesichtsschnitt, die gleichen Augen und Wangenknochen und ähnlich dicke, lockige Haare. Nur Nase und Mund waren anders geformt. Ihre Haut war blass, ihre Wangen hohl, es schien ihr nicht gut zu gehen.

»Hat Einhand-Adalbert dich wissen lassen, dass wir auf der Suche nach dir sind?«, fragte Kreitfisch.

Sibylla nickte.

Kreitfisch berichtete ihr, dass er bei der Entdeckung ihrer Schwester dabei gewesen war. Er beschrieb die Umstände so schonend wie möglich, ließ die grausamen Einzelheiten aus. Er erzählte auch von Ruschers Badehaus und davon, dass sie sich dort schon einmal begegnet waren.

Sibylla sah mit rot geweinten Augen zu ihm auf und runzelte die Stirn. Sie schien sich nicht erinnern zu können, obwohl in ihren Augen ein Hauch von Erkennen lag.

Zum Schluss erwähnte Kreitfisch den Besuch im Schwarzen Wolf und bat sie darum, ihnen bei der Suche nach dem Mörder ihrer Schwester behilflich zu sein.

Sibylla sah stumm auf ihre abgekauten Fingernägel.

»Wenn du Angst hast …«, übernahm Rutger Jansen das Wort. »Ich kann dir nur versichern, dass wir auf deiner Seite sind, ich verspreche es, Sibylla. Der Mörder ist vielleicht auch für das Verschwinden von drei Kindern verantwortlich! Bitte sag uns, was du weißt.«

Sibylla hielt sich eine Hand vor die Augen und schluchzte.

Kreitfisch sah sie mitfühlend an. Das Mädchen tat ihm unendlich leid.

»Du kannst verhindern, dass weitere solcher Taten begangen werden«, sagte er sanft. »Bitte. Warum wurde deine Schwester getötet? Sie würde wollen, dass der Täter gefasst wird, da bin ich sicher.«

Sibylla nahm die Hand vom Gesicht und atmete tief durch.

»Sie wollte … es nicht mehr hergeben«, flüsterte sie.

»Was hergeben?«, fragte Kreitfisch vorsichtig.

»Das Kind. Sie erwartete ein Kind. Und da war eine Frau …« Sibylla legte die Arme enger an den Körper, so als sei ihr kalt. »Die wollte ihr das Kind abkaufen. Wenn es ein Junge würde.« Sie schüttelte sich vor Abscheu. »Sie hatte Elsa schon Geld gegeben, und sie wollte ihr noch mehr Geld geben. Später dann, wenn das Kind geboren wäre …«

Sibylla brach ab. Die beiden Männer drängten sie nicht, weiterzusprechen.

»Aber Elsa …«, stieß sie schließlich unter Schluchzen hervor, »sie fühlte, wie das Kind in ihr heranwuchs, und sie wollte es nicht mehr weggeben.« Sie krümmte sich wie unter Schmerz zusammen. Eine einzelne Träne lief über ihr Gesicht.

Die Bäuerin hinter ihnen klopfte kräftig ans Fenster. Kreitfisch hob begütigend die Hände. Viel Zeit blieb ihnen nicht mehr.

Jansen zog ein sauber gefaltetes Tuch aus der Tasche und reichte es dem Mädchen. Kreitfisch wunderte sich, wie blütenweiß der Stoff war. Die Kleidung seines Freundes sah ansonsten so aus, als sei sie seit Längerem nicht mehr mit Wasser in Berührung gekommen.

»Ein gutes Mädchen, deine Schwester«, sagte Jansen freundlich.

Sibylla nickte. »Elsa hatte Angst, es der Frau zu sagen. Sie wollte sich vor ihr verstecken. Aber irgendwie hat die Frau sie gefunden. Und sie weiß, dass ich es weiß! Vor ein paar Tagen, als ich noch im Schwarzen Wolf war, hörte ich, als ich die Treppe herunterkam, wie eine Frau nach mir fragte. Es war dieselbe Stimme. Ich hatte sie schon einmal gehört, als ich mit Elsa zu einem Treffen ging. Da wartete ich hinter einer Mauer, Elsa wollte nicht allein dorthin. Also, ich hab die Stimme wiedererkannt, im Schwarzen Wolf. Und ich wusste, dass sie mir was antun wollte, und da bin ich geflohen. Hier habe ich eine Bleibe gefunden, und niemand soll davon wissen. Ich möchte nicht mehr zurück.«

»Hast du die Frau auch einmal *gesehen*?«, fragte Kreitfisch.

»Nein.« Sibylla schüttelte den Kopf.

»Hat deine Schwester sie dir vielleicht beschrieben?«

Er hörte, wie die Tür des Hofgebäudes aufging. Die Bäuerin war unterwegs, das Gespräch zu beenden. Ungünstig für sie, aber gut für das Mädchen; sie hatte es verdient, dass sich jemand um sie kümmerte.

»Sie muss sehr reich sein. Und schön anzusehen. Schlank und gut gekleidet mit feinen, weißen Händen. Aber innen drin … hart wie Stein.«

Kreitfisch nickte. Sibylla musste ein sicheres Gespür für Bedrohungen haben, eine Eigenschaft, die in ihrem Gewerbe unerlässlich war.

»So, nun ist es gut«, sagte die Bäuerin mit einer Stimme, die keinen Widerspruch duldete. Sie stemmte die kräftigen Arme in die Hüften und nickte in Richtung Tor. Ihr ansonsten vermutlich gutmütiges und freundliches Gesicht hatte einen streitbaren Ausdruck angenommen.

»Nur eine Frage noch«, bat Kreitfisch und wandte sich noch einmal an Sibylla. »Weißt du, warum die Frau das Kind deiner Schwester kaufen wollte?«

»Sie konnte wohl keine eigenen kriegen.« Sibylla putzte sich mit Jansens Taschentuch die Nase und räusperte sich.

»Genug jetzt.« Die Bäuerin zog Jansen von der Bank hoch und packte Kreitfisch am Ärmel.

Jansen wies mit einem Zwinkern auf sein leinenes Tuch. »Das kannst du behalten«, sagte er.

»Hab Dank, Sibylla!« Kreitfisch nickte dem Mädchen freundlich zu. »Du hast uns sehr weitergeholfen. Ich hoffe, du findest hier deinen Frieden. Leb wohl!«

Die Bäuerin begleitete die beiden zu ihrem Fuhrwerk zurück und blieb so lange in der Einfahrt stehen, bis sie sicher sein konnte, dass sie wirklich auf dem Heimweg waren.

***

Aleidis hatte damit gerechnet, dass man sie für Elsbeths Flucht verantwortlich machen würde, aber ihre Vorstellung von der Gnadenlosigkeit des Hexenausschusses war zu milde gewesen. Die Männer hatten eine unendlich lange Zeit auf sie eingeschlagen und -getreten, hatten ihr heißes Öl über die Arme gegossen, sie mit glühenden Schwefelhölzern gestochen und mit Zangen gequält. Schließlich war sie in eine gnädige Ohnmacht gefallen, aber sie hatten dennoch nicht von ihr abgelassen. Als sie zwischendurch einmal erwacht war, hing sie mit nach hinten gefesselten Armen in der Luft. Sie hatten sie am Seil aufgezogen, wie Ebels es ihnen bei der Vorstellung der »Werkzeuge« angekündigt hatte. Eine Männerstimme hatte auf sie eingeredet, doch die Worte waren wie durch einen Nebel an ihr vorbeigeschwebt. Vor Schmerz und Erschöpfung war sie erneut ohnmächtig geworden.

Die Männer mussten sie schließlich abgenommen und auf den spärlich mit Stroh bedeckten Kerkerboden geworfen haben. Seither hatte man sie in Ruhe gelassen, vielleicht weil man befürchtete, sie würde weitere Qualen nicht überleben.

Sie war jetzt im Obertor, das wusste sie, der mächtigsten Torburg der Stadtbefestigung. Das Verlies hier war größer als das im Blutturm. Noch tiefer, noch dunkler, noch kälter, wie ihr schien. Zu essen hatte man ihr noch nichts gegeben. Aber sie würde ohnehin nichts essen können, ihr Körper schmerzte zu sehr. Sie fühlte sich schwach und zerschlagen, die endlosen Tage in Angst und Finsternis hatten ihr schwer zugesetzt.

Allein der Gedanke an Elsbeths gelungene Flucht hielt sie aufrecht. Und die Hoffnung, dass Augustin Jordis ihre Unschuld beweisen und sie hier herausholen würde. Ein Teil von ihr war sich dessen sicher. Ein anderer Teil von ihr zweifelte. Allzu beharrlich verfolgte der Hexenausschuss seine Ziele; Arnd Ebels würde kaum dulden, dass sich ihm jemand in den Weg stellte, sie konnte nur hoffen, dass Augustin sich zu wehren wusste.

Gestern Nacht hatten Ebels' Männer Aleidis eilig an den Wachmann des Obertores übergeben und waren sofort losgelaufen, um die Geflohene zu suchen. Gebe Gott, dass Elsbeth ein gutes Versteck gefunden hatte!

Aber es musste wohl so sein, sonst wären die Dreckskerle doch heute nicht mehr so wütend gewesen.

Der Gedanke beruhigte sie ein wenig. Den schmerzenden Kopf auf ihren geschundenen Arm gebettet, schlief sie entkräftet ein.

***

Nachdem sie aus Elsen zurückgekehrt waren, fuhren Jansen und Kreitfisch bei Jordis vorbei, um ihm die Neuigkeiten mitzuteilen.

Sibyllas Geschichte erstaunte ihn zutiefst.

Bisher hatten sie geglaubt, der eigentliche Täter müsse ein Mann sein. Nun sah es aber so aus, als müssten sie nach einer Frau suchen. Einer Frau, die nicht nur Gehilfin eines Mannes war, sondern die Taten selbst plante und ausführte. Leider hatten sie bis auf die vage Beschreibung Sibyllas keinerlei Anhaltspunkte.

Was wussten sie von der Frau, die Sibyllas Schwester getötet und aller Wahrscheinlichkeit nach auch Lene Scharpert, Margarete Kloeren und Gerhard Kiver entführt hatte? Sie war reich, schlank und gut gekleidet. Sie wollte mit allen Mitteln ein Kind. Einen Sohn. Diese Tatsache war bemerkenswert, aber sie half ihnen im Augenblick nicht weiter.

Jordis hatte gedacht, je mehr sie erfuhren, desto mehr wüssten sie. Doch es war eher umgekehrt. Die Sache wurde immer verzwickter. Eine Weile saßen sie still da und hingen ihren Gedanken nach. Von draußen klapperte es. Sie hörten, wie Theil Kop sein Fuhrwerk mit ruhigen Zurufen an das Zugpferd in den Hof lenkte. Er war frühmorgens losgefahren, um Kaspar Buchholz' Angaben in Uerdingen zu überprüfen.

»Ich konnte nichts Verdächtiges finden, Herr«, teilte er mit, als er wenig später die Geschäftsstube betrat. »Es war, wie er's gesagt hat. Sein Gesinde und dieser Oskar Stüber bestätigen, dass er dort war. An den besagten Tagen.« Theil hob seine Kappe und fuhr mit den Händen durch sein verschwitztes Haar. »Ich bin die Strecke ja nun gefahren, Herr. Ich glaube nicht, dass er's geschafft hätte, zweimal nach Neuss zu fahren und sich gleichzeitig in Uerdingen blicken zu lassen. Ist viel zu weit. Ach, und Hege war an einem der besagten Tage auf einer Familienfeier in Norf, am anderen Tag hatte er den Dünnschiss, ich hab eben noch mit seiner Magd gesprochen. Er war's wohl auch nicht, tut mir leid, Herr Jordis.« Er nickte den Männern zu und wandte sich zur Tür.

»Ich danke dir, Theil!«, rief Jordis ihm nach.

Wieder etwas, das wir vergessen können, dachte er.

Es blieb ihnen nichts anderes übrig, als weiterzugraben.

Kreitfisch gähnte. Er sah müde aus, fand Jordis. Seit Tagen schien er denselben hellbraunen Kittel zu tragen. Vielleicht schlief er sogar darin. Die Ermittlungen machten ihnen allen zu schaffen. Rutger Jansen schien noch am wenigsten mitgenommen, obgleich auch unter seinen Augen leichte Schatten lagen.

»Erheb dich, Kreitfisch«, sagte der Einbeinige munter zu seinem großen Freund. »Es geht weiter!« Kreitfisch antwortete mit einem erneuten Gähnen und richtete sich träge auf.

Jordis geleitete die beiden in den Hof, wo Jansens Fuhrwerk auf sie wartete, und verabschiedete sich.

Er wollte sich auf den Weg zum Blutturm machen, um in Erfahrung zu bringen, ob es Aleidis und Elsbeth besser ging.

Auf sein Klopfen dort wurde nicht geöffnet. Ob die Wache schlief? Oder ob der Hexenausschuss eine seiner gütlichen Befragungen durchführte?

Wütend machte er kehrt und begab sich zum Rathaus. Auf dem Marktplatz wurde bereits alles für den großen Bartholomäusmarkt vorbereitet. Bis zur Versammlung des Stadtrates blieb ihm noch etwas Zeit.

Er beschloss, diese Zeit für ein weiteres Gespräch zu nutzen. Als er darüber nachgedacht hatte, welche Frauen für ihn als Täterinnen in Frage kämen, war ihm Drude Bergs eingefallen.

Jordis saß nun schon seit geraumer Zeit in Drude Bergs Wohnstube und hatte noch nichts erfahren, was ihm nützen konnte. Die Frau redete viel, aber was sie sagte, war oft unverständlich und hatte nichts mit dem zu tun, was er gefragt hatte.

Der Raum war vollgestopft mit Möbeln, Körben, Stoffen und zahllosen Kräutersträußen, die vermutlich zur Abwehr böser Mächte dienen sollten.

An die Tage, an denen die Kinder entführt worden waren, konnte sie sich entweder nicht mehr erinnern oder sie wollte nicht darüber sprechen.

»Freitags mache ich immer Ausbesserungen«, sagte sie und kramte in einem Korb auf dem Tisch nach einem Stoffstück. »Hier, seht Ihr, solche Flicken nähe ich auf.«

»Und an *jenem* Freitag?«, wollte Jordis wissen.

»Da natürlich auch. Ich mache immer freitags Ausbesserungen, das sagte ich doch.«

»Wie sieht es mit Samstag aus? Habt Ihr am vorletzten Samstag vielleicht einen Ausflug gemacht?«

»Wo denkt Ihr hin?«, fragte sie entrüstet. »Samstags wird das Haus geputzt, damit es am Tag des Herrn ordentlich ist!« Ihre schlanken Finger spielten mit einer Garnrolle. »Warum wollt Ihr das eigentlich wissen?«

»Ich habe Euch doch erklärt, dass …« Jordis brach ab. Er beschloss, es anders zu versuchen. »Wohnt Ihr allein in diesem

Haus?«, fragte er und machte eine ausholende Bewegung mit dem Arm. »Es ist ein großes Haus.«

»Ja.« Drude Bergs schob die Hände unter die Oberschenkel und schaukelte einige Male vor und zurück. »Seit meine Mutter von mir gegangen ist … Es ist unheimlich hier.« Sie senkte ihre Stimme zu einem Flüstern. »Manchmal höre ich … es wispern … und knacken.«

»Mäuse!«, warf Jordis ein. Er wollte nicht, dass sie wieder mit ihren wirren Ideen kam und zu schmatzen anfing und sagte, sie würde vertrocknen. »Meine Mutter hat auch Angst vor Mäusen.« Das stimmte natürlich nicht, denn er hatte seine Mutter noch nie gesehen. Aber er wollte Verständnis zeigen. »Viele Frauen haben Angst vor Mäusen«, fuhr er im Plauderton fort. »Da ist es dann gut, wenn man einen Mann im Haus hat.«

Er hatte gehofft, dass sie bei dem Stichwort »Männer« irgendeine Regung zeigen würde. Dass sie jedoch gleich aufspringen und die Fäuste ballen würde, hatte er nicht ahnen können.

»Mann im Haus!«, fauchte sie. »Von wegen Mann im Haus! Machen Versprechungen und lassen einen dann sitzen!«

Sie ging unruhig zur Tür und zurück, zur Tür und zurück.

»Geküsst hat er mich!«, sagte sie, stützte die Arme auf die Lehnen des Stuhles, auf dem er saß, und brachte ihr Gesicht nah an das seine. »Und wie!« Sie nickte. »Versprechungen hat er mir gemacht! Und dann …«

Sie lachte schrill und streckte die Hände in die Luft. »Auf einmal ist da dieses Miststück von Magd und macht mit ihm herum. Und er …«, Schnippen mit Daumen und Zeigefinger, »lässt mich einfach fallen! Die Neerings hat ihm auch schöne Augen gemacht. Die Hexe!«

Jäh brach sie ab und legte die Hände auf ihren Bauch. »Warum darf ich keine Kinder haben? Und keinen Mann?«

Jordis sah sie nur an. Er hielt es für besser, im Moment nichts zu sagen.

Drude Bergs senkte die Stimme und sprach in einem dunkleren Tonfall weiter: »Die haben es verdient. Die sollen auch einmal leiden.« Unvermutet lachte sie. »Süße kleine Raupen. Nette Krabbelkäfer. Ob Nesa sich gefreut hat? So ein schönes Geschenk! So viel Arbeit. Man kann nicht mehr herumbuhlen, wenn man das Haus säubern muss.« Sie ließ sich zurück auf ihren Stuhl fallen und lächelte ihn an.

Jordis dankte ihr für die Auskünfte, wünschte ihr einen schönen Tag und war zur Tür hinaus, bevor sie ihn am Ärmel greifen konnte.

Zur Stadtratssitzung kam er zu spät. Der älteste Ratsherr sah ihn strafend an, als er den Besprechungssaal betrat. Aber warum war es so leer? Etliche Stühle an dem langen Sitzungstisch waren frei. Jordis sah mit einem Blick, dass der gesamte Hexenausschuss fehlte. Von den elf Schöffen, die dem Stadtrat derzeit angehörten, waren nur sechs anwesend.

»Setzt Euch«, forderte ihn der Ratsälteste auf.

Jordis ließ sich neben Philipp Blankart nieder, der ihm kurz zulächelte. Sein Haar hing ihm über die Augen und war zerrauft. Die anderen Ratsmitglieder sahen nicht besser aus, stellte er fest. Alle machten einen leicht abgeschlagenen Eindruck.

»Was ist geschehen?«, fragte er.

Huygens, der älteste Ratsherr, fuhr sich mit einer Hand über den kurz geschorenen weißen Bart. »Gestern Nacht konnte eine der als Hexe Angeklagten, Elsbeth Neerings, bei der Verlegung ins Obertor fliehen.«

Jordis starrte den alten Ratsherrn mit offenem Mund an. Elsbeth Neerings war geflohen? Warum hatte sie sich nicht bei ihm gemeldet? Wo war sie?

»Die Mitglieder des Hexenausschusses waren in den Stunden vor Beginn dieser Sitzung nicht auffindbar. Bis auf ihren Schreiber, einen Melchior Vinck. Er sagte, er wisse nicht, was vor sich ginge, er habe Arnd Ebels seit Tagen nicht gesehen. Es geht das Gerücht, Ebels habe Gelder der Angeklagten beschlagnahmt und in die eigene Tasche gesteckt. Erste Hinweise sprechen dafür, noch ist es nicht bewiesen. Ebenso ist die Unschuld der Angeklagten noch nicht bewiesen, auch wenn …« Er hob ablehnend die Hand, als er sah, dass Jordis etwas sagen wollte. »Auch wenn es ehrbare Bürger gibt, die sich für ihre Freisprechung einsetzen. Man wird sehen. Wie wir erfahren haben, hat sich der Aufenthalt unserer Bürgermeister und unseres Schultheißen in Köln unerwartet verlängert. Nach ihren Verhandlungen mit dem Landesfürsten wollten sie sich noch dem Geschäftlichen widmen.«

Er sah die anderen in der Runde mit seinen wachen braunen Augen an. »Ihr wisst, sie sind Kaufleute wie die meisten von uns! Nun, die Ankunft des Schiffes aus dem Rheingau, dessen Ladung sie mit nach Neuss bringen wollen, hat sich verzögert. Morgen wird es voraussichtlich eintreffen, und spätestens übermorgen werden sie zurück sein.«

Noch einmal fuhr er sich durch den Bart und läutete mit der Ratsglocke das Ende der Sitzung ein. »Ich beende hiermit die heutige Stadtratssitzung und wünsche einen angenehmen Tag!«

Die meisten Ratsherren und Schöffen erhoben sich von ihren Sitzen und verließen mit raschelnden Gewändern den Raum. Einige blieben noch stehen und unterhielten sich.

Jordis musste sich eilen und die Neuigkeiten von Elsbeths Flucht an Jansen und Kreitfisch weitergeben! Während er mit Blankart zum Ausgang ging, fragte er sich, wo um alles in der Welt sie nur stecken mochte.

Nachdem er seine Mitstreiter von Elsbeths Flucht in Kenntnis gesetzt hatte, humpelte Jordis müde nach Hause.

Als er die Tür aufschob, hörte er ein schleifendes Geräusch. Er bückte sich und hob ein Stück Pergament auf, das unter dem Türblatt klemmte. Nach einem kurzen Blick darauf ließ er es vor Entsetzen fallen.

»Klara?«, rief er, aber seine Magd schien nicht im Haus zu sein.

Jordis versicherte sich, dass ihn von draußen niemand beobachtete, schloss langsam die Tür und nahm das Pergament erneut zur Hand. Eine hässliche Fratze grinste ihn an. Der mit schwarzer Tinte gezeichnete Kopf ging nahtlos in einen übertrieben großen Buckel über. Dies sollte wohl er sein. Der Mund in dem verzerrten Antlitz war mit groben Strichen mehrmals übermalt, so als sollte er am Sprechen gehindert werden. Jordis schluckte. Rund um den Mund befanden sich rotbraune Flecken, die aussahen wie getrocknetes Blut.

***

Kreitfisch kaute auf einem Stück Trockenfleisch, als es an der Haustür klopfte. Um diese Zeit?, dachte er. Es war so gut wie dunkel; der Himmel befand sich in einem Zwischenstadium von Dämmergrau zu Nachtblau.

Nachdem sie den halben Abend mit Gähnen verbracht hatte, war Kathrine früh zu Bett gegangen. Vielleicht stickte sie noch ein wenig, ein dickes Kissen in den Rücken geschoben, das Talglicht gleich neben sich, oder sie lag zusammengerollt auf der Seite und schlief.

Kreitfisch öffnete kauend die Tür. Draußen stand ein magerer Junge von etwa dreizehn Jahren mit bloßen Füßen und struppigem Haar.

»Ich habe eine Nachricht für dich ... Euch«, verkündete er mit einer Stimme, in der sich hohe und tiefe Laute ungleichmäßig abwechselten.

»Ich höre«, antwortete Kreitfisch, immer noch kauend; dieses Stück Fleisch war aber auch zäh!

»Da ist eine Hübschlerin ...« Die Augen des Jungen wanderten unruhig hin und her.

Kreitfisch hörte auf zu kauen. »Ja?«

»Die will mit Euch sprechen, mit Euch allein. Sie kennt Euch, hat sie gesagt, und ...«, er schien in seiner Erinnerung zu kramen, welche Botschaft man ihm mitgegeben hatte, »... will Euch etwas Wichtiges mitteilen. Wenn mehrere aufkreuzen, ich meine, kommen, haut sie ab, hat sie gesagt, und dann erfahrt Ihr nicht, was sie Euch sagen wollte.«

»Und weiter?« Kreitfisch war gespannt.

»Sie hat gesagt, Ihr sollt zum Münster kommen. Wenn es dunkel ist. Sie wartet dort auf Euch.«

»Sonst noch etwas?«

Der Junge dachte nach. »Nein ... ähm, das war's.« Er wandte sich ruckartig um und rannte lautlos davon.

Seltsam, dachte Kreitfisch. Was sollte das bedeuten? Hatte Sibylla ihm noch etwas mitzuteilen oder war eine andere Hure auf der Suche nach ihm?

Er würde es gleich erfahren.

Hastig schluckte er den letzten Bissen hinunter, warf noch

einen schnellen Blick auf sein schlafendes Eheweib und machte sich auf den Weg.

Es hatte sich bewölkt. Die Luft roch nach Regen und war deutlich abgekühlt. Ein Nachbar kam ihm mit einer Laterne in der Hand entgegen, sie grüßten sich im Vorbeigehen.

Kreitfisch schritt über den Freithof auf das hohe, prächtige Westportal des Quirinusmünsters zu. Zwei ärmlich gekleidete Männer saßen davor, an die Mauer gelehnt und mit einer dünnen Decke über den Beinen. Kreitfisch ging zu ihnen, um zu sehen, ob sie vielleicht krank waren, aber sie schliefen nur. An ihren zerschlissenen Kleidern hingen Strohhalme, stellte er fest, und sie rochen säuerlich. Es mussten arme Pilger sein, die keinen Platz mehr in einem der Gasthäuser gefunden hatten; an Feiertagen und während der Jahrmärkte war es voll in der Stadt. Er fragte sich, warum sie nicht in der Kirche nächtigten. In betriebsamen Zeiten waren die Emporen zu beiden Seiten des Hauptschiffes mit Stroh ausgestreut, um auch den Ärmsten einen trockenen Schlafplatz bieten zu können. Vielleicht hatten die Pilger draußen frische Luft schnappen wollen und waren eingeschlafen. Ihm konnte es gleich sein; er beschloss, sie schlafen zu lassen.

Kreitfisch wählte den Weg über das Pilgerportal an der Südseite, das auch bei Nacht offen war, damit fromme Christen in das Gotteshaus gelangen konnten, wann immer sie das Bedürfnis verspürten. Die schwere Holztür knarrte leise.

Im Inneren des Münsters umfing ihn Stille. Bis auf einige wenige Lichtpunkte flackernder Kerzen war es düster. Die Bögen und Pfeiler des Mittelschiffs hoben sich nur schwach von den dunkleren Bögen der Arkaden und Emporen ab. Kreitfisch trat tiefer hinein in den erhabenen Raum. Seine einsamen Schritte hallten von den Wänden wider. Zu sehen war niemand. Vielleicht verbarg sich die Hübschlerin in den Konchen seitlich des Altares, wo das Chorgestühl des Quirinusstiftes lag, die einzige Sitzgelegenheit des Münsters.

»Ist da wer?«, rief er. Seine Stimme dröhnte durch das Kirchenschiff wie ein Glockenschlag.

Als er auf Höhe des Pestkreuzes war, glaubte er hinter sich ein Geräusch zu hören.

Er drehte sich um, doch bevor er etwas erkennen konnte, traf ihn ein wuchtiger Schlag unterhalb der Schläfe. Er taumelte überrascht zurück. Wieder schlug ihm etwas heftig gegen den Kopf. Er bekam seine Augen kaum auf, alles war verschwommen.

Was geht hier vor?, dachte er vage. Erneut traf ihn ein Schlag. Er hörte das Scharren von Füßen auf dem Boden und lautes Atmen. Seine Knie knickten ein. Tastend streckte er die Arme vor, um sich abzustützen, doch statt einen Halt zu finden, spürte er einen scharfen Schmerz an den Händen. Ihm wurde schwarz vor Augen. Eine hohe Stimme rief etwas, das er nicht verstand. Dann war die Stimme plötzlich tief. In seinen Ohren sauste es.

Er merkte, wie sein Bewusstsein schwand, und konnte nichts dagegen tun, Geräusche wurden immer leiser, Konturen immer dunkler.

Kreitfisch dachte, was für eine dämliche Art zu sterben dies doch war, dann kippte er um.

***

Als er erwachte, sah er ein helles Licht. Eine Frauenstimme sang ein sehr trauriges Lied. Eine schöne Stimme war es, eine Engelsstimme. Er musste im Himmel sein. Das Licht, die Stimme, die Wärme um ihn her …

Die Stimme von Rutger Jansen riss ihn jäh ins Diesseits zurück: »Guck nicht so heilig, Kreitfisch, du Scheißkerl! Du bist nicht tot!«

Kreitfisch bewegte den Kopf hin und her. Er verspürte einen dumpfen Schmerz. Sanfte Hände strichen ihm über die Stirn.

»Hennes«, sagte seine Frau. Sie hatte aufgehört zu singen und streichelte sein Gesicht. In ihren Augen standen Tränen. Was war das? Kathrine weinte nie! Er wollte nicht, dass sie weinte! Kreitfisch richtete sich auf. Das heißt, er versuchte es, doch die Arme sackten unter ihm weg, und ein scharfes Stechen durchfuhr seinen Kopf.

Kräftige Hände fassten ihn an der Schulter. »Langsam, alter Junge«, warnte Jansen. »Versuch's noch einmal!«

»Ganz ruhig, Hennes«, sagte Kathrine.

Gemeinsam brachten sie seinen Oberkörper in eine aufrechte Position. Er sah, dass er in seiner Badestube auf einer Pritsche saß. An deren Fußende stand Augustin Jordis und machte ein ernstes Gesicht.

»Gott sei Dank«, sagte er, »Ihr lebt!«

Kreitfisch versuchte sich zu erinnern. Die Nachricht der Hübschlerin. Das dunkle Münster. Die Schläge und Stiche.

Er öffnete den Mund, um etwas zu sagen, doch Kathrine hielt ihm einen Becher an die Lippen und zwang ihn, zuerst etwas zu trinken. Kreitfisch schluckte widerwillig einen Teil der Flüssigkeit hinunter, den Rest spuckte er aus.

»Wasser?«, rief er entsetzt.

»Wunderbar«, stellte Rutger Jansen fest und klopfte ihm auf die Schulter, »es geht ihm gut! Und recht hat er. Ist gerade eben dem Tod von der Schippe gesprungen, und wir bieten ihm *Wasser* an. Kathrine!«, rief er etwas lauter. »Könntest du uns einen Krug Bier bringen? So, Kreitfisch, und jetzt erzähl: Was hattest du nachts in der Kirche zu suchen?«

Kreitfisch berichtete ihnen von der seltsamen Nachricht und dem Angriff aus dem Hinterhalt.

»Es war tatsächlich eine Frau, die Euch niedergeschlagen hat. Der Mann, der Euch rettete, hat sie gesehen. Leider konnte sie entkommen.«

»Welcher Mann?«, fragte Kreitfisch verwirrt.

»Dieser dänische Pilger«, erwiderte Jansen. »Er hat dich eigenhändig hierhergeschleppt. Na ja, nicht er allein. Jordis kann dir erklären, was los war!«

Während Kathrine die Wunden ihres Mannes mit einer Salbe betupfte, fasste Augustin Jordis zusammen, was geschehen war, seit Kreitfisch auf dem Boden des Quirinusmünsters das Bewusstsein verloren hatte.

Torge, der dänische Jakobspilger, war hinzugekommen, als eine Frau in einem dunklen Umhang Kreitfisch mit einem Messer traktierte. Er konnte sie überwältigen, doch es gelang ihr zu fliehen, nachdem sie ihn am Bein verletzt hatte. Vor dem Westportal saßen zwei Pilger. Torge rief sie, und gemeinsam trugen sie Kreitfisch zu einem Haus am Kirchplatz, dessen Bewohner ihn erkannten und dabei halfen, ihn nach Hause zu bringen. Hier hatte er dann einige Zeit gelegen und sich nicht gerührt, sodass alle dachten, er sei so gut wie tot. Straeten war gekommen, um ihn zu untersuchen, und hatte Prellungen an Kopf und Schultern sowie Schnittwunden an den Händen festgestellt. Die Schläge mussten mit enormer Wucht ausgeführt worden sein. Glücklicherweise war die Frau kleiner gewesen als Kreitfisch und hatte ihn nicht von oben auf den Kopf schlagen können. Straeten wollte in den Morgenstunden noch einmal nach ihm sehen. Seine Abschiedsworte waren aufmunternd gewesen: »Ein Ochsenschädel wie dieser ist nicht leicht zu zertrümmern; ich schätze, er kommt bald wieder zu sich.« Und so war es.

Kreitfisch rieb sich vorsichtig die Stirn. »Aber woher wusste der Däne, dass ich in der Kirche war? Oder war er rein zufällig dort, um zu beten?«

»Nein«, antwortete Jordis, »und das ist bemerkenswert: Als Torge früher am Abend im Münster betete, sah er, wie eine Frau zwei Pilgern, die auf der Empore übernachten wollten, etwas in die Hand drückte und sie hinausschickte. Ihre Stimme muss dabei sehr kalt und herrisch geklungen haben. Ihn nahm sie ebenfalls in Augenschein, sprach ihn aber nicht an, weil er die Kirche verließ. Die Sache kam ihm seltsam vor. Er folgte der Frau und sah aus der Ferne, wie sie auf einen Jungen einredete und ihm Geld gab. Er war nicht schnell genug, um den Jungen einzuholen, also hielt er sich an die Frau. Die ging zurück zum Münster. Torge versteckte sich in der Nähe und wartete, und als er Kreitfisch kommen sah, war er sich sicher, dass etwas nicht stimmte. Er betrat die Kirche, und der Rest ist bekannt. Beim Kampf mit der Frau konnte er leider keinen Blick auf ihr Gesicht werfen. Sie trug einen schwarzen Umhang und eine Kapuze. Aber an Stimme und Gestalt ließ sich erkennen, dass sie eine Frau war.«

»Eine äußerst gefährliche Frau«, folgerte Jansen. »Überlegt nur, wie gewissenlos man sein muss, um auf heiligem Boden Menschen niederzuschlagen. Das ist Frevel.«

»Sollten wir nicht die Stadtwache verständigen?«, schlug Kathrine vor.

»Nein«, widersprach ihr Mann und schob seine Beine von der

Pritsche. »Wir sind nah dran. Wenn wir jetzt zu viel Wind machen, entkommt sie uns am Ende. Wärst du so lieb, uns etwas zu essen zu richten? Ich hab einen Bärenhunger.«

Kathrine gab ihrem Mann einen Kuss und verließ den Raum.

»Wir suchen also tatsächlich nach einer Frau ...«, stellte Jansen fest.

»Es sieht so aus«, bestätigte Jordis. »Was nicht heißt, dass nicht auch Männer darin verwickelt sein können. Aber um die Frau geht es! Vielleicht vermutet sie, dass ihr Ehemann Liebschaften mit anderen Frauen pflegt und aus diesen Verbindungen Nachkommen hat. Ein weiterer wichtiger Grund ist das, was Sibylla sagte: dass sie keine eigenen Kinder haben kann. Sie möchte das Glück anderer zerstören. Vielleicht sogar eines der entführten Kinder für sich selbst behalten.«

Jordis rieb sich die Schläfen. »Vielleicht sind wir auch auf der falschen Fährte.

»Nein, das glaube ich nicht«, sagte Hennes Kreitfisch. »Was Ihr da sagt, klingt äußerst vernünftig. Nun müssen wir überlegen, welche Frauen in Frage kämen.«

»Dazu habe ich mir schon Gedanken gemacht«, sagte Jordis. »Drude Bergs ist mir eingefallen, sie ist kinderlos und krank vor Einsamkeit. Heute hat sie mir erzählt, dass sie das Ungeziefer in Mertens' Haus gebracht hat. Sie trägt eine Mitschuld an der Gefangennahme der Frauen.«

»Puh!« Hennes Kreitfisch blies die Wangen auf und machte ein bestürztes Gesicht.

»Gut zu wissen, das wird unserer Sache nützen«, sagte Jansen. Er dachte nach. »Heges Frau käme noch in Frage, finde ich, auch sie hat keine Kinder. Und womöglich ... die Frau von Ludwig Mertens. Ich habe sie noch nie gesehen, aber Ihr habt von ihren Ängsten und verschrobenen Gedanken erzählt. Vielleicht verlässt sie ja doch ab und zu das Haus.«

Jordis strich sich über eine Augenbraue. »Das könnte sein. Der Tod ihrer Schwägerin und ihrer ungeborenen Kinder hat sie schwermütig gemacht, sagt Nesa.« Er gähnte. »Wir sollten herausfinden, welche Frauen eine Beziehung zu den Familien der verschwundenen Kinder haben. Am besten beobachten wir sie eine Weile und schauen, wo sie hingehen und mit wem sie sich treffen. Das Schlimme ist, dass uns die Zeit davonläuft. Margarete Kloeren ist vielleicht irgendwo versteckt und lebt noch.« Abermals überkam ihn ein Gähnen.

»Für heute sollten wir Schluss machen«, sagte Rutger Jansen.

»Nur eins noch«, merkte Kreitfisch an. »Eine in meinen Augen nicht unwichtige Frage: Warum wollte sie mich töten? Ausgerechnet mich. Nichts für ungut, aber mit euch beiden hätte sie es doch leichter gehabt.«

Jansen wollte etwas einwenden, doch Jordis kam ihm zuvor.

»Eine gute Frage«, sagte er. »Warum hat diese Frau ausgerechnet den Größten und Stärksten von uns ins Münster gelockt?«

»Weil sie wahnsinnig ist«, mutmaßte Jansen.

»Oder weil sie glaubte, er wisse etwas, das ihr gefährlich werden könnte. Vielleicht habt Ihr in den letzten Tagen einen Hinweis auf die Täterin erhalten, ohne es zu bemerken. Kreitfisch, denkt einmal nach.«

Kreitfisch stieß zischend Luft aus den Wangen. »Ich weiß nicht, was das sein könnte. Es ist doch auch möglich, dass sie uns alle ausmerzen will – und ich nur zufällig der Erste war.«

Jordis nickte. »Sie ahnt, dass wir ihr auf der Spur sind. Wir müssen vorsichtig sein, wir alle drei. Ich denke da an den toten Vogel, der bei mir vor der Tür lag … Heute Abend habe ich noch eine Drohbotschaft erhalten, ein mit Blut beschmiertes Pergament. Diese Frau hat uns im Auge. Je mehr sie sich in die Enge getrieben fühlt, desto bedrohlicher kann die Sache für uns werden.«

Tag elf. Mittwoch

Nachdem Elsbeth in ihrer Klosterzelle wieder mit einem reichhaltigen Frühstück versorgt worden war, erschien Schwester Barbara in Begleitung einer Mitschwester, die ebenso hochgewachsen war wie sie selbst. Die beiden mussten gut einen Kopf größer sein als ihre Äbtissin.

»Das ist Schwester Ignatia«, stellte Schwester Barbara die sanft lächelnde dunkeläugige Frau vor.

»Gott sei mit Euch«, sagte Schwester Ignatia freundlich. Sie trug einen Korb bei sich, in dem etliche Leinenbänder lagen. Die Finger, die das Weidengeflecht umschlossen, waren auffallend lang und dünn. In ihrer Stimme lag ein Dialekt, den Elsbeth nicht zuordnen konnte, sie musste aus einem anderen Landesteil stammen. Hinter ihr tauchte die stumme junge Nonne im Türrahmen auf und nickte Elsbeth scheu zu.

Schwester Barbara wandte sich zu ihr um. »Franziska, geh in die Küche und besorg mir eine Schale Brombeeren und ein Ei!«

Elsbeth konnte sich nicht vorstellen, was die Priorin vorhatte, aber sie vertraute ihr. Außerdem blieb ihr ohnehin nichts anderes übrig, dachte sie mit einer gewissen Teilnahmslosigkeit. Die letzten Tage hatten sie viel Kraft gekostet.

Schwester Franziska machte sich mit schnellen Schritten auf den Weg zur Küche. Die anderen beiden nahmen Bänder aus dem Weidenkorb und strichen sie glatt.

Die Priorin brachte Elsbeths Kopf in eine günstige Position und begann, ihn mit einem der Leinenstreifen zu umwickeln. Um Mund und Nase herum ließ sie ein Stück frei, ebenso an den Augen. Ihre Finger rochen würzig, als hätte sie eben noch im Garten gearbeitet.

»Ihr leidet an Lepra«, erklärte die Schwester. »Euer Gesicht ist zerfressen, Eure Hände auch. Ihr kamt vor zwei Tagen hierher, von wo, wissen wir nicht, da Ihr nicht sprechen könnt. Man hat Euch mit Knüppeln und Ruten übel zugerichtet. Wir versorgen

Euch hier notdürftig, bevor wir Euch durch einen Alexianerbruder ins Leprosenhaus bringen lassen. Habt Ihr verstanden?«

Elsbeth nickte.

Schwester Ignatia verband derweil mit geübten Griffen Elsbeths Hände.

»Ist es zu eng?«, fragte sie fürsorglich.

»Nein, es geht«, antwortete Elsbeth.

Schwester Franziska brachte eine Schale und verschwand wieder. Elsbeth, die nur noch durch ihre Augenschlitze sehen konnte, hörte etwas klappern.

»Ich werde jetzt Brombeeren zerdrücken und auf Eure Verbände streichen, es soll wie eine frische Wunde aussehen«, kündigte Schwester Barbara an. An Elsbeths Fingerspitzen und auf Nase, Stirn und Wangen wurde es kühl. Sie nahm einen fruchtigen Geruch wahr.

»Und etwas Eigelb, Schwester Ignatia«, fügte die Priorin hinzu. Ein Ei wurde aufgeschlagen. Sanfte Finger berührten sie am Kopf und an den Händen.

Schwester Barbara trat ein Stück zurück und sagte: »Das wird genügen. Jeder, der Euch sieht, wird Euch für eine Leprakranke halten. Nach der Konventsmesse werden wir Euch in das Neue Gasthaus hinüberbringen. Dort nimmt Euch ein Alexianerbruder in Empfang.« Sie legte eine Hand auf Elsbeths Schulter. »Nur Mut!«, sagte sie aufmunternd.

Schwester Ignatia kniete vor ihr nieder und nahm Elsbeths verbundene Hände zwischen ihre schmalen Finger.

»Möge Gott Euch schützen auf all Euren Wegen«, sagte sie leise.

Der Augenblick hatte etwas Feierliches und Bedeutungsvolles; Elsbeth spürte Tränen in sich aufsteigen.

»Danke«, flüsterte sie nur.

***

Am hellen Morgen, als Jordis noch warm und gemütlich in seinem Bett lag, hörte er vor seinem Haus zwei wohlbekannte Stimmen.

Eine gewaltige Faust donnerte gegen die Tür.

»Lass mich mal mit der Krücke!«, hörte er Rutger Jansen sagen. Wieder klopfte es, diesmal mit hellerem Beiklang, aber nicht minder laut.

Was wollten die beiden? So früh am Morgen und nach der anstrengenden Nacht? Jordis hatte das Gefühl, noch keine zwei Stunden geschlafen zu haben. Seufzend schwang er die Beine aus dem Bett und tappte verschlafen zum Schrank. Sie sollten ihn nicht in Schlafmütze und Nachthemd antreffen. Klara war immer schon im Haus, bevor er aufwachte. Wahrscheinlich schlief sie je Nacht nur zwei Stunden, anders war das nicht zu erklären. Stirnrunzelnd stand er vor der Auswahl an Gewändern. Er hasste es, wenn er sich nicht in Ruhe anziehen konnte! Hoffentlich hatten sie einen guten Grund für ihr frühes Erscheinen.

Jordis entschied sich schließlich für ein Wams aus feinem englischem Tuch. Er mochte den weichen Stoff und den satten, moosgrünen Farbton. Dazu dieses Untergewand und diese Beinlinge und diese Schuhe ... Ja, so konnte er sich seinen Freunden zeigen.

Als er seine Geschäftsstube betrat, saßen Jansen und Kreitfisch bereits am Tisch. Hennes Kreitfisch war mit seinem weißen Verband um den Kopf und den blauen Flecken im Gesicht nicht gerade ein lieblicher Anblick.

»Bevor Ihr schimpft: Wir haben wichtige Neuigkeiten! Sonst würden wir nicht um diese Uhrzeit hier einfallen«, verkündete Jansen.

Wie aufs Stichwort kam Klara mit einem Holzbrett herein, auf dem ein reichhaltiges Frühstück stand.

»Mmm«, machte Kreitfisch und betrachtete wohlwollend die frischen Würste, den goldgelben Käse, das Brot und die Butter. »Vielleicht sollten wir ganz im Gegenteil *immer* um diese Uhrzeit hier einfallen!«

Klara lachte und eilte zurück in die Küche.

»Halt die Klappe, Kreitfisch! Zeig's ihm einfach!«, sagte der Einbeinige. Erwartungsvoll verschränkte er die Arme vor der Brust und lehnte sich zurück.

Hennes Kreitfisch zog ein sauber gefaltetes rotes Tuch aus der Tasche und hielt es Jordis hin.

»Was ist das?«, fragte er.

»Das ist ein Tuch, das unter dem Körper der toten Hure lag. Seht es Euch einmal an.«

Jordis nahm das aufwendig verarbeitete Tuch entgegen und untersuchte es.

»Kostbarer Stoff«, bemerkte er. »Teure Farbe. Sehr sorgfältig gewebt und nicht verschlissen. Nicht unbedingt das, was man bei einer Hübschlerin erwarten würde.«

»Eben«, pflichtete Jansen ihm bei. »Darum vermuten wir, dass es sich um Diebesgut handelt oder um das Eigentum der Mörderin.«

»Seht es Euch näher an!«, forderte Jansen.

Jordis betastete das Tuch und besah es sich genauer.

»An den Enden sind Stickereien eingearbeitet. Hier. Und … da steht etwas! Initialen!«

Er hielt sich das Tuch näher an die Augen. In eine Kette sauberer Kreuzstiche fügten sich unauffällig zwei Lettern in goldenem Garn ein: die Initialen K. B.

»K. B.!«, sagte Jordis. »Kaspar Buchholz!«

»Auf Kaspar Buchholz bin ich auch schon gekommen. Nur würde das unsere Theorie über den Haufen werfen, dass eine Frau die Mörderin ist.«

»Wieso? Er kann doch mit ihr zusammen gewesen sein, ohne sie ermordet zu haben. Der Mord könnte hinterher geschehen sein«, warf Kreitfisch ein.

»Hm, ich weiß nicht!« Jordis sah stirnrunzelnd auf das Tuch. »Dies ist eher ein Frauentuch. Kennt Ihr einen Mann, der ein solches Tuch tragen würde?«

»Ich nicht«, erwiderte Jansen. »Aber ich habe auch keine Ahnung von so was. Ich würde mir wahrscheinlich die Nase damit schnäuzen.«

»Ich denke auch, dass es eher ein Frauentuch ist«, stimmte Kreitfisch zu. »Aber sicher bin ich nicht.«

»Nun gut.« Augustin Jordis verzog das Gesicht. »Welche Frauen kennen wir, die mit K. B. beginnen? Mir fällt als Erste Buchholz' Frau ein, Katharina. Aber die kommt wohl nicht in Frage. Sie kann vor lauter Bauch kaum noch gehen. Und sonst …«

»Drude Bergs hat zumindest ein B im Namen«, bemerkte Jansen. »Vielleicht können wir uns den Namen zurechtbiegen – in Krude Bergs.«

»Krude Bergs!« Kreitfisch ließ sein dröhnendes Lachen hören. »Das wäre zweckmäßig. Oder Kisela Bege, klingt doch auch schön.«

Dass die beiden aber auch nie ernst bleiben konnten, dachte Jordis. Andererseits: Genau das mochte er an ihnen, diese Gelassenheit, diese Zuversicht.

»Wir sollten Folgendes tun«, sagte er. »Jeder von uns versucht etwas über die Familiennamen der Personen herauszufinden, die in diese Sache verwickelt sind, ganz gleich ob weiblich oder männlich. Vielleicht hat einer der Verdächtigen eine Mutter oder Schwester mit den Initialen K.B. Ich schlage vor, dass Kreitfisch sich Drude Bergs und die Familie Mertens vornimmt und Jansen Hege und Ruscher ... und vielleicht auch die liebreizende Beel, wir müssen jede Möglichkeit in Betracht ziehen. Macht Euch Gedanken. Ich selbst werde mich bei den Bewohnern des Fetschereihofes umhören.«

»In Ordnung.« Jansen nickte.

Jordis nahm sich ein Stück Käse, bevor er sich an Kreitfisch wandte. »Warum kommt Ihr denn erst heute mit dem Tuch, Kreitfisch?«

»Ach, ich hatte es vergessen«, bekannte der Barbier reumütig. »Ich hatte es in die Kitteltasche gesteckt, um es Kathrine zu zeigen, und nicht mehr daran gedacht. Letzte Nacht, als ich nicht schlafen konnte, ist es mir aus irgendeinem Grund wieder eingefallen. Ich habe es mir näher angesehen und heute Morgen gleich Jansen davon erzählt.«

»Es könnte in der Tat ein bedeutsamer Fund sein.« Jordis dachte einen Moment nach. »Wann ist das Tuch in Euren Besitz gekommen, Kreitfisch?«

»Am Tag nach dem Mord«, antwortete der Hüne. »Straeten hat es mir nach der Untersuchung der Leiche gebracht.«

»Das war derselbe Tag, an dem bei Euch eingebrochen wurde, richtig?«

»Richtig ... Ja! Natürlich!« Kreitfisch schlug sich vor die Stirn.

»Es wurde nach diesem Tuch gesucht! Glücklicherweise hatte ich es bei mir. Es muss jemandem überaus wichtig sein.«

»Vielleicht ist das Tuch auch der Grund, weshalb du niedergeschlagen wurdest«, gab Jansen zu bedenken und biss gedankenverloren in ein Stück Wurst.

***

Bevor Schwester Barbara und Schwester Ignatia sie zu den Alexianerbrüdern hinüberbrachten, erhielt Elsbeth Besuch von der Äbtissin, die ein Segensgebet mit ihr sprach und sich von ihr verabschiedete. Unter ihren klugen braunen Augen lagen dunkle Schatten.

»Gott schütze und behüte Euch, Elsbeth«, sagte sie. »Ich bin sicher, dass wir uns wiedersehen werden, wenn dies alles vorbei ist.«

Elsbeth straffte sich. Die Worte der Ehrwürdigen Mutter machten ihr Mut.

»Bei den Alexianern wartet Bruder Konrad auf Euch. Ihm könnt Ihr vertrauen. Und nun geht. Gott sei mit Euch.«

»Habt Dank, Ehrwürdige Mutter.« Elsbeth ging vor der Äbtissin in die Knie und küsste ihre Hand. Die alte Frau legte kurz ihre Handfläche an Elsbeths Wange, dann drehte sie sich um und verließ mit raschelndem Habit den Raum.

Schwester Ignatia nahm Elsbeths Hand. Schwester Barbara ging ihnen voraus und führte sie durch Gänge, über Treppen, durch kleine Streifen von Tageslicht und große dämmrige Räume. Elsbeth hatte schon nach kurzer Zeit die Orientierung verloren, sie sah nur noch helle und dunkle Farbtöne vorüberziehen. Nach einer Weile änderten sich die Geräusche. Sie konnte Männerstimmen hören und das Klappern von Geschirr.

Die Schritte der Schwestern verlangsamten sich. Sie gelangten durch einen dunklen Vorraum in einen schwach erleuchteten kleinen Saal.

Elsbeth sah eine Handvoll Betten in einer Reihe an der Wand stehen, manche waren durch Tücher von den anderen abgetrennt.

Im hinteren Teil des Krankensaales, nicht weit entfernt von einem kleinen Altar, stand ein dunkel gekleideter Mönch über ein Bett gebeugt und sprach mit leiser Stimme zu einem Kranken.

Der Luftzug, der durch ein Fenster drang, ließ die Flamme der Altarkerze flackern.

Es roch nach Krankheit und menschlichen Ausdünstungen; mit diesem unangenehmen Geruch von Eiter, Kot und faulendem Fleisch vermischte sich ein leichter Duft nach Kräutern.

Bis auf ein gelegentliches Stöhnen und Schnarchen und das Rascheln von Strohsäcken war es still im Raum.

Der Mönch bemerkte ihr Eintreten und kam zu ihnen herüber. Er musste schon älter sein, denn er bewegte sich schwerfällig. Als er sie erreicht hatte, nickte er den beiden Klarissenschwestern freundlich zu und sah Elsbeth dann ins Gesicht.

»Seid gegrüßt, mein Kind. Ich bin Bruder Konrad«, sagte er mit ruhiger Stimme. Er hatte ein hageres, angenehmes Gesicht mit einem schmalen Mund und wachen Augen. Das nach Art der Mönche geschorene Haar umgab seinen Kopf in einem breiten silbrigen Kranz.

»Ich kümmere mich um Euch. Ihr könnt erst einmal auf diesem Lager Platz nehmen. Den Schwestern sei Dank, dass sie Euch hergebracht haben!«

Die beiden Klarissenschwestern verabschiedeten sich mit aufmunternden Worten und freundlichen Segenswünschen. Schwester Barbara drückte Elsbeths Hand, und Schwester Ignatia umarmte sie und murmelte ein schnelles Gebet, dann wandten sie sich zum Gehen.

Elsbeth sah ihnen ängstlich nach.

Der alte Mönch setzte sich neben sie. »Fürchtet Ihr Euch, mein Kind? Das wäre nur natürlich in Eurer Lage. Die Äbtissin hat mir berichtet, was Euch widerfahren ist.« Er hustete röchelnd. »Ich habe von den Hexenprozessen in Köln gehört. Die Vorwürfe den Frauen gegenüber waren unhaltbar. Es ist erschreckend, was besessene Eiferer sich im Namen Gottes ausdenken.« Ernst schüttelte er sein weißes Haupt. »Ich werde Euch einen Melissenaufguss bringen, der beruhigt die Nerven. Wenn es anfängt zu dämmern, werde ich Euch ins Leprosenhaus begleiten, dort wird Euch niemand vermuten.«

Elsbeth versteifte sich. Der Gedanke daran, sich in einem Haus aufzuhalten, in dem unheilbar Kranke mit schrecklichen Verstümmelungen lebten, beunruhigte sie. Sie wusste, dass die Krankheit hoch ansteckend war. Die Vorschriften verlangten, dass Aussätzige alles, was sie in der Stadt kaufen wollten, nur mit einem Stock berühren durften. Bevor sie auch nur irgendetwas anfassten, hatten sie ihre Handschuhe anzulegen.

An den Tagen, an denen Leprakranke Einlass in die Stadt erhielten, um zu betteln, war Elsbeth stets wachsam und achtete auf den Warnton der Klappern, die sie bei sich trugen, um andere Menschen auf sich aufmerksam zu machen. Nicht umsonst waren die Regeln so streng. Und nun sollte sie mitten unter diesen Aussätzigen leben?

Bruder Konrad schien ihre Angst zu spüren. »Sorgt Euch nicht«, sagte er ruhig. »Ihr werdet in der Kapelle des Spitals verweilen. Ein Mitbruder kümmert sich um Euch, es wird Euch nichts geschehen. Ich bin gleich zurück!« Er drückte ihre Hand und stand auf.

Wenig später brachte er ihr einen dampfenden Becher und bat sie, noch eine Weile zu warten. Dann ging er zu einem der anderen Betten und kümmerte sich um einen Kranken, der immer wieder gequält aufstöhnte. Ein unangenehmer Geruch verbreitete sich im Raum.

Elsbeth blieb steif und angespannt auf ihrem Bett sitzen und beobachtete die tanzenden Schatten der Kerzenflamme auf der Wand hinter dem Altar. Das Bett links von ihr war frei. Rechts lag eine alte Frau, deren Gesicht im Schlaf vor Schmerz oder üblen Träumen zuckte. Elsbeth fragte sich, ob es sich um eine Neusserin handeln mochte oder um eine Pilgerin, die von weit her gekommen war, um den heiligen Quirinus zu ehren, und deren Kräfte sie dann verlassen hatten.

Sie lehnte sich zurück und wartete. Nach einer Weile nickte sie ein. Als sie die Augen wieder aufschlug, berührten ihre Wimpern ein Stück Verband. Die Leinenbahnen waren verrutscht. Sie hob eine Hand, um sie zu richten.

»Habt Ihr gut geruht?«, fragte Bruder Konrad vom Fußende ihres Bettes her.

Elsbeth nickte.

»Gut«, stellte er fest. »Hier ist Euer Abendessen, lasst es Euch schmecken.« Er reichte ihr eine Schale mit würzigem Eintopf. »Nach dem Essen brechen wir auf.«

Elsbeth tat, wie ihr geheißen. Hungrig löffelte sie die kräftige Suppe, die dicke Stücke Möhren und Kohl enthielt und herrlich fettig war.

Wenig später erschien Bruder Konrad mit einem Nachttopf und einer Kelle. »Um Eure Verkleidung zu vervollkommnen, brauchen wir noch einen Hauch Gestank, es tut mir leid«, sagte er.

Er bat sie, die Hände auf ein Tuch zu legen, und tunkte die Kelle in den Nachttopf. Elsbeth spürte etwas Feuchtes an ihren Fingern und hielt die Luft an.

»Es muss nach Krankheit *riechen*, mein Kind«, erklärte der Alexianer. Er räusperte sich. »Aber seid unbesorgt, der Spender erfreut sich bester Gesundheit, einzig der Gestank ist beklagenswert. Im Leprosenhaus werden wir Euch von den Verbänden befreien. Fertig! Wir können gehen. Hier habe ich einen Umhang für Euch. Niemand soll sehen, ob Ihr Mann oder Frau seid.«

Er legte ihr den Umhang um die Schultern, nahm sie am Arm und führte sie aus dem Krankensaal. Auf der Treppe nach unten musste er kurz innehalten, um Luft zu holen. Er hustete röchelnd.

»Verzeiht«, bat er, »ich bin nicht mehr der Jüngste.«

Sie betraten einen schmalen Innenhof, in dem ein kräftiges kleines Pferd an ein Fuhrwerk gespannt auf sie wartete.

Ein älterer Mann, der von der Straße in den Hof kam, blieb furchtsam an der Mauer stehen und wartete, bis Bruder Konrad Elsbeth auf die Ladefläche geholfen hatte und ächzend auf den Kutschbock geklettert war. Dann huschte er rasch ins Haus.

Elsbeth setzte sich zwischen einen Korb, in dem mehrere Brote lagen, und einen Haufen grober Wolldecken.

Bruder Konrad drehte sich noch einmal zu ihr um. »Solltet Ihr angesprochen werden, sagt nichts. Gebt nur krächzende Geräusche von Euch. Jetzt lauf schon, Hubert!«, rief er dem kleinen Pferd zu. »Wir sind in einer dringlichen Angelegenheit unterwegs!«

Vom Husten des Bruders begleitet rumpelte das Gefährt aus dem Hof hinaus in die Gasthausgasse und weiter in Richtung Rheintor.

***

Jansen legte sich zu Lises auf das Bett, als sie dabei war, dem Säugling die Brust zu geben. Am späteren Vormittag, wenn die ersten Arbeiten des Tages erledigt waren, fanden sie sich häufiger in ihrer kleinen Schlafkammer ein; Lises, um zu stillen, Jansen, um sich auszuruhen. Es waren kurze, aber friedliche Momente, in denen die restliche Welt weit entfernt zu sein schien, zumindest für eine Weile.

Lises lag auf der Seite und hatte erschöpft die Augen geschlossen. Die Kleine zahnte und hielt sie nachts lange wach. Jansen lag mit hinter dem Kopf verschränkten Armen neben ihr und sah an die Decke. Er erzählte von den Rätseln, die sie noch zu lösen hatten, und den Gedanken, die ihn bewegten. Seine Frau war eine gute und kluge Zuhörerin. Nicht zum ersten Mal sprach er mit ihr über ihre Ermittlungen.

Nachdem er ihr von dem roten Tuch berichtet hatte, seufzte er und wandte den Kopf zu dem kleinen Fenster, durch das die Linde hinter dem Haus zu sehen war.

Lises lag eine Weile still da. Dann nahm sie das Kind von der Brust, legte es zum Aufstoßen an ihre Schulter und richtete sich auf.

»Vielleicht ist es viel einfacher, als ihr denkt«, sagte sie. »Vielleicht ist das Offensichtliche auch das Richtige.«

Jansen runzelte die Brauen und sah sie an. »Wie meinst du das?«

»Nun, du sagtest, jemand würde alles versuchen, um das Tuch wiederzubekommen.«

»Das vermuten wir, ja.«

»Warum sollte er – oder sie – das tun, wenn es nicht wirklich wichtig wäre? Wenn er – oder sie – nicht fürchten müsste, anhand des Tuches überführt zu werden?«

»Weil er – oder sie – tatsächlich die Hure getötet hat.«

»Genau. So. Und nun denk einmal nach!« Lises hatte sich in Fahrt geredet. Ihre Wangen waren rot, ihre dunklen Augen funkelten. »Alles spricht dafür, dass eine Frau die Täterin ist. Ihr sucht also eine Frau. Gut. Das Tuch hat die Initialen K.B. Ihr sucht demnach eine Frau mit den Initialen K.B. Wer fällt euch als Erste ein?«

»Katharina Buchholz.«

»Genau. Bei ihr würde auch alles andere stimmen. Vor allem die Theorie mit dem gut aussehenden Ehemann, der sich mit anderen Frauen vergnügt. Deiner Beschreibung nach fügt sich kein anderer so gut in das Bild des dunkelhaarigen Liebhabers wie Kaspar Buchholz.«

»Ja, aber –«

»So, und nun kommt das eine, alles beherrschende Hindernis.«

»Sie ist schwanger.«

»Ja. Und deshalb muss sie sich keine fremden Kinder kaufen oder stehlen. Sie kann keine Feldwege entlanghasten und nicht mit einem Riesen wie Kreitfisch kämpfen.«

Jansen stützte sich auf die Seite und sah seiner Frau ins Gesicht. »Worauf willst du hinaus?«

»Der einzige Grund, warum ihr sie als Verdächtige ausklammert, ist ihre Schwangerschaft. Aber sie könnte doch schwanger sein und trotzdem fremde Kinder stehlen, wer weiß, aus welchem Grund. Nicht alle Schwangeren sind unbeweglich und schwach, sieh mich an. Und noch etwas …« Sie schluckte. »Erinnere dich an Anna Scharpert, die mit angesehen hat, wie ihre Schwester entführt wurde. Sie ist angsterfüllt vor mir zurückgewichen. Vielleicht hat sie das nicht nur getan, weil ich eine Frau bin, sondern weil ich eine *schwangere* Frau bin.«

***

»Hoch mit Euch, es ist so weit!«

Ein Stiefel traf Aleidis fest in der Seite. Mühsam rappelte sie sich auf. Sie konnte sich vor lauter Schmerz kaum bewegen.

Dulken und Greve packten sie an den Armen, zerrten sie hoch

und nötigten sie, die Leiter hinaufzuklettern. Es knackte, als sie auf die Sprossen trat, die ganze Leiter schwankte. Die Entfernung zwischen Kerkerboden und Falltür war groß. Oben angekommen, schleifte man sie zur eisenbeschlagenen Tür eines kleinen Raumes.

»Rein da«, knurrte Dulken.

Aleidis erschrak, als sie eintrat. An zwei Wänden der steinernen Kammer hingen eiserne Werkzeuge, Ruten und Seile. An der dritten stand ein schlichter Tisch, auf dem beschriftete Bögen lagen und mehrere Kerzen brannten.

Neben der Tür lehnte der hochgewachsene blonde Schöffe, dessen Namen sie nicht kannte. In der Mitte des Raumes wartete Arnd Ebels. Er sah ihr mit glänzenden Augen entgegen und trat zur Seite, um den Blick auf das freizugeben, was hinter ihm stand.

Aleidis erstarrte, als sie den Nagelstuhl sah, einen dunklen Holzstuhl, der über und über mit Nägeln gespickt war. An einigen Stellen waren Eisenklammern angebracht, die den Gefolterten auf seinem Platz halten sollten.

Aleidis fühlte, wie Übelkeit in ihr aufstieg, und wandte den Blick ab.

»Hat der Anblick Euch erschreckt, Witwe Wintz?«, fragte Ebels. »Wenn Ihr wollt, können wir Euch auch die Beinschrauben anlegen, während wir an Eurem Geständnis arbeiten. Euch erneut an Seilen aufziehen? Oder mit heißem Öl übergießen? Ihr habt die freie Wahl. Allerdings möchte ich von den Seilen abraten. Bei Eurer Fülle könnten sie reißen, und Ihr würdet unsanft auf dem Boden landen, beim letzten Mal hat es in den Tauen schon arg geknarzt.« Die anderen Männer lachten.

Arnd Ebels nahm eines der Blätter vom Tisch und warf einen Blick darauf. »Ich möchte Euch heute zu den Anhexungen von Manneschwäche befragen, die Ihr begangen habt. Anklagepunkt fünf. Drei Neusser Bürger, deren Namen ich nicht nennen möchte, können aufgrund Eurer Hexerei ihren Frauen nicht mehr beiwohnen. Was habt Ihr dazu zu sagen?«

Aleidis wollte nichts mehr sagen. Sie hatte keine Kraft mehr, sich den abwegigen Vorwürfen der Hexenjäger immer wieder aufs Neue zu widersetzen.

»Also?«, fragte Ebels. »Bekennt Ihr Euch dieser Missetat schuldig?«

Aleidis schwieg. Dulken stieß sie von hinten gegen die schmerzende Schulter. »Nein«, flüsterte sie schwach.

Ebels wies mit einer einladenden Bewegung auf den Nagelstuhl. »Dann bitte ich Platz zu nehmen.«

***

Nachdem Jansen ihn aufgesucht und ihm Lises' Überlegungen mitgeteilt hatte, änderte Kreitfisch seine Pläne.

Ursprünglich hatte er vorgehabt, von der Backstube eines Freundes aus die Häuser von Mertens und Drude Bergs auf der anderen Straßenseite zu beobachten, doch nun erschien es ihm dringlicher, ein Auge auf Katharina Buchholz zu haben. Jansen hatte vollkommen recht. Sie durften die Frau nicht von jedem Verdacht freisprechen.

Er bezog Posten vor der Stadtwaage auf dem Markt und nahm das Haus Schöneck ins Visier. Es dauerte lange, bis jemand herauskam. Eine dralle Magd mit einem Berg Stoff im Arm. Kreitfisch seufzte. Noch länger dauerte es, bis die Frau vor die Tür trat, auf die er tatsächlich wartete. Das musste sie sein: Katharina Buchholz. Sie trug ein hellblaues Überkleid mit engen Ärmeln, unter dessen weichem Stoff ihr gewölbter Bauch deutlich zu sehen war. Kreitfisch hatte damit gerechnet, dass sie in Richtung der belebten Oberstraße gehen würde, doch sie wandte sich nach rechts und schritt den Markt hinunter auf den Hafen zu. Kreitfisch folgte ihr in gebührendem Abstand. Sie ging am Kaufhaus vorbei und erreichte Auf dem Ufer. An der breitesten Stelle der Straße, dicht an der Stadtmauer, stand ein Fuhrwerk, auf dem ein kleiner Mann mit hellem Haar saß, der ein kräftiges braunes Pferd am Zügel hielt. Katharina Buchholz steuerte auf das Gefährt zu, der Mann half ihr hinauf, und ehe Kreitfisch sich versah, waren die beiden um die nächste Biegung verschwunden; er hörte nur noch das Scharren der Räder und das gleichmäßige Klopfen der Hufe.

»Verflixt!«, schimpfte er und beschleunigte seinen Schritt. Er sah das Fuhrwerk in die Rheinstraße einbiegen und auf das Stadttor zufahren. »Ja, wo wollen die denn hin?«, fragte er entrüstet.

»Wie meinen?«, sagte ein altes Mütterchen, das unvermutet aus einem Hauseingang getreten war und misstrauisch seinen Kopfverband musterte.

»Nichts, meine Teuerste, ich wünsche einen schönen Tag!«

Kreitfisch rannte keuchend hinter dem Wagen her, konnte aber nur noch sehen, wie er durch den Torbogen des Rheintores davonrollte. Kopfschüttelnd machte er kehrt und begab sich zur Niederstraße, um dort in der Backstube seines Freundes Johann wie beabsichtigt auf Beobachtungsposten zu gehen. Johanns Frau, eine mollige Rothaarige namens Tringen, wusste manches über ihre Nachbarschaft zu berichten. Ludwig Mertens' schwermütige Frau Agathe stehe nachts oft am offenen Fenster und blicke auf die Straße hinunter. Die Tochter des Brauers zwei Häuser weiter erwarte ein Kind, obwohl sie nicht verheiratet war. Und Drude Bergs, ja Drude Bergs, das sei wirklich eine seltsame Person. Ob Tringen wisse, wie sie mit zweitem Vornamen hieß? Ja, gewiss, das hatte die Bergs ihr nicht nur einmal erzählt: Drude Kristine Bergs hieß sie und bildete sich darauf anscheinend allerhand ein, warum auch immer.

Das ist aufschlussreich, dachte Kreitfisch, während er es sich auf einem Schemel hinter dem Fenster der Backstube bequem machte.

Leider gab es draußen nicht viel zu beobachten. Drude Bergs verließ mit einem leeren Korb am Arm das Haus und kehrte wenig später mit einem gefüllten Korb zurück; den Inhalt konnte Kreitfisch nicht genau erkennen, es war etwas Grünes, vielleicht Gemüse oder Stoff.

Er gähnte und wartete, wartete und gähnte. Es wurde Nachmittag, und immer noch war nichts Bemerkenswertes geschehen.

Das änderte sich jedoch bald. Ein gut gekleidetes Paar betrat das Haus von Ludwig Mertens und verließ es wenig später mit einem großen blauen Stoffballen. Kreitfisch hatte die schwangere Frau in dem hellblauen Kleid sofort wiedererkannt, der dunkelhaarige Mann an ihrer Seite musste Kaspar Buchholz sein.

Er schnalzte mit der Zunge, als Buchholz eine Weile später allein zurückkam und sich an Mertens' Haustür mit einer hochgewachsenen jungen Magd unterhielt. Das Mädchen war gut gebaut und dunkelhaarig. Wenn Kreitfisch sich recht erinnerte, musste dies die Magd Nesa sein, mit der Jordis gesprochen hatte.

Während Buchholz eindringlich auf die junge Frau einredete, hielt sie den Kopf gesenkt und nickte nur einmal schwach.

Aus dem Nebenhaus trat derweil Drude Bergs und schüttete einen Zuber Wasser in den Rinnstein. Jordis und Tringen hatten recht, sie machte wirklich einen verschrobenen Eindruck. Betont langsam und mit seltsamen Verrenkungen ihrer Schulter ging sie zurück zum Haus, wobei sie die beiden an der Tür nicht aus den Augen ließ. Buchholz warf ihr einen gereizten Blick zu, verabschiedete sich von der Magd und ging.

Wenige Atemzüge später geschah etwas, das Kreitfischs Herz schneller schlagen ließ: Katharina Buchholz näherte sich vom Glockhammer her. In angespannter Haltung, den Bauch weit vorgereckt, ging sie langsam auf Mertens' Haus zu. Hatte sie die Szene an der Tür beobachtet? War sie ihrem Mann gefolgt?

Einen Augenblick schien sie zu zweifeln, was sie tun sollte, dann klopfte sie einige Male entschlossen an die Tür. Wieder öffnete die Magd.

Katharina Buchholz sprach mit ihr, zunächst in gedämpftem Ton, dann mit erhobener Stimme. Leider konnte Kreitfisch die einzelnen Worte dennoch nicht verstehen.

Schließlich schüttelte die junge Magd den Kopf und zog sich ins Haus zurück. Nachdem die Tür zugeschlagen war, blieb Katharina Buchholz noch kurz vor dem Eingang stehen und ging dann die Niederstraße hinunter davon.

Kreitfischs Neugier war endgültig geweckt. Kaspar Buchholz schien mit der jungen Frau angebandelt zu haben, und womöglich nicht nur mit dieser. Seinem Eheweib behagte das gar nicht. Konnte man gut verstehen, in ihrem Zustand. Es war vorstellbar, dass Katharina Buchholz allerhand düstere Gedanken hegte. Kreitfisch verließ die Backstube und folgte ihr bis zum Markt. Als sie sich vor dem Betreten ihrer Unterkunft unvermutet umdrehte, ging er hinter einem übel riechenden Karren voller Tierhäute in die Knie und tat, als müsse er die Schnürriemen seiner

Schuhe richten. Katharina Buchholz ließ ihren Blick über den Platz schweifen und verschwand hinter der noblen Fassade des Hauses Schöneck.

Als es heftig zu regnen begann, kehrte Kreitfisch zu seinem Versteck in der Backstube zurück. Vielleicht würde er noch etwas über Drude Kristine Bergs herausfinden können, oder über die Familie Mertens.

Während er das frische Brot kaute, das sein Freund Johann ihm hingelegt hatte, sah er, wie Mertens' von Schwermut geplagte Ehefrau an ein Fenster im ersten Stock trat und mit starrem Blick in den Regen hinaussah, bevor sie wieder in den Tiefen des Hauses verschwand.

Es wurde still auf den Straßen. Als sich bis zum frühen Abend nichts mehr ereignete, brach Kreitfisch seine Beobachtung ab. Er würde sich jetzt ein Nickerchen gönnen, es machte ihm nichts aus, im Sitzen zu schlafen. Vielleicht gäbe es im Laufe der Nacht noch etwas auszuspähen. Nach dem verabredeten Treffen bei Jordis würde er die nächste Wachschicht antreten.

***

Sie trafen sich abends in Jordis' Stube. Nur kurz, war gesagt worden, damit jeder auf seinen Beobachtungsposten zurückkehren könne.

Kreitfisch berichtete als Erster.

»Eieiei«, machte Jansen und pfiff durch die Zähne, nachdem der Barbier geendet hatte. Jordis sagte nichts, nickte nur und machte mit kratzender Feder Eintragungen in seine Kladde. Dann legte er den Gänsekiel beiseite und berichtete von seinem Besuch auf dem Fetschereihof, der leider erfolglos geblieben war: Niemand dort hatte die Initialen K.B. oder kannte jemanden, der sie trug.

Rutger Jansen hatte stundenlang Sibert Heges Haus im Auge behalten und ebenfalls nichts Bedeutungsvolles in Erfahrung bringen können. Gisela Hege war einkaufen gegangen, Brot und Fleisch, das war alles.

Als er sich nach Ruscher erkundigt hatte, hatte er erfahren, dass dieser Neuss für ein paar Tage verlassen habe, »geschäftlich«, wie ein schielender Knecht ihm mitteilte. Das einzig Beachtliche, das Jansen herausgefunden hatte – und von dem er nicht einmal wusste, ob es tatsächlich von Nutzen sein konnte, wie er sogleich einschränkte –, war etwas, das eine betagte Nachbarin ihm kundgetan hatte, als er mit ihr über dieses und jenes sprach: Die Mutter von Arnd Ebels hatte Kunigunde geheißen, Kunigunde Beckers.

»K. B.«, stellte Jordis mit gerunzelter Stirn fest. »Das ist bemerkenswert.« Er sah aus dem Fenster hinaus in die Dämmerung. »Es ist spät, meine werten Mitstreiter. Gestern war eine lange Nacht. Lasst uns in Ruhe über die jüngsten Erkenntnisse nachdenken und morgen wieder zusammenkommen, in alter Frische.«

»Frische, hast du gehört, Kreitfisch? Das geht an dich«, neckte Jansen seinen Freund, während er sich aufrichtete. »Die Ringe unter deinen Augen sind groß wie Wagenräder.«

Kreitfisch lachte müde. »Meinst du, dein Anblick wäre erhebender? Falls es in deinem Haus einen Spiegel gibt, rate ich dir, dich ihm fernzuhalten. Das Erschrecken könnte zu groß sein.« Er gähnte herzhaft. »Die Frische wird noch auf sich warten lassen müssen, Herr Jordis, mir steht eine Nacht auf dem Schemel in der Backstube bevor.«

Tag zwölf. Donnerstag

Der alte Mönch kam langsamen Schrittes vom Markt aus die Brückstraße herunter. Er tätschelte dem stämmigen kleinen Pferd, das er am Zügel führte, den Hals, während er die Häuserfronten musterte.

»Hier muss es sein, Hubert«, sagte er. »Siehst du: Weintrauben auf dem Schild! Ob man so früh schon klopfen darf?«

Er hob die Hand, um an die Tür von Augustin Jordis' Haus zu pochen, als ihn von hinten plötzlich jemand herumriss und zu Boden warf. Er verspürte einen Schlag gegen den Kopf und verlor das Bewusstsein.

Als er wieder zu sich kam, wusste er zunächst nicht, wo er war.

»Bruder Konrad«, sagte eine Männerstimme, »kannst du mich hören?«

Konrad fühlte, dass er auf eine weiche Unterlage gebettet war. Er glaubte die Stimme zu erkennen. »Bruder Antonius, bist du das?« Mühsam öffnete er die Augen. Sein Kopf brummte.

»Ja, ich bin es«, sagte sein Ordensbruder und legte ein feuchtes Tuch auf seine Stirn. »Du wurdest niedergeschlagen, von zwei Männern. Als wir hinzukamen, liefen sie fort.«

Konrad erinnerte sich schlagartig an den Grund seines Besuchs in der Brückstraße. Er schob das Tuch beiseite und richtete sich auf.

»Ich muss zu Augustin Jordis, unverzüglich.«

»Du solltest lieber liegen bleiben.«

»Deine Fürsorge in Ehren, aber ich habe eine wichtige Botschaft für Jordis. Ich muss ihn sofort sprechen, ihn oder einen seiner Freunde.«

***

Es schien ihm nicht vergönnt zu sein, in diesen Tagen einmal auszuschlafen. Die Sonne stand noch tief, als Hennes Kreitfisch in der ihm üblichen Art an Jordis' Tür klopfte. Ein Wunder, dass seine Faust keine Spuren im Holz hinterließ.

Diesmal war Jordis zumindest angezogen, als sie kamen. Hastig lief er die Treppe hinunter und war noch vor Klara an der Tür.

»Kommt mit, es eilt!«, sagte Rutger Jansen aufgeregt. Noch während er sprach, wandte er sich zum Gehen und humpelte mit auf dem Pflaster klackernder Krücke die Brückstraße hinunter. Die anderen beiden folgten ihm, Kreitfisch mit seinem Kopfverband und Jordis mit ungekämmtem Haar.

Während sie auf die Oberstraße zueilten, klärte Jansen den Buckligen über die Gründe ihres frühen Erscheinens auf.

»Sie sind losgegangen!«

»Wer sind ›sie‹?«, fragte Jordis.

»Alle! Die Magd, der Mann, die Frau. Nacheinander! Sie gingen über die Oberstraße, wollen wohl zum Obertor raus«, erklärte der Einbeinige.

»Ich habe in der Backstube übernachtet«, ergänzte Kreitfisch. »Um nichts zu versäumen. War ganz schön unerquicklich, kann ich Euch sagen. Ich saß die halbe Nacht am Fenster. Wenigstens gab's was zu futtern. Auf jeden Fall«, er keuchte beim Gehen, Jansen legte eine stramme Geschwindigkeit vor, »kam vorhin das Mädchen raus, diese Nesa. Ich sah sie die Oberstraße runtergehen und lief zu Jansens Haus.«

»Der schon folgsam wartete, als hätte er's geahnt«, ergänzte der Einbeinige.

»Wir stellten uns auf den Markt, wir wussten ja nicht, wo sie hinwollte. Kurz darauf kam Buchholz aus dem Schöneck. Mit Stoff unterm Arm. Ging auch die Oberstraße runter. Und dann seine Frau.« Kreitfisch hielt inne und atmete laut durch.

»Ich wette, die beiden haben ein Stelldichein irgendwo in den Wiesen, und die Buchholz ist hinterher, um sie zu ertappen!«, ließ Jansen verlauten.

Sie hatten die Ecke zur Minderbrüdergasse erreicht. Am Obertor sahen sie eine Frau in einem grünen Gewand in den Schatten des Torbogens verschwinden.

»Ist sie das?«, fragte Jordis atemlos. »Die im grünen Kleid?«

»Das ist sie«, bestätigte Jansen. »Das Kleid hat sie passend ausgesucht. Damit kann man sich besser im Gebüsch verstecken als mit einem roten!«

Als sie durch das Obertor gingen, musterte der Wächter sie misstrauisch und erwiderte ihren Gruß nur mit einem Grunzen.

Jordis würde später hierher zurückkehren, um sich nach Aleidis zu erkundigen. Er hatte gestern Abend noch von Huygens erfahren, dass sie ins Obertor verlegt worden war, der Schreiber des Hexenausschusses hatte es ihm erzählt, offenbar plagte ihn sein Gewissen. Heute würden die hohen Herren aus Köln zurückkehren – und dann kämen hoffentlich die richtigen Leute vor Gericht!

Sie folgten der Frau in Grün in weitem Abstand.

Sie hatte die nach Süden führende Handelsstraße verlassen und ging einen Weg entlang, der durch die Weiten des Hammer Feldes zum Rhein hinunterführte.

Vor ihnen lag endloses Weideland, durchbrochen von Hecken, Gräben und einzelnen Baumgruppen. Auf einem Pfad weiter südlich glaubte Jordis eine zweite Gestalt zu sehen.

Drei Menschen folgen einander, dachte er, und wir drei kommen hinterdrein.

Sie vergrößerten den Abstand zu der Frau vor ihnen, da es in dieser flachen Weite kaum eine Möglichkeit gab, sich zu verstecken. Den raren Schutz von Büschen und Bäumen nutzend, arbeiteten sie sich nach und nach vor.

Einmal blieb Katharina Buchholz stehen und blickte sich um. Glücklicherweise standen sie gerade hinter einem Holunderstrauch.

»Hat sie Euch heute Morgen gesehen?«, fragte Jordis.

»Wieso sollte sie uns gesehen haben?«, gab Jansen zurück. »Gibt es jemanden, der unauffälliger aussieht als wir?« Auf seiner Stirn stand der Schweiß, obwohl es heute nicht übermäßig warm war. Die weite Strecke musste anstrengend für ihn sein. Jordis fühlte sich ebenfalls erschöpft. Es war eher der Wille, der ihn vorantrug, weniger seine Körperkraft. Er war es nicht gewohnt, lange Strecken in hoher Geschwindigkeit zurückzulegen.

»Sie mag damit rechnen, verfolgt zu werden«, schnaufte Kreitfisch. »Aber ich schätze, das ist ihr gleich. Ihr Hass wird größer sein als ihre Angst. Wenn sie denn wirklich die Täterin ist; ich bin mir da noch nicht sicher.«

Vom Hauptweg aus folgten sie der Frau in Grün auf einen schmaleren Nebenweg.

Plötzlich war sie verschwunden. Rutger Jansen gab den anderen ein Zeichen, sich niederzuhocken. Jeder spähte in einer anderen Richtung über das hohe Gras und suchte nach einem Zeichen.

»Da ist sie«, sagte Jansen leise und deutete nach Südosten.

Katharina Buchholz näherte sich langsam einer Gruppe Birken, die wie eine Insel inmitten der Wiesen lag.

»Sie sind bestimmt in dem Wäldchen«, flüsterte er. »Ihr solltet den Weg weitergehen und Euch von hinten nähern. Ich würde gern mitkommen, aber die Wiesen sind feucht und uneben, dort kann ich nicht gehen. Ich warte auf dem Weg. Es ist gut, wenn hier jemand die Stellung hält. Auf jetzt!«

Jordis und Kreitfisch eilten geduckt den Feldweg entlang, bis das Wäldchen hinter ihnen lag. Vorsichtig schlichen sie durch Gräser und Blumen auf die Bäume zu. Eine Hagebuttenhecke, die zwischen Weg und Wald lag, nutzten sie als Deckung.

Einmal glaubte Jordis, eine Bewegung hinter den Birken auszumachen, und warf sich flach auf den Boden.

Immer weiter kamen sie an die Birkengruppe heran. Sie hörten eine Männerstimme stöhnen.

Kreitfisch sah Jordis mit hochgezogenen Brauen an. Vorsichtig gingen sie weiter. An einem dichten Brombeerdickicht blieben sie stehen. Hier kamen sie nicht durch. Weiter um das Wäldchen herumzugehen, wagten sie nicht. Sie blieben stehen und warteten.

Das Stöhnen des Mannes wurde lauter, gleichmäßiger. Es gipfelte in einem Schrei und brach ab. Von dem Mädchen hörte man nichts. Auch nicht von Katharina Buchholz. Eine Weile blieb es still, dann begann der Mann zu reden. Er sprach schnell und leise, sodass sie nichts verstehen konnten. Schließlich beendete er seinen Monolog. Es knackte im Unterholz, und seine Stimme entfernte sich.

Jordis und Kreitfisch sahen sich an. Katharina Buchholz hatte sich noch nicht gezeigt. Ob sie die beiden nur beobachten wollte?

Plötzlich schrie Nesa auf. »Was wollt Ihr?«, hörten sie das Mädchen fragen.

Im Gebüsch knackte und raschelte es.

»Du!«, schrie Katharina Buchholz. »Du wirst ihn mir nicht wegnehmen!« Ihre Stimme klang kalt und erregt zugleich. »Er liebt mich, er lässt mich nicht im Stich! Er spielt nur mit dir!«

Nesa sagte nichts. Jordis vermutete, dass sie starr vor Schreck dasaß. Vielleicht hatte sie noch nicht einmal Gelegenheit gehabt, ihre Kleider zu richten.

»Hörst du? Er liebt mich! *Ich* bin seine Frau. Ihr anderen seid nur Huren! Verdorbene Huren! Ich lasse ihn nicht weg, nein! Er wird mich niemals verlassen. Ich bin eine schöne Frau. Ich erwarte sein Kind!« Sie lachte. »Und du bist ein dreckiges Luder. Los, zieh das Kleid über die Beine, bevor ich dir reinsteche!«

Nesa schrie auf und brach in Weinen aus.

Jordis und Kreitfisch warfen sich einen Blick zu und gingen zügig um das Dickicht herum.

»Ihr dreckigen Huren habt ihm schöne Augen gemacht, ihn in euer Bett gelockt. Um euch ein Kind machen zu lassen. Wegnehmen wollt ihr ihn mir. – Nein!«

Jordis konnte durch die Bäume sehen, wie Katharina Buchholz heftig den Kopf schüttelte. In ihren Händen glaubte er ein Messer aufblitzen zu sehen.

»Das gelingt euch nicht. Niemand nimmt ihn mir fort. Er lässt mich nicht allein. Niemand lässt mich allein!«

Mitten in ihre Worte hinein klang ein würgender Laut. Nesa schien sich zu übergeben.

Katharina schrie auf. »Was tust du? Schwanger, du bist schwanger, natürlich! Aber du wirst das Kind nicht kriegen! Du wirst es … nicht …«, sie stürzte auf Nesa los, »kriegen!«

Jordis und Kreitfisch hetzten durch das Unterholz. Kreitfisch erreichte die kleine Lichtung als Erster, doch er blieb an einer Wurzel hängen und stolperte.

Jordis eilte an ihm vorbei und warf sich auf die rasende Katharina. Als er sie von hinten mit den Armen umklammerte, spürte er ihren Bauch.

Unwillkürlich erstarrte er. Er fühlte etwas Weiches, Nachgiebiges unter den Händen. Es ließ sich zusammendrücken wie ein festes Kissen. Jordis blieb vor Überraschung die Luft weg. Für einen Augenblick vergaß er, dass sie bewaffnet war.

Katharina Buchholz nutzte seine Unaufmerksamkeit augenblicklich. Sie knurrte wie ein Tier und stieß ihm das Messer mit voller Wucht in den Oberschenkel.

Jordis taumelte. Er fühlte, wie ihm schwarz vor Augen wurde. Sein Bein brannte wie Feuer. Er sank zu Boden und fasste an seinen Oberschenkel, seine Hände berührten etwas Feuchtes und Warmes.

Er hörte, wie Katharina Buchholz durch das Unterholz davonlief, Zweige knackten und brachen, Vögel flogen lärmend auf.

Kreitfisch ging neben ihm in die Knie und riss sich das Hemd vom Leib.

»Rutger!«, brüllte er aus Leibeskräften. »Sie kommt auf dich zu!«

Zu seiner Rechten sah Jordis die weit aufgerissenen blauen Augen Nesas, ihr zerwühltes Haar, ihr totenblasses Gesicht. Nicht schwanger, Katharina Buchholz ist gar nicht schwanger, dachte er. Dann wurde er ohnmächtig.

***

Immer wieder überkam Elsbeth das unbehagliche Gefühl, beobachtet zu werden. Doch jedes Mal, wenn sie sich ruckartig der Kapellentür zuwandte, fand sie diese verschlossen.

Niemals sah sie eines der schrecklichen Gesichter der Aussätzigen in der Tür.

Außerhalb der Messzeiten war nur den Alexianerbrüdern der Zutritt zur St.-Barbara-Kapelle gestattet. Sie hoffte, dass sich die Kranken an diese Regel hielten.

Sie sahen so furchterregend aus! Elsbeth hatte bereits einzelne Leprakranke in der Stadt gesehen, aber wenn viele zusammenkamen, wirkten sie noch weitaus schrecklicher. Und dann hier draußen, in dieser stillen Einsamkeit.

Neun Aussätzige lebten im Siechenhaus vor den Toren der Stadt, nahe der Richtstätte. Elsbeths Gefühl ihnen gegenüber schwankte zwischen Angst, Abscheu und tiefstem Mitleid.

Bei einigen von ihnen war die Krankheit schon so weit fortgeschritten, dass ihre Gesichter katzenhafte Züge angenommen hatten. Ihre Stimmen waren hohl und kreischend. Sie verfaulten bei lebendigem Leib. Ihre Gesichter verzerrten sich und bildeten Knoten und Geschwüre. Manche waren bereits erblindet und konnten nicht mehr allein gehen. Es war grauenhaft.

Ängstlich dachte Elsbeth daran, wie ansteckend diese Krankheit war. Sie würde, solange sie hier war, keinen Fuß in das Siechenhaus setzen. Selbst Bruder Winfred betrat es nur mit Tuch vor dem Mund und Handschuhen. Wenn er hier draußen übernachtete, schlief er in einer Wirtschaftskammer außerhalb der Krankenräume.

Im Altarraum der Kapelle fühlte Elsbeth sich einigermaßen sicher, auch wenn die Kranken hier unter Leitung von Bruder Winfred regelmäßig zu Gebeten zusammentrafen und dem Raum ein süßlicher Fäulnisgeruch anhaftete. Doch bis hinter den Altar, wo ihr Schlafplatz lag, gingen sie nicht.

Elsbeth setzte sich so, dass die Strahlen der Morgensonne ihr Gesicht wärmten.

Sie dachte an die Fahrt hierher, am gestrigen Abend.

Als sie das Rheintor erreicht hatten, hatte der Wächter Bruder Konrad gebeten, abzusteigen und ihm seine Ladung zu zeigen.

»Es ist viel Gesindel unterwegs«, hatte er gesagt. »Wir wollen sicher sein, dass sich kein Gauner in Eurem Fuhrwerk versteckt.«

»Dann sucht Ihr in der falschen Richtung, mein Sohn«, hatte Bruder Konrad geantwortet, »Ihr müsstet die Wagen anhalten, die in die Stadt hineinfahren, denn falls ich einen Gauner aus der Stadt herausbringen sollte, wäre das doch nur von Nutzen.«

Der Wächter hatte etwas gebrummt und in den Decken und Vorräten gewühlt, die auf der Ladefläche verteilt waren; sorgsam darum bemüht, den vermeintlichen Leprakranken nicht zu berühren.

»Wie heißt du?«, hatte er Elsbeth angefahren, die sich an Bruder Konrads Worte erinnerte und ein heiseres Krächzen ausstieß. Angewidert war er zurückgewichen und hatte sie aufgefordert, weiterzufahren.

Bei der Durchfahrt war Elsbeth in den Schatten des Torbogens eine Gestalt aufgefallen, die aussah wie Dulken, aber sicher war sie sich nicht. Überprüfte der Hexenausschuss jetzt die Stadttore?

Die Fahrt hatte recht lange gedauert, das Leprosenhaus lag

weit außerhalb der Stadt an einem breiten Erftarm. Es war schon mehrfach durch Hochwasser beschädigt worden und sah ärmlich und baufällig aus. Die benachbarte Kapelle dagegen musste vor nicht allzu langer Zeit instand gesetzt worden sein.

Bei ihrer Ankunft war ihnen ein schlanker, kahlköpfiger Alexianerbruder mit sehr hellen Augen entgegengekommen. Trotz seiner schweren Arbeit wirkte er kraftvoll und gesund. Eine gewisse Fröhlichkeit umgab ihn, die Elsbeth in dieser Umgebung nie vermutet hätte.

»Das ist Bruder Winfred«, hatte Bruder Konrad den Mann vorgestellt. Bruder Winfred steckte die kleine Holzflöte, auf der er bei ihrem Eintreffen gespielt hatte, in die Tasche, bevor er Elsbeth vom Wagen half.

Anschließend hatten sie ihre Verbände entfernt und ihr ein Lager in der Kapelle errichtet. Beim Abendgottesdienst wurde sie den Kranken vorgestellt, was ihr sehr unangenehm war. Sie mochte nicht in diese Gesichter schauen. Eine der Kranken hatte ihr zuzulächeln versucht, was furchtbar fratzenhaft aussah. Ein anderer hatte den Arm zum Gruß gehoben. Es war wohl doch noch nicht alles Menschliche und Lebendige aus ihnen gewichen. Dennoch waren sie ihr unheimlich.

Mit Erleichterung hörte sie, dass Bruder Winfred die Kapelle zu ihrem Schutz nachts abschließen würde. Man wisse nie, wer im Dunkeln unterwegs sei, hatte er gesagt.

Es war ihr schwergefallen, Bruder Konrad spätabends zurück in die Stadt fahren zu lassen. Sie mochte den alten Mönch. Seine bedächtige, sanfte Art hatte etwas zutiefst Vertrauenerweckendes an sich.

Heute würde er sie besuchen. Vielleicht zusammen mit Augustin Jordis. Bruder Konrad hatte versprochen, ihm Bescheid zu geben, wo sie sich befand.

Elsbeth streckte ihre steifen Glieder. Das Frühstück, das Bruder Winfred ihr gebracht hatte, war im Vergleich zu den Mahlzeiten im Klarissenkloster eher spärlich, aber es sättigte. Etwas von dem Haferbrei war noch in der Schale. Sie griff nach dem Löffel und kratzte sorgsam auch den letzten Rest Brei aus der Schüssel.

Als sie ein Geräusch an der Tür hörte, fuhr sie zusammen.

Bruder Winfred steckte seinen kahlen Kopf durch den Türspalt. »Ich bin im Wald, Beeren sammeln, komme gleich zurück!«, verkündete er munter. »Mögt Ihr Brombeeren?«

»Gern«, antwortete Elsbeth.

»Gut. Ich bringe Euch welche mit. Dora wird die Kapelle im Auge behalten. Sie hat schon einmal Bescheid gegeben, als ein Betrunkener hier wütete. Nicht wahr, Dora? Du passt auf Elsbeth auf.«

Eine krächzende Stimme gab Laute von sich, die Elsbeth nicht verstand.

Kurz nachdem Bruder Winfred die Tür zugezogen hatte, wurde sie wieder geöffnet. Eine kleine Frau, deren Gesicht noch nicht so entstellt war wie das der anderen, schaute herein. Das musste Dora sein.

»Dora?«, fragte Elsbeth. »Wärst du so freundlich, mich allein zu lassen? Ich möchte gerne beten.« Ihr Herz klopfte bis zum Hals.

Doras von Pusteln verunstaltetes Gesicht wandte sich ab. Sie stammelte etwas, das nicht zu verstehen war.

»Danke, Dora. Gott sei mit dir!«, rief Elsbeth.

Erleichtert hörte sie, wie die Tür ins Schloss fiel. Sie schob sich ihr Kissen in den Rücken und lehnte sich an die Wand. Hoffentlich kam Bruder Winfred bald zurück.

Elsbeth betrachtete das schlichte Holzkreuz an der Wand gegenüber. Leise betete sie das Vaterunser.

Sie fuhr zusammen, als draußen vor der Tür ein Poltern erklang. Bruder Winfred konnte das noch nicht sein. Vielleicht Bruder Konrad? Oder Augustin Jordis?

Gespannt sah sie zur Tür. Hoffentlich war es nicht Dora, die hereinkam, oder ein anderer Aussätziger.

Es war nicht Dora.

Es war Arnd Ebels.

»So sieht man sich wieder«, stellte Ebels mit gefährlich ruhiger Stimme fest. »Was glotzt Ihr so? Dass wir Euch hier finden, hättet Ihr wohl nicht gedacht! Zugegeben, es war nicht einfach. Als wir den alten Mönch höflich auf seine Verfehlungen ansprechen wollten, wurden wir gestört. Also mussten wir mit Eurer kleinen

Freundin aus dem Nonnenkloster sprechen, die den Fehler beging, allein einkaufen zu gehen. Sie lebt noch, aber ihr Gesicht ist nicht mehr das alte.« Er lachte boshaft.

Elsbeth war vor Schreck wie erstarrt. Entsetzt beobachtete sie, wie Dulken und Greve ihrem Anführer in die Kapelle folgten und die Tür hinter sich schlossen.

»Ihr hättet das nicht tun sollen«, sagte Ebels, während er auf sie zukam. »Ihr hättet das nicht tun sollen. Ihr habt mich sehr böse gemacht!« Seine Stimme hatte das Geschmeidig-Überhebliche verloren. Sie klang nur noch zornig und flach. »Eure Flucht kommt einem Schuldgeständnis gleich«, stellte er fest. »Und hier findet sie ihr Ende. In den nächsten Tagen wird man Euren toten Körper aus dem Rhein fischen. Und sich fragen, wie er dort hineingekommen ist. Schade um Euch, wirklich schade!« Ebels alte Gehässigkeit kehrte in seine Worte zurück.

»Beeilen wir uns!«, wandte er sich an seine Helfer. »Ich will nicht länger als nötig hier verweilen. Wir sollten uns jedoch einen kleinen Spaß gönnen, bevor wir sie zum Wasser bringen. Ihr schöner Körper ist nicht mehr lange brauchbar. Zieht ihr die Kleider aus. Hexe!«

Elsbeth war immer noch nicht fähig, sich zu rühren. Ihre Lippen hatten zu zittern begonnen. Als die Männer sie packten, beugte sie sich vor und barg ihr Gesicht in den Händen.

Plötzlich spürte sie, dass Greve sie losließ, seine schwitzigen Hände glitten von ihr ab. Gleichzeitig hörte sie Schreie und Schritte. Dulken neben ihr fluchte und drückte etwas Kaltes an ihre Kehle. Sie fühlte einen scharfen Schmerz und zog den Kopf zwischen die Schultern. Aus dem Augenwinkel sah sie, wie jemand auf Dulken zuraste und ihn von ihr wegriss. Ein dunkles Gewand, ein kahler Kopf. Dulkens Messer fiel klappernd zu Boden. Der kahlköpfige Angreifer legte sich quer über ihn und schlug immer wieder auf ihn ein. Elsbeth hörte es klatschen. Ihr Hals tat unglaublich weh, ihr war übel vor Schmerzen.

»Winfred!«, rief eine tiefe Stimme von der Tür her. »Winfred, lass ihn! Er ist doch schon hinüber.«

***

Arnd Ebels stürzte aus der Kapelle und hastete zu seinem Fuhrwerk.

Dulken und Greve mussten sich selbst helfen. Er jedenfalls wollte nicht diesem tobsüchtigen Mönch und seinem dicken Freund in die Hände fallen. Er würde nach Hause fahren und sich einen Plan zurechtlegen, wie er die Bürgermeister von seiner Unschuld überzeugen konnte. Vielleicht sollte er auch darüber nachdenken, die Stadt zu verlassen. Er hatte ja genug Geld, um ...

Mitten im Laufen stolperte er und schlug der Länge nach hin. Aus dem Gebüsch neben ihm trat ein Aussätziger mit einem Stock in der Hand. Ein weiterer tauchte links von ihm auf, ein dritter wartete vor dem Fuhrwerk. Erschrocken drehte er sich um. Auch hinter ihm standen drei. Sie hatten einen Kreis um ihn gebildet.

Ebels stützte sich auf seine Hände und sah panisch von einem zum anderen. Wenn er an ihnen vorbeiwollte, musste er sie berühren. Zwei von ihnen trugen Knüppel, einer eine Mistgabel. Entsetzt schnappte er nach Luft. Schritt für Schritt gingen, humpelten, hinkten sie auf ihn zu. Er sah in ihre schrecklichen, entstellten Gesichter, hörte ihre kreischenden, hohlen Stimmen. Was sie vorhatten, ahnte er erst, als sie ihre Hände nach ihm ausstreckten.

***

Jordis hatte darum gebeten, kurz mit Kaspar Buchholz sprechen zu dürfen, bevor dieser zur Verwahrung im Stockhaus, einem Gefängnisbau am Markt, eingeschlossen wurde. Ihm stand in naher Zukunft eine gerichtliche Verhandlung wegen Ehebruchs und Notzucht bevor.

Ein brummiger Stadtdiener hatte ihm gestattet, sich in einer kleinen Kammer im Eingangsbereich des Stockhauses mit Buchholz unterhalten zu dürfen, aber kurz nur, denn gleich sei Dienstwechsel, und dann wolle er die Gefangenen hinter Schloss und Riegel haben.

Da saßen sie nun. Buchholz, mit rot geränderten Augen und gefesselten Händen. Und er, Augustin Jordis, mit einem Verband um den rechten Oberschenkel, aber ansonsten unversehrt.

Er sah den Mann vor sich an und bemühte sich nachzuempfinden, was in ihm vorging.

»Es muss ein furchtbarer Schreck für Euch gewesen sein zu erkennen, dass Eure Frau eine Verbrecherin ist«, sagte er vorsichtig.

Buchholz presste die Lippen zusammen und nickte. Sein Gesicht sah aus, als würde er gleich wieder weinen.

»Sie hat diese Dinge getan, weil sie Angst hatte, Euch zu verlieren. Eifersucht, fehlgeleitete Liebe ... es mag vieles geben, was sie dazu angetrieben hat. Habt Ihr eine Erklärung?«

»Wir kennen uns noch nicht lange«, antwortete Buchholz mit belegter Stimme. »Vor drei Jahren erst haben wir geheiratet. Über die Zeit vorher spricht sie kaum.« Er seufzte schwer. »Als Kind muss sie viel geschlagen worden sein. Sie lebte allein mit ihrer Mutter, die sich nicht viel gekümmert hat.«

»Ein schweres Los«, stellte Jordis fest. »Wie war Eure Frau, als Ihr sie kennenlerntet?

Buchholz zuckte die Schultern. »Manchmal fröhlich und strahlend und dann wieder traurig und in sich gekehrt. Ganz plötzlich konnte sie wütend und trotzig sein, regte sich über die kleinsten Dinge auf. Es wurde besser, als sie schwanger war. Sie wurde ... ausgeglichener.« Sein gut geschnittenes Gesicht verzog sich, als er weitersprach. »Sie hat unseren Sohn verloren. Kurz nach der Geburt. Letztes Jahr.«

Stumm starrte er die kahle Wand gegenüber an. Jordis sah eine einzelne Träne über seine Wange laufen.

»Das tut mir leid. Sie scheint es nicht verkraftet zu haben. Sie wollte sich diesen glücklichen Zustand wohl zurückholen.«

»Sie hat sich vor mir zurückgezogen, war verschlossen und grüblerisch. Als sie mir sagte, sie sei wieder schwanger, war ich erleichtert. Aber das war ja ... nur vorgetäuscht ...«

»Und Ihr hattet keinen Verdacht? Habt sie nie unbekleidet gesehen?«

»Nein. Ich durfte sie nicht mehr berühren. Sie sagte: Wenn das Kind da ist. Wenn das Kind da ist!«

»Seid Ihr deshalb zu anderen Frauen gegangen?«, fragte Jordis. »... Johanna Kloeren, Odilie Kiver, Maria Scharpert, Nesa Kreitz ... waren es noch mehr?«

Kaspar Buchholz sah erschrocken auf. »Aber ich habe nicht mit allen … Was wird mit meiner Frau geschehen?«, fragte er flüsternd.

»Sie wird vor Gericht gestellt«, antwortete Jordis.

Der brummige Stadtdiener steckte mahnend seinen Kopf durch die Tür. »Schluss machen!«

»Ja, schon gut, nur eine Frage noch«, bat Jordis. »Eure Frau muss einen Helfer gehabt haben. Jemanden, der sie fuhr und sie an verabredeten Orten abholte. Hatte sie vielleicht eine Liebschaft?«

Buchholz straffte sich. »Nein. Nein, sicher nicht. Aber da ist ein Fuhrmann, Henrich, der unsere Waren fährt. Er ist ihr treu ergeben, fast schon unterwürfig. Der wird es gewesen sein, ich sah sie öfter zusammen.«

Müde fuhr er sich über das Gesicht. Seine grünen Augen starrten abwesend in die Ferne.

»Ich danke Euch!« Jordis stand auf. Es gab nicht viel, was er diesem gebrochenen Mann zum Abschied sagen konnte. Im Grunde gab es nur eines. »Gott sei mit Euch. Gottes Friede sei mit Euch. Lebt wohl.«

Jordis hatte lange über das nachgedacht, was Katharina Buchholz zu Jansen gesagt hatte, unten im Weideland, als er sie mit seiner Krücke zu Fall brachte, als er sie fragte, wo das kleine Mädchen sei, das sie versteckt hielt …

»Mädchen?«, hatte sie gekreischt. »Wer will schon ein Mädchen? Ich will meinen Jungen zurück!«

Danach hatte sie nichts mehr gesagt. Den ganzen langen, weiten Weg zurück in die Stadt nicht. Bis sie von dem Fuhrwerk gestiegen war, das sie abgeholt hatte. Da hatte er nicht anders gekonnt, als sie herauszufordern, sie zu fragen, warum sie das alles getan hatte. Katharina Buchholz hatte sich umgedreht und ihn von unten herauf angesehen. »Weil sie mich belogen haben«, sagte sie mit eintöniger Stimme. Schneller und schärfer fuhr sie fort: »Alle haben mich belogen. Die Frau hatte gesagt, sie gibt mir das Kind, und dann wollte sie nicht einmal das Geld mehr hergeben, die dreckige Hure. Sie hatte es geschworen. Geschworen!« Sie spuckte das Wort förmlich aus. Dann setzte sie sehr langsam und in beinahe munterem Ton hinzu: »Da musste ich ihr doch die Hand abschneiden.« Sie lachte auf und gab im nächsten Moment ein knurrendes Geräusch von sich. Die Wachmänner zu ihren Seiten fassten sie am Arm und führten sie vom Fuhrwerk weg. Sie legte den Kopf in den Nacken und lachte, reckte ihr Gesicht der Sonne entgegen und lachte. Um wenig später hinter den dicken Mauern des Obertores zu verschwinden, womöglich für immer.

Da sie ihre Straftaten auf Neusser Stadtgebiet begangen hatte, würde ihr Fall auch vor einem Neusser Gericht verhandelt werden müssen. Unnötigerweise hatte Jordis in dem Augenblick, in dem sie ins Obertor geführt wurde, daran gedacht, dass sie den Initialen K. B. nun nicht weiter nachgehen mussten, so als seien sie weiterhin mit ihren Ermittlungen beschäftigt und hätten immer noch eine ganze Liste von Aufgaben abzuarbeiten. Aber nun stand die Täterin fest, sie konnten zur Ruhe kommen.

Seine Gedanken kehrten zu dem Wortwechsel im Weideland zurück. Sie hatte einen Jungen entführen wollen. Um ihn als ihr eigenes Kind auszugeben, Ersatz für ihren Sohn zu schaffen, der so tragisch früh verstorben war.

Ein Mädchen hätte nicht hineingepasst in dieses Vorhaben. Ein Mädchen wäre in ihren Augen nur Ballast gewesen und hätte sie zudem an ihre eigene unglückliche Kindheit erinnert.

Als sie Lene Scharpert ins Wasser warf, war das vermutlich nicht nur geschehen, um Kreitfisch von sich abzulenken. Sie hatte zuvor die Wickelbänder geöffnet und festgestellt, dass sie ein Mädchen entführt hatte. Womöglich hätte sie Lene ohnehin umgebracht, früher oder später.

Doch wenn sie einen Jungen wollte: Warum war Margarete Kloeren anstelle ihres Zwillingsbruders entführt worden? Vermutlich weil ihr das Unterscheidungsmerkmal der Zwillinge nicht bekannt gewesen war. Hatte sie sich von ihrem willfährigen Kutscher über die Felder fahren lassen und das kleine Mädchen wahllos mitgenommen? Lag Margarete kalt und stumm in einem finsteren Versteck oder lebte sie noch?

Ein Gedanke regte sich in Jordis, und er beschloss, ihm nachzugehen. Sofort.

Kreitfisch kam, um den Verband am Oberschenkel zu wechseln, und bot seine Begleitung an. Er wolle seinen Freund mit dieser schweren Wunde nicht ohne Aufsicht herumlaufen lassen.

Wenig später rollten sie mit Theil auf dem Kutschbock den wohlbekannten Weg über die Felder.

Vor dem Fetschereihof bat Jordis die anderen beiden, einen Moment zu warten. Er wollte das Gespräch lieber allein führen.

Zielstrebig humpelte er auf den Stall zu. Die junge Magd, die er suchte, mistete gerade einen Verschlag aus.

»Entschuldige, hättest du wohl einen Augenblick Zeit für mich?«

Das Mädchen zuckte zusammen.

»Du bist Sophie, nicht?«, fragte Jordis freundlich. »Ich bin Augustin Jordis. Ich würde dir gern ein paar Fragen stellen, es wird nicht lange dauern. Gibt es einen Ort, wo wir in Ruhe reden können?«

Sie wies stumm in den hinteren Teil des Stalles. Ängstlich sah sie ihn an. Ihre Augen wirkten übermäßig groß in dem schmalen Gesicht. Das zerzauste Haar fiel ihr offen über die Schultern. Sie konnte nicht viel älter sein als vierzehn Jahre.

Jordis folgte ihr zu einem Verschlag, in dem zwei Strohballen auf dem Boden lagen. Anstatt sich daraufzusetzen, blieb das Mädchen stehen.

Jordis ebenso. Er wollte sie nicht lange auf die Folter spannen.

»Ich weiß, dass du mir die ganze Zeit über etwas sagen wolltest«, begann er.

Sie blinzelte nervös.

»Leider habe ich die Zeichen nicht richtig gedeutet. Du hast die Wolle in mein Fuhrwerk gelegt, nicht wahr?«

Sophies Gesicht verzog sich, Tränen traten ihr in die Augen.

»Du hast ein Stück weiße Wolle in mein Fuhrwerk gelegt, um mich wissen zu lassen, dass man die Kinder anhand der Farben unterscheiden kann. Wer auch immer Margarete mitgenommen hat, wusste, dass es Margarete war; er kannte die Kennzeichnung mit der weißen Wolle. Du wolltest mir sagen, dass es jemand vom Hof war, richtig? Leider habe ich das nicht sofort verstanden.«

Tränen liefen über Sophies schmutziges Gesicht.

»Du hast vielleicht sogar jemanden beobachtet, willst es aber nicht sagen, weil du Angst hast, diese Person könnte dir etwas zuleide tun. Womöglich wurdest du sogar bedroht. Aber Sophie!« Eindringlich sah er sie an. »Du musst jetzt sprechen! Margarete muss zu ihrer Mutter zurück. Man wird dir nichts tun. Wir werden dich beschützen. Die betreffende Person wird bestraft werden, und du wirst dich besser fühlen. Zurzeit geht es dir nicht gut, weil du etwas Wichtiges verschweigst. Etwas sehr, sehr Wichtiges. Sophie, bitte sag mir: Wer hat Margarete mitgenommen? Wo ist sie?«

Sophie bedeckte ihr Gesicht mit den Händen und seufzte schwer.

»Sophie, du musst sprechen!«, beschwor Jordis sie.

»Es war ...«, ihre Stimme zitterte, als sie zu sprechen begann, »es war Gertrud.«

Jordis atmete hörbar aus. Gertrud. Die kräftige Magd mit den grauen Augen. Die voller Neid beschrieben hatte, welche Männer um Johanna buhlten.

Sophie, anscheinend erleichtert darüber, dass der Bann gebrochen war, sprach weiter: »Ich sah, wie sie ... an dem Tag ... das Brett mit Johannas Essen zum Feld trug. Sie kam dann nicht wieder. Später am Tag fuhr sie mit einem Fuhrwerk fort. Ich glaube, sie hat das Kind zu ihrer Schwester gebracht, nach Büttgen. Sie fährt oft dahin. Sagt, sie besucht ihre Familie. Aber ... ich glaube, sie hält das Kind da versteckt, bis sie im Herbst mit der Arbeit hier fertig ist. Sie hat vor Kurzem ihre Tochter verloren.« Sophie stockte. Mit einer Hand wischte sie sich eine Träne aus dem Augenwinkel. »Ich hab nichts gesagt, weil ich Angst hatte! Sie wusste, dass ich was gesehen hab, und hat gesagt, sie dreht mir den Hals um, wenn ich was sage. Sie hat gesagt ...« Sophie schluchzte auf. »Sie hat gesagt: ›Wieso? Johanna hat doch noch eins!‹«

Sie holte tief Luft und wischte sich über die Nase, bevor sie fortfuhr. »Und dass jetzt eine gute Gelegenheit wäre, hat sie gesagt, wo doch gerade erst ein Kind aus der Stadt verschwunden sei. Niemand würde auf sie kommen, alle würden denken, derselbe Dieb hätte beide Kinder mitgenommen.«

Die junge Magd weinte still vor sich hin. Jordis reichte ihr sein

Taschentuch. Sophie tat ihm von Herzen leid. Sie musste unter diesem traurigen Geheimnis sehr gelitten haben.

Er legte ihr eine Hand auf den Arm. »Sophie, das hast du gut gemacht. Du hast richtig gehandelt. Bleib einen Augenblick hier, ich kümmere mich um das Weitere.«

Sein verletztes Bein schmerzte, als er aus dem Stall ging. Es schmerzte auch noch, als er Kreitfisch und Theil Sophies Geschichte erzählte. Ebenso, als Kreitfisch mit Gertrud, Johanna und dem Pächter aus dem Haus kam.

Der Schmerz schien nachzulassen, als sie sich auf dem Weg nach Büttgen befanden, Johanna in seinem Fuhrwerk, Kreitfisch mit dem Pächter und der Entführerin auf dem Fuhrwerk vor ihnen.

Als er sah, wie Johanna mit den anderen in ein kleines Gehöft am Ortsrand von Büttgen eilte und mit einem Säugling auf dem Arm wieder herauskam, hatte er den Schmerz vergessen. Und als er beobachtete, wie die junge Mutter tränenüberströmt ihr kleines Mädchen an sich drückte, wie sie es immer und immer wieder küsste, wie sie vor seinem Fuhrwerk auf die Knie ging und ihm unter Tränen ihren Dank aussprach, da war in ihm nichts als reine Freude und Dankbarkeit.

***

Das war der Augenblick, auf den Jordis gewartet hatte. Ihm kam es vor wie Jahre. Er stand mit Kreitfisch und Jansen in der Torhalle des Obertores und wartete auf Aleidis.

Die beiden Bürgermeister und zwei Stadtdiener waren vor einer halben Ewigkeit hinten im Gebäude verschwunden. Es konnte doch nicht so lange dauern, eine Gefangene aus den Ketten zu lösen!

Draußen nieselte es. Die Oberstraße lag nass und dunkel im Licht des Spätnachmittags.

Als sie vom Fetschereihof zurückgekehrt waren, hatten sie sogleich den Ratsbürgermeister aufgesucht und um eine Unterredung gebeten. Der hochgewachsene Mann hatte Kreitfisch und ihn aufmerksam angesehen und ohne Umschweife in sein Haus gebeten. Sie hatten ihm, so knapp wie möglich, von den Ereignissen der letzten Tage berichtet. Er hatte ihnen zugehört und hin und wieder eine Frage gestellt. Als sie fertig waren, hatte er gesagt: »Unter den gegebenen Umständen wäre es unverantwortlich, Aleidis Wintz noch länger im Kerker zu lassen.« Damit war er aufgestanden.

Er hatte sie gebeten, kurz zu warten, damit er seinen Amtsbruder, den Schöffenbürgermeister, in Kenntnis setzen konnte. Anschließend waren sie aufgebrochen. Kreitfisch hatte Jansen Bescheid gesagt, und da standen sie nun.

Die Tür ging auf.

Zuerst kam der Schöffenbürgermeister in Begleitung eines Torwächters. Hinter ihm ging der Ratsbürgermeister, er stützte Aleidis am Arm. Was hatten sie mit ihr gemacht? Ihr Haar war kurz geschoren und schwarz versengt, ihr Gesicht grün und blau geprügelt, ihr Gewand zerrissen und schmutzig, offenbar konnte sie nicht mehr allein gehen. Tränen schossen ihm in die Augen, als er sie so sah. Sie blinzelte, um sich an das Tageslicht zu gewöhnen.

Dann entdeckte sie ihn und lächelte. Sie sah ihn dort stehen, zwischen dem Einbeinigen und dem Riesen, und lächelte ihn an.

Als sie ihre Arme ausbreitete, sah er die rot entzündeten Stellen, die die Ketten an ihren Handgelenken hinterlassen hatten. Die Verbrennungen. Und die schwarz verfärbten Daumen.

Er lief zu ihr und nahm sie in die Arme. Er konnte ihre Angst riechen und ihren Schmerz. Sie hatte Schreckliches mitgemacht, aber sie war hier bei ihm, und sie lebte. Jordis spürte, wie er langsam ruhiger wurde. Der Kloß in seinem Hals löste sich.

Aleidis legte ihre noch immer kräftigen Arme um ihn und drückte ihn liebevoll. Er glaubte zu spüren, wie ihm eine Träne auf den Nacken fiel.

»Mein kleiner Augustin«, flüsterte sie in sein Haar. »Du hast es doch tatsächlich geschafft, mich zu retten.«

Tag dreizehn. Freitag

Ein vorerst letztes Mal saßen sie zusammen um den Tisch in Jordis' Stube. Kreitfischs »Wohlsein!« fiel diesmal etwas schwächer aus. Er kaute halbherzig auf einer Scheibe Roggenbrot mit gepökeltem Rindfleisch. Sie würden sich noch einige Zeit lang von ihren Erlebnissen erholen müssen. Viele Fragen hatten sie klären können, doch manche würden wohl für immer offenbleiben.

Jordis spielte mit seinem Weinglas, drehte es zwischen den Handflächen hin und her. »Ich muss immerzu an Katharina Buchholz denken. Sie wollte durch ein fremdes Kind ihren Sohn ersetzen und sich zugleich an den Frauen rächen, denen sie eine Liebschaft mit ihrem Mann unterstellte, zumindest im Fall von Maria Scharpert und Odilie Kiver vermute ich das. Sie muss tagelang durch die Stadt gelaufen sein, um Menschen und Häuser zu beobachten. Manchmal wurde sie im Fuhrwerk gefahren, von ihrem getreuen Henrich, der von nichts etwas gewusst haben will. Erst vorgestern noch, als Kreitfisch sie durch das Rheintor davonfahren sah, hat sie wohl auf den Feldern vor der Stadt nach einem Kind Ausschau gehalten.« Er schüttelte sich vor Abscheu. »Glücklicherweise fand sie keines, das unbeaufsichtigt war. Vermutlich hat sie Neuss und dessen Umgebung für ihr Vorhaben ausgewählt, weil sie in ihrer Heimatstadt Uerdingen bekannter war und stärker aufgefallen wäre. Ihr äußerst gewalttätiges Auftreten in jüngster Zeit hing sicher auch damit zusammen, dass sie unter Druck geriet: Je näher der Zeitpunkt der angeblichen Niederkunft rückte, desto dringlicher musste sie sich ein Kind besorgen, das sie als das ihrige ausgeben konnte.«

Nachdenklich nahm er einen Schluck Wein. »Letztendlich muss es die Angst vor dem Alleinsein gewesen sein, die sie zu diesen Taten getrieben hat. Ihr Hirn ist krank geworden vor Angst.«

»Ähnlich wie bei Gertrud«, warf Kreitfisch ein. »Sie war ebenfalls ein einsamer Mensch, sonst hätte sie sich nicht gewaltsam das fremde Kind beschafft. Und Drude Bergs hätte nicht aus Missgunst Ungeziefer verbreitet und Verleumdungen ausgesprochen.«

»Ja«, sagte Jansen nachdenklich. »Es ist wichtig, Menschen um sich zu haben, die für einen da sind, wenn man sie braucht. So wie ihr!«

Er lächelte breit und hob seinen Bierkrug. Sie stießen an und hingen weiter ihren Gedanken nach.

Er hat recht, dachte Jordis. Es ist wichtig, Menschen um sich zu haben. Eine Familie, in der man geborgen ist. Freunde, auf die man sich verlassen kann. Er hatte in den letzten Tagen in dieser Hinsicht einiges dazugelernt. Jansens Worte rührten ihn. Er würde später vorschlagen, sich weiterhin regelmäßig zu treffen. Auch ohne dunkle Rätsel, die zu lösen waren. Vielleicht konnte er Kreitfisch ja doch noch von der Qualität seines Weines überzeugen.

Der Barbier griff ein weiteres Mal in die Fleischschüssel.

Jordis tat es ihm gleich. Eine Zeit lang schwiegen und kauten sie.

»Hat man inzwischen die Leiche von Ebels gefunden?«, fragte Jansen.

»Soviel ich weiß nicht.« Kreitfisch tunkte seine rechte Pranke kurz in das Handwaschgefäß aus Messing, das neben seinem Becher stand, und wischte sie dann an der Hose ab. »Meine letzte Kenntnis ist, dass er sich in den Rhein gestürzt hat, nachdem die Aussätzigen ihn berührt hatten. Wird wohl irgendwann in Holland an Land gespült werden.«

»Und seine Schergen?«

»Sind eingesperrt.«

Wieder trat Schweigen ein. Kreitfisch nahm einen Schluck von seinem Bier und rülpste.

»Wie geht es den Kindern?«, fragte Jansen nach einer Weile.

»Gut«, antwortete Jordis. »Sie sind alle wohlauf. Johanna habe ich heute Morgen besucht. Auch Sophie geht es besser, seit sie die Last der Mitwisserschaft los ist. Gertrud sitzt im Kerker.«

»Weiß man inzwischen, wer der Vater von Johannas Zwillingen ist?«

»Nein. Das möchte sie nicht sagen, und das ist ihr gutes Recht.«

Jansen ließ kräftig Luft aus den Wangen. »So viele Schicksale, so viele Einzelheiten … Aber jetzt das Wichtigste: Erzählt, wie es um Aleidis steht!«

»Sie ist zu Hause. Sie hat etliche Verletzungen, aber sie macht schon wieder ihre Späße. Die Alexianerbrüder kommen jeden Tag vorbei und versorgen ihre Wunden. Und die von Elsbeth. Dieser Bruder Winfred spielt ihnen auf seiner Flöte vor, und Bruder Konrad erzählt stundenlang Geschichten, es wird ihnen sicher nicht langweilig.« Er lächelte.

»Bruder Winfred ist doch derjenige, der Elsbeths Angreifern an die Gurgel gegangen ist, oder?«, fragte Kreitfisch.

»Ja«, bestätigte Jordis. »Zuvor hatte er draußen einen Mitbruder getroffen, einen großen, kräftigen Kerl. Als sie Doras Warnrufe hörten, stürmten die beiden in die Kapelle und machten die Mistkerle unschädlich.« Mistkerle, dachte er, hatte er wirklich gerade Mistkerle gesagt?

»Und Bruder Konrad ist der alte Mann, der uns mitteilen wollte, wo Elsbeth sich versteckt hielt, und dabei von Ebels' Männern niedergeschlagen wurde«, ergänzte Jansen.

Jordis nickte. »Er kümmert sich auch um die junge Nonne, der Ebels' Männer Gewalt angetan haben, weil sie ihnen Elsbeths Unterschlupf nicht verraten wollte. Dabei ist sie stumm! Sie haben sie letztendlich gezwungen, ihnen das Versteck im Leprosenhaus aufzumalen. Ihr Gesicht sieht schlimm aus, sie wird Narben zurückbehalten.«

»Was für Dreckskerle«, sagte Jansen wütend. »Die können froh sein, dass ich nicht für ihre Verwahrung zuständig bin. Kam die tote Möwe eigentlich von ihnen?«

Jordis hob die Augenbrauen. »Ich bin nicht sicher. Dem Hexenausschuss war sicherlich daran gelegen, uns einzuschüchtern. Aber ich glaube, dass zumindest die Botschaft mit der blutigen Fratze von Katharina Buchholz stammte, das Pergament sah recht teuer aus. Und ich vermute auch, dass sie in jener Gewitternacht vor meinem Haus stand und mich beobachtete.«

Er bekam beim Gedanken daran nachträglich eine Gänsehaut.

»Was machen wir eigentlich mit Ruscher?«, wollte Jansen wissen.

»Den nehmen wir uns ein andermal vor.« Kreitfisch lachte und gähnte gleichzeitig. »Es ist spät. Wir sollten nach Hause gehen und etwas Schlaf nachholen. Es wird euch freuen zu erfahren, dass wir uns schon in Bälde wiedersehen! Ich möchte mich bei Torge, dem Pilger, für meine Rettung bedanken und habe ihn für morgen Abend zum Essen eingeladen. Ihr seid ebenfalls herzlich willkommen. Ich werde selbst kochen.«

»Du? Ähm … Wie bedauerlich«, stieß Jansen hervor. »Ich kann morgen nicht, ich nehme an einem Wettlauf nach Italien teil.«

Kreitfisch lachte und schlug ihm auf die Schulter. »Keine Angst, es wird dir hervorragend munden!« Leiser fügte er hinzu: »Mit einem Bein über die Alpen, ja gewiss.«

»Ist es nicht traurig, was für erbärmliche Witze hier auf Kosten Einbeiniger gemacht werden? Herr Jordis, sagt doch auch mal was!«

»Gleich«, wandte Kreitfisch ein und griff nach seinem Bier. »Erst ein Trinkspruch. Mitstreiter im Kampf gegen den Hexenwahn! Lasst uns anstoßen auf das, was wir erreicht haben. Möge das Schicksal uns stets gewogen sein! Wohlsein!«

Sie stießen miteinander an, der Bucklige, der Riese und der Einbeinige, und genossen den Frieden dieses Augenblicks. Sie hatten es geschafft, Ängste und Sorgen lagen hinter ihnen.

»Nun«, Jordis räusperte sich, »ich habe in diesen Tagen drei Weisheiten gelernt. Zum einen: Es gibt Dinge, für die es sich zu kämpfen lohnt, auch wenn der Weg voller Steine liegt. Das Zweite ist: Im Notfall kann man statt Wein auch Bier trinken – und es überleben.«

Jansen und Kreitfisch lachten und prosteten einander zu.

»Und das Dritte: Einsamkeit ist etwas sehr Bedrückendes, das Herz des Menschen sehnt sich nach Gemeinschaft. Zumindest hin und wieder«, schränkte er mit einem Blick auf Kreitfisch ein, der nicht umhinkonnte, in diesem feierlichen Moment einen Rülpser von sich zu geben. »Und darum möchte ich Euch danken. Für Euer Vertrauen und für Eure Freundschaft. Ich hoffe, dass wir auch in Zukunft noch recht oft beisammensitzen werden.«

Kreitfisch und Jansen sahen ihn an und grinsten breit.

Augustin Jordis lehnte sich zurück und erwiderte ihr Lächeln.

Glossar

Äbtissin – Ranghöchste, gewählte Nonne eines Frauenklosters/Stiftes

Angelusläuten – In der katholischen Kirche das Läuten der Glocken während des Angelusgebets (Engel des Herrn); morgens, mittags und abends

Ballei – (von mittellat. Ballivus: Aufseher) Besitzung eines Ritterordens außerhalb des zentralen Herrschaftsgebiets

Barbier – (auch: Bader, Wundarzt) Mehr als nur ein mittelalterlicher Friseur. Neben den wenigen studierten Ärzten (zumeist Mönchen) waren die Barbiere die Hauptakteure des mittelalterlichen Gesundheitswesens

Burgbann – (Burbann) Gelände zwischen Neusser Stadtbefestigung und Grenzhecke mit zumeist landwirtschaftlicher Nutzung zur Versorgung der Stadt (Hinweise auf den »Burgbann« geben noch Straßennamen wie »Lange Hecke« in Kaarst oder die »Bauerbahn«)

Bürgermeister – Im alten Neuss agierten stets zwei Bürgermeister gemeinsam (einer von den Schöffen, einer von den Ratsherren gewählt); sie hatten in Strafangelegenheiten die höchste Entscheidungsgewalt

Dalmatik – Ein liturgisches Gewand der christlichen Kirchen: Amtskleidung des Diakons mit charakteristischen Zierstreifen

Deutschritter – (auch: Deutscher Orden) In der Zeit der Kreuzzüge gegründeter Ritterorden mit zahlreichen Besitzungen (Balleien) im damaligen Europa; eine davon war (von 1263 bis 1809) Grevenbroich-Elsen mit den umliegenden Ortschaften; verwaltet wurde dieser Bezirk von der Ordensniederlassung in Koblenz

Elle – Im Raum Köln: eine Einheit von etwa 60 Zentimetern (»kleine Elle« = 57,61 Zentimeter, »große Elle« = 69,48 Zentimeter); innerhalb Deutschlands waren die Vorgaben für Ellenmaße sehr unterschiedlich

Fuß – 31,4 Zentimeter (Rheinfuß)

Geldwerte – Um 1500 waren viele unterschiedliche Münzen in Gebrauch, v.a. Gulden (sehr wertvoll), Albus bzw. Weißpfennig, Schilling, Groschen, Pfennig und Hohlringheller (Kleinstgeld). Zwanzig Eier kosteten etwa fünf Pfennige, Tageslohn eines Flötenspielers waren vier Albus.

Gasthaus – Nicht im Sinne von »Wirtshaus« zu verstehen; Krankenhaus und Herberge, vor allem für ärmere Mitbürger, Kranke und Pilger

Grape – Ein im Spätmittelalter zum Kochen genutzter dreibeiniger Topf, den man auf seinen tönernen Füßen in die Herdglut stellen konnte

Hexenausschuss – Gemeindemitglieder (oft Schöffen), die sich als besonderes Untersuchungsgremium für einen Hexenprozess zusammenfanden

Hübschlerin – Zeitgenössische Bezeichnung für eine Prostituierte (auch Freudenmädchen, Hure, Dirne, Arschverkäuferin, Fensterhenne, Buntes Mädchen)

Kaufhaus – In größeren mittelalterlichen Städten ein mehrgeschossiges Gebäude, in dem Waren feilgeboten und gelagert wurden; das Neusser Kaufhaus diente vor allem dem Verkauf und dem Zuschnitt von Woll- und Leinentuch (das zum Teil achtzehn bis neunzehn Meter lang war)

Kax – (auch: Pranger, Schandpfahl) Strafwerkzeug zur Vollstreckung von Ehrenstrafen; Bestrafte wurden an einen Holzblock oder eine Säule gefesselt und öffentlich vorgeführt

Lepra – Eine damals nicht behandelbare, hoch ansteckende Infektionskrankheit, die zu schrecklichen Verstümmelungen des Körpers führte

Limmersche Tuche – In Neuss handelte man damals mit drei Tuchen auswärtiger Herkunft: wertvollen englischen, gefärbten »limmerschen« und »schlechten« weißen; die »limmerschen« stammten aus dem Herzogtum Limburg im heutigen Belgien

Pergament – Dünne, bearbeitete Tierhaut, die mit Feder und Tinte beschriftet wurde; Papier konnten sich im Spätmittelalter nur die reichen Bürger leisten; Pergament wurde außerdem zum

Abdichten von Fenstern benutzt, da Glasfenster noch nicht weitverbreitet waren

Priorin – Ranghöchste Nonne eines Konvents, wenn keine Äbtissin vor Ort war

Quart – Ein mittelalterliches Hohlmaß; das Neusser (oder auch Kölner) Quart fasste etwa 1,5 Liter

Schöffen – Vertreter der Bürgerschaft für die Hohe Gerichtsbarkeit (Leib- und Todesstrafe); unter dem Vorsitz des Schultheißen waren sie bei Klagen die erste Instanz und fällten gemeinsam die Urteile

Schultheiß – Vom Landesherrn eingesetzter Leiter des Hohen Gerichts; Vertretung durch den dienstältesten Schöffen; juristisch gesehen spielte er eine Nebenrolle, hatte nur wenig Befugnisse

Stadtrat – Die gewählten ehrenamtlichen Vertreter der besitzenden Bürgerschaft

Stadtwaage – Amtliche Waage am städtischen Kaufhaus (Markt)

Stockhaus – Im alten Neuss ein Gemäuer, in dem längere Gefängnisstrafen verbracht wurden (am Markt gelegen)

Zehntscheune – Lagerhaus zur Aufbewahrung der Zehntsteuer, die von den Bauern in Form von Naturalien an den Grundherrn eines Gebietes entrichtet wurde; heute noch zu sehen in Grevenbroich-Elsen

Danksagung

Ich möchte mich herzlich bei allen bedanken, die mir beim Schreiben dieses Buches Mut gemacht und mich auf vielfältige Art und Weise unterstützt haben:

Bei meiner großen Familie, die immer für mich da war (und ist); besonders zu erwähnen sind in diesem Zusammenhang mein Bruder Andreas (den ich gefühlte viertausendmal wegen irgendwelcher Geschichtsfragen angerufen habe) und mein Bruder Albert (der selbst gern in der Vergangenheit gräbt und mir die Beschreibung des Reliquienhändlers einfach machte) – und natürlich meine Eltern mit ihrem großen Interesse an Geschichte und Geschichten, meine ideenreichen Kinder, mein zuversichtlicher Peter (der zu meinem vorletzten Geburtstag auf die Glückwunschkarte schrieb: »Fang endlich an zu schreiben!«), mein Onkel Dr. H.G. Hüsch (dessen Doktorarbeit über das Neusser Strafrecht in Mittelalter und Neuzeit mir bei meinen Recherchen von großem Nutzen war), und alle anderen, die unermüdlich mitgefiebert haben.

Bei den freundlichen Mitarbeitern des Emons Verlages, besonders bei Stefanie Rahnfeld, die den Text so umsichtig und konstruktiv lektoriert hat, und bei Christel Steinmetz für ihre tatkräftige Mithilfe bei der Entstehung des Buches.

Bei der Neusser Stadtbibliothek, dem Clemens-Sels-Museum und dem Stadtarchiv für die vielen Informationen, die sie mir zur Verfügung stellten, und bei Herrn Langeneckhardt vom Kinderbüro, der mich einen Blick in den Blutturm werfen ließ.

Bei den Mitgliedern der Jury des Krimi-Wettbewerbs für ihre Zeit und ihr Engagement bei der Sichtung der zahlreichen Manuskripte: Helga Bittner, Maren Jungclaus, Ulrike Schanko, Dr. Karl Emsbach, Stefan Pelzer-Florack sowie besonders bei Simon Hopf für seine historisch fundierten Anregungen während der Überarbeitung des Textes.

Bei der Numismatikerin Fr. Dr. Klages für ihre Hinweise zu den damaligen Geldwerten, bei Herrn Laufenberg für die Informationen über das Quirinusmünster und bei allen anderen, die mir interessante Hinweise gegeben haben.

Bei meinen Freundinnen und Freunden, die mir Mut gemacht

oder auf meine Kinder aufgepasst haben (Diana – von der auch die Idee für das Cover stammt – und Lene durften dafür ins Kloster gehen, zumindest in dieser Geschichte), die mir Inspiration gaben (wie meine Sangesfreunde von Half Past Seven) und eifrig die Daumen drückten (wie die Frauen vom GS-Forum), nicht zuletzt danke ich an dieser Stelle besonders Anja Klucke, die mir Kraft ihres Wesens und ihrer Erscheinung eine Steilvorlage für die Darstellung der wehrhaften Aleidis gab.

Bei den vielen Kollegen und Bekannten, die ihr Interesse bekundet und mich ermuntert haben (»Wann kommt das Buch raus?« – »Worum geht es?« – »Ich kauf zehn Stück davon!«).

Bei all meinen Deutschlehrern, die mir halfen, meine Phantasie in Bahnen zu lenken (wobei ich eingestehen muss, dass Mathelehrer größeren Beschränkungen unterworfen sind, kreative Lösungsversuche anzuerkennen).

Als Letztes möchte ich den Autoren danken, deren Bücher mir wertvolles Hintergrundwissen lieferten, vor allem Hetty Kemmerichs »Sagt, was ich gestehen soll« über Hexenprozesse am Niederrhein und Erich Wisplinghoffs »Geschichte der Stadt Neuss«.

In Europa wurden zur Zeit der Hexenverfolgung schätzungsweise sechzigtausend Menschen hingerichtet, die Hauptphase der Hinrichtungen lag zwischen 1560 und 1680. Aus Neuss ist vor allem der Fall der Hester Jonas bekannt, die 1635 der Hexerei beschuldigt und zum Tode verurteilt wurde. Aber es gab noch weitere Fälle. So wurde 1509 gegen zwei »Zauberinnen« ermittelt, über deren Schicksal ansonsten nichts bekannt ist. Der vorliegende Roman ist der Versuch, ihre Geschichte weiterzuerzählen. – Und die Geschichte derer, die an ihre Unschuld glaubten.

Obwohl ich mich bemüht habe, die historischen Hintergründe der Geschichte gründlich zu recherchieren, mögen mir Fehler unterlaufen sein; ich bitte dies zu entschuldigen und als dichterische Freiheit auszulegen.

Ich wünsche allen Leserinnen und Lesern ebenso viel Spaß beim Lesen, wie ich ihn beim Schreiben hatte.

Christina Döhlings